HINTERM DEICH KRIMI 7

Rainer Dissars-Nygaard, Jahrgang 1949, studierte Betriebswirtschaft und ist als Unternehmensberater tätig. Er lebt in Münster/Westfalen. Im Emons Verlag erschienen unter dem Pseudonym Hannes Nygaard »Tod in der Marsch«, »Vom Himmel hoch«, »Mordlicht«, »Tod an der Förde«, »Todeshaus am Deich« und »Küstenfilz«.

HANNES NYGAARD

TODESKÜSTE

HINTERM DEICH KRIMI

Emons Verlag

Umschlagzeichnung: Heribert Stragholz
Druck und Bindung: CPI – Clausen & Bosse, Leck
Printed in Germany 2008
ISBN 978-3-89705-560-5

Unser Newsletter informiert Sie
regelmäßig über Neues von emons:
Kostenlos bestellen unter
www.emons-verlag.de

Dieser Roman wurde vermittelt durch die Agentur EDITIO DIALOG,
Dr. Michael Wenzel, Lille, Frankreich (www.editio-dialog.com)

Heute ist die Utopie vom Vormittag
die Wirklichkeit vom Nachmittag.
Friedrich Nietzsche

Für Celine, Pepe und Anna-Lena

EINS

Lars Meiners sah, wie sein Vater Steffen einen Stoß in den Rücken erhielt, stolperte und dabei einem anderen Mann so nahe kam, dass dieser ihm einen bösen Blick zuwarf. Bevor Steffen Meiners sich umdrehen konnte, hörte Lars neben sich eine Männerstimme.

»Entschuldigung. Aber bei diesem Gedränge ... War nicht so gemeint.« Der Rest der Worte des grauhaarigen Mannes ging im Lärm der Menge unter, während er von seiner Frau am Ärmel fortgezogen wurde.

»Manno, ist das ätzend«, beklagte sich Lars, der hoch aufgeschossene schlaksige Vierzehnjährige.

»Wenn du mit deinen Freunden zum Heider Jahrmarkt gehst, ist es genauso voll«, entgegnete sein Vater.

»Das ist ganz was anderes. Aber dies hier ...«

»Nun beschwer dich nicht ständig. Mama und Heike haben sich lange auf den Marktfrieden gefreut.«

Lars suchte seine Mutter, die mit seiner zwölfjährigen Schwester durch andere Besucher des Volksfestes abgedrängt worden war. An dieser Stelle im »Dorf Tellingstedt«, wie der Bereich des Festplatzes genannt wurde, stockte der Besucherfluss. Die Ursache waren zwei Musikanten in historischen Gewändern, die mit ihren Dudelsäcken ein »Platzkonzert« gaben, während gegenüber das qualmende Holzfeuer einer Zinngießerei die Menschen ein wenig auf Abstand hielt. An einem Marktstand war ein großer Waschzuber aufgebaut, und ein Mann winkte fröhlich aus dem Gefäß, während eine junge Frau weitere Kunden für ihre Badestube anzulocken suchte, dabei aber schlagfertig einer Gruppe von jungen Leuten antwortete, die offenkundig ein wenig zu viel vom dargebotenen Met probiert hatten.

Lars entdeckte den blonden Wuschelkopf seiner Mutter ein Stück in Richtung eines Standes, wo ein kräftiger Mann an der Spindel einer großen Druckpresse drehte und die Kunst des Buchdrucks vorführte.

Das Bilderbuchwetter über Dithmarschen hatte zahlreiche Besucher aus der Stadt, aber auch von weiter her zum traditionellen Volksfest »Heider Marktfrieden« – »De vrie markede tho der Heyde« – angelockt, das den Eindruck und die Atmosphäre des Markttreibens im Spätmittelalter wiedergeben soll.

Gaukler und Musikanten liefen durch die Gassen und gaben ihre Kunst zum Besten. Mittelalterliche Handwerke boten ihre Waren und Dienste an und zeigten dem erstaunten Publikum, mit welchem Geschick auch Menschen von heute mit den alten Techniken und Werkzeugen umzugehen verstanden. Darunter waren historische Gewerke wie Korbmacher und Besenbinder, aber auch Glasbläser und Kunst- und Goldschmiede, die ihr Können nach traditioneller Art vor den Augen der Besucher darboten. Natürlich durften auch mittelalterliche Gaumengenüsse nicht fehlen, vom rustikalen Brot über den Spießbraten bis zum Met, selbst wenn das Bier aus der heutigen Zeit stammte und in Konkurrenz zu den Weinschenken stand, an deren rohen Holztischen sich die Leute drängten. Das lebhafte Treiben mit den fröhlichen Menschen und bunten historischen Gewändern wurde von einem unbeschreiblichen Duft von Holzfeuerrauch und Gewürzen begleitet.

Über dem Ganzen thronte der Turm der alten St.-Jürgen-Kirche, die den Heider Marktplatz beherrschte, und selbst das nicht zum Mittelalter passende Gebäudeensemble, das von der alten Postelvilla geprägt wurde, wirkte nicht fremd.

St. Jürgen, so hatte sein Vater ihm einmal erklärt, ist niederdeutsch für Georg. Und der Ritter St. Georg ist nicht nur der Pate der Kirche, sondern auch der Stadt Heide.

Lars warf einen kurzen Blick auf das wunderbar restaurierte Gebäude, in dem sich heute die Volkshochschule der Stadt befand. Er wusste, dass insbesondere sein Vater die gemeinsamen Ausflüge mit der Familie liebte und einfach nicht verstehen wollte, dass Jugendliche andere Interessen hatten. Lars fand es öde, sich durch das Gedränge zu schieben. Lieber hätte er den Marktfrieden mit seinen Freunden besucht. Zu Hause hatte es deshalb Diskussionen gegeben. Schließlich hatte sich der Junge dem Wunsch des Vaters gebeugt. Es ist das letzte Mal, dass ich den Alten und Heike hinterhertrotte, dachte sich Lars. In der Menge entdeckte er Kevin, Manuel und Fathi.

»Hey, Lars«, rief ihm Kevin zu. »Komm. Wir ziehen ein bisschen rum.«

»Nee«, antwortete Lars missmutig und schluckte eine Erklärung hinunter, als sich sein Vater zu ihm umdrehte.

»Was ist?«, fragte Steffen Meiners und sah dann Lars' Freunde. »Hallo, Kevin«, rief er. »Wo sind deine Eltern?«

Der rothaarige Junge lachte, dass die Sommersprossen in seinem Gesicht tanzten. »Die nehme ich doch nicht mit.«

»Da siehst du's«, maulte Lars. »Die müssen nicht mit ihrer Sippe losziehen.«

Meiners stupste seinem Sohn kameradschaftlich in die Seite. »Verstehe ich ja. Aber Mutti und Heike finden es nun einmal schön, wenn wir gemeinsam etwas unternehmen. Und der Heider Marktfrieden ist doch etwas Besonderes für uns Dithmarscher. So eine Veranstaltung gibt es nur hier.«

»Trotzdem. Und außerdem war es dein Wunsch, nicht Mamas. Meine blöde Schwester hat sowieso andere Interessen.«

Meiners lachte vergnügt. »Mensch, Junge. Wir machen einen Deal. Irgendwann sind die beiden Frauen müde. Dann gehen wir etwas essen. Ich stecke dir noch einen kleinen Taschengeld-Bonus zu, und dann verdrückst du dich und ziehst mit deinen Kumpeln los. Einverstanden?« Steffen Meiners fuhr seinem Sohn durch die hochgegelten Haare.

Lars zuckte halbherzig zurück. Er mochte diese Geste nicht. Zumindest nicht in der Öffentlichkeit. Erwachsene behandelten sich untereinander auch nicht so. Im vertrauten Kreis war es etwas anderes. Zwar brummte er dann auch, aber insgeheim freute er sich über diese Art der Vertrautheit zwischen ihm und seinem Vater. Steffen Meiners hatte den schwierigen Spagat zwischen väterlicher Autorität und kameradschaftlicher Freundschaft zu seinem pubertierenden Sohn erfolgreich geschafft. Er wies Lars noch an den Stellen den Weg, wo der Jugendliche die Gefahren nicht selbst erkennen konnte, behandelte ihn auf der anderen Seite aber schon wie einen werdenden Erwachsenen. Insbesondere das Glas Bier, das er beim familiären Grillen seinem Sohn anbot, verlieh Lars das Gefühl, akzeptiert zu sein.

Eigentlich ist er ganz in Ordnung, dachte Lars, drehte sich kurz zu seinem Vater um und zwinkerte ihm zu. Dann versuchte er, sich einen Weg durch die Menge zu bahnen. Ein paar Schritte weiter stieß ihn sein Vater an.

»Sieh mal, da drüben. Der hat ja eine tolle Kostümierung. Sieht aus wie ein Leprakranker.« Lars versuchte, sich umzudrehen, wurde aber gleichzeitig durch seine Schwester abgelenkt, die mit ihrer hellen Mädchenstimme seinen Namen rief. Er konnte Heike im Gewühl nicht entdecken, sah aber den Blondschopf seiner Mutter.

Plötzlich bekam er einen heftigen Stoß in den Rücken, erschrak und wollte sich zornig umdrehen, als auch die Menschen in seiner Umgebung trotz der Enge auseinanderwichen. Lars sah, dass sein Vater der Länge nach hingefallen war. Natürlich wurde hier geschubst und gedrängelt. Es war unvermeidbar, dass man unfreiwillige Berührungen anderer Marktbesucher erdulden musste, aber jetzt, am Nachmittag, wenn Familien die Besuchermassen dominierten, herrschte keine Bösartigkeit. Daher war Lars zunächst verblüfft, dass jemand seinen Vater so heftig angestoßen haben sollte, dass dieser gestürzt war. Sein Vater unternahm keine Anstalten, sich wieder aufzuraffen.

»Eh, was ist?«, fragte ein Fremder, der etwa im Alter von Steffen Meiners zu sein schien.

Ein anderer schüttelte missbilligend den Kopf. »Mensch! Das ist doch eine Schande, wenn man so besoffen ist, dass man nicht mehr stehen kann.«

»Richtig«, pflichtete eine Frau aus der Runde der Gaffer bei. »Das ist kein gutes Beispiel für unsere Kinder.«

»Mami, was ist mit dem?«, fragte neugierig ein kleines Mädchen an der Hand der Frau, die nicht daran dachte, ihre Tochter fortzunehmen.

»Der ist betrunken«, erklärte die Mutter und fügte vernehmlich ein »Pfui« an.

Lars beugte sich hinab. »Papa, was ist los? Komm, steh wieder auf«, sagte er und sah hilflos in die Runde der Leute, die sich um ihn geschart hatten.

»Ist das dein Vater?«, fragte die Frau mit dem Kind an der Hand. »Der ist dir aber kein leuchtendes Vorbild.«

»Der hat keinen Alkohol getrunken«, rief Lars zornig. Vorsichtig rüttelte er an der Schulter. »Mensch. Papa. Sag, was hast du?«

Er starrte in die Gesichter der Gaffer, die ihn und seinen reglos auf dem Boden liegenden Vater neugierig musterten. Lars versuchte, seinen Vater aufzurichten. Es gelang ihm nur, den Oberkörper ein Stück in die Höhe zu ziehen und dabei den Kopf, der im Schmutz lag, mit anzuheben. Ein eiskalter Schreck durchfuhr Lars, als er das Blut sah, das in einem dünnen Rinnsal aus Steffen Meiners' Mundwinkel lief.

»Papa! Papa!«, rief Lars verzweifelt und zerrte am Oberkörper seines Vaters.

Schlagartig war das Gemurmel der Neugierigen erloschen. Jetzt beugte sich ein älteres Ehepaar zu Steffen Meiners hinab. Deutlich war das Knacken in den Kniegelenken des Mannes zu hören.

»Wir brauchen einen Arzt«, sagte der Grauhaarige, während die vorwitzige Mutter ihre kleine Tochter vor sich herschob und das Kind so zu positionieren versuchte, dass die Kleine das Geschehen auch gut beobachten konnte.

»Was ist mit dem Mann?«, fragte das Mädchen.

»Ich weiß nicht«, antwortete die Mutter etwas kleinlauter.

»Schämen Sie sich nicht, dem Kind so etwas zu zeigen?«, ereiferte sich eine resolute Frau. Und nachdem andere Leute eingestimmt hatten, drängte sich die Mutter mit dem Kind an der Hand gesenkten Haupts aus dem Kreis der Neugierigen heraus.

Jemand hatte sein Handy hervorgekramt und rief den Rettungsdienst an. Ein anderer warf ein: »Es gibt hier doch Sanitäter auf dem Festplatz.« Doch weder er noch andere wollten den Ort des Geschehens verlassen, um Hilfe zu holen.

»Was hat er, Fritz?«, fragte die Frau, die sich mit ihrem Mann hinabgebeugt hatte. Der Grauhaarige besah sich unschlüssig den reglos daliegenden Steffen Meiners.

»Keine Ahnung«, murmelte er.

Währendessen streichelte Lars vorsichtig über den Kopf seines Vaters. »Papa«, murmelte er dabei.

Der Mann mit dem Handy hatte den Notruf beendet. Er ergriff Lars am Oberarm und wollte den Jungen fortziehen. »Komm, da kannst du im Moment nichts tun«, sagte er, aber Lars entwand sich dem Griff.

»Lass mich los«, rief er trotzig.

Steffen Meiners lag reglos am Boden. Aus dem Mundwinkel rann ein dünner Blutfaden. Er stöhnte leise.

»Helft ihm doch.« Lars sah sich angstvoll um. Doch niemand der Umstehenden rührte sich. Inzwischen war auch der Grauhaarige mit seiner Frau wieder aus der Hocke hochgekommen. Der Mann kratzte sich verlegen den Hinterkopf.

»Tjä«, sagte er gedehnt. »Da weiß ich auch nicht weiter.«

Aus dem Hintergrund versuchte Dörte Meiners mit ihrer Tochter an den Ort des Geschehens zu gelangen.

»Nun drängeln Sie doch nicht so«, fuhr sie eine Frau im mittleren Alter an.

»Ich muss da durch. Das ist mein Mann.«

»Trotzdem!«, empörte sich die Zuschauerin und gab nur widerwillig den Platz frei.

»Was ist mit Papa?«, fragte Dörte und beugte sich zu Steffen hinab.

»Ich weiß nicht«, antwortete der Junge mit erstickter Stimme. »Plötzlich ist er umgefallen.«

»Hilf mir mal, ihn umzudrehen«, entschied die Mutter. Gemeinsam mit ihren Kindern packte sie ihren Mann und versuchte, ihn auf den Rücken zu legen.

»Ich weiß nicht, ob das richtig ist«, warf der Grauhaarige ein.

»Haben Sie einen besseren Vorschlag?«

»Nein, aber …« Der Mann verschluckte den Rest des Satzes.

»Der gehört in die stabile Seitenlage«, sagte der Zuschauer, der den Rettungsdienst alarmiert hatte.

»Dann packen Sie mit an«, forderte ihn Dörte Meiners auf.

»Ich?« Der Mann sah in die Gesichter der Umstehenden. Dann zog er sich ganz langsam aus der ersten Reihe der Zuschauer zurück.

Steffen Meiners starrte mit geöffneten Augen zum strahlend blauen Himmel. Unablässig floss ein dünner Faden Blut aus seinem Mundwinkel. Sein Atem ging röchelnd. Die Nasenflügel bebten.

»Steffen! Hörst du mich? Kannst du mich verstehen?« Frau Meiners bettete seinen Kopf in ihren Schoß. Es hatte den Anschein, als würde ihr Mann etwas sagen wollen. Es war aber nicht mehr als ein leises Röcheln.

»Mama«, schrie Heike entsetzt auf. »Sieh mal. Papas Bauch. Da ist ganz viel Blut.«

Jetzt sah auch Lars den roten Fleck, der sich auf dem Hemd seines Vaters ausbreitete.

Dörte Meiners wollte zögerlich zur Wunde greifen, zog dann aber unentschlossen ihre Hand wieder zurück.

»Hast du gesehen, ob Papa auf einen Stein gefallen ist?«, fragte sie ihren Sohn.

Lars schüttelte den Kopf. »Er war hinter mir. Ich habe nichts mitbekommen.«

In der Ferne war das Martinshorn des Rettungswagens zu hören. Kurz darauf bahnten sich zwei Rettungsassistenten mit ihrem Notfallrucksack einen Weg durch die Menschen.

»Was ist geschehen?«, fragte der Größere, ein hochgewachsener Mann mit blondem Haar.

»Das wissen wir nicht«, entgegnete Dörte Meiners, und Lars ergänzte: »Mein Vater ist plötzlich umgefallen. Und jetzt blutet er.«

Der Rettungsassistent fühlte den Puls. Er bemerkte die kaltschweißige blasse Haut und die blauen Fingerkuppen unter den Fingernägeln sowie die blauen Lippen.

»Schocksymptomatik«, sagte er zu seinem Kollegen. »Ich vermute einen zyanotischen Volumenmangelschock. Wir legen einen Zugang.«

»Den grauen?«, fragte der zweite Rettungsassistent zurück.

Der Blonde nickte. »Ja, den großen.« Dann beugte er sich über Steffen Meiners. »Können Sie mich hören?«

Er erhielt als Antwort nur ein Röcheln.

»Wir brauchen dringend den Notarzt«, sagte er zu seinem Kollegen. »Dann geben wir Sauerstoff und eine Infusion, um das Volumen aufzufüllen.«

»Was ist mit ihm?« fragte Dörte Meiners mit banger Stimme.

»Hat Ihr Mann Vorerkrankungen?«, antwortete der Rettungsassistent mit einer Gegenfrage.

Die Mutter schüttelte den Kopf. »Nein. Der ist gesund. Was hat er?«

Der erfahrene Rettungsassistent vermied es, auch nur einen Verdacht zu äußern. Routiniert versorgten die beiden Männer in den orangefarbenen Jacken Steffen Meiners, der jetzt unter Sauerstoff ein wenig ruhiger zu atmen schien.

Zeitgleich mit dem Notarzt erschien ein blau-silberner Streifenwagen der Polizei. Einer der beiden Beamten nahm von Dörte Meiners die Personalien auf, nachdem er sich kurz bei den Mitarbeitern des Rettungsdienstes erkundigt hatte, wie es Meiners ging und ob sie sagen könnten, was vorgefallen sei.

»Ich kann überhaupt nichts sagen«, erklärte der Notarzt. »Es könnte aber ein Messerstich gewesen sein. Doch im Moment interessiert mich nur die Versorgung des Opfers.«

Auch die Neugierigen in der Runde und Lars konnten auf die Frage des Polizisten keine Antwort geben. Nur der ältere Grauhaarige meldete sich zu Wort.

»Ich habe gesehen, wie er da«, dabei zeigte er auf Steffen Meiners, der jetzt auf einer Trage lag, »mit einem kostümierten Mann zusammengestoßen ist. Der sah aus wie ein … wie soll ich sagen? Wie ein Gespenst. Der war toll geschminkt. Wie hießen die noch gleich im Mittelalter? Die, bei denen Teile vom Gesicht und vom Körper abgefault sind?«

»Leprakranke«, half der Polizist nach.

»Richtig. So sah der Mann aus. Er hatte auch so eine Art Sack umgebunden.«

Inzwischen hatte der Notarzt noch einmal die Versorgung des Verletzten überprüft.

»Ihr habt alles richtig gemacht«, lobte er die beiden Rettungsassistenten. »Jetzt aber mit Dampf ins Klinikum.«

»Ich komme mit«, sagte Dörte Meiners. »Und die Kinder auch.«

»Das geht nicht«, erklärte ihr der blonde Sanitäter. »Wir haben keinen Platz mehr im Wagen. Aber der Kollege im Notarztwagen nimmt Sie mit. Wir fahren ins Heider Krankenhaus.« Dann trugen sie Steffen Meiners zu ihrem Einsatzfahrzeug, das kurz darauf mit Blaulicht und Martinshorn zum Westküstenklinikum davonfuhr.

Die Polizisten notierten sich die Personalien des Grauhaarigen und nahmen die Personendaten der Mitarbeiter der umliegenden Marktstände auf. Von den zahlreichen Neugierigen wollte hingegen niemand etwas gesehen oder bemerkt haben.

*

Die Leute wichen freiwillig zur Seite, als der Trupp von fünf Männern mit ausgreifenden Schritten durch das Gewühl auf dem Festplatz schritt. Gleichsam als Speerspitze wurde die Gruppe von einem durchtrainiert wirkenden Mann mittlerer Größe angeführt. Die wachen Augen, der gepflegte Dreitagebart und die markanten Zügen verliehen ihm eine natürliche Autorität, auch wenn er sich in der saloppen Kleidung nicht von den anderen Besuchern des Marktfriedens unterschied.

Hauptkommissar Markus Schwälm gehörte zum K1 der zuständigen Bezirkskriminalinspektion Itzehoe, die von der Heider Polizei informiert worden war. Er war der Leiter der Mordkommission, wie das K1 im Volksmund genannt wurde, obwohl die Aufgaben des Kommissariats weitaus vielschichtiger waren.

Schwälm schmunzelte stets ein wenig, wenn er neben Frauke Dobermann aus Flensburg, Thomas Vollmers aus Kiel und dem Lübecker Kollegen als einer von vieren bezeichnet wurde. Viele Kollegen in der Landespolizei wussten, dass sich mit Christoph Johannes und seinem Team aus Husum eine inoffizielle weitere Mordkommission etabliert hatte, denn zum Leidwesen der engagierten Flensburgerin ließen die Nordfriesen keine Gelegenheit aus, entgegen aller formellen Zuständigkeiten bei Todesfällen, in denen Fremdeinwirkung nicht ausgeschlossen war, selbst zu ermitteln. Doch Heide war das Zentrum Dithmarschens. Und hier hatten die Nordfriesen nichts verloren. Die Rivalität war nicht minder groß als zwischen Köln und Düsseldorf, und niemals hätte ein Kölner behauptet, Düsseldorf sei für ihn die schönste Stadt der Welt.

Über die Köpfe der Menschen hinweg erkannte Schwälm die Polizeimütze des uniformierten Kollegen und steuerte die Stelle an.

»Moin«, grüßte er. »Kripo Itzehoe.« Er gab dem Streifenbeamten die Hand. »Markus Schwälm.«

»Behrens, Heide«, erwiderte der uniformierte Polizeihauptmeister und wies auf einen nur noch schwach erkennbaren Fleck versickerten Bluts vor seinen Füßen. »Hier ist es geschehen.« Er erklärte Hauptkommissar Schwälm, was sie bisher in Erfahrung gebracht hatten.

»Niemand hat etwas bemerkt. Und der Notarzt hat gesagt, es könnte ein Messerstich gewesen sein.« Der Beamte sah sich suchend um. »Mein Kollege klappert die umliegenden Stände ab und fragt, ob jemandem etwas aufgefallen ist. Das Einzige, was der Sohn und ein weiterer Zeuge bemerkt haben wollen, ist ein als Leprakranker Kostümierter. Mehr Leute haben wir allerdings nicht finden können, die diese merkwürdige Gestalt gesehen haben wollen.« Erneut zeigte der Polizist auf den Boden. »Ich habe in diesem Gedränge, so gut es ging, versucht, diesen Bereich abzusichern. Wir sind allerdings erst nach dem Rettungsdienst eingetroffen. Ich kann nicht sagen, wer inzwischen hier herumgetrampelt ist.«

Schwälms Mitarbeiter waren den Ausführungen des Uniformierten schweigend gefolgt. Ohne dass der Hauptkommissar etwas erklären musste, schwärmten drei von ihnen aus, um ebenfalls nach Zeugen zu suchen und die Suche nach dem mysteriösem Unbekannten aufzunehmen.

»Der Mann im Kostüm muss nicht zwangsläufig etwas mit der Sache zu tun haben, aber er könnte ein wichtiger Zeuge sein, da er sich in der Nähe des Tatorts aufgehalten hat«, sagte Schwälm mehr zu sich selbst, während die beiden anderen Männer seines Teams mit der Sicherung der dürftigen Spuren begannen.

»Wer ist das Opfer?«

Polizeihauptmeister Behrens sah in sein kleines Notizbuch.

»Steffen Meiners, vierzig, wohnhaft in Stelle-Wittenwurth,

Dorfstraße. Der Mann ist verheiratet und hat zwei Kinder. Seine Frau und Sohn und Tochter sind mit ins Krankenhaus.«

»Heide?«

Der Polizist nickte.

»Beruf?«

»Sorry, das habe ich nicht aufgenommen. Die Angehörigen waren ziemlich durch den Wind. Da habe ich nicht mehr als Name und Anschrift aus ihnen herausbekommen.«

»Weitere Zeugen?«

Erneut blätterte Behrens in seinem Notizbuch. »Nur noch einer. Gerhard Bohnsack, dreiundsechzig, Rentner, wohnhaft in Windbergen. Der Mann hat mit seiner Frau Klärchen den Marktfrieden besucht. Er will die verkleidete Person auch bemerkt haben, allerdings nicht im Zusammenhang mit der Tat. Davon hat er nur mitbekommen, wie das Opfer gestürzt ist. Warum und ob es eine Berührung durch eine dritte Person gegeben hat, will er nicht gesehen haben. Seine Frau hat überhaupt nichts mitgekriegt.«

»Das ist nicht viel«, murmelte Schwälm, während der uniformierte Beamte bedauernd die Schultern zuckte. »Man ist immer wieder überrascht, wie wenig die Leute selbst im dichtesten Gewühl von dem mitbekommen, was direkt neben ihnen geschieht. Der Arzt meinte, es könnte ein Messerstich gewesen sein?«

Behrens nickte. »So hat er sich ausgedrückt.«

Der Hauptkommissar ging ein wenig abseits, stellte sich hinter einen Korbflechterstand und musste zwei vorwitzige Gaffer verscheuchen, die ihm dreist gefolgt waren und ihn bei seinem Telefonat belauschen wollten. Er rief das Klinikum an und ließ sich mit der chirurgischen Notaufnahme verbinden.

»Schwälm, Kripo Itzehoe. Bei Ihnen ist ein Mann mit einer Bauchverletzung eingeliefert worden. Können Sie mir dazu etwas sagen?«

»Erstens bin ich kein Arzt, zweitens geben wir am Telefon keine Auskunft, und drittens haben wir im Moment alle Hände voll zu tun und überhaupt keine Zeit«, erklärte eine resolute Frauenstimme und legte wieder auf, ohne die Antwort abzuwarten.

»Wie viele Kollegen können Sie noch mobilisieren?«, fragte

Schwälm, nachdem er zu dem Streifenpolizisten zurückgekehrt war.

Der lachte bitter auf. »Wissen Sie, was heute für ein Wochentag ist? Wir sind schon in der Woche unterbesetzt.«

»Wir brauchen Unterstützung«, sagte der Hauptkommissar. »Falls Meiners wirklich mit einem Messer angegriffen wurde, ist nicht auszuschließen, dass der Täter die blutverschmierte Tatwaffe irgendwo auf dem Festplatz weggeworfen hat.«

Behrens ließ seine Hand kreisen. »Sie sehen, was sich hier abspielt. Der Reiz der Veranstaltung ist die Nachbildung mittelalterlichen Handwerks. Da werden Sie viele Messer und Schneidwerkzeuge finden.«

Schwälm kratzte sich nachdenklich am Kinn. »Das ist eine vertrackte Situation. Wenn wir den Festplatz räumen lassen und sich hinterher herausstellt, dass Meiners nur unglücklich gestürzt ist, dann wird es schwierig sein, das der Öffentlichkeit zu erklären, zumal das Fest nur alle zwei Jahre stattfindet und Besucher von weit her anlockt. Eine solche Maßnahme wirkt auch auf künftige Veranstaltungen nach. Andererseits dürfen wir nichts unversucht lassen, um beim Vorliegen einer Straftat alle möglichen Beweise zu sichern.«

»Da gäbe es noch etwas zu bedenken«, sagte Behrens zögerlich und fuhr fort, nachdem ihn der Hauptkommissar fragend angesehen hatte. »Einer der Höhepunkte des Marktfriedens ist das Hochzeitszeremoniell. Unter vielen Anwärtern wird ein glückliches Brautpaar ausgewählt. Ein echtes Brautpaar. Die gültige Trauung findet nach altem überliefertem Brauch traditionell am Sonntag, also heute – am letzten Tag –, statt.« Er sah auf die Uhr. »In etwa einer halben Stunde. Wenn wir die Veranstaltung jetzt abbrechen, dann …« Der uniformierte Polizist ließ die Konsequenzen unausgesprochen.

Schwälm überlegte einen Moment. »Ich werde ins Krankenhaus fahren.« Er wandte sich an seine Mitarbeiter, die sich mit der Spurensicherung beschäftigten. »Hier braucht ihr mich im Moment nicht.«

»Geht in Ordnung«, brummte einer der beiden Kriminaltechniker.

Schwälm drängte sich zum Ausgang und fuhr zum Westküstenklinikum, dem größten Krankenhaus an der Westküste, das schon seit Jahren einer Baustelle glich und an dem immer wieder angebaut wurde.

An der Ecke Esmarchstraße und Gartenweg fand sich gegenüber der Rettungswache ein kleiner Parkplatz, der aber zur Besuchszeit im Krankenhaus hoffnungslos überfüllt war. Schwälm fuhr im Schritttempo auf die Schranke zu, die den Weg zum Haupteingang versperrte. Links und recht drängten sich an seinem Fahrzeug Menschen vorbei, die mit Blumensträußen und Taschen bewaffnet zum Eingang des akademischen Lehrkrankenhauses der Uni Kiel und Lübeck strebten.

»Müssen Sie hier stehen?«, beschwerte sich ein robuster älterer Mann lautstark, und seine ebenso kräftig gebaute Frau schob hinterher: »Junger Kerl. Kann der nicht auch 'nen paar Schritte laufen – so wie wir?«

Über die Gegensprechanlage nahm Schwälm Kontakt zu einem unsichtbaren Pförtner auf. »Ich bin von der Polizei. Würden Sie bitte die Schranke öffnen?«

»Tut mir leid. Erstens darf ich das nicht. Und zweitens geht es am Sonntagnachmittag nicht. Sie sehen es ja selbst.«

»Es ist ein Notfall.«

Aus dem Lautsprecher drang ein kehliges Lachen. »Dafür sind die Kollegen vom Rettungsdienst zuständig. Nee, mein Lieber. Solche Tricks kenne ich.«

Schwälm blieb nichts anderes übrig, als vorsichtig zurückzusetzen und es erneut auf dem kleinen Parkplatz gegenüber zu versuchen. Er hatte Glück und fand eine Lücke, aus der gerade ein anderes Fahrzeug mit einer älteren Frau am Steuer umständlich herausrangierte, dirigiert von drei anderen Frauen, die voneinander abweichende Ratschläge erteilten und die Fahrerin dadurch noch mehr verwirrten.

»Nix da. Das ist unser.« Eine Frau mit künstlich blondiertem Haar und einer brennenden Zigarette stürmte auf Schwälms Auto zu, zeigte mit ausgestrecktem Arm irgendwo zum Straßenrand, wo vermutlich ihre Begleitung mit dem Auto wartete, und wollte den frei werdenden Platz verteidigen.

»Entschuldigung, aber ich bin von der Polizei, und dieses ist ein dienstlicher Einsatz.«

»So eine Frechheit«, schimpfte die Blonde und beruhigte sich auch nicht, als Schwälm ihr den Dienstausweis unter die Nase hielt.

Der Hauptkommissar überquerte die Straße und warf einen kurzen Blick auf den Pesel, aus dem bierseliges Stimmengewirr auf die Straße drang.

Mit dem kleinen Weg zur Pforte hatte man sich viel Mühe gegeben und in den Beeten und Pflanzkübeln leuchtend rote Sommerblumen gepflanzt. Schwälm warf einen raschen Blick zur Turmuhr über dem Gebäude, die einer Sonnenblume glich. Überhaupt ähnelte das Ganze vom Baustil mehr einer Hotelanlage als einem Hospital.

Schwälm fragte sich zur chirurgischen Notaufnahme durch und wurde von einer Frau im weißen Kittel abgefangen, bevor er die Tür mit der Aufschrift »Zutritt verboten« passieren konnte. »Schwester Elke« las er auf dem Namensschild.

»Können Sie nicht lesen?«, herrschte ihn die dunkelhaarige hagere Frau an. An der Stimme erkannte er seine Gesprächspartnerin wieder, die ihn zuvor so abrupt am Telefon abgehängt hatte.

»Kripo Itzehoe«, sagte er und zog seinen Dienstausweis hervor.

»Na und? Dies ist ein Krankenhaus.«

»Es ist aber wichtig. Ich muss dringend mit einem Arzt sprechen. Es geht um …«

Sie musterte ihn von oben bis unten. Ihr Alter war schwer einzuschätzen, aber Schwälm taxierte sie seiner Altersgruppe zugehörig. »Junger Mann. Dies ist ein Krankenhaus. Hier ist alles wichtig. Und in welcher Reihenfolge die Sachen erledigt werden, bestimmen einzig *wir*.«

An der resoluten Frau schien kein Vorbeikommen möglich.

»Irrtum«, blaffte er Schwester Elke an. »Jetzt habe ich das Kommando übernommen. Also? Wo ist der Arzt.«

Erschrocken fuhr sie zusammen. Eine solche Reaktion schien ihr auf »ihrer« Station neu zu sein. »Kommen Sie«, sagte sie eine Spur verbindlicher. »Der Doktor versorgt gerade einen Notfall.«

Sie zeigte auf ein paar Stühle auf dem Flur. »Warten Sie hier. Fünf Minuten.« Dann verschwand sie durch eine Tür mit Milchglas.

Es dauerte zehn Minuten, bis ein dunkelhäutiger Mann mit krausem Haar und zerfurchtem Gesicht auf den Flur trat.

»Dr. Al-Nasif«, stellte er sich vor und reichte Schwälm die schlanke Hand. »Ich bin der zuständige Arzt. Was kann ich für Sie tun?« Er ließ sich vom Hauptkommissar den Dienstausweis zeigen und studierte ihn aufmerksam.

»Es geht um Steffen Meiners, der vor Kurzem als Notfall bei Ihnen eingeliefert wurde.«

Der Mediziner fasste Schwälm am Ärmel und zog ihn hinter sich her, nachdem er einen Blick über den leeren Flur geworfen hatte. »Kommen Sie, wir gehen ins Ärztezimmer.«

Der Hauptkommissar folgte ihm in den nüchternen Raum, in dem zwei einfache Schreibtische, ein kleiner Kaffeetisch und zwei Holzstühle standen. Dr. Al-Nasif nahm hinter dem Schreibtisch Platz, kramte aus einer Schublade eine Zigarettenpackung hervor und zündete sich eine an.

»Das muss jetzt sein«, sagte er entschuldigend. »Manchmal ist es ruhig, aber heute …« Er sog tief den Rauch in seine Lungen und entließ die blaue Wolke wenig später in den Raum. »Sie müssen nicht erstaunt sein. Auch Ärzte sind nur Menschen«, erklärte er ungefragt. »Das war eben ein Beinbruch. Gottlob ohne Komplikationen. Der Mann wollte nur eine Glühbirne auswechseln und hat dazu zwei Stühle übereinandergestellt. Das hat aber nicht gehalten. Auf diese Weise kommen wir zu unserer Sonntagsarbeit.«

»Entschuldigen Sie, aber wir stehen unter Zeitdruck. Meine Mitarbeiter suchen den vermeintlichen Tatort ab. Das ist der Festplatz. Da es dort vor Menschen wimmelt, ist für uns jede Minute kostbar. Wichtig ist es, zu wissen, ob Herr Meiners mit einer Stichverletzung eingeliefert wurde. Wir müssen dann nach der Tatwaffe suchen. Kann ich schon mit ihm sprechen?«

Erneut inhalierte Dr. Al-Nasif an seiner Zigarette, bevor er den Kopf schüttelte. »Nein, das ist nicht möglich.«

»Dann liegt er noch in Narkose. Wann, glauben Sie, wird er ansprechbar sein?«

»Gar nicht.«

»Was heißt das?«

Der Arzt sah Schwälm mit traurigem Blick an. »Als er bei uns eintraf, war er bereits tot. Er hat den Transport nicht überlebt.«

»Woran ist er gestorben?«

»Das kann ich Ihnen nicht sagen. Der Notarzt hat alles versucht. Wir haben im Schockraum auch noch eine Reanimation durchgeführt. Leider vergeblich. Es sieht aus, als wäre die Bauchschlagader verletzt gewesen. Da läuft das Blut so schnell in den Bauchraum, dass Sie mit dem Nachfüllen nicht hinterherkommen.«

»Wo ist das Opfer jetzt?«

Der Arzt zog ein letztes Mal an seiner Zigarette und drückte den Stummel in einem Aschenbecher aus. Dann stand er auf. »Kommen Sie«, sagte er und ging zu einem grün gekachelten Raum, in dem auf einem Gestell eine Trage stand. Unter einem weißen Tuch zeichneten sich die Konturen eines Menschen ab. Dr. Al-Nasif zog das Laken von den sterblichen Überresten Steffen Meiners'.

Schwälm suchte in seinen Taschen. »Hier«, sagte der Arzt und reichte ihm von einem Bord Einmalhandschuhe, die sich der Hautkommissar überstülpte. Dann tastete er vorsichtig das bleiche Gesicht des Toten ab, versuchte, in den Mund zu sehen, schob den Ansatz der dunkelbraunen Haare nach hinten, hob den Kopf und versuchte ihn ein wenig zu drehen.

Er konnte keine Auffälligkeiten feststellen. Das galt auch für den Hals und die Extremitäten. Akribisch begutachtete Schwälm Meiners' Hände. Sie sahen nicht aus, als hätte der Mann seinen Lebensunterhalt als Handwerker verdient. Auch unter den Fingernägeln fand er mit bloßem Auge nichts, was seine Aufmerksamkeit erregt hätte. Es gab keine Hämatome oder andere Anzeichen für eine Gewalteinwirkung, und die Narbe unter dem linken Knie war alt. Lediglich das kleine Loch, etwa zwei Fingerbreit unter dem Magen, wies auf den Mord hin, an dem Schwälm keinen Zweifel mehr hegte. Die Mediziner, die sich um das Leben des Opfers bemüht hatten, waren gründlich gewesen und hatten das Blut, das aus der Wunde gesickert war, und die Stelle rund um das Einschussloch gründlich gereinigt, aber Schwälm erkannte sofort die typische Charakteristik der Schussverletzung. Damit erübrigte sich, auf dem Heider Markplatz nach der Tatwaffe zu suchen, von der sie vermutet hatten, dass es auch ein Messer gewesen sein könnte.

Steffen Meiners war durch einen fast aufgesetzten Schuss ermordet worden.

»Ich war mir nicht sicher«, versuchte Dr. Al-Nasif Schwälms Gedanken zu erraten, »ob es eine Kugel war. Ich habe so etwas noch nie gesehen – nicht als Arzt. Das andere zählt nicht.« Auf Schwälms fragenden Blick ergänzte der Arzt: »Ich komme aus Ägypten.«

»Sie müssen doch das Ausschussloch im Rücken gesehen haben«, sagte der Hauptkommissar mit einem leichten Vorwurf in der Stimme und hielt für sich fest, dass die Spurensicherung im Umkreis des Tatorts nach dem Geschoss suchen musste.

»Es gibt keinen Austritt«, erwiderte Dr. Al-Nasif. »Der Rücken ist unversehrt.«

»Sind Sie sicher?«

»Hören Sie. Halten Sie mich für blind?«

Schwälm drehte den Leichnam auf die Seite und warf einen Blick auf den Rücken. Er konnte mit Ausnahme der Totenflecken nichts erkennen.

»Können Sie sicherstellen, dass der Tote unverändert bleibt? Ich lasse ihn zur Gerichtsmedizin nach Kiel bringen.«

»Wir kümmern uns hier gemeinhin um die Lebenden. Die machen uns genug Arbeit. Da müssen Sie sich nicht sorgen, dass sich einer an den Leichen vergreift«, antwortete der Mediziner, der dem Hauptkommissar die Zweifel an der Gründlichkeit seiner Untersuchung übel nahm. Dann scholl ein Piepton aus der Brusttasche des Arztkittels.

»Ich werde gebraucht. Von einem Lebenden«, sagte Dr. Al-Nasif und schloss ab, nachdem beide Männer den Raum verlassen hatten.

Schwälm veranlasste über Handy, dass Steffen Meiners zur Rechtsmedizin nach Kiel gebracht wurde. Es war ein glücklicher Umstand, dachte er, dass das Projektil noch im Körper des Opfers steckte und die Spurensicherung sich nicht auf die mühsame Suche nach dem Geschoss im Gedränge des Festplatzes begeben musste.

Dann fuhr der Hauptkommissar zum Heider Marktplatz zurück.

»Wir haben bisher nichts finden können, was uns weiterführt«, empfing ihn Oberkommissar Bongers, einer seiner Mitarbeiter. »Fast alle Befragungen waren negativ.«

Schwälm horchte auf. »*Fast* alle?«

Bongers nickte. »Lediglich die Frau am Zugang zum Gelände, die die Eintrittskarten kontrolliert, konnte sich an den Leprakranken erinnern. Sie fand es merkwürdig, dass sich ein Kostümierter mit einer gelösten Karte Zutritt verschafft hat.«

»Wieso?«

»Die Besucher, die Eintritt zahlen müssen, kommen nicht verkleidet. Schließlich sind wir hier in Dithmarschen und nicht in Köln oder Düsseldorf. Die Akteure des Marktfriedens hingegen betreten das Gelände durch einen anderen Eingang oder haben einen Ausstellerausweis, wenn sie an einem der Stände tätig sind.«

»Das könnte bedeuten, dass wir die registrierten Marktbeschicker im ersten Schritt ausklammern können. Trotzdem möchte ich, dass wir eine Aufstellung aller Namen bekommen, die beim Veranstalter gemeldet sind.«

»Daran habe ich auch schon gedacht«, sagte Bongers. »Es gibt einen Marktmeister, der alles überwacht. Mit dem haben wir schon gesprochen. Der Mann macht einen zugänglichen Eindruck und hat uns seine Unterstützung zugesichert.«

Schwälm sah sich um. »Was ist mit der Schmiede dort drüben?«

»Da arbeiten der Schmied und ein paar Helfer. Die haben auch nichts bemerkt. Unglücklicherweise haben die gerade zum Zeitpunkt der Tat eine Show vorgeführt. Sie haben mit dem Blasebalg das Feuer geschürt, und der Schmied hat mit seinem wuchtigen Hammer auf glühende Metallstäbe eingedroschen. Das hat auch die Menschentraube verursacht, in deren Gedränge der Täter offenbar unbemerkt zuschlagen konnte. Und durch den Lärm, den das Hämmern verursacht hat, blieb der Schuss unbemerkt.«

»Was ist mit der Gestalt, die dort hinten auf dem Boden hockt?«

»Wo?« Bongers sah sich suchend um und entdeckte jetzt auch eine in Lumpen gekleidete Gestalt, die am Rande des Weges kauerte und den Besuchern fordernd eine Hand entgegenstreckte.

»Ein Bettler«, sagte Schwälm. »Die wenigen Zeugen sprachen doch von einer Gestalt, die wie ein Leprakranker aussah.«

Sie näherten sich dem Bettler, der auf seinen angewinkelten Beinen hockte. Die ganze Figur war in grobes sackartiges Leinen gewandet. Die spitze Kapuze war tief in die Stirn gezogen und verdeckte das Gesicht.

»Hallo«, sagte Schwälm. Der Bettler sah sie an. Aus einem geschwärzten Antlitz leuchteten den beiden Polizisten ein paar strahlend blaue Augen entgegen.

»Moin«, erwiderte der Bettler den Gruß mit einer angenehmen Mädchenstimme.

»Wir sind von der Polizei und haben ein paar Fragen an Sie.«

Die Gestalt raffte sich auf und schob die Kapuze vom Kopf. Darunter kam schulterlanges nussbraunes Haar zum Vorschein. »Warum?«, fragte die junge Frau. »Ich bin ordnungsgemäß als Schausteller eingetragen.«

»Darum geht es nicht.« Schwälm lächelte sie an. »Haben Sie etwas von dem Ereignis mitbekommen, das sich dort drüben vor der Schmiede zugetragen hat?«

Sie folgte mit ihrem Blick der ausgestreckten Hand des Hauptkommissars. »Nein. Ich habe allerdings vorhin eine kleine Pause gemacht und bin selbst über den Markt geschlendert. Mein Freund hat mich aufgegabelt, und wir haben eine Kleinigkeit gegessen.«

»An welchem Stand?«

Erneut lächelte sie und zeigte dabei eine Reihe weißer Zähne. »An mehreren. Das ist doch das Schöne hier, dass man an vielen Stellen einmal naschen kann.«

Die beiden Beamten baten um die Personalien der Frau. Sie hieß Jasmin Johannsen, war zweiundzwanzig Jahre alt, studierte in Hamburg Sozialpädagogik und war mit dem Hauptwohnsitz bei ihren Eltern in Tellingstedt gemeldet.

»Haben Sie einen Kostümierten gesehen, der wie ein Leprakranker aussah? Möglicherweise trug er eine ähnliche Verkleidung wie Sie?«

»Sie sind gut«, antwortete sie amüsiert. »Schauen Sie sich doch um. Nicht nur den Gästen macht es Spaß, am Heider Marktfrieden teilzuhaben. Auch uns, den Darstellern, bereitet es viel Vergnügen. Außerdem laufen hier so viele Akteure herum, da kann man sich nicht jeden Einzelnen merken.«

»Uns interessiert auch nur eine Person, die ähnlich wie Sie gekleidet ist.«

»Eigentlich bin ich ganz froh, dass meine Idee keine Nachahmer gefunden hat«, sagte Jasmin Johannsen. »Das verdirbt sonst das Geschäft. Wenn Sie allein als Bettler unterwegs sind, empfinden die Leute es als zum mittelalterlichen Ambiente passend. Wenn sie aber alle paar Meter von einem zerlumpten Bettler behelligt werden, fängt es an zu stören. Und das möchte niemand.«

»Würden Sie uns bitte begleiten?«, bat Schwälm die junge Frau.

»Warum denn?«, protestierte sie schwach, folgte dann aber den beiden Beamten, nachdem Bongers sie vorsichtig am Ellenbogen gepackt hatte. Niemand achtete auf die drei Personen, die sich vorsichtig einen Weg durch die immer noch dichte Menschenmenge zum Ausgang bahnten. Sie legten den Weg bis zum Dienstgebäude der Heider Polizei, das direkt am Marktplatz liegt, zu Fuß zurück. Es dauerte eine Weile, bis sie am Sonntag Einlass fanden.

Die Spurensicherung untersuchte Jasmin Johannsens Hände und Kostüm auf Schmauchspuren. Eine herbeigerufene Polizistin nahm außerdem eine Leibesvisitation vor. Doch alle Ergebnisse waren negativ. Mit einer Digitalkamera fotografierten sie Jasmin Johannsen von allen Seiten, mit und ohne Kapuze, frontal und seitlich.

Schwälm hatte beschlossen, gemeinsam mit Bongers die Hinterbliebenen zu besuchen. Sie verließen die Kreisstadt und folgten der alten Bundesstraße Richtung Norden. Stelle-Wittenwurth war ein so überschaubarer Ort, dass sich die Menschen nicht nur untereinander, sondern sogar Nachbars Haustiere kannten.

Die Dorfstraße war von gepflegten Anwesen geprägt. Akkurat herausgeputzte Vorgärten und anheimelnd wirkende Häuser zeugten davon, dass sich die Menschen in der Abgeschiedenheit ihres Ortes wohlfühlten.

Das Eigenheim der Familie Meiners unterschied sich in nichts von denen der Nachbarn. In der Garageneinfahrt stand ein Opel Vectra, dahinter ein japanischer Kleinwagen.

Das kleine Beet vor dem Haus war sauber geharkt, die winzige Rasenfläche gemäht, und selbst in den Balkonkästen vor den Fenstern war auf den ersten Blick keine verblühte Geranie zu entdecken.

Auf der gegenüberliegenden Seite lugte hinter der Gardine ein Teil eines Gesichts hervor, von dem man nicht sagen konnte, welchem Geschlecht der Besitzer angehörte.

Es dauerte eine Weile, bis ihnen eine schmächtige ältere Frau mit einem faltenreichen Gesicht öffnete. Sie sah die beiden Beamten fragend an.

»Guten Tag. Wir sind von der Polizei. Können wir mit Frau Meiners und dem Sohn sprechen?«

»Polizei? Sie sind wirklich nicht von der Zeitung?«, fragte die Frau mit erstaunlich fester Stimme.

Schwälm wollte seinen Ausweis zücken, aber die Frau winkte ab und gab den Eingang frei. »Ich bin die Schwiegermutter«, sagte sie.

»Frau …?«

»Oldenberg. Kommen Sie rein.« Sie führte die Polizisten durch einen engen Flur, von dem eine Holztreppe ins Obergeschoss führte, ins Wohnzimmer.

Der Hauptkommissar ließ seinen Blick in die Runde schweifen. Der Raum, der die gesamte Rückfront des Hauses einnahm und zum Garten führte, war mit Möbeln vollgestopft. Ein Tisch mit sechs Stühlen und eine dazu passende Anrichte aus Kiefernholz bildeten die Essecke. Zwei über Eck stehende Sofas und ein ebenso wuchtiger Sessel standen um einen mit Kacheln belegten

Tisch. Das Holz der Anbauwand passte nicht zum Esszimmer, und die vier unterschiedlich großen Teppiche harmonierten nicht untereinander. Eine Raffgardine deckte den oberen Teil des Fensters ab und ließ Platz für die zahlreichen Blumentöpfe, die auf der Fensterbank standen, unter der ein gusseiserner Heizkörper den Raum ausfüllte.

Die beiden Kinder lümmelten sich in jeweils einer Sofaecke, während Dörte Meiners, die in der Mitte der Sitzgruppe saß, aufsah.

»Die beiden sind von der Polizei«, erklärte die Schwiegermutter und sah die Tochter an. »Heike, mach mal Platz für die Herren.«

Das Mädchen stand auf und kuschelte sich auf das zweite Sofa neben ihre Mutter.

»Was wollen Sie?«, fragte Frau Oldenberg, die widerspruchslos das Regiment übernommen hatte.

Die Beamten setzten sich. Schwälm hob die Hand an den Mund und räusperte sich, bevor er sprach. »Frau Meiners, Sie haben es schon vom Krankenhaus gehört?«

Die blonde Frau nickte. Dann schluchzte sie und wischte sich mit dem Handrücken übers Auge. Niemanden störte es, dass sich ihr Lidschatten schon lange verwischt hatte.

»Wir möchten Ihnen unser Beileid aussprechen.«

Die Schwiegermutter hatte im Sessel Platz genommen, in dem die zierliche Frau fast verschwand.

»Meine Tochter ist im Augenblick nicht ansprechbar. Aber ich könnte Ihnen ein paar Fragen beantworten. Schießen Sie los«, forderte sie den Hauptkommissar auf.

Vorsichtig bemühte sich Schwälm, etwas über den Verlauf der Tat in Erfahrung zu bringen. Dörte Meiners und ihre Tochter hatten nichts mitbekommen und konnten keine Angaben machen. Lars wiederholte mit stockender Stimme, wie er es erlebt hatte.

»Ich habe den Bettler gesehen. Aber ob er nahe bei meinem Vater war, kann ich nicht sagen. Ich bin ja vorausgegangen. Das Ganze spielte sich hinter meinem Rücken ab.«

Oberkommissar Bongers hielt dem Jungen die Digitalkamera

hin und zeigte ihm die verschiedenen Bilder, die sie von der Bettlerin aufgenommen hatten.

»Können Sie die Person wiedererkennen?«

»Sagen Sie ruhig ›Du‹ zu Lars. Der ist doch erst vierzehn«, mischte sich Frau Oldenberg ein, während ihr Enkel konzentriert auf das Display des Apparats sah. Dann zuckte er resigniert die Schultern.

»Das weiß ich nicht. Ich kann das echt nicht sagen. Ich habe die Gestalt doch nur ganz kurz gesehen. Vielleicht ist er es – vielleicht auch nicht.«

»Bist du dir sicher, dass es ein Mann war?«

»Klar«, antwortete Lars.

»Hast du das genau gesehen?«

Der Junge zögerte ein wenig, bis er antwortete. »Das nicht. Aber es *muss* doch ein Mann gewesen sein. Eine Frau tut so etwas nicht.«

»Weißt du genau, was passiert ist?«

»Nicht wirklich.« Dann unterbrach er seine Ausführungen, schluckte heftig und konnte seine Tränen, die er bisher mannhaft unterdrückt hatte, doch nicht mehr zurückhalten. »Mein Papa ist tot«, stieß er gepresst hervor.

Seine Oma beugte sich über den Tisch und reichte ihm ein Papiertaschentuch. »Hier«, sagte sie barsch. Dann sah sie Schwälm an. »Sie sehen doch, dass meine Familie heute keine gescheiten Antworten geben kann.«

»Für uns zählt jede Minute. Je schneller wir Hinweise auf ein mögliches Motiv bekommen, desto größer ist die Chance, den Täter zu fassen.«

»Täter?«, fragten Frau Oldenberg und Dörte Meiners gleichzeitig.

Die beiden Beamten wechselten einen raschen Blick. »Wir müssen davon ausgehen, dass Ihr Schwiegersohn ermordet wurde.«

»Ermordet?« Die Oma hatte sich in ihrem Sessel gerade gesetzt. Mit finsterem Blick musterte sie den Hauptkommissar. »Das ist doch Quatsch. Wer sollte Steffen töten? Woher wollen Sie wissen, dass er ermordet wurde?«

»Vermutlich ist er erschossen worden.«

Während Dörte Meiners und ihre Kinder den Hauptkommissar starr vor Entsetzen ansahen, schüttelte die alte Frau energisch ihren Kopf. »Das kann nicht sein. Steffen und erschießen? Warum?«

»Genau das versuchen wir herauszufinden.«

Frau Oldenberg tippte sich mit dem ausgestreckten Zeigefinger gegen die Stirn. »Der konnte niemanden etwas zuleide tun. Hier«, sie wies auf das Fenster, das zum Garten führte, »wenn sich dort ein Insekt verirrt hat, dann hat er es mit einem Glas eingefangen und ins Freie gebracht.«

»Gab es jemals Anfeindungen gegen Herrn Meiners oder die Familie? Drohungen? Hatte er Streit?«

»Nichts da. Wir wohnen seit Jahrzehnten hier im Dorf. Drüben, schräg gegenüber, wohnen mein Mann und ich.« Sie blickte ihre Tochter an. »Mensch. Das darf ich Papi gar nicht sagen. Der mit seinem Herzen ... Das kann der nicht ab.« Sie hielt einen Augenblick inne und besah sich gedankenverloren die gefalteten Hände in ihrem Schoß. »Nein! Weder Steffen noch jemand anders von uns hat Streit. Mit keinem.«

Schwälm hüstelte verlegen. »Verstehen Sie mich bitte nicht falsch. Es ist ein ungünstiger Moment. Aber ich muss es fragen: Gibt es eventuell einen Hinweis auf eine andere Frau?«

»Sie spinnen doch«, entrüstete sich Frau Oldenberg. »Sie wollen doch nicht behaupten, dass mein Schwiegersohn seine Frau betrogen hat?«

»Was ist Herr Meiners von Beruf?«, lenkte der Hauptkommissar ab, bevor die resolute Schwiegermutter sich noch mehr ereifern konnte.

»Der arbeitet in der Raffinerie in Hemmingstedt.«

»Als was?«

»Er ist Gruppenleiter im Verkauf.« Die Schwiegermutter stemmte sich mit einem Ächzen aus den tiefen Polstern. »So. Ich glaube, das reicht jetzt. Mehr können wir nicht sagen.« Sie ging in leicht gebückter Haltung zur Haustür und geleitete die Beamten hinaus, während Dörte Meiners und ihre Kinder allem schweigend gefolgt waren.

Anschließend fuhren die beiden Beamten nach Windbergen und suchten Gerhard Bohnsack auf. Der Rentner, der den Vorfall auf dem Festplatz beobachtet hatte, wirkte immer noch verstört. Die Fassungslosigkeit stand ihm ins Gesicht geschrieben, als er die Polizisten einließ. Er wiederholte seine Aussage, die er schon in Heide gemacht hatte. Oberkommissar Bongers zeigte ihm die Bilder, die sie von der jungen Frau im Bettlerkostüm gemacht hatten.

»Wo ist meine Brille?«, fragte Bohnsack, nachdem er auf das Display gesehen hatte. Seine Frau brachte ihm die Sehhilfe. »Darf ich?«, fragte der Mann, nahm die Kamera zur Hand und hielt den Apparat am ausgestreckten Arm von sich. Er kniff die Augenlider zu einem schmalen Spalt zusammen und betrachte angestrengt die Ablichtung. »Das ist der Kerl«, sagte er schließlich mit Bestimmtheit. »Genau. Ich erkenne ihn wieder. Das ist der Leprakranke. Hundertprozentig. Das kann ich schwören. So und nicht anders hat er ausgesehen.« Bohnsack schüttelte sich vor Ekel. »Das konnte man sich gleich denken, dass der Böses im Schilde führt. So wie der sich zurechtgemacht hat. Grauenvoll. Nee, so was!« Die letzte Bemerkung galt seiner Ehefrau, die mit offenem Mund und voller Staunen dem Gespräch gefolgt war.

Der Rentner wollte den Bettler auch auf den nächsten Bildern wiedererkannt haben. »Ich irre mich bestimmt nicht«, bekundete er, stutzte aber, als das Antlitz einer Frau sichtbar wurde. »Die kenne ich nicht. War die auch auf dem Marktfrieden?«, wollte er von den beiden Polizisten wissen.

ZWEI

Der BMW rollte langsam hinter den beiden Fahrzeugen her, die auf der schmalen Straße fuhren. Links, hinter einer Schallschutzmauer verborgen, lag die Stadtautobahn. Die beiden Autos bremsten und bogen nach rechts in eine Einfahrt ab. Der BMW folgte ihnen. Ein trister Wachcontainer und ein unscheinbares Schild verrieten auf den zweiten Blick, dass sich auf diesem Gelände, gut versteckt zwischen einem Wohngebiet mit engen Siedlungshäuschen und einem Gewerbegebiet, das Polizeizentrum Eichhof befand, wo zahlreiche Polizeibehörden des Landes untergebracht waren. Es lag westlich des Zentrums, dort, wo die Nachbargemeinde Kronshagen wie ein Finger in das Stadtgebiet hineinragt und Kiel eine Art Taille verpasst.

Das erste Fahrzeug bog im Parkhaus auf eine andere Ebene ab, während der BMW dem Ford Fiesta hinterherfuhr und sich auf den freien Platz neben dem grünen Kleinwagen stellte. Ein hochgewachsener blonder Mann mit durchtrainierter Figur, knapp unter einem Meter neunzig, schälte sich aus dem BMW und lächelte die junge Frau an, die ihren Ford verließ.

»Moin, Herr Lüders«, grüßte die Frau und schloss ihren Wagen ab.

»Hallo, Frau Beyer«, erwiderte Lüder Lüders und ging neben der Sekretärin ihres gemeinsamen Chefs zum Gebäude, in dem beide ihre Arbeitsplätze hatten.

»Hatten Sie ein schönes Wochenende?«

Edith Beyer strich sich eine vorwitzige Haarsträhne aus der Stirn. »Danke. Wir waren so richtig faul. Mein Freund und ich. Wir haben den ganzen Sonntag auf dem Balkon verbracht.«

Lüder schenkte ihr ein Lächeln. »Und was haben die Nachbarn dazu gesagt? Können die so viel Freizügigkeit ab?«

Sie stieß ihm vorsichtig in die Seite. »Aber, Herr Lüders. Woran *Sie* schon wieder denken. Und Sie? Was haben Sie gemacht?«

Lüder lachte und zeigte dabei zwei Reihen weißer Zähne. »Wir haben doch schon vier Kinder. Deshalb haben wir es vorgezogen, den Sonntag am Strand zu verbringen. Wir waren etwas oberhalb von Damp.«

»Was macht Ihre Kleine?«

»Sinje? Die entwickelt sich prächtig. Die ist jetzt zwei. Heute Morgen hat sie mich mit einem breiten Lachen verabschiedet und ›Papa peng-peng‹ gesagt.«

Jetzt lachte auch Edith Beyer. »Da steckt doch sicher Jonas dahinter.«

Lüder nickte. Jonas war das Enfant terrible der Familie. Er war der Sohn aus Lüders geschiedener Ehe, während Margit Dreesen die beiden Kinder Thorolf und Viveka mitgebracht hatte. Sinje, ihre gemeinsame Tochter, vervollständigte die muntere Kinderschar. Auch wenn Lüder und Margit noch keine Zeit zum Heiraten gefunden hatten, sprachen die Kinder wie selbstverständlich untereinander von »meinem Bruder« oder »meiner Schwester«.

Jonas forderte seinen Vater besonders intensiv auf, über die aus seiner Sicht spannenden Erlebnisse eines Kriminalbeamten zu berichten. In seiner kindlichen Fantasie war Lüder im steten Kampf gegen das Böse mit dem Revolver im Anschlag unterwegs. Selbst Jonas' Besuche im eher tristen Büro seines Vaters hatten ihm bisher nicht die Illusionen vom spektakulären Leben des Polizisten rauben können. So hatte er auch viel Mühe darauf verwandt, der kleinen Schwester die Geste des Schießens mit hochgestrecktem Daumen und ausgestrecktem Zeigefinger beizubringen. Und Sinje empfand großes Vergnügen dabei, ihren Vater mit »Papa peng-peng« zu begrüßen.

Sie hatten den Flur erreicht, von dem ihre Büros abzweigten. »Viel Spaß«, wünschte Edith Beyer und verschwand hinter der Tür. Lüder ging den gefliesten Gang ein paar Meter weiter, bis er vor der Tür mit seinem Namensschild stehen blieb.

»Kriminalrat Lüders. Abteilung 3«, stand dort. Eingeweihte wussten, dass sich hinter dieser nüchternen Bezeichnung der Polizeiliche Staatsschutz verbarg, jene Einheit, die für die Verfolgung politisch motivierter Straftaten zuständig ist, links- und rechtsextremistische Vergehen, terroristische Verbrechen und Brand- und Bombenanschläge aufklärt.

Lüder besorgte sich aus einem Nebenbüro einen Kaffee, wechselte ein paar belanglose Worte mit den dort sitzenden Kollegen und warf einen Blick in die Morgenpresse. Jetzt, inmitten der Sommerferien, schwieg die große Politik. Es gab ein paar Hinterbänkler, die sich mit obskuren Ideen an die Füllung des Sommerlochs machten. Für Lüder waren Meldungen dieser Art die »Nessie-Geschichten« aus der Politik. Der Sportteil der Zeitung war auch recht dünn, da der sonst die Spalten füllende Fußball ruhte. Das galt auch für den Handball, der in Kiel populärer war als der »große Bruder« Fußball. Im überregionalen Schleswig-Holstein-Teil fand Lüder eine kurze Notiz über einen rätselhaften Mord in Heide. Dort war inmitten des Volksfestes »Heider Marktfrieden« ein Familienvater erschossen worden. Noch, so hieß es, tappe die Polizei im Dunkeln und habe keine Spur vom Täter.

Nun war das nördlichste Bundesland noch eine relativ heile Welt, zumindest was die Schwerkriminalität anbetraf, und Morde gehörten gottlob nicht zum Alltag, dachte Lüder, selbst wenn auch Schleswig-Holstein nicht von Tötungsdelikten verschont blieb. Der Fall war in guten Händen bei der zuständigen Mordkommission. Mit dieser beiläufigen Feststellung ging Lüder zum Kulturteil der Zeitung weiter. Zwischendurch warf er einen Blick auf die Vorgangsmappen, die auf seinem Schreibtisch lagen. Als Nächstes drohte ihm das Aktenstudium zu einem Fall, in dem ein Unverbesserlicher Vergangenes wieder auferstehen lassen wollte und sich durch fremdenfeindliche Parolen hervortat.

Lüder warf die Tageszeitung in den Papierkorb und holte sich noch eine zweite Tasse Kaffee, bevor er sich mit dem leidigen Thema weiter auseinandersetzen wollte. Als er in sein Büro zurückkehrte, meldete sich sein Telefon. Im Display sah er, dass der Leiter der Abteilung ihn zu sprechen wünschte.

»Guten Morgen, Herr Nathusius«, begrüßte er den Kriminaldirektor.

»Hallo, Herr Lüders. Darf ich Sie einmal zu mir bitten?«

Kurz darauf betrat Lüder das Zimmer seines Vorgesetzten. Es unterschied sich in Größe und Ausstattung von den anderen Räumen. Der rotblonde Kriminaldirektor saß hinter seinem Schreibtisch, der wie immer aufgeräumt wirkte. Lediglich das Bild seiner Frau Beatrice auf der Arbeitsplatte ließ Nathusius als einziges persönliches Relikt zu.

»Nehmen Sie Platz«, forderte er Lüder auf. Das gelbe Hemd mit der passend abgestimmten Krawatte war korrekt bis zum Hals zugeknöpft. Selbst das braune Sakko hatte der Kriminaldirektor nicht abgelegt. »Wie geht es Ihnen? Was macht die Familie?«

Lüder berichtete von seiner Patchworkfamilie.

»Was macht mein Freund Jonas?« Nathusius lächelte vergnügt in sich hinein. »Ich erinnere mich, als Ihre Frau schwanger war und ich Sie daheim mit einem Blumenstrauß besucht habe, damals, nach dem Fall mit dem argentinischen Marineoffizier, wie mich Jonas lautstark angekündigt hat: Mama. Da ist ein Liebhaber.«

Auch Lüder musste bei dem Gedanken an dieses Ereignis lachen. Dann wurde er wieder ernst. »Wenn Sie mich zu sich bitten, gibt es Unangenehmes zu besprechen.«

Der Kriminaldirektor faltete die Hände und legte sie vor sich auf die Schreibtischplatte. »Zum Smalltalk habe ich Sie nicht hergebeten. Das ist richtig. Aber ob es unangenehm ist, wird sich noch herausstellen. Was macht eigentlich Ihre Promotion?«

Es war ein Thema, das Lüder nicht behagte. Seit mehreren Jahren schrieb er, der studierte Jurist, an seiner Doktorarbeit. Immer wieder gab es Gründe, die ihn am Abschluss hinderten. Und wenn er für sich selbst feststellte, dass er wieder einmal »aus dem Thema gekommen war«, griff er freudig nach jeder passenden Gelegenheit, um sich ein weiteres Mal vor der Fertigstellung zu drücken. Allerdings hatte Margit ihn im letzten Jahr energisch zur Erledigung dieser Aufgabe gedrängt.

»Ich bin am Ball«, erwiderte Lüder ausweichend.

»Die beiden Buchstaben vor dem Namen sind für eine Karriere in einer Landesbehörde durchaus förderlich. Sie sind jetzt …«

»Einundvierzig«, antwortete Lüder.

»Da wird es langsam Zeit, sich über die nächsten Sprossen auf der Leiter nach oben Gedanken zu machen.«

»Beim chronischen Geldmangel von Väterchen Staat gibt es

wenig Aussichten auf Beförderungen. Der Stellenkegel ist nach oben recht dünn.«

»Da haben Sie leider recht.« Ein Hauch Resignation lag in Nathusius' Stimme. »Es waren bestimmt nicht mangelnde Leistungen, weshalb Sie bisher noch nicht befördert wurden. Aber man hat die Mittel für die Polizei rigoros zusammengestrichen. Das liegt sicher auch daran, dass wir keine politische Lobby wie andere Beschäftigungsgruppen im öffentlichen Dienst haben. Aber!« Der Kriminaldirektor schwieg einen Moment bedeutsam. »Meine Anträge auf Beförderung sind in der Vergangenheit nahezu pauschal abgelehnt worden. Insbesondere für den höheren Dienst. Ich habe vor Kurzem aber erneut einen Vorschlag eingereicht. Man hat mir signalisiert, dass Sie dran wären. Noch ist es nicht amtlich, aber ich gehe davon aus, dass Ihrer Beförderung zum Kriminaloberrat nichts mehr im Wege steht. Das wollte ich Ihnen als gute Nachricht zum Wochenanfang mitteilen. Gibt es sonst noch etwas?«

Lüder war einen Augenblick sprachlos. »Danke«, murmelte er schließlich. Das war wirklich eine Überraschung. Er wusste, dass sich Nathusius stets rückhaltlos für seine Mitarbeiter einsetzte, aber über Beförderungen wurde an anderer Stelle entschieden. Dann berichtete er in knappen Worten von seinen aktuellen Fällen.

»Ich wünsche Ihnen weiterhin viel Erfolg«, sagte der Kriminaldirektor zum Abschied. Lüder war schon an der Tür, als er ihm hinterherrief: »Und sehen Sie zu, dass Sie endlich Ihre Doktorarbeit abschließen.«

Lüder kehrte in sein Büro zurück. Die Überraschung war seinem Vorgesetzten gelungen. Natürlich hatte er schon lange auf die Beförderung gewartet, wusste aber auch um die Schwierigkeiten. Zunächst wollte er Margit anrufen und ihr die gute Nachricht zukommen lassen. Dann überlegte er es sich noch einmal. Nein! Er würde vor der Heimfahrt einen Blumenstrauß besorgen und seine Familie überraschen. Am besten wäre es, wenn er alle sechs zum Lieblingsitaliener einladen und dort von der Neuigkeit berichten würde.

Lüder ertappte sich dabei, dass er unkonzentriert in den nüchternen Vernehmungsprotokollen blätterte. Er war dankbar, als er durch das Telefon abgelenkt wurde.

»Diether.«

»Hallo, Herr Dr. Diether«, begrüßte er den Oberarzt am Institut für Rechtsmedizin.

»Wir haben hier einen merkwürdigen Fall. Ich bin mir nicht sicher, ob es Sie interessieren könnte. Wir haben einen männlichen Toten eingeliefert bekommen. Eindeutige Schussverletzung.«

»Das ist nicht unser Gebiet. Dafür gibt es die Bezirkskriminalinspektionen.«

»Das ist richtig«, sagte der Rechtsmediziner. »Trotzdem. Ich bin schon eine ganze Weile im Geschäft. Aber so etwas ist mir noch nicht untergekommen. Das Opfer hat einen Einschuss, aber kein Ausschussloch.«

»Das soll vorkommen.«

»Schon. Aber in diesem Fall gibt es kein Geschoss im Körper des Toten.«

Lüder lachte auf. »Ich habe schon viele wundersame Geschichten vom blauen Montag gehört. Angeblich sollen Waren, die am Montag hergestellt werden, störanfälliger sein als andere. Aber dass auch die Rechtsmedizin ihren blauen Montag hat, ist neu für mich.«

»Offenbar ist das so«, erwiderte Dr. Diether. »Und da ich bisher kein Geschoss finden konnte, fiel mir nichts Besseres ein, als die Polizei anzurufen und zu bitten, mir bei der Suche behilflich zu sein. Ich gebe sozusagen eine Vermisstenanzeige auf.«

»Es ist nicht Ihr Ernst, dass ich Ihnen bei der Obduktion assistieren soll?«

»Doch. Ich gehe davon aus, dass Sie am heimischen Herd schon einmal ein Hähnchen tranchieren mussten.«

»Und Sie sind der Überzeugung, diese Fertigkeiten reichen aus, um eine Leiche zu sezieren?«

»Sicher«, entgegnete der Arzt ungerührt. »Wir sind das einzige Fach in der Humanmedizin, in dem sich noch nie ein Patient über einen Behandlungsfehler beschwert hat.«

»Schön«, sagte Lüder. »Brauche ich einen Überweisungsschein? Oder darf ich auch so zu Ihnen kommen?«

»Da ich annehme, dass Sie Privatpatient sind, erhalten Sie sofort einen Termin«, sagte der Arzt lachend und legte auf.

Eine halbe Stunde später parkte Lüder vor dem unscheinbaren Gebäude in der Arnold-Heller-Straße. Das Institut für Rechtsmedizin war der Christian-Albrechts-Universität angeschlossen.

Dr. Karl-Heinz Diether begrüßte ihn. Wegen seines gutmütig wirkenden Äußeren und des ruhigen Auftretens hätte ein Außenstehender bei einer zufälligen Begegnung nicht den erfahrenen Wissenschaftler vermutet, schon gar nicht den Rechtsmediziner. Der Arzt führte ihn in den kalt wirkenden Arbeitsraum. Es war nicht nur die nüchterne Ausstattung, die Lüder frösteln ließ.

Auf dem Tisch lag der Leichnam eines mittelgroßen Mannes, der deutliche Spuren einer gründlichen Untersuchung durch den Pathologen aufwies. Auf einem rollbaren Beistelltisch standen eine Reihe von Metallschalen, in denen Lüder mit ein wenig Fantasie ein paar Organe erkennen konnte.

»Er hieß Steffen Meiners und ist nur vierzig geworden. Verheiratet. Der Einschuss ist etwa drei Zentimeter unterhalb des Brustbeines erfolgt und hat im Inneren Böses angerichtet. Sie wissen wahrscheinlich, dass sich die Soldaten am meisten vor den sogenannten Bauchschüssen gefürchtet haben. Jedenfalls sind alle Organe in dieser Region in Mitleidenschaft gezogen. Und in dieser Ecke befindet sich das komplette Zentrum der körpereigenen Chemiefabrik. Ich glaube nicht, dass er hätte überleben können.«

»Woran ist er gestorben?«

»Die Bauchschlagader wurde verletzt. Der Mann ist ausgeblutet. Wir haben alles im Bauchraum gefunden. Zumindest das, was die Kollegen vom Rettungsdienst davon noch übrig gelassen haben.«

»Entspricht das nicht manchem religiösen Kult, wenn man das Opfer ausbluten lässt?«

Dr. Diether maß Lüder mit einem langen Blick. »Sie sind ja noch zynischer als wir Pathologen.« Er zeigte auf den Toten. »Seine Kleidung liegt schon bei Frau Dr. Braun in der Kriminaltechnik. Der Schuss war nicht direkt aufgesetzt, aber auch kein Distanzschuss.«

»Was wollen Sie damit sagen?«

»Ich schätze: vielleicht zwanzig Zentimeter. Plus oder minus.«

»Kaliber?«

»Wenn Sie mir das Geschoss bringen, sage ich es Ihnen.«

»Das kann doch nicht sein. Entweder gibt es ein Austrittsloch, oder das Geschoss befindet sich im Körper. Haben Sie wirklich gründlich nachgesehen?«

»Hören Sie«, empörte sich der Arzt und zog sich Handschuhe über. Er hielt Lüder ein zweites Paar hin. »Wenn Sie die überstreifen, können Sie selbst eintauchen und suchen gehen.«

Lüder verzichtete darauf, während sich der Arzt den kleinen Schalen zuwandte. Dr. Diether holte das Untersuchungsgut nacheinander aus den Gefäßen und ließ es durch seine Finger gleiten. »Hier.« Er zeigte dabei auf kleine Punkte. »Das sieht aus, als wäre der Tote nicht mit einer Kugel, sondern mit einem Sandklumpen erschossen worden.«

»Bitte?«, fragte Lüder ungläubig. Es kostete ihn nun doch Überwindung, seine Aufmerksamkeit auf die Details zu lenken, die ihm der Rechtsmediziner zeigte. »Ist gut, ich glaube, das reicht«, sagte er nach der dritten Schale.

Dr. Diether grinste ihn an. »Na? Nächstes Mal muss jetzt wohl Ihre Frau die Weihnachtsgans tranchieren? Kommen Sie.« Zu seinem Mitarbeiter gewandt, sagte er: »Übernehmen Sie bitte.« Dann zog er die Handschuhe aus, wusch sich die Hände und führte Lüder in ein Nebengelass, das den Rechtsmedizinern als Aufenthaltsraum diente. Der Arzt griff eine Thermoskanne. »Sie auch?«, fragte er Lüder, und als dieser den Kopf schüttelte, schenkte er sich einen Kaffee ein.

»Woher haben Sie den Toten eigentlich?«

»Aus Heide.«

Lüder erinnerte sich an die kurze Notiz in der Zeitung. »Das ist ausgesprochen merkwürdig«, sagte er mehr zu sich selbst.

»Ich stimme Ihnen zu. Mehr kann ich dazu nicht sagen. Ich bin Mediziner. Jedenfalls werde ich die Präparate an die Naturwissenschaftler Ihrer Kriminaltechnik weitergeben. Vielleicht haben die schon einmal von einem Fall gehört, in dem ein Mensch mit einem Sandklumpen erschossen wurde.«

Lüder bedankte sich bei Dr. Diether, dass er ihn informiert hatte. Dann kehrte er ins Landeskriminalamt zurück und suchte das Büro von Jochen Nathusius auf. Doch der Kriminaldirektor war nicht an seinem Platz.

»Herr Nathusius ist in einer Besprechung des Führungsstabes«, erklärte ihm Edith Beyer.

Die Tür zu seinem eigenen Büro stand offen. Ein junger Mann war damit beschäftigt, Unterlagen auf Lüders Schreibtisch zu legen.

»Hallo, Friedhof«, begrüßte Lüder den Mitarbeiter der Hausdienste, den man früher Büroboten nannte.

Der mehrfach behinderte junge Mann drehte sich um. Mit seiner Gesichtslähmung fiel ihm die klare Aussprache schwer. »Moin, Herr Obergefreiter«, antwortete er und klatschte Lüders angebotene Hand ab. Es war ein eingeübtes Ritual zwischen den beiden, dass Lüder Friedjofs Vornamen verfremdete. Dafür zeigte der junge Mann unumwunden seinen Stolz, dass er sich mit dem Kriminalrat duzte. Er versäumte nicht, in der Behörde auf seinen »Freund« Lüder zu verweisen.

»Wie ist es, Friedhof? Bist du künftig auch auf dem Sportplatz, wenn die Störche gegen den VFL Wummerstedt antreten?«

»Wummerstedt?«, fragte Friedjof gedehnt. Dann winkte er ab. »Gibt's doch gar nicht.« Der junge Mann war eingefleischter Anhänger der Störche, des einheimischen Fußballklubs Holstein Kiel, die sich in der Vergangenheit zu Friedjofs Leidwesen nicht gerade mit sportlichem Ruhm bekleckert hatten. »Warte nur, Herr krimineller Verräter«, verhunzte Friedjof Lüders Amtsbezeichnung, »bald sind Köln und St. Pauli bei uns zu Gast.«

»Das ist jetzt aber bösartig«, lästerte Lüder. »Du willst den beiden Vereinen doch nicht wirklich wünschen, dass sie so tief abrutschen.«

»Was kann man von einem Radfahrer schon erwarten«, spielte Friedjof auf Lüders sportlichen Ausgleich, das Radfahren, an, wünschte Lüder einen schönen Tag und setzte seine Runde durchs Haus fort.

Halbherzig griff sich Lüder die Ermittlungsakte auf seinem Schreibtisch. Es war eine Anzeige, die bei der Meldorfer Polizei eingegangen war. Silvio Merseburger war den Behörden nicht unbekannt. Gegen ihn hatte es in der Vergangenheit schon eine Reihe von Anzeigen wegen Verwendung verfassungsfeindlicher Symbole und rassistischer Parolen gegeben. Jetzt war er erneut auffällig geworden, weil er mit drei Freunden auf dem Marktplatz der idyllischen Kleinstadt eine Handvoll Schüler der Meldorfer Gelehrtenschule tätlich angegriffen hatte, die ihn mit »sozialistischen Sprüchen«, wie er es nannte, gereizt haben sollten.

Bis auf ein paar blaue Flecken war niemand ernstlich zu Schaden gekommen. Da die Umtriebe Merseburgers aber von einer gewissen Konstanz waren, hatte man den Vorgang zur Abgabe einer Einschätzung an den Polizeilichen Staatsschutz geschickt.

Nach allem, was Lüder den Akten entnehmen konnte, war der vierunddreißigjährige Mann aus Brandenburg alles andere als ein gefährlicher Aktivist. Er lebte mit drei Gleichgesinnten auf einem heruntergekommenen Bauernhof in Wichelwisch, einem winzigen Straßendorf im Speicherkoog. Der heute arbeitslose gelernte Landwirtschaftsgehilfe hatte, so die Aktenlage, früher schon einmal versucht, zu politischen Gruppierungen am rechten Rand Kontakt aufzunehmen. Doch wegen seines offenbar niedrigen Intelligenzquotienten wollte man ihn und seine Freunde selbst dort nicht haben. Lüder sah in dem Mann keine Gefahr für die Sicherheit des Landes, legte die Akte aber trotzdem an die Seite, weil er zur endgültigen Einschätzung noch weitere Überlegungen anstellen wollte. Den Rest würden dann die örtlichen Polizeibehörden und die Staatsanwaltschaft übernehmen.

Dann griff er zum Telefon und rief zu Hause an. Die gute Nachricht, die ihm der Kriminaldirektor zugetragen hatte, wollte er nun doch weitergeben.

Niemand meldete sich. Die drei Großen waren in der Schule, und Margit erledigte mit Sinje die Einkäufe. Lüder war ein wenig enttäuscht. Gedankenverloren hielt er den Hörer in der Hand. Dann rufe ich bei der Kripo in Itzehoe an, überlegte er und ließ sich mit dem K1 verbinden.

»Hauptkommissar Schwälm ist bei einem Einsatz«, erklärte ihm eine weibliche Stimme ausweichend, die ihre Herkunft aus der Elbmarsch nicht verhehlen konnte. Immerhin gab sie Lüder die Handynummer.

Der Leiter der Mordkommission musste sein Mobiltelefon in der Hand gehalten haben, so schnell nahm er das Gespräch an, nachdem Lüder gewählt hatte.

»Es geht um den mysteriösen Mord auf dem Heider Marktfrieden«, erklärte Lüder, nachdem er sich vorgestellt hatte. Dann berichtete er von seinem Besuch in der Rechtsmedizin.

»Vielen Dank für die Information auf dem kurzen Dienstweg«, sagte Schwälm. »Die Art des Schusses ist uns im Augenblick noch ein Rätsel. Zumindest ist es unstrittig, dass der Mann ermordet wurde.«

»Haben Sie schon Anhaltspunkte, welches Motiv vorliegen könnte?«, hakte Lüder nach.

»Wir sind am Ball«, antwortete der Hauptkommissar ausweichend. »Interessiert sich der Staatsschutz für den Fall?«

»Eigentlich nicht«, wiegelte Lüder ab. »Es ist eher persönliche Neugierde, weil es ungewöhnlich klingt, dass jemand mit einem Sandklumpen erschossen wird.«

Diese Erklärung ließ Schwälm gelten.

»Sind Sie im Augenblick in Dithmarschen?«

»Wir sind überall präsent«, antwortete der Hauptkommissar ausweichend.

»Ich muss nach Wichelwisch. Das ist einen Steinwurf von Meldorf entfernt. Vielleicht können wir uns irgendwo auf eine Tasse Kaffee treffen?«

»Schön«, willigte Schwälm ein. »In einer Stunde in Meldorf. Kennen Sie den Meldorfer Dom?«

Lüder bejahte. Unweit der Backsteinbasilika, die zu keiner Zeit Bischofssitz war, hatte er vor einem Jahr das Notariat Windgraf aufgesucht. Der Sohn des Kanzleichefs war damals als Staatssekretär in Kiel überraschend zurückgetreten und spurlos verschwunden.

»Dort gibt es ein Café. Da Sie Kollege sind, brauchen wir kein Erkennungsmerkmal zu vereinbaren«, schloss Schwälm.

Lüder suchte noch einmal das Büro des Abteilungsleiters auf. Aber der Kriminaldirektor war noch nicht von der Dienstbesprechung zurückgekehrt. Dann fuhr er mit seinem BMW quer durch das nördlichste Bundesland an die Westküste. Er genoss es zuweilen, auf den gut ausgebauten Straßen Schleswig-Holsteins die ruhige Landschaft zu erleben. Saftiges offenes Grün wechselte mit kleinen Buschgruppen und Gehölzen ab. Die friedlich auf den Weiden grasenden Schwarzbunten waren erfrischende Farbtupfer. Gelegentlich tauchte eines der weit auseinanderliegenden sauberen Dörfer auf, in denen manchmal die Zeit stehen geblieben zu sein schien. Wenn man die Landschaft auf diese Weise durchfahren hatte, erschien Dithmarschens Metropole Heide mit den knapp über zwanzigtausend Einwohnern fast schon eng, und fünf Fahrzeuge an der roten Ampel waren nahezu ein Stau. Lüder fuhr am Marktplatz vorbei, der als der größte Deutschlands gilt und auf dem viele fleißige Hände damit beschäftigt waren, die Stände des Heider Marktfriedens abzubauen. An der Kreuzung, an der sich auch die Heider Polizei befand, bog er Richtung Meldorf ab. Ein paar Kilometer hinter Heide lag die einzige Erdölraffinerie des Landes mit ihren großen Tanks und den für Laien verwirrend aussehendem Durcheinander von Rohren und Leitungen, Türmen und technischen Anlagen.

Kurz darauf sah er den Turm der St.-Johannis-Kirche, die weit die Marsch überragte. Lüder bog von der Bundesstraße ab und schlängelte sich über das Kopfsteinpflaster bis zum Parkplatz am Fuße der spätgotischen Backsteinbasilika, die unübersehbar der Mittelpunkt des historischen Stadtkerns war. Direkt am Dom lag auch das Gebäude der Polizeizentralstation. Lüder fand einen Parkplatz an der Kirche, umrundete Meldorfs Wahrzeichen und überquerte den Marktplatz, dessen Rand von hübschen Giebelhäusern gesäumt wurde. Inmitten dieses Ensembles fand er das Café. Es war im Inneren genau in dem Maße plüschig, dass es eine anheimelnde Atmosphäre vermittelte, ohne dabei verstaubt zu wirken. Lüder überraschte, wie gut es um diese Zeit gefüllt war. Ältere Leute und Schüler belegten die Tische. In der Ecke sah er zwei Männer, die ihn auch bemerkt hatten. Einer nickte ihm zu. Als er sich dem Platz näherte, standen die beiden auf.

»Sie sind der Kollege aus Kiel? Markus Schwälm.« Der Hauptkommissar hatte einen sympathisch festen Händedruck. »Friedhelm Bongers aus meinem Team«, stellte er den zweiten Mann vor.

Lüder nahm Platz.

»Was führt den Staatsschutz nach Dithmarschen?«, fragte Schwälm.

»Ein Routinefall. Es geht um den Verdacht der Volksverhetzung.«

»Können Sie einen Namen nennen?«

»Silvio Merseburger aus Wichelwisch.«

Die beiden Itzehoer Beamten wechselten einen raschen Blick. »Der Name sagt uns etwas. Ist nach unserer Auffassung ein Möchtegern-Mitläufer der rechten Szene, der selbst dort nicht wohlgelitten ist. Wir schenken ihm keine große Aufmerksamkeit.«

»Wenn ich mich richtig erinnere«, ergänzte Bongers, »ist er keine große Leuchte.«

»Das ist schon eine sehr großzügige Umschreibung«, schob Schwälm nach. »Aber deshalb wollten wir sicher nicht miteinander sprechen.«

»Mich interessiert das Geheimnis um den Toten aus Heide.«

»Wollen Sie den Fall übernehmen?«, antwortete Schwälm mit einer Gegenfrage.

»Nein«, sagte Lüder schmunzelnd. Er wusste um die kleinen Eifersüchteleien der Dienststellen untereinander, wenn irgendwo der Verdacht keimte, ein anderes Kommissariat würde sich einmischen wollen. Insbesondere das Landeskriminalamt, für das Lüder tätig war, wurde von den Polizeibehörden im Land mit Argusaugen beobachtet.

»Weshalb hat der Pathologe Sie dazugerufen?« Schwälm war immer noch misstrauisch.

»Wir haben einen guten Draht zueinander. Und dem Arzt erschien es rätselhaft, dass jemand mit einem Sandklumpen – wie er es nannte – erschossen wurde.«

»Haben Sie eine Erklärung dafür?«

Lüder schüttelte den Kopf. »Leider nicht. Aber sie würde mich interessieren.«

»Weshalb?«, mischte sich Bongers ein.

Lüder nahm beide Hände hoch und hielt die Handflächen links und rechts der Augen an die Stirn. »Weil ich nicht mit Scheuklappen durch die Welt laufe. Meine Familie würde sonst jeden Respekt vor mir verlieren, wenn ich dazu auch noch begänne, wie ein Pferd zu wiehern.«

Schwälm lachte auf, und Bongers stimmte ein.

»Schön«, sagte der Hauptkommissar. »Aber viel ist es nicht, was wir bisher ermittelt haben.« Er berichtete über die Ergebnisse der Tatortbesichtigung und darüber, dass man keine Spuren finden konnte. »Auch keine Patronenhülse.« Dann erzählte er vom Besuch im Hause Meiners und von der Begegnung mit der Schwiegermutter. »Unser erster Eindruck ist, dass es sich um eine ganz biedere Durchschnittsfamilie handelt. Dafür sprechen auch unsere weiteren Erkundigungen. Steffen Meiners war ein überaus häuslicher Mensch. Mit seiner Frau ging er alle zwei Wochen zum Kegeln. In dem Klub mit dem schönen Namen ›Smiet um‹, in dem seit vielen Jahren miteinander bekannte Ehepaare zusammentreffen, war er Schriftführer. Das war sein einziges Engagement außerhalb der Familie. Er ist in keinem anderen Verein, nicht im Kirchenvorstand oder Dorfverschönerungsverein, nicht in irgendeiner Partei. Doch – warten Sie. Er ist Mitglied in der Industriegewerkschaft Bergbau, Chemie, Energie. Allerdings ohne jegliche besondere Aktivität.«

»Was machte er beruflich?«

»Wir haben schon mit seinem Arbeitgeber und den Kollegen gesprochen. Meiners war Supervisor, früher hätten wir Gruppenleiter gesagt, in der Verkaufsabteilung von Shell.«

»In der Raffinerie in Heide?«

Schwälm nickte. »Genau. Dort war er seit fünfzehn Jahren beschäftigt. Er galt als zuverlässig und tüchtig. Seine vier Untergebenen und die Vorgesetzten konnten nur Gutes über ihn berichten.«

»Das gibt es doch nicht«, dachte Lüder laut. »Irgendwo hat jeder Mensch eine Schwachstelle.«

»Schon«, sagte Schwälm. »Wenn jemand plötzlich verstirbt – und das auf eine solche Art und Weise –, dann hören wir aus dem Umfeld immer nur Gutes. Aber der Mann schien wirklich unauffällig gewesen zu sein. Es gibt weder Vorstrafen noch Punkte in Flensburg.«

»Und sein persönliches Umfeld?«

Der Hauptkommissar musterte Lüder mit einem kritischen Blick. »Wir machen unseren Job nicht erst seit gestern. Natürlich suchen wir da zuerst nach einem Motiv. Bisher aber vergeblich. Es gibt keine Anhaltspunkte dafür, dass eine außereheliche Beziehung bestand. Das sind häufig Gründe für Gewaltexzesse. Aber weder beim Toten noch bei seiner Frau haben wir in dieser Hinsicht Anhaltspunkte gefunden. Natürlich suchen wir weiter.«

»Hm. Bleibt nur noch das Durchleuchten der Finanzen. Gibt es da Auffälligkeiten? Hohe Kontenumsätze? Unerklärliche Geldbewegungen? War der Mann vielleicht Spieler?«

»Da sind wir am Ball«, erwiderte Schwälm ausweichend. »Und die Zeugenaussagen sind eher unzuverlässig. Auf dem Fest lief eine junge Frau herum, die als Bettlerin verkleidet war. Andere Zeugen wollen diese Gestalt wiedererkannt haben als die Person, die sich Meiners näherte, bevor er stürzte. Sie sprachen auch von einer kunstvollen Schminke, die einem Leprakranken ähnelt.«

»Der Rentner, den wir befragt haben, will zwar das Kostüm der jungen Frau erkannt haben, hat darin aber einen Mann vermutet, eben den Leprakranken, und bestritten, das Frauengesicht schon einmal gesehen zu haben«, warf Bongers ein.

»Ungeklärt ist allerdings«, korrigierte Schwälm seinen Kollegen, »wo sich die Frau zwischen dem Mord und dem Zeitpunkt, als wir sie aufgegriffen haben, aufgehalten hat. Angeblich ist sie über den Markt gebummelt und hat sich hier und dort aufgehalten. Sie hätte die Zeit natürlich auch nutzen können, um sich die ›Lepraschminke‹ aus dem Gesicht zu wischen.«

Schwälm und Bongers bedankten sich, als Lüder die Rechnung für die drei Männer übernahm.

»Sobald ich etwas über den mysteriösen Sandklumpen hören sollte, melde ich mich.« Lüder verabschiedete sich und kehrte zu seinem Auto zurück.

Das war einer der merkwürdigen Fälle, bei denen die Polizei

zunächst vor einem Rätsel steht. Bei den meisten Tötungsdelikten finden sich im persönlichen Umfeld des Opfers Anhaltspunkte für das Motiv: Eifersucht, Hass, Rache, Geldgier oder eine Vertuschung von sexuell motivierten Straftaten. Das haben wir vergessen zu erörtern, fiel Lüder ein. Er drehte um und wollte die beiden Itzehoer Beamten noch einmal darauf ansprechen, aber die Polizisten hatten das Café bereits verlassen.

Lüder verließ Meldorf in Richtung der nahen Küste. Wichelwisch war eines der typischen Straßendörfer. Die wenigen Häuser standen an der einzigen Straße. Es gab keinen Dorfkrug, keine Telefonzelle und keinen Briefkasten, von einer Kirche oder einem Geschäft ganz abgesehen. Lüder fiel auf, dass man sich hier nicht einmal eine Straßenbeleuchtung gönnte. Die Reihe der roten Backsteinhäuser hatte schon seit vielen Jahren keinen Neubau mehr dazubekommen. Mit dem Mauerwerk waren auch die Dorfbewohner gealtert. Allerdings musste Lüder anerkennen, dass die Mehrheit der Vorgärten einen zwar rustikalen, aber gepflegten Eindruck machte. Das traf nicht auf den heruntergekommenen Bauernhof zu, auf dem Silvio Merseburger und seine Freunde lebten. Verrottetes Ackergerät lag neben den überquellenden Mülltonnen, der verwilderte Vorgarten passte zum Unkraut, das die mit Kopfstein gepflasterte Hoffläche bedeckte, und die windschiefen Türen des Nebengebäudes harmonierten mit dem schlechten Eindruck der vor Schmutz blinden Fenster, von denen die Farbe schon vor Jahren abgeblättert war.

Lüder hielt am Rande des Grundstücks. Als er ausstieg, löste sich von der Hauswand ein ungepflegter Hund, der Ähnlichkeiten mit einem Schäferhund aufwies, und sprang ihm wütend bellend entgegen. Der Lauf des Tieres wurde jäh gestoppt, als der Hund das Ende der Leine erreicht hatte, die aus grob zusammengeknoteten Stricken bestand.

Im Haus blieb alles ruhig. Niemand war zu sehen. Lüder konnte sich allerdings dem Gebäude nicht weiter nähern. Der Aktionsradius des Hundes war so angelegt, dass ein Besucher keinen Zugang fand.

Aus Richtung Norden näherte sich auf der kaum befahrenen Straße ein Fahrzeug. Ein uraltes Modell des Opel Kadett bog auf das Grundstück ein und fuhr bis kurz vor das Haus. Dem schmutzigen orangefarbenen Pkw mit dem eingebeulten Kotflügel und der andersfarbigen Tür entstieg ein untersetzt wirkender Mann und blinzelte in Lüders Richtung. Er trug eine Kampfhose in Tarnfarbe, ein durch Schweißflecken verschmutztes dunkelgrünes Hemd, das einem Unterhemd ähnlich sah und dessen Brustseite eine Art Adler zierte. Ober- und Unterarme waren beidseitig ebenso mit Tattoos übersät wie die beiden Halsseiten. Aus der Distanz sah der kurz geschorene Schädel fast wie kahl aus.

»Herr Merseburger?«, rief Lüder.

Der Mann sah ihn an, ohne zu antworten.

»Sind Sie Herr Merseburger?«

»Warum?«

»Polizei. Kiel. Ich würde gern mit Ihnen reden.«

»Ich aber nicht.«

»Es wäre wichtig.«

»Find ich nicht.«

»Wir können Sie auch aufs Revier vorladen.«

»Dann macht das doch.«

»Es geht um Ermittlungen in einem Mordfall«, behauptete Lüder.

Doch der Mann blieb ungerührt. »Ihr spinnt doch. Zieh Leine.«

Lüder machte einen Schritt in Richtung des Mannes. »Sperren Sie Ihren Hund ein«, rief er Merseburger zu. Er glaubte, den Mann nach dem Foto aus der Akte erkannt zu haben.

»Nee!«

»Wir können auch andere Saiten aufziehen.«

Silvio Merseburger drehte sich um. »Du kannst mich mal«, sagte er so laut, dass Lüder es auch über die Entfernung deutlich verstand. Dann verschwand er im Haus.

Als Lüder einen weiteren mutigen Schritt in Richtung der Eingangstür unternahm, sprang der Hofhund, der jetzt nur noch einen halben Meter von Lüder entfernt war, wütend in die Höhe und zerrte wie wild an seiner Leine. Dabei ließ er ein giftiges Kläffen hören.

»Vorsichtig«, schrie ihn Lüder an. »Wenn ich zornig bin, beiße ich zurück.« Er machte eine hastige Bewegung auf das Tier zu und streckte ihm urplötzlich die beiden Hände mit den weit gespreizten Fingern entgegen, um eine größere Fläche anzudeuten. Dann fletschte er die Zähne und machte »grrrh«. Für einen kurzen Moment hielt das Tier inne und wich einen halben Schritt zurück, um dann noch heftiger zu bellen.

Es machte keinen Sinn, den Versuch zu unternehmen, an diesem Hund vorbeizukommen. Lüder hätte das Tier ausschalten müssen. Und dafür gab es weder einen triftigen Grund noch eine Rechtfertigung, zumal sich in das heisere Bellen weiteres Hundegekläff mischte, das hinter dem verkommenen Hofgebäude hervordrang.

Lüder umrundete das Areal, immer darauf achtend, dass er dem bellenden Hund nicht zu nahe kam. Er musste dazu die Nebengebäude weiträumig umgehen und fluchte, als er im Unland hinter dem Stall in einen zugewachsenen Graben abrutschte und mit dem Unterschenkel im Wasser landete. Er zog sich am Böschungsbewuchs wieder hoch und schimpfte erneut, weil er die Brennnessel nicht bemerkt hatte, in die er griff. Dann sah er die Quelle des Hundegebells. Auf der Rückseite des Gebäudes befand sich ein Zwinger, an dessen Innenwänden zwei Bullterrier kraftvoll in die Höhe sprangen. Selbst aus dieser Entfernung waren ihre Reißzähne zu erkennen. Er holte sein Handy hervor und schoss ein paar Aufnahmen. Dann kehrte er zu seinem Wagen zurück.

Merseburger war nicht wieder aufgetaucht. Lüder atmete tief durch, als er die Fahrzeugtür hinter sich geschlossen hatte. Schwälm hatte davon gesprochen, dass Merseburgers Intelligenz nicht sehr ausgeprägt sein sollte. Wenn der Mann in einem lichten Moment die Kampfhunde loshetzte, würde das mit Sicherheit zu erheblichen Verletzungen beim Opfer führen. Lüder bedauerte in solchen Situationen, dass er seine Dienstwaffe fast nie bei sich führte, auch wenn sie in Jonas' Fantasie das einzig wahre Arbeitsmittel eines Kriminalbeamten war.

Hauptkommissar Schwälm hatte von einem verkleideten Bettler mit einer Lepramaskierung gesprochen, dachte Lüder. Ihm war aufgefallen, dass Merseburger ein auffällig durch Narben entstelltes Gesicht hatte. Es sah aus, als hätte der Mann in seiner Pubertät fürchterlich unter Akne gelitten.

*

Theodor-Storm-Haus. Storm-Museum. Geburtshaus. Storm-Denkmal. Dann das Schloss und der Schlosspark. Poppenspäler-Museum. Ostenfelder Bauernhaus und Nissenhaus waren ihm erspart geblieben. Wasserreihe und Süderstraße. Zingel. Markplatz. Schlossgang. Und die zahlreichen Geschäfte, in die die beiden Frauen strebten, nicht zu vergessen das Traditionskaufhaus Schmidt.

Herbert Brammeier war am Ende seiner Geduld. So hatte er sich den Ausflug nach Husum nicht vorgestellt. Seine Frau Jutta und die Schwägerin Lisbeth schleiften ihn seit Stunden durch das Kleinod an der Westküste. Seit Tagen hatte er sich auf diesen Ausflug gefreut und war mit den beiden Frauen in aller Frühe in Hamburg aufgebrochen. Doch jetzt reichte es. Unten am Hafen hatte er viele gemütliche Gaststätten gesehen, vor denen man draußen sitzen und in Ruhe ein kühles Bier hätte genießen können. Die Straßencafés an der Schiffbrücke lockten, und nicht nur die trockene Kehle, sondern auch ein knurrender Magen verleideten ihm allmählich diesen Tag, der so schön hätte sein können, wenn seine Frau nicht auf die Idee gekommen wäre, die kulturbeflissene Schwägerin einzuladen. Lisbeth schleifte das Ehepaar Brammeier durch die Stadt. Und zu jeder Institution wusste sie etwas zu erzählen, selbst wenn sie aus dem Reiseführer vorlas, den sie bei sich trug.

Sich ein wenig umzuschauen bereitete auch Herbert Brammeier Vergnügen. Aber so viele Details, wie seine Schwägerin vortrug, konnte und wollte er sich mit seinen siebenundsechzig Jahren nicht mehr merken. Er war nicht das erste Mal hier. Der jährliche Husum-Besuch gehörte für ihn und seine Frau zu seinem »Genussleben«, wie er das verdiente Rentnerdasein nannte. Doch heute … Das hat Jutta davon. Er bedachte seine Frau mit einem ungnädigen Gedanken und hielt Ausschau nach einer

Gaststätte. Bei der nächstbesten Gelegenheit werde ich mein Flensburger oder Dithmarscher Pils trinken. Auch zwei. Und einen kleinen Kurzen zum Magenanwärmen. Und dann musste seine Frau nach Hamburg zurückfahren. Er würde es sich auf dem Rücksitz bequem machen. Und wenn ihm dabei ein wenig die Augen zufallen würden, könnte er sich aus dem unablässigen Geschnatter der beiden Frauen elegant ausblenden.

Die Schwägerin zeigte auf eine grün schimmernde Statue, die inmitten eines Brunnens auf dem Marktplatz stand.

»Das ist Husums Wahrzeichen, die Tine«, erklärte Lisbeth und stieß den mürrisch dreinblickenden Herbert an. »Weißt du, was sie bedeutet?«

Brammeier besah sich die Fischerfrau.

»Wahrscheinlich hat sie ihrem Mann die Ohren vollgequatscht«, brummte er. »Da hat er sie rausgeworfen. Nun steht sie zur Strafe hier mitten auf dem Markt.«

Lisbeth warf ihm einen beleidigten Blick zu und wandte sich der Kirche zu, die den Marktplatz begrenzte.

»Die Marienkirche«, sagte sie. »Erbaut von einem der bedeutendsten Baumeister Nordeuropas, dem dänischen Staatsbaumeister Hansen. Es ist eine von fünf Kirchen, die er in Schleswig-Holstein gebaut hat, das damals dänisch war. Sie gilt als das Hauptwerk des Klassizismus im Land.«

Das Gotteshaus wirkte von außen eher nüchtern, wären nicht die prächtigen Winterlinden gewesen, die es umrahmten. »Das ist aber kein hoher Turm«, maulte er.

»Es soll auch kein hoch aufragender Zeigefinger Gottes sein, sondern eher ein Leuchtturm, der der Gemeinde als Orientierungspunkt in der rauen See des täglichen Lebens dient«, dozierte Lisbeth, während Jutta den widerstrebenden Herbert Brammeier am Ärmel packte und zum Eingang zog.

Im Inneren setzte sich der strenge Klassizismus fort. Dorische Säulen links und rechts leiteten den Besucher zu einem zweiten Portal, das dem ersten im Aufbau glich und an der Stirnseite den Zugang zur Welt Gottes symbolisieren sollte. Herbert Brammeier warf einen flüchtigen Blick auf die in ihrer Schlichtheit prächtig wirkende Kanzel und die vergoldeten Kapitelle, stapfte zum

Bronzetaufbecken und entdeckte eine einfache gepolsterte Bank, die an einer seitlichen Holzverkleidung stand. Mit einem Ächzen ließ er sich nieder. Während die beiden Frauen vor dem Altar standen und Lisbeth den Unterschied zwischen dorischen, ionischen und korinthischen Säulen zu erklären bemüht war, sah sich Brammeier um. Die Orgel sah neu aus, im Unterschied zu den laternenartigen Lampen, die den an einen Festsaal erinnernden Kirchenraum bei Dunkelheit beleuchteten. Jetzt fiel gedämpftes Licht durch die Fenster.

Lisbeth schien ihre Erklärungen abgeschlossen zu haben und wandte sich zum Ausgang, während seine Frau ihm durch eine energisch wirkende Handbewegung bedeutete, sich wieder zu erheben. Am liebsten hätte er noch eine Weile still dagesessen. So erhob er sich und stützte sich mit der Hand auf der Rückenlehne der Bank ab. Dabei bemerkte er den schmalen Raum hinter der Holzverkleidung. Dahinter verbargen sich die die schweren gusseisernen Heizkörper. Doch die erweckten nicht seine Aufmerksamkeit, sondern der Mann, der auf den Rippen der Heizung lag und schlief.

»Na so was«, murmelte Brammeier zu sich selbst. Der ist lustig. Vielleicht hat er auch 'ne Frau, die ihn unablässig besabbelt. Hier hat er wenigstens ein ruhiges Plätzchen gefunden.

Er wollte sich abwenden, bis ihm auffiel, dass dort ein dunkelhäutiger Mensch lag. Jetzt legen die ihre Heiligen Drei Könige schon auf der Heizung ab, dachte Brammeier. War Caspar der Dunkelhäutige? Oder doch Balthasar? Ich dachte, die wären im Kölner Dom beigesetzt. Komisch. Er sah sich den schlafenden Mann genauer an. Das markante Gesicht mit der wulstigen Nase, die kurzen schwarzen Haare, die geschlossenen Augen, der stämmige Hals … Der Mann trug ein beigefarbenes Sweatshirt und hatte die Hände wie zum Gebet vor dem Bauch gefaltet. Unter den Fingern war ein Rinnsal von getrocknetem Blut ausgetreten und hatte rund um die Hände auf der Oberbekleidung einen großen dunkelroten, fast schwarzen Fleck gebildet. Mit einer wedelnden Handbewegung verscheuchte Brammeier zwei Fliegen, die sich dort niedergelassen hatten. Dann eilte er seiner Frau und der Schwägerin hinterher.

»Gibt mir mal schnell das Handy«, sagte er.

Jutta Brammeier sah ihn überrascht an. »Wieso das?«

»Rede nicht so viel. Mach schon.« Er wählte die 110.

»Polizei«, meldete sich eine sonore Männerstimme.

»Welche Polizei?«, fragte Brammeier. »Ich bin hier in Husum. Bin ich da bei Ihnen richtig?«

»Ja.«

»Also, hier ... In der Kirche. Da beim Marktplatz. Da liegt ein Toter.«

*

Rund um die Tine, den Marktbrunnen und das Portal der Marienkirche hatten sich zahlreiche Schaulustige eingefunden. Inzwischen kursierte das Gerücht, dass man in der Kirche eine Leiche gefunden hatte.

Oberkommissar Große Jäger stand in der Eingangstür zum Gotteshaus und sah Dr. Hinrichsen an. Der Allgemeinmediziner, der in diesem Jahr das halbe Jahrhundert an Lebensjahren vollendet hatte, betrieb eine Praxis in der Stadt. Er war schon seit Langem als Polizeiarzt tätig und unterstützte die Ermittler vor Ort bei ungeklärten Todesfällen, da die Rechtsmedizin des Landes in den fernen Städten Kiel und Lübeck konzentriert war.

»Das ist eine Schussverletzung«, sagte der Arzt, als ihn Große Jäger fragend ansah. »Ich schätze, der Mann ist zwei Stunden tot.«

»Was für eine Art von Schussverletzung?«, wollte der Oberkommissar wissen.

Der Mediziner schenkte ihm einen fast mitleidigen Blick. »Ich bin Arzt, kein Schusswaffenexperte. Und wenn Sie jetzt auch noch wissen möchten, woran das Opfer genau gestorben ist, kann ich Ihnen nicht weiterhelfen. Alles Weitere wird Ihnen Herr Jürgensen erklären.« Mit einem kurzen Nicken verabschiedete sich Dr. Hinrichsen, nahm seine Arzttasche auf und verschwand in Richtung des Torbogens neben dem alten Rathaus, der zum Schlossgang führte, wo sich die Praxis des Mediziners befand.

Ein kleiner, fast glatzköpfiger Mann in einem weißen Schutzanzug tauchte aus der Kirche auf. Er räusperte sich, bevor er Große Jäger fragte: »Was hat der Doc gesagt?«

»Nix. Wie immer. Ich habe den Eindruck, die heutigen Ärzte können dir nur noch die Frage nach dem Krankenschein stellen und den Rechnungsendbetrag nennen. Hast du wenigstens etwas Interessantes?«

Hauptkommissar Klaus Jürgensen, der Leiter der Spurensicherung von der Bezirkskriminalinspektion aus Flensburg, drehte den Kopf zur Seite, hob den Unterarm vor den Mund und nieste.

»Immer wenn ich in diese kulturelle Diaspora muss, bekommt es meiner Gesundheit schlecht.«

»Was heißt hier Diaspora?«, ereiferte sich Große Jäger. »Husum ist das Zentrum des Wohlergehens. Im Unterschied dazu verbindet sich bei den Leuten mit dem Begriff Flensburg nur das Grausen, wenn die an die Punkte denken, die sie dort unfreiwillig eingelagert haben.«

»Du vergisst die schönen Seiten Flensburgs: den Rum und Beate Uhse. Aber – sag mal. Wo ist eigentlich dein Chef? Den habe ich noch gar nicht gesehen.«

»Christoph ist in Ittoqqortoormiit. Vielleicht auch schon in Tasiilaq oder Qaqortoq.« Große Jäger grinste breit.

»Hä?« Jürgensen sah ihn verständnislos an. »Hast du seit Kurzem einen Sprachfehler?«

»Typisch Flensburger. Stets naseweis über uns weltgewandte Nordfriesen lästern. Um dich nicht dumm zu lassen: Christoph macht Urlaub und ist von Kopenhagen aus mit einem Versorgungsschiff dabei, die kleinen Siedlungen an Grönlands Küsten abzuklappern.«

»Und seine Freundin findet das gut?«

»Nee. Die ist gar nicht mitgefahren. Er ist mit seinem Sohn unterwegs.«

»Und wo steckt Mommsen?«

»Der ist auf der Polizeihochschule in Münster.«

Jürgensen stieß einen leisen Pfiff aus. »Na – so was. Soll der Karriere machen?«

»Man hat das Kind ausgeguckt.« Große Jäger stemmte die Hände in die Hüften. »Mensch, hör mal. Du bist ja neugieriger als mein Friseur. Was ist nun mit ihm da drinnen?« Er wies mit dem Daumen ins Kircheninnere.

»Der ist tot.«

»Das überrascht mich jetzt aber.«

»Das hättest du eigentlich selbst feststellen können. Oder euer Doc.« Plötzlich wurde Jürgensen ernst. »Ein sauberer Einschuss in den Oberbauch.«

»Habt ihr das Geschoss oder die Patrone gefunden?«

Jürgensen schüttelte den Kopf. »Es gibt kein Ausschussloch. Das Geschoss muss im Körper stecken. Und eine Patrone haben wir nicht gefunden.«

»Das könnte bedeuten, dass der Tatort nicht gleich Fundort ist.«

»Vermutlich doch. Wir haben in der vorletzten Bank links Blut gefunden. Es könnte sein, dass der Täter dort auf sein Opfer gestoßen ist. Dann zieht sich eine Blutspur durch den Seitengang bis zur Heizung.«

»Da hat der Tote sich aber nicht selbst hingelegt?«

»Wahrscheinlich nicht. Ich gehe davon aus, dass es mindestens zwei Täter waren, denn das Opfer sieht kräftig aus. Und es gibt rund um die Heizungsverkleidung keine Schleifspuren. Ein Einzelner hätte den Mann über die Brüstung gezerrt. So aber wurde er sauber drüber hinweggehoben.«

»Gib es andere Spuren oder Hinweise auf die Identität des Toten?«

»Nichts. Alle Taschen waren leer. Keine Papiere, kein Geld, keine Schlüssel. Einfach nichts.«

»Kann es ein Fremder gewesen sein?«

Jürgensen runzelte die Stirn. »Das weiß ich nicht. Die Schuhe sind von Nike, die Hose von Dockers. Das T-Shirt trägt ein Tommy-Hilfiger-Etikett, und die Boxershorts sind auch Konsumware. Das sind alles Produkte, die du in jedem deutschen Kaufhaus oder Bekleidungsgeschäft bekommst.«

»Es sieht also aus, als hätte der Mann hier gelebt. Oder sich zumindest nicht nur zum Besuch hier aufgehalten.«

»Stimmt. So schwer sollte es also nicht sein, die Identität des Toten zu ermitteln, denn bei euch werden sicher nicht täglich dunkelhäutige Menschen erschossen.«

»Das ist ein Flensburger Problem«, erwiderte Große Jäger. »Wir sind nicht die Mordkommission. Jetzt, wo ich allein bin, kann sich die Dobermann damit herumschlagen.«

»Das überrascht mich aber. Sonst seid ihr Schlickrutscher doch ganz erpicht darauf, euch jeden Mordfall unter den Nagel zu reißen.«

»*Ich* doch nicht«, spielte der Oberkommissar den Entrüsteten. »Das geht immer von Christoph aus.«

*

Die Rückfahrt nach Kiel war ereignislos verlaufen, und Lüder hatte sogar Gelegenheit gefunden, den Törn quer durch das Land zu genießen. Es drängten ihn keine Termine, und der aktuelle Fall des selbst ernannten Rechtsradikalen Silvio Merseburger war Routine. Lüder fragte sich, warum der Kriminaldirektor ihn mit der Bearbeitung beauftragt hatte. Von Merseburger schien keine ernsthafte Gefahr auszugehen. Jetzt saß Lüder an seinem Schreibtisch und studierte erneut die Akte, die über Merseburger angelegt worden war. Dann rief er beim Ordnungsamt der Amtsverwaltung Meldorf-Land an. Es war ein unschätzbarer Vorteil Schleswig-Holsteins, dass es noch kleine und überschaubare Verwaltungen gab, in denen man komplikationslos den zuständigen Sachbearbeiter erreichen konnte. Doch das sollte sich nach dem Willen der Politiker ändern.

»Ja, den kennen wir«, sagte der Mann in Meldorf, der sich mit »Reimers« gemeldet hatte.

»Merseburger unterhält auf dem Grundstück zwei Hunde, die nach dem Gefahrhundegesetz erlaubnispflichtig sind. Ferner würde mich interessieren, ob der Mann eine Zuverlässigkeitsprüfung als Hundehalter abgelegt hat.«

Herr Reimers musste gar nicht in den Unterlagen nachsehen. »Er hat einen Antrag gestellt, den wir aber abgelehnt haben. Unserer Meinung nach ist er bei seiner Vorgeschichte charakterlich nicht hinreichend geeignet. Außerdem gibt es noch weitere Gründe.«

»Sie meinen, Merseburger ist einfach zu blöde.«

Lüder hörte Reimers tief durchatmen, bevor er antwortete: »Diese Worte stammen nicht von mir.«

»Und was ist mit den Hunden?«

»Das ist ein wenig kompliziert. Obwohl er die Hunde nicht halten darf, können wir nicht ohne Weiteres gegen ihn einschreiten. Bisher haben die Hunde niemandem etwas getan oder Menschen oder andere Tiere angefallen. Man hat Merseburger auch noch nie außerhalb des Grundstücks mit ihnen angetroffen. Und das ist der Punkt, wo sich die graue Theorie von der Praxis unterscheidet. Wie Sie wissen, hat das Bundesverfassungsgericht eine Reihe von gesetzlichen Einschränkungen der Hundehaltung widerrufen, die nach dem tragischen Vorfall in Hamburg von den Ländern erlassen wurden. Tut mir leid, aber da können wir nicht ansetzen.« Reimers ließ vorsichtig durchblicken, dass er Lüders Ansatz, über den Verwaltungsweg etwas gegen Merseburger zu unternehmen, erkannt hatte.

Dann muss ich mir etwas anderes einfallen lassen, dachte Lüder und wurde durch das Telefon aus seinen Gedanken gerissen.

»Weißt du was«, meldete sich Jonas mit aufgeregter Stimme ohne jede Begrüßung. »Sinje hat vorhin gekotzt.«

»Das heißt, sie hat sich übergeben. Was ist mit ihr?«, fragte Lüder besorgt.

»Ach, nichts«, kam es gedämpft über die Leitung.

»Jonas! Hol bitte mal die Mama an den Apparat.«

Einen kleinen Moment war nur ein rhythmisches Knacken zu hören. Lüder konnte sich vorstellen, dass Jonas mit den Fingernägeln am Telefonhörer spielte. »Ich glaub, das ist schon wieder okay«, versuchte der Junge abzulenken. Lüder kannte seinen Sohn zu gut.

»Was ist geschehen?«

»Ich hab es doch nur gut gemeint und Sinje das Glas mit Nutella gegeben. Das isst sie doch so gern.«

»Und davon hat sie zu viel genascht?«

»Keine Ahnung«, antworte Jonas, und vor Lüders Augen tauchte die Unschuldsmiene des Jungen auf. »Typisch Mädchen. Können nix ab. Gibt das Ärger dafür?«, fragte er besorgt.

Lüder musste ein Lachen unterdrücken. Jonas konnte man nicht böse sein. »Da machen wir keinen Stress drum. Aber sprechen sollten wir darüber.«

»Ich muss jetzt wieder«, kam es erleichtert aus dem Telefonhörer. Dann hatte Jonas aufgelegt.

Lüder legte den Hörer nicht aus der Hand, sondern wählte die wissenschaftliche Kriminaltechnik des Hauses an.

»Braun«, meldete sich eine müde klingende Stimme.

»Moin, Frau Dr. Braun. Da habe ich Glück. Ich dachte, Sie wären im wohlverdienten Urlaub.«

»Warum habe ich bei Ihnen immer den Eindruck, Sie würden mich auf den Arm nehmen wollen, Herr Lüders?«

»Das würde ich gern machen. Ich fürchte aber, meiner Frau würde es gar nicht gefallen, wenn ich Sie auf Händen tragen würde. Dabei bin ich mir sicher, Sie hätten es als Erste verdient. Wir sind mitten in den Sommerferien. Da ist es doch naheliegend, dass unsere eifrigsten Kollegen zum Energietanken an südlichen Stränden weilen.«

»Das ist den Mitarbeitern vorbehalten, die schulpflichtige Kinder haben. So wie Sie.«

Lüder fiel ein, dass er nichts über das Privatleben von Frau Dr. Braun wusste, ob sie verheiratet war oder gar Kinder hatte. Die Frau war wie ein Phantom, da er immer nur mit ihr telefonierte.

»Sie wollen mit mir nicht über Urlaubsziele sprechen«, riss ihn die Wissenschaftlerin aus seinen Gedanken.

»Ich bin egoistisch und freue mich, von Ihnen kompetenten Rat erhalten zu dürfen. Wissen Sie schon, wodurch der Tod bei dem Mord in Heide eingetreten ist? Der Rechtsmediziner hat gesagt, er hätte kein Geschoss gefunden, obwohl es keine Austrittsöffnung gibt.«

Dr. Braun versuchte, ihrer Stimme einen empörten Anstrich zu geben. »Wieso interessieren Sie sich dafür? Das fällt doch gar nicht in Ihren Zuständigkeitsbereich. So gut möchte ich es auch einmal haben, dass ich mich um Dinge kümmern kann, die mich gar nichts angehen. Aber wir …« Sie stieß einen Seufzer aus. »Wir sind permanent unterbesetzt, und die Arbeit ist in den letzten Jahren immer mehr geworden. Deshalb kann ich Ihnen noch nichts sagen. Sie haben selbst festgestellt, dass wir Urlaubszeit haben. Da dauert es manchmal ein paar Stunden länger.«

»Bitte, liebe Frau Dr. Braun. Ich bin auch mit einer vorsichtigen Vermutung zufrieden«, bettelte Lüder.

Aber die Wissenschaftlerin blieb hartnäckig und verweigerte jede Information. Lüder legte den Hörer ein wenig enttäuscht auf die Telefonstation zurück. Das ist wieder ein Tag, an dem man sich abends fragt, was man geschafft hat, überlegte er und widmete sich bis zum Feierabend der Büroarbeit.

»Das ist ja mal etwas Erfreuliches«, begrüßte ihn Frau Mönckhagen aus ihrem Vorgarten heraus, als er um halb fünf, zu ungewohnt früher Stunde, vor dem älteren Einfamilienhaus am Kieler Stadtrand hielt. »Ich habe es selten erlebt, dass Sie so früh Feierabend machen können.«

Lüder schenkte der resoluten älteren Dame ein herzliches Lächeln. »Wir haben in der Vergangenheit so gründlich mit den Spitzbuben aufgeräumt, dass sich kaum noch welche nach Kiel trauen. Und weil wir nichts mehr zu tun haben, darf ich ein wenig früher nach Hause.«

»Da wird sich Ihre Familie aber freuen«, sagte die Nachbarin. »Ich wünsche Ihnen einen schönen Abend.«

Lüder erwiderte die guten Wünsche und betrat das Haus.

»Mama, Lüder ist schon da«, tönte Jonas' Stimme markerschütternd durch das Haus. Natürlich hatte er als Erster mitbekommen, dass sein Vater heimgekommen war. Der Junge stürzte auf Lüder zu und tastete ihn gekonnt ab. »Hast du deine Knarre nicht mit?«, fragte er enttäuscht.

Lüder fuhr Jonas durch das Haar. »Nein, du Struppelkopp. Ich habe dir oft genug erklärt, dass meine Waffe auf der Dienststelle eingeschlossen ist. Die Polizei arbeitet mit Hirn und Verstand.« Dabei tippte sich Lüder an die Stirn.

»Du könntest sie aber mal wieder mitbringen. Ich möchte sie doch nur ansehen.«

»Und daran herumfingern.« Lüder kannte seinen Sohn. Jonas

nahm die Waffe fachmännisch auseinander und setzte sie korrekt wieder zusammen.

Inzwischen war der Rest der Familie aufgetaucht.

»Du spinnst doch«, schimpfte Viveka Jonas aus. »Lüder ist Kriminalrat. Der läuft doch nicht Verbrechern hinterher, sondern sitzt wie ein normaler Beamter im Büro.«

»Gibt es auch *unnormale* Beamte?«, fragte Lüder spöttisch.

»Ich meine doch nur, weil du Kriminalrat bist«, verteidigte sich Viveka.

»Nun lasst Papa erst einmal zufrieden«, mahnte Margit, die Lüder in Gegenwart der Kinder »Papa« nannte und mit Sinje die Einzige war, die diese Formulierung verwandte.

»Ich bin nicht mehr lange Kriminalrat«, platzte es aus Lüder heraus, obwohl er sich diese Überraschung für das Abendessen vorgenommen hatte.

»Klasse! Musst du wieder Streife laufen und mit Blaulicht fahren?«, ereiferte sich Jonas, während Thorolf dem Jüngeren einen Stoß versetzte. »Blödmann. Das heißt, Lüder wird befördert.«

»Ist das wahr?«, fragte Margit, reckte ihren Kopf empor und gab ihm einen Kuss.

Lüder nickte. »Das hat mir Nathusius heute Morgen eröffnet. So! Und heute Abend geht es zur Feier des Tages zum Italiener.«

»Oh, geil«, ließ sich Jonas vernehmen, während Sinje von unten am Hosenbein ihres Vaters zupfte und auf sich aufmerksam machte.

DREI

»Oh, geil«, sagte Friedjof, nahm den Lauf und sah durch das Rohr. Der Bürobote saß Lüder an dessen Schreibtisch gegenüber und hantierte voller Begeisterung mit Lüders Dienstwaffe, der Sauer P6. »Die kommt aus Eckernförde?«, fragte er mit schwerer Zunge.

Lüder nickte. »Mensch, Friedhof, nun leg die Waffe weg. Du bist ja schlimmer als Jonas.«

»Spielt der auch mit dem Ding?«

»Nein! Eine Waffe gehört nicht in Kinderhände.« Lüder schämte sich ein wenig, weil er die Unwahrheit sprach. Er war schon einmal schwach geworden und hatte seine Pistole mit heimgenommen, um sie dem wissbegierigen Jungen zu zeigen. Während Viveka sich weigerte, die Schusswaffe überhaupt in die Hand zu nehmen und Thorolfs Interesse nur oberflächlich war, hatte sich Jonas das kleinste Detail erklären lassen.

Lüder hatte Margits harsche Standpauke über sich ergehen lassen und ihr recht gegeben. Es war keine wohlüberlegte Handlung gewesen, auch wenn Jonas noch so gedrängt hatte.

Er hatte gerade seine seit Langem nicht benutzte Waffe hervorgeholt und sie einer gründlichen Reinigung unterzogen. Dabei hatte ihn Friedjof überrascht, als der Bürobote mit der ersten Post des Tages in Lüders Büro kam. Es kam öfter vor, dass Lüder Friedjof auf einen Kaffee einlud. Aber heute dachte der junge Mann gar nicht daran, seinen Weg durch die Flure des LKA fortzusetzen, so sehr faszinierte ihn die Pistole.

»So, Friedhof. Jetzt ist Schluss. Ich muss wieder an meine Akten.«

»Ich will das Ding noch zusammensetzen«, sagte Friedjof. Auf Grund seiner Behinderung und der dadurch verursachten Störung seiner Feinmotorik fiel es ihm aber schwer. Friedjof gab erst auf, als Lüders Telefon schrillte. »Tut mir leid, Herr Polizeipräfekt«, sagte er und stand auf. »Ich muss jetzt zum nächsten Kaffeetermin bei meinem Freund Nathusius.« Er wies auf die zerlegte Waffe, die auf Lüders Schreibtisch lag. »Kannst du das allein zusammenbasteln?«

»Hau bloß ab«, rief ihm Lüder hinterher und nahm das Telefongespräch an.

»Diether«, meldete sich der Rechtsmediziner. »Wissen Sie, was wir für einen Wochentag haben?«

»Sicher. Dienstag.«

»Und das ist der zweite Tag der Woche.«

»Ja«, bestätigte Lüder.

»Dann ist es ja in Ordnung, dass ich die zweite Leiche auf dem Tisch habe, die mit einem ›Sandklumpen‹ erschossen wurde. Offenbar greift diese Methode um sich.«

»Das ist nicht wahr«, entfuhr es Lüder.

»Wollen Sie mich der Lüge bezichtigen?« Dr. Diethers Stimme klang gespielt entrüstet. »Gestern ist in Husum ein Mann nach der gleichen Methode ermordet worden wie das erste Opfer vom Sonntag in Heide. Wollen Sie sich das ansehen?«

Kurz darauf stand Lüder an der Seite des Pathologen am Seziertisch und ließ sich von Dr. Diether die Details erläutern.

»Es gibt wieder keine Ausschussöffnung. Und solche Erscheinungen verursachen schlimmere oder tödliche Verletzungen als ein glatter Durchschuss. Die sind häufig unproblematischer.«

»Nun deuteten Sie vorhin an, Sie hätten wiederum kein Geschoss im Körper gefunden.«

Der Arzt nickte. »Wir haben erneut dieses graue Pulver gefunden.«

»Und Sie haben noch keine Idee, um was es sich handeln könnte?«

Dr. Diether sah Lüder nachdenklich an und schüttelte den Kopf. »Ich bin Mediziner. Das fällt in das Ressort der Kollegin Braun. Sehen Sie mal hier.« Er hielt Lüder eine Petrischale vor die Augen, in der entnommene Organe lagen. Es war ein für Laien unerfreulicher Anblick. »Ich habe mir erlaubt, das Pulver unterm Mikroskop anzusehen. Sicher bin ich mir nicht, aber es sieht aus wie Wolframstaub.«

Lüder schüttelte ungläubig den Kopf. »Wer ermordet Menschen, indem er mit Klumpen aus Wolframstaub schießt?«

»Das werden sicher keine Sandklumpen sein.«

»Natürlich nicht«, erwiderte Lüder. »Das Ganze ist zu einem Geschoss geformt, gepresst – was weiß ich. Dann wird es aus einer Waffe abgefeuert, und im Körper des Opfers zerlegt sich das Ganze, sodass wir kein Geschoss finden. Was soll das?« Er betrachtete das Opfer. »Ein Schwarzer.«

»Der hat schon einiges mitgemacht.« Dr. Diether warf einen belustigten Blick auf Lüder, da der vor ihnen liegende Leichnam nach der Organentnahme noch nicht wieder verschlossen war. Dann zeigte der Pathologe mit der Spitze seines Seziermessers auf verschiedene Stellen des muskulös wirkenden Körpers. »Hier – am Oberschenkel. Das ist eine alte Schussverletzung. Fachmännisch von einem Chirurgen versorgt. Am Unterarm hat er Verbrennungen erlitten. Und in der Rückenpartie und am Hintern sind ebenfalls alte Narben, die zwar lange ausgeheilt sind, aber damals nicht optimal behandelt wurden.«

Lüder besah sich die Stellen, nachdem Dr. Diether den Toten umgedreht hatte. Anstandshalber hatte er dazu einen Assistenten hinzugerufen und auf Lüders Mitwirken verzichtet.

»Was könnte das sein?«

Dr. Diether wiegte nachdenklich sein Haupt. »So oft bekommen wir das nicht zu sehen, schon gar nicht hier bei uns in Kiel. Ich bin mir nicht sicher, aber das könnten Granatsplitter sein.«

»Das sieht ja aus, als wäre der Mann im Krieg gewesen.«

Der Arzt nickte bedächtig. »Mit ein wenig Fantasie ist das vorstellbar.«

»Es sieht so aus, als hätte er einiges erlebt. Wenn er es noch könnte, würde er sich bestimmt zu Tode ärgern, dass er jetzt an einer Staubkugel gestorben ist.«

»Dann ist es gut, dass er durch das Geschoss und nicht durch die Verärgerung verstorben ist. Es gibt noch eine Merkwürdigkeit.« Dr. Diether zeigte Lüder eine Tätowierung, die der Tote auf dem linken Oberarm trug.

»Was ist das?« Lüder beugte sich hinab und erkannte ein Schwert, das von zwei Blitzen umgeben war. Das Ganze wurde durch verwaschene Linien eingerahmt.

»Auf dem rechten Oberarm findet sich eine zweite Tätowierung«, sagte der Arzt und wies auf eine Zeichnung, die ein Gewehr zeigte, das mit einem Degen gekreuzt wurde.

»Sieht ja beeindruckend aus.«

»Ob das im Zusammenhang mit den Kriegsverletzungen steht, kann ich nicht sagen«, unterbrach der Arzt Lüders Gedanken.

»Das könnte ein Rifle sein. Den Degen kann man nicht exakt erkennen.«

Der Pathologe reichte Lüder ein Vergrößerungsglas.

»Eine feine Arbeit«, stellte Lüder fest. »Der Degen hat am Knauf einen Bommel. Das sieht wie ein Zierdegen aus. Wer trägt so etwas?«

»Der Vorsitzende vom Schützenverein«, lästerte der Arzt. »Ich kann mir aber nicht vorstellen, dass er da«, dabei zeigte er auf den Toten, »ein solches Ehrenamt bekleidet hat. Möchten Sie einen Kaffee?«, fragte Dr. Diether und geleitete Lüder in den Aufenthaltsraum, nachdem er sich gründlich gesäubert und einen Assistenten »Dichtmachen« angewiesen hatte, er solle die Leiche »zumachen«.

Nachdenklich kehrte Lüder in sein Büro zurück. Es war mehr als rätselhaft, weshalb innerhalb von vierundzwanzig Stunden zwei Menschen auf eine ausgesprochen mysteriöse Weise ermordet wurden. Und das zweite Opfer hatte man in Husum gefunden. Das lag im Zuständigkeitsbereich der Flensburger Mordkommission. Deshalb nahm er Kontakt zu Frauke Dobermann, der Leiterin des dortigen K1, auf.

»Moin«, begrüßte er die Erste Hauptkommissarin. »Wie geht es Ihnen?«

»Wissen Sie, mit wem Sie sprechen? Wir an der Alltagsfront haben nicht die Muße wie Sie von der Kieler Behördenleitung, uns mit profanen Floskeln zu beschäftigen. Und da Sie kaum an meinem Wohlergehen interessiert sind, bitte ich Sie, sich kurz zu fassen.«

»Wuff«, bellte Lüder ins Telefon. »Ich dachte, nachdem wir in der Vergangenheit so erfolgreich zusammengearbeitet haben, wären Sie weniger bissig.«

»Verzichten Sie auf das Denken und stellen Sie Ihre Frage.«

»Es geht um den Toten aus Husum. Die Todesursache ist …«

»Zu diesem Fall gibt es noch nichts zu sagen«, unterbrach ihn Frauke Dobermann barsch. »Wir sind am Ball und haben noch keine Erkenntnisse. Mehr ist dazu derzeit nicht anzumerken. War's das?«

Lüder sah ein, dass jede weitere Frage sinnlos war. »Warum ist eine so kluge und attraktive Frau wie Sie so bissig? Am Namen allein kann es doch nicht liegen.«

Einen kurzen Moment herrschte Funkstille, bevor die Flensburgerin antwortete: »Jemand wie Sie, der sicher unter dem Pantoffel seiner Frau steht, wird keinen Blick für andere weibliche Wesen haben.«

Lüder lachte. »Nur weil sich bei unserer Dienstreise in die Pfalz doch noch ein zweites Hotelzimmer gefunden hat und uns eine gemeinsame Nacht im Doppelzimmer erspart hat, laufe ich doch nicht blind durch die Gegend.«

Frauke Dobermann schnaufte ins Telefon. »Ich bin sehr beschäftigt und habe weder Zeit noch Muße, mit Ihnen über solche Banalitäten zu philosophieren. Ich wünsche Ihnen noch einen ruhigen Tag in Kiel. Und träumen Sie etwas Angenehmes beim Büroschlaf.«

Lüder konnte der Frau nicht böse sein. Ihre unsensible Art im Umgang mit anderen Menschen war ebenso bekannt wie ihre Tüchtigkeit als Leiterin der Mordkommission. Und niemand konnte Frauke Dobermann das leidenschaftliche Engagement für ihren Job absprechen.

Als Nächstes rief Lüder die Spurensicherung in Flensburg an und ließ sich mit Hauptkommissar Jürgensen verbinden. Der Leiter des K6 übernahm den Hörer von einem seiner Mitarbeiter, nieste und meldete sich dann.

»Moin, Klaus, hier ist Lüder aus Kiel.«

»Moin. Ich nehme an, du möchtest etwas über den Toten aus Husum wissen. Was hat dir die bissige Dobermann erzählt?«

»Leider nichts«, bekannte Lüder. »Die hat mich nur angeknurrt und angebellt.«

»Darum heißt sie auch Dobermann. Wir hier in Flensburg würden ja viel darum geben, würde man sie durch Frau Blume oder Frau Lieblich ersetzen. Viel ist es nicht, was wir bisher herausgefunden haben. Den Befund der Rechtsmedizin kenne ich noch nicht.«

Lüder berichtete Jürgensen von seinem Besuch bei Dr. Diether.

»Interessant«, sagte der Hauptkommissar. »Der Mann hatte nichts bei sich, was auf seine Identität schließen lässt. Alle Hosentaschen waren leer. Kein Feuerzeug, keine Papiere, kein Geld.«

»Schmuck?«

»Nichts. Seine Kleidung war getragen. Mäßig, nicht abgetragen, was auf einen Obdachlosen hätte schließen lassen. Er war rasiert und sauber. Unter den Fingernägeln haben wir Alltägliches gefunden.«

»Was heißt das?«

»Brotkrümel, Butter, Marmelade und Hausstaub in winzigen Partikeln. Er muss Raucher gewesen sein. Zumindest haben wir Nikotinspuren an seiner rechten Hand gefunden.«

»Dann muss jemand gründlich seine Taschen geleert haben, wenn sich keine Zigaretten und kein Feuerzeug finden ließen.«

»Stimmt, zumal wir in der Hosentasche Tabakkrümel gefunden haben.«

»Welche Sorte?«

»Moment mal. Das übersteigt unsere Möglichkeiten. Daran arbeiten deine Kollegen von der Kriminaltechnik beim LKA.«

»Fingerabdrücke?«

»Haben wir abgenommen und mit der daktyloskopischen Datei abgeglichen. Da ist bundesweit nichts gespeichert.«

»Das heißt, der Tote weigert sich beharrlich, seinen Namen zu nennen.«

»So sieht es aus«, sagte Jürgensen.

Danach rief Lüder bei der Kriminalpolizeistelle Husum an und wurde mit Große Jäger verbunden.

»Lüders, LKA. Kennen wir uns?«

»Ich habe einen Lehrgang besucht, den Sie gehalten haben«, bestätigte der Oberkommissar. »Wollen Sie mich zum nächsten einladen?«

»Ich möchte Ihre Gegenleistung einfordern und heute etwas von Ihnen wissen. Bearbeiten Sie den Todesfall mit der Schussverletzung?«

»Nee.«

»Könnte ich bitte Ihren Dienststellenleiter sprechen?«

»Geht nicht. Der schwimmt.«

Lüder lachte. »Das tun wir alle.«

»Aber nicht im Nordatlantik«, erwiderte Große Jäger. »Die Leiche wird durch Flensburg bearbeitet.«

»Mit den Kollegen habe ich schon gesprochen«, log Lüder. »Jetzt interessieren mich noch ein paar Details am Rande.«

Große Jäger berichtete von seinem Einsatz vom Vortag.

»Haben Sie schon Hinweise auf die Identität des Toten? Die Mordkommission ist noch nicht so weit.«

»Das wundert mich nicht. Kann man von einer Frau anderes erwarten?«

»Sind Sie ein Macho?«

»Ja«, gab Große Jäger unumwunden zu. »Ein erfolgreicher.«

»Es gibt zahlreiche Hinweise, die darauf hindeuten, dass das Opfer aus Husum oder der näheren Umgebung stammen könnte.«

»Haben Sie am Geruch des Schafsdungs unter den Schuhsohlen Nordfriesland lokalisiert?«

»Das ist die Methode Schäuble, der seit Heiligendamm Geruchsproben einsammelt. Keine Sorge, ich bin auch bei der Polizei. Wir schnüffeln nicht hinter den Menschen hinterher – im wahrsten Sinne des Wortes –, sondern ermitteln mit logischem Verstand. Die Bekleidung des Mannes und sein allgemeiner Zustand hinsichtlich Körperpflege und Ähnlichem lassen vermuten, dass er sich nicht von weit her zu dem Ort bewegt hat, wo er gefunden wurde.«

»Da wurde er auch erschossen«, erklärte Große Jäger. »Der Tatort war ebenfalls in der Kirche.«

»Ist Ihnen der Mann schon einmal begegnet? Zufällig – auf der Straße.«

»Ich lebe schon eine Weile in Husum und kenne die anderen beiden Bewohner Nordfrieslands, um Ihr Vorurteil zu nähren, dass hier alles menschenleer ist.«

»Mimose?«

»Nee. Westfale.«

»Hat einer Ihrer *beiden* Mitbewohner hinterm Deich eine Vermisstenanzeige aufgegeben?«

»Pah! Hier vermisst niemand seinen Neger.«

Lüder hüstelte ins Telefon. »Das war jetzt aber nicht korrekt.«

»Mag sein, aber ist es richtig, einen Menschen zu ermorden?«

»Ich glaube, wir kommen so nicht weiter. Das Beste wird sein, ich besuche Sie an der Westküste.«

»Ist in Ordnung«, knurrte Große Jäger. »Hier gibt es Flens und Eierlikörtorte.«

Lüder schmunzelte immer noch, als er längst aufgelegt hatte. Wenn Jonas mich jetzt erleben würde, wäre er sicher mehr als enttäuscht von der Polizeiarbeit, dachte Lüder, als er die nächste Telefonverbindung herstellte. Markus Schwälm von der Itzehoer Mordkommission war nicht an seinem Arbeitsplatz. Er erreichte den Hauptkommissar über das Mobiltelefon.

»Das ist ja ein Ding«, stellte Schwälm fest, nachdem ihm Lüder vom zweiten Mord mit der mysteriösen Methode berichtet hatte. »Ich werde nachher Kontakt zu unseren Flensburger Kollegen aufnehmen. Ansonsten sind wir noch nicht viel weitergekommen. Bei Jasmin Johannsen, das ist die junge Frau, die als Bettlerin verkleidet auf dem Heider Marktfrieden unterwegs war, haben wir keine Schmauchspuren feststellen können. Es hat den Anschein, als käme die Studentin nicht als Schütze infrage. Heute Morgen haben wir auch das Ergebnis der Autopsie von Steffen Meiners bekommen. Keine Drogen, keine Auffälligkeiten bei den Blutwerten. Abgesehen davon, dass der Mann auf dem Dorf gelebt hat. Jedenfalls zeigen die Leberwerte, dass er wohl ganz gern einmal ein Bier getrunken hat. Das war aber alles jenseits irgendwelcher Grenzwerte.«

»Haben Sie weitere Erkundigungen in seinem persönlichen Umfeld eingezogen?«

»Sicher. Wir haben keine Anhaltspunkte dafür gefunden, dass es eine Beziehungstat sein könnte. Weder bei Meiners noch bei seiner Frau gibt es Anzeichen für außereheliche Beziehungen. Die ganze Familie besteht aus grauen Mäusen. Es gibt nichts, aber auch rein gar nichts, was als Anlass für den Mord an Meiners angesehen werden könnte.«

»Irgendeinen Grund muss es doch geben. Wer zieht durch die Lande und ermordet wildfremde Menschen?«

»Das frage ich mich auch«, sagte Schwälm. »Aber wir haben nichts finden können. Auf meine Bitte hin ist die interne Revision seines Arbeitgebers tätig geworden und prüft, ob es dort Unregelmäßigkeiten gibt. Aber die Funktion, die Meiners in der Raffinerie wahrgenommen hat, ist so unbedeutend, dass er kaum Gelegenheit gehabt hätte, sich in irgendwelche Machenschaften zu verstricken.«

»Gibt es schon Erkenntnisse bei der Suche nach dem ›Leprakranken‹, den der Sohn von Meiners und andere Zeugen unmittelbar vor der Tat gesehen haben wollen?«

»Unser einziger vager Hinweis hat uns zu Jasmin Johannsen geführt, die mit ihrem Bettlerkostüm der Verkleidung des Leprakranken am ehesten entsprach. Aber – wie gesagt – die Analyse war negativ. Meine Mitarbeiter sind unterwegs und suchen nach weiteren Zeugen. Wir haben uns die Adressen von Mitwirkenden des Festes und Mitarbeitern auf den Marktständen besorgt und knien uns in die Kärrnerarbeit der Suche nach der Nadel im Heuhaufen.«

Sie versprachen, sich gegenseitig auf dem Laufenden zu halten. Dann fuhr Lüder nach Husum.

Die Polizeidirektion lag in der Poggenburgstraße, direkt gegenüber dem Bahnhof. Lüder parkte hinter dem Haus, meldete sich beim Empfang an und wurde in die erste Etage verwiesen. Kurz darauf betrat er das geräumige Büro mit drei Schreibtischen, von denen zwei verwaist schienen. Er erkannte Oberkommissar Große Jäger sofort wieder. Die stämmige Figur mit dem Schmerbauch, der über der Gürtelschnalle hing, das dunkle Haar mit den ersten grauen Strähnen, das mit Sicherheit in den letzten zwei Tagen nicht gewaschen worden war, der Schimmer der Bartstoppeln auf den Wangen und seine Kleidung, die alles andere als einen gepflegten Eindruck machte.

Große Jäger sah auf, gab durch das Hochziehen der Augenbraue zu erkennen, dass er Lüder erkannt hatte, zog noch einmal an seiner Zigarette und nahm seelenruhig seine Füße aus der Schreibtischschublade, in der er sie geparkt hatte. Er drückte die Zigarette im überquellenden Aschenbecher aus und sagte: »Moin.«

Lüder erwiderte den Gruß und war froh, dass ihm der Oberkommissar nicht die Hand anbot. Stattdessen wies Große Jäger mit einem Kopfnicken auf den leeren Schreibtisch, der seinem gegenüberstand. »Da sitzt unser Kind. Aber der ist auf der Führungsakademie. Das ist dumm. Denn jetzt kocht keiner Kaffee.« Er wies mit dem Daumen über die Schulter zum dritten Arbeitsplatz. »Und unser Boss ist im Urlaub.« Dann griff er zu seinem bekleckerten Kaffeebecher und nahm einen Schluck.

Lüder setzte sich. »Wer ist das Kind?«

»Mommsen. Kommissar. Aus unserer Sicht ist er noch ein Kind. Sagt Christoph auch.« Dabei zeigte erneut auf den Schreibtisch hinter sich.

Lüder vermutete, dass mit »Christoph« Hauptkommissar Johannes gemeint war, den er entfernt seit dessen Dienstzeit am LKA kannte. Sie sahen sich eine Weile schweigend an. Lüder musterte das rote Holzfällerhemd und die fleckige Lederweste. Die ebenfalls leicht schmuddelige Jeans war hinter der Schreibtischkante verschwunden.

»Kaffee?«, fragte Große Jäger.

Lüder nickte.

Der Oberkommissar stand wortlos auf, griff sich seinen Becher und verließ den Raum. Eine Weile später kehrte er mit zwei Bechern zurück. Mit Befriedigung registrierte Lüder, dass das zweite Trinkgefäß einen sauberen Eindruck machte.

»Sie sind Lüder Lüders?«, fragte Große Jäger, nachdem er sich die nächste Zigarette angezündet hatte. »Ist das auch so ein regionaltypischer Name wie Große Jäger?«

»Lüders ist ganz normal. Zumindest in der Gegend um Kellinghusen in Mittelholstein, wo ich herkomme. Während meine Mutter mit mir im Krankenhaus lag, hat mein Vater mit Freunden nach herrschender Sitte seinen ersten Stammhalter begossen. Dabei haben die Suffköppe gelästert: Lüders Lüder. Obwohl sich meine Eltern eigentlich auf einen anderen Namen geeinigt hatten, ist mein Vater in seinem Dunsche am nächsten Morgen auf das Standesamt gegangen und hat mich mit dem Vornamen Lüder angemeldet.«

Große Jäger grinste. »Schöne Geschichte. Im Verhör würde ich sie allerdings noch einmal auf ihren Wahrheitsgehalt abklopfen.«

»So wie Sie als Herr Jäger zur Polizei gekommen sind und erst nach erfolgreichen Jahren in Nordfriesland zum *Großen* Jäger mutierten?«

Das Grinsen im Antlitz des Oberkommissars gefror. »Solche Sprüche habe ich schon oft gehört. Die sind alles andere als originell. Aber was wissen Nordlichter schon von alten Kulturen wie Westfalen?«

»Immerhin eint uns eine alte bäuerliche Geschichte«, sagte Lüder und versuchte seiner Stimme einen versöhnlichen Klang zu geben. »So spannend das auch sein mag. Mich interessiert der Tote aus der Kirche.« Er erzählte von der Merkwürdigkeit, dass am Sonntag in Heide ein anderer Mensch Opfer eines Mordes geworden war und die Umstände der Tat dem Husumer Verbrechen glichen. »Ich gehe davon aus, dass wir es mit demselben Täter zu tun haben.«

»Tätern«, korrigierte ihn Große Jäger. »Zumindest in Husum waren es zwei. Das hat die Spurensicherung ergeben. Einer hätte das Opfer nicht über die Holzverkleidung der Heizung hieven können.«

»Ich möchte mir den Tatort gern ansehen.«

Große Jäger blies den Qualm seiner Zigarette ungeniert über den Schreibtisch in Lüders Richtung. »Daran werde ich Sie nicht hindern.« Sein zur Schau gestelltes Desinteresse schwand aber, als Lüder ihm von der rätselhaften Munition berichtete. »Donnerwetter. Das ist ja interessant.«

»Da teile ich Ihre Meinung.«

Der Oberkommissar lehnte sich zurück. »Der Fall wird aber vom K1 aus Flensburg bearbeitet.«

»Und der Mord in Heide von den Itzehoer Kollegen.«

»Wenn es einen Zusammenhang gibt, wie Sie vermuten, würde es doch Sinn machen, die Ermittlungen zusammenzulegen«, sagte Große Jäger.

Lüder nickte. »Das könnte man so sehen. Es gibt aber grundlegende Unterschiede im Profil der Opfer. In Heide war es ein unbescholtener Familienvater, dessen Vita zu ermitteln völlig unproblematisch war. Ein grundsolider Mitbürger, ohne Laster, ohne Probleme, bei dem es rätselhaft ist, weshalb er einem Mord zum Opfer fiel. In Husum hingegen gaben die Täter sich alle Mühe, jegliche Hinweise auf die Identität des Opfers zu entfernen. Das gemeinsame Bindeglied zwischen den beiden Taten ist lediglich die gleiche Munition.«

»Der ›Sandklumpen‹.«

Lüder nickte. »Richtig. Allerdings nicht aus Sand, sondern aus Wolframstaub, wie wir inzwischen wissen.«

»Und wenn die beiden Opfer sich kannten?«, überlegte Große Jäger und kratzte sich die Bartstoppeln, dass es deutlich im Raum vernehmbar war.

»Dazu müsste man die Identität des Husumer Toten kennen.«

Der Oberkommissar nickte versonnen. »Wir haben die Sache nicht weiter verfolgt, weil der Fall an Flensburg abgegeben wurde. Wenn wir allerdings versuchen würden, etwas über den Mann herauszufinden, würden wir Dobermanns Ermittlungen nicht stören«, überlegte er. Dann nahm er einen Schluck Kaffee.

»Und den Itzehoer Kollegen kämen wir auch nicht in die Quere.«

»Sie wollen das Verfahren also nicht an sich ziehen und eine gemeinsame Sonderkommission unter Führung des LKA bilden?«, fragte Große Jäger misstrauisch.

»Nein. Die Mordkommissionen haben viel Erfahrung und arbeiten so effizient, dass es dumm wäre, sie an die Leine zu legen. Ich möchte die Erkenntnisse konsolidieren. Im Übrigen bin ich Einzelkämpfer.«

»Nicht mehr«, beschloss Große Jäger, dessen Jagdinstinkt geweckt schien. »Jetzt sind wir zu zweit.«

Lüder sah ihn amüsiert an. »Wer sagt das?«

»Ich!«, antwortete der Oberkommissar mit einem breiten Grinsen. »Nun lassen Sie mal hören, was es sonst noch für Erkenntnisse gibt.«

Aufmerksam lauschte Große Jäger Lüders Bericht über den

bisherigen Stand der Ermittlungen. Als Lüder geendet hatte, streichelte Große Jäger nachdenklich seine Nasenspitze. »Da trägt unsere neue Zusammenarbeit schon die ersten Früchte«, sagte er.

»Ich habe nach der Entdeckung der Tat ein paar Erkundigungen eingezogen und die jungen Leute befragt, die häufig um den Brunnen auf unserem Marktplatz herumlungern.«

»Sie meinen die Tine?«

»Sieh an. Sogar Sie kennen unser Wahrzeichen. Die Teenies bekommen meistens nicht viel mit, weil sie mit sich selbst beschäftigt sind. Unsere Drogisten mei...«

»Wer sind die Drogisten?«, unterbrach Lüder.

»Unsere Rauschgiftjungs. Die sind der Meinung, dass die Szene rund um die Tine aus ihrer Sicht nicht ganz sauber ist. Jedenfalls ist den jungen Leuten der Schwarze aufgefallen, den wir ermordet in der Kirche gefunden haben. Die Kids hatten den Eindruck, er habe sehr gehetzt gewirkt. Den Wahrheitsgehalt dieser Vermutung kann ich nicht einschätzen, weil zum Zeitpunkt dieser Aussage bereits bekannt war, dass der Dunkelhäutige tot war. Eines der Kids glaubt, zwei Männer gesehen zu haben, die ebenfalls in die Kirche gegangen sind. Er sah sich aber außerstande, irgendetwas mitzuteilen, was zu einer Beschreibung hätte führen können. Nicht einmal an die Kleidung konnte sich der Junge erinnern, geschweige an Aussehen, Größe, Haarfarbe oder Ähnliches. Er hat auch nicht darauf geachtet, ob und wann die Männer die Kirche wieder verlassen haben.« Große Jäger legte eine Kunstpause ein. »Nur eines war ihm aufgefallen. Er wollte noch seine Kameraden darauf aufmerksam machen, wurde aber durch etwas anderes abgelenkt. Er sagte, der eine sah aus wie Frankenstein.«

»Und damit kommen Sie erst jetzt heraus?«, fuhr ihn Lüder an.

»Das ist Ihnen doch nicht anders ergangen – als Kind haben wir uns immer besonders auf den Pudding gefreut, den es zum krönenden Abschluss des Essens gab.«

Lüder schüttelte verärgert den Kopf. »In Heide haben mehrere Zeugen auf einen Tatverdächtigen hingewiesen, der wie ein Leprakranker verkleidet gewesen sein soll.«

»Ich kann mich nicht erinnern, dass Frankenstein als Leprakranker beschrieben wurde«, erwiderte Große Jäger ungerührt. »Aber ich stimme Ihrer Idee zu, dass es sich bei dem ›Leprakranken‹ und ›Frankenstein‹ um dieselbe Person handeln könnte.«

»Entweder will uns jemand für dumm verkaufen und schminkt sich eine Horrormaske, trägt womöglich sogar so ein Ding aus Gummi, oder wir haben es mit einem Täter zu tun, der wirklich entstellt ist.«

Große Jäger ließ ein dröhnendes Lachen hören. »Ich habe zwar schon manche Absonderlichkeit erlebt, selbst im friedlichen Husum, aber ein mordendes Ungeheuer? Wir sind hier in Schleswig-Holstein und nicht in Hollywood.«

Lüder musste ihm zustimmen. Aber einen Täter zu suchen, der eine Vorliebe für Horrorverkleidungen hegt, machte die Suche nicht einfacher. Zumindest gab es jetzt aber einen zweiten Hinweis, dass es sich bei den beiden Morden in Heide und Husum um denselben Täter handeln könnte.

»Haben Sie Anhaltspunkte dafür, dass das bisher unbekannte Opfer aus Husum oder Umgebung stammen könnte?«, fragte Lüder.

Der Oberkommissar war wieder ernst geworden. »Bisher leider nicht. Aber ich kümmere mich darum. Es wird nicht einfach sein, aber wir werden schon herausfinden, wo der schwarze Mann seinen Kral hatte.«

Immerhin bequemte sich Große Jäger, Lüder zur Marienkirche am Husumer Marktplatz zu begleiten und ihn in die Örtlichkeiten einzuweisen. Allerdings fanden sie nichts, was nicht zuvor schon die Spurensicherung entdeckt hatte.

Als Lüder die Rückfahrt nach Kiel antrat, war er sich nicht sicher, ob die ihm angebotene Zusammenarbeit eine wirkliche Bereicherung darstellte.

Im Display seines Bürotelefons sah er, dass die Kriminaltechnik versucht hatte, ihn zu erreichen.

»Braun«, meldete sich die Leiterin der Abteilung, nachdem Lüder den Rückruf eingeleitet hatte.

»Sie wollen mich mit ein paar wichtigen Informationen überraschen, liebe Frau Dr. Braun.«

»Ach, Herr Lüder. Ihre Sonderwünsche machen uns das Leben nicht einfacher. Vor allem, dass Sie häufig zwischendurch Anfragen stellen, die unseren ohnehin hektischen Arbeitsablauf zusätzlich durcheinanderbringen. In diesem speziellen Fall möchte ich aber Ihre Neugierde stillen.«

»Sie haben herausfinden können, was es mit dem geheimnisvollen ›Sandklumpen‹ auf sich hat?«

»Langsam. Sie sind immer auf der Überholspur unterwegs.«

»Das habe ich von Ihnen gelernt. Ohne Ihre schnellen und exzellenten Analysen würden wir Ermittler von der Alltagsfront doch nur im Nebel herumstochern«, schmeichelte Lüder der Wissenschaftlerin. »Wie gut, dass Sie Landesbeamtin sind. Sonst hätten andere Polizeibehörden Sie längst abgeworben.«

»Ich bin mir bei Ihnen nie sicher, mit welcher Motivation Sie den Honigquast schwingen.« Trotzdem merkte Lüder an ihrem Tonfall, dass Dr. Braun nichts gegen seine Freundlichkeiten einzuwenden zu haben schien. »Der ›Sandklumpen‹, von dem Sie sprachen, besteht aus gepresstem Wolframstaub. Früher war es übrigens Porzellan. Diese Art von Munition wird in verschiedenen Kalibern von Dynamit Nobel unter der Bezeichnung ›Franchible‹ vertrieben.«

»Also ein deutsches Produkt?«

»Nun tun Sie nicht so überrascht. Deutschland ist eines der innovativsten Länder, wenn es um die Entwicklung neuer Waffen- und Kriegstechnologien geht.«

»Ich möchte auch keine moralischen Bedenken anmelden«, warf Lüder ein. »Mich interessiert nur der technische Hintergrund.«

»Die Idee hinter dieser Entwicklung war ursprünglich, sie als Übungsmunition einzusetzen. Wenn das Geschoss auf dem Schießstand gegen die Betonmauer prallt, zerlegt es sich. Sie müssen dann nur noch ein wenig Staub zusammenfegen und sparen sich das Einsammeln der Bleikugeln.«

»Und weshalb wurde diese Idee nicht in die Tat umgesetzt?«

»Sie stehen selbst vor dem Problem, dass Sie bei dieser Munition keine Spuren finden, wenn der Täter die Patronenhülse nicht am Tatort liegen lässt. Deshalb gibt es keine Zulassung für die Patrone. Weder für Privatleute noch für die deutsche *Polizei*, obwohl sie sich für spezielle Lagen besonders gut eignen würde. Denken Sie zum Beispiel an Flugzeugentführungen, Schusswaffengebrauch auf Tankstellen oder an anderen gefährlichen Orten oder bei Geiselnahmen.«

Dr. Brauns Erläuterungen leuchteten ein. Solche Spezialmunition würde in falschen Händen fatale Folgen haben.

»Sie haben eben die ›Polizei‹ besonders betont.«

»Richtig. Sie darf diese Munition nicht einsetzen.«

»Kann ich daraus schließen, dass diese Patronen bei anderen Diensten durchaus Verwendung finden könnten?«

Die Leiterin der Kriminaltechnik schwieg einen kleinen Moment. »Darüber kann ich nichts sagen.«

Lüder unterließ es, sich zu bedanken. Er hatte Dr. Brauns Hinweis verstanden und würde die neuen Erkenntnisse mit Kriminaldirektor Nathusius erörtern.

»Beide Opfer wurden in einer bestimmten Weise erschossen. Der Täter zielte auf den Bauchraum, kurz unterhalb des Magens. Gibt es dafür eine Erklärung?«

»Man könnte es sich zusammenreimen. Das stärkste Kaliber, für das die Franchible produziert wird, ist die Punkt fünfzig mit zwölf Komma fünf Millimetern. Wir sollten aber davon ausgehen, dass in unseren Fällen neun Millimeter Luger verwandt wurden.«

»Wie kommen Sie darauf? Es könnte doch auch die Parabellum sein?«

»Beide haben die gleichen Abmessungen und sind äußerlich nicht voneinander zu unterscheiden«, bestätigte Dr. Braun. »Die Luger ist allerdings von ihrer Laborierung stark unterladen und wurde speziell für die Nullacht entwickelt.«

»Das ist die Pistole mit dem Kniegelenkverschluss?«, fragte Lüder.

»Ja. Die verträgt keine starken Ladungen. Medienbeschüsse haben ergeben, dass das Kaliber einen Zwanzig-Liter-Plastikkanister mit Wasser nicht durchschlägt, sondern stark abgebremst wird. Vermutlich sieht das Resultat im menschlichen Körper ähnlich aus. Bei Auftreffen auf Knochen zerlegt sich das Geschoss mit Sicherheit. Die Durchschlagkraft ist einerseits stark von Geschossgewicht, Geschossform, Geschossmaterial und Geschossgeschwindigkeit abhängig.«

»Das ist ja teuflisch. Die Kombination aus Unterladung und der speziellen Patrone gestattet es dem Täter, sich dem Opfer zu nähern, ihm tödliche Verletzungen beizubringen, ohne dass die Gefahr eines Durchschusses besteht und andere Menschen in Mitleidenschaft gezogen werden.«

»Sie haben in diesem Satz vieles zusammengefasst, was diese beiden Morde von anderen unterscheidet. Die Schlussfolgerungen überlasse ich Ihnen.«

»Ich bin erstaunt, welch neue Erkenntnisse Sie mir wieder vermitteln konnten«, sagte Lüder.

»Dazu hat ganz wesentlich Herr Rahlfs, unser Waffenexperte, beigetragen«, stapelte Dr. Braun tief.

Nach dem Telefonat saß Lüder eine Weile nachdenklich an seinem Schreibtisch. Aus dem, was ihm die Wissenschaftlerin erzählt hatte, ließen sich noch keine schlüssigen Zusammenhänge zwischen beiden Morden herstellen. Warum wurden ein unbescholtener und völlig unauffälliger Familienvater und ein Farbiger, bei dem man sich Mühe gemacht hatte, die Identität zu verbergen, auf die gleiche merkwürdige Weise erschossen? Und die Art der verwendeten Munition deutete auf alles andere als gewöhnliche Kriminelle hin.

Lüder suchte Nathusius auf und berichtete dem Kriminaldirektor von den bisherigen Erkenntnissen.

Der Leiter des polizeilichen Staatsschutzes wiegte nachdenklich den Kopf, als Lüder mit seiner Darstellung schloss. »Ich stimme Ihnen zu. Es scheint keine Zusammenhänge zwischen den beiden Opfern zu geben. Wenn wir unserer Fantasie freien Lauf lassen, dann sind der oder die Täter einem organisierten Umfeld zuzuordnen, das die Morde überlegt und geplant ausgeführt hat. Es gehört sehr viel Kaltblütigkeit dazu, jemanden inmitten eines Menschengewimmels auf einem Volksfest zu erschießen. Und auch in der Husumer Kirche waren die Täter nicht vor Überraschungen sicher. Ich mag mir nicht vorstellen, wie sie reagiert hätten, wenn sie bei ihrer Tat zufällig durch harmlose Besucher überrascht worden wären.«

»Wenn wir von der verwendeten Munition ausgehen, schränkt sich der Kreis der Täter auf bestimmte Gruppierungen ein. Das kann in den Bereich der organisierten Kriminalität fallen, aber auch einen politisch motivierten Hintergrund haben.«

»Sie wollen mit Ihrer Vermutung andeuten, dass auch Nachrichtendienste und das Militär Zugang dazu haben?«

»Vielleicht finden die Franchible-Patronen bei den konventionellen Einheiten der Bundeswehr keine Verwendung. Was aber in den verschwiegenen und undurchschaubaren Einheiten wie dem Kommando Spezialkräfte oder anderen Sondereinheiten geschieht, entzieht sich unserer Kenntnis. Und die Einsätze deutscher Soldaten sind sicher transparenter als die anderer Mächte«, sagte Lüder.

»Wobei im Waffengeschäft nicht auszuschließen ist, dass die Munition auch von Leuten bezogen wird, die sie sich über undurchsichtige Kanäle beschaffen.«

»Das erklärt aber immer noch nicht, weshalb Steffen Meiners das erste Opfer war. Ich sehe bei allem, was wir bisher über den Mann zusammengetragen haben, keine Verbindung zu den Kreisen, denen wir eine solche Vorgehensweise beim Dahinmeucheln von Menschen zutrauen.«

»Wir sollten uns nicht nur auf die sicher gründlichen Ermittlungen der örtlichen Mordkommissionen stützen. Vielleicht hat Meiners ein Vorleben, das so gut getarnt ist, dass es bisher unentdeckt blieb«, sagte Nathusius. »Es macht keinen Sinn, das Risiko einer Entdeckung auf sich zu nehmen und mitten in Heide einen harmlosen Bürger zu töten.«

Lüder pflichtete dem bei.

»Ich weiß den Fall bei Ihnen in besten Händen«, schloss der Kriminaldirektor die Unterredung.

Lüder kehrte in sein Büro zurück und begann mit der Formulierung von offiziellen Anfragen nach der Verwendung von oder Kenntnis um die Anwendung von Franchible-Munition. Er schrieb an das Bundesamt für Verfassungsschutz in Köln und den

BND in Pullach, das BKA in Wiesbaden und den MAD, den Militärischen Abschirmdienst der Bundeswehr, der in Kiel eine Außenstelle unterhielt. Das Bundesverteidigungsministerium, das immer noch in Bonn und nicht in der Hauptstadt residierte, hatte er ebenso einbezogen wie den Hersteller der Munition. Von den Landesämtern für Verfassungsschutz wollte er wissen, ob man dort über Erkenntnisse über Gruppierungen verfügte, die vor Gewalttaten gegen Menschen nicht zurückschreckten und Zugriff auf diese Patronen haben könnten.

Lüder war sich bewusst, dass die Erkundigungen heikel waren. Natürlich war es unbestritten die Aufgabe der Polizei, Tötungsdelikte aufzuklären. Und auch der Staatsschutz gehörte zum Auftrag der Polizei. Trotzdem tummelten sich in diesem Umfeld andere Behörden und Organe, deren Tätigkeitsfeld nicht allein vom Strafrecht bestimmt wurde, sondern in deren Aktivitäten auch politische Überlegungen einflossen. Aber das hielt ihn nicht davon ab, seine Energie in die Aufklärung perfider Morde zu konzentrieren.

Für ihn war es eine willkommene Abwechslung, als sein Telefon klingelte.

»Ich bin überrascht, Sie noch auf der Dienststelle anzutreffen«, meldete sich Frau Dr. Braun.

»Wir haben Urlaubszeit, und manch fürsorglicher Kollege ist mit der Familie in den Ferien. Bei der ausgedünnten Belegschaft kommt es vor, dass man den Feierabend verschläft, weil die Mitarbeiter, die sonst den Weckdienst übernehmen, nicht präsent sind«, erklärte Lüder. »Aber dank Ihnen muss ich nun doch nicht die ganze Nacht hier verbringen.«

»Bei Ihrer pathologischen Neugierde sind Sie sicher daran interessiert, welche Ergebnisse die Spurenanalyse beim unbekannten Toten aus Husum erbracht hat.«

»Das finde ich großartig, dass Sie an mich denken.«

»Wenn ich mich nicht melde, behelligen Sie uns doch wieder ungefragt. Zur Todesursache muss ich nichts weiter ausführen. Daher beschränke ich mich darauf, dass wir im Blut des Mannes Spuren von Heroin gefunden haben. Er war sicher nicht hochgradig abhängig, hat aber regelmäßig geschnupft. Diese Aussage dürfen Sie als sichere Erkenntnis nehmen. Außerdem haben wir die Tabakkrümel in seiner Hosentasche analysiert. Sie müssen aus der Zigarettenpackung herausgefallen sein und wurden von den Tätern beim Ausleeren der Taschen übersehen. Es handelt sich wahrscheinlich um die Sorte Marlboro. Wir haben das BKA in Wiesbaden eingeschaltet, um jeden Zweifel daran auszuschließen, dass es sich um eine einheimische Produktion handelt.«

»Das wäre neben der Bekleidung eine weitere Bestätigung dafür, dass der Mann hier bei uns in Deutschland gelebt haben muss.«

»Diese Vermutung könnte man daraus ziehen«, bestätigte Dr. Braun. »Ich habe aber noch etwas für Sie.« Sie legte eine Pause ein und sprach erst weiter, als Lüder sie dazu aufforderte. Es war die ihm bekannte Art der Wissenschaftlerin, um Anerkennung für ihre Arbeit zu buhlen. »Wir haben vielleicht eine Deutung des Tattoos, das der Tote am Oberarm trug.«

»Sie meinen das Gewehr mit dem gekreuzten Degen?«

»Nein, das andere. Im Original ist es ein emailliertes Metallemblem und stellt einen stilisierten Fallschirm dar. Auf blauem Hintergrund finden sich ein Schwert und zwei Blitze. In der Tätowierung fehlen stilisierte Flügel und ein Schriftzug.«

»Donnerwetter. Wie haben Sie das herausgefunden?«

»Das ist unsere Arbeit«, versuchte Frau Dr. Braun abzuwinken. »Nun möchten Sie sicher wissen, was auf dem Schriftzug steht?«

»Irgendetwas Militärisches?«, riet Lüder.

»Genau. ›Sky Soldiers‹.«

»Und ich gehe recht in der Annahme, dass Sie auch wissen, um welche Armee es sich handelt?«

Dr. Braun ließ den Ansatz eines gurgelnden Lachens hören. »Bei Robert Lembke hätten Sie mit dieser Fragetechnik gewonnen.«

»Und jetzt liege ich falsch?« Lüder war enttäuscht.

»Nein. Es handelt sich um das Wappen einer Militäreinheit. Übrigens gibt es dieses Wappen offiziell seit dem 10. August 1967.«

»Lassen Sie mich raten: eine Kampfkompanie der Roten Armee.«

»Gelegentlich bin ich unsicher, ob Sie mich zum Narren halten wollen. Die Rote Armee hat kaum bis gar nicht dunkelhäutige Soldaten rekrutiert. Außerdem ist doch …« Dr. Braun stutzte und hielt in ihren Ausführungen inne. »Herr Lüders!«, kam es schließlich erbost über die Leitung. »Wenn dort ›Sky Soldiers‹ steht, können es doch nicht die Sowjets sein. Das ist doch englisch.«

»Habe ich noch einen zweiten Versuch? Dann tippe ich auf die US-Army.«

»Wir wissen es sogar genauer. Es ist die 173. Luftlandebrigade. Und der rote Fleck rund um den Griff des Schwerts verweist auf den Kampfabsprung des Verbandes in Vietnam.«

»Ich verneige mich in Ehrfurcht vor Ihrer Allwissenheit, liebe Frau Dr. Braun.«

»Sind Sie nun ein Schmeichler oder ein Heuchler?«, antwortete die Wissenschaftlerin mit einer Gegenfrage, bevor sie das Gespräch beendete.

Es war kaum anzunehmen, überlegte Lüder, dass sich ein Außenstehender das Wappen einer US-Kampfeinheit tätowieren ließ. Folglich konnte man davon ausgehen, dass es sich bei dem unbekannten Toten um einen Bürger der Vereinigten Staaten handelte. Aber was hatte den Mann nach Husum geführt, und aus welchem Grund wurde er dort ermordet? Eine viel größere Frage war aber, was den harmlosen Steffen Meiners aus Heide mit diesem Milieu verband.

Lüder suchte die Nummer des amerikanischen Generalkonsulats in Hamburg heraus und wurde auf die üblichen Sprechzeiten verwiesen. Auch sein Hinweis, es würde sich um eine dringende Angelegenheit eines US-Bürgers handeln, ließ den Gesprächspartner ungerührt.

Lüder überlegte, ob er Große Jäger in Husum oder Frauke Dobermann in Flensburg über die neuen Vermutungen informieren sollte. Er entschied sich dagegen, weil er zunächst selbst Kontakt zu den amerikanischen Behörden aufnehmen wollte und man dort sicher nicht begeistert wäre, wenn parallel zu ihm die Flensburger Mordkommission vorstellig werden würde. Und die Leiterin des K1 würde sich auch durch Ermahnungen nicht davon abhalten lassen, ihren eigenen Weg zu beschreiten.

So beschloss Lüder, Feierabend zu machen und den Rest des ohnehin schon angebrochenen Abends seiner Familie zu widmen. Sinje würde er zu dieser Stunde ohnehin nur noch schlafend zu Gesicht bekommen.

VIER

Sicher gab es viele Menschen, die früher am Morgen die Arbeit aufnahmen als er, dachte Lüder, als er das dritte Mal vergeblich versuchte, Große Jäger in Husum zu kontaktieren. Auch seine Bemühungen, einen kompetenten Ansprechpartner beim US-Generalkonsulat zu erreichen, waren erfolglos.

Die Rückfrage bei der Itzehoer Kripo hatte keine neuen Erkenntnisse gebracht. Markus Schwälm und seine Mitarbeiter bemühten sich weiter, das Persönlichkeitsbild des Mordopfers zu vervollständigen und bisher unbekannte Kontakte Steffen Meiners' aufzudecken, die auf eine Verbindung zu dem noch unbekannten Toten aus Husum verweisen könnten.

Bei der Flensburger Mordkommission gab es keine Neuigkeiten. Man arbeitete auch hier an der Aufdeckung der Identität des Opfers.

Lüder hatte schon zwei Mal den Telefonhörer in der Hand gehabt, ihn jedoch immer wieder auf die Basisstation zurückgelegt. Er hatte sich bei der Fahrt ins Büro gewohnheitsmäßig mehrere Zeitungen gekauft, darunter die Boulevardblätter. In der Zeitung mit den großen Bildern und den noch größeren Schlagzeilen auf der Titelseite las er einen Artikel von LSD, wie er Leif Stefan Dittert nannte. Der umtriebige Journalist war Lüder schon in früheren Fällen durch den Stil seiner Berichterstattung unangenehm aufgefallen. In einer Mischung aus Halbwahrheiten, Vermutungen und offenkundigen Lügen verfasste Dittert häufig Artikel, die in der entsprechenden reißerischen Aufmachung das Bedürfnis mancher Mitbürger nach Sensationen befriedigten, aber von sauberer journalistischer Arbeit weit entfernt waren. So war LSD auch auf mögliche Zusammenhänge zwischen den beiden Morden gestoßen und hatte unter der Überschrift »Die Angst vor dem Serienkiller geht um« allerlei abenteuerliche Mutmaßungen über die Zusammenhänge und Motive angestellt, die von abartigen sexuellen Verstrickungen bis zu kriminellen Machenschaften ging. Selbst wenn viele Leser des Blattes solche Artikel nur überflogen und der inhaltliche Wert nur bis zur Erwähnung in der Frühstückspause reichte, so waren die Folgen für die Angehörigen doch nachhaltig. Wenn der Zeitungsbericht auch manipuliert und von Mutmaßungen gespickt war, so tuschelten die Nachbarn und Menschen aus der Umgebung der Betroffenen noch Jahre später und geilten sich an den falschen Gerüchten auf. Heinrich Böll hatte diese Problematik zutreffend in seiner Erzählung »Die verlorene Ehre der Katharina Blum« verarbeitet.

Nachdem Lüder erneut versucht hatte, den Husumer zu erreichen, nahm Große Jäger das Gespräch entgegen.

»Ich habe auf dem Einwohnermeldeamt nachgefragt«, berichtete der Oberkommissar. »Im Allgemeinen wissen die Mitarbeiter auf dem hiesigen Rathaus gut Bescheid. Es konnte sich aber niemand an einen dunkelhäutigen Ausländer erinnern, der in jüngster Zeit seinen Meldepflichten nachgekommen ist. Man durchforstet jetzt die Daten und versucht, auf manuelle Weise zu prüfen, ob man auf irgendetwas stößt. Ich habe außerdem eine Fotografie des Opfers hinterlassen.«

»Hoffentlich vom Gesicht«, warf Lüder ein.

»Nee«, ließ sich Große Jäger nicht beirren. »Vom Hosensaum. Übrigens bin ich gerade dabei, die gleiche Anfrage den umliegenden Amtsverwaltungen zuzustellen. Der Mann muss ja nicht in Husum gewohnt haben.«

Lüder hörte durchs Telefon Hintergrundgeräusche. Irgendjemand sagte: »Moin.«

»Moment mal«, bat Große Jäger um eine Unterbrechung und wandte sich einem Besucher zu. »Moin, Thomas. Ich habe gerade Kiel am Apparat. Das LKA hat ja bekanntlich eine lange Leitung. Ist es wichtig?«

»Ich weiß nicht«, hörte Lüder den Besucher. »Wir haben eine Anzeige wegen eines Graffitis. Jemand hat eine fremdenfeindliche Parole an eine Hauswand gesprüht. Und jetzt gibt es voneinander abweichende Aussagen. Nachbarn behaupten, in dem Haus hätte sich ein Schwarzer aufgehalten, während der Hausverwalter das bestreitet. Ich dachte, es könnte dich interessieren, weil ihr doch den dunkelhäutigen Toten in Arbeit habt.«

Lüder verstand Große Jägers Antwort nicht, weil der Oberkommissar seine Hand über die Sprechmuschel hielt. Einen Augenblick später meldete er sich wieder. »Haben Sie das mitbekommen?«

»Teilweise. Was hat es damit auf sich?«

»Ich weiß nicht«, bekannte der Oberkommissar. »Mich hat eben Kommissar Thomas Friedrichsen von unseren uniformierten Kollegen besucht. Da hat jemand Anzeige wegen eines Graffitis mit einer diskriminierenden Parole erstattet. Merkwürdigerweise aber nicht der Verwalter des betroffenen Hauses, sondern jemand aus der Nachbarschaft. Der Mann behauptet zudem, in dem beschmierten Haus würde ein Dunkelhäutiger wohnen. Das hingegen bestreitet der Verwalter. Ich werde der Sache nachgehen.«

»Moment«, bat Lüder. »Ich wäre gern dabei. Warten Sie bitte, bis ich in Husum bin. Dann sehen wir es uns gemeinsam an.«

»Wenn's denn sein muss«, knurrte Große Jäger und legte auf.

Lüder wählte die Autobahn über Rendsburg bis Schleswig und durchquerte von dort auf der Bundesstraße das Land.

Große Jäger saß an seinem Schreibtisch und sah auf, als Lüder das Büro betrat. Statt einer Begrüßung wies der Oberkommissar mit seiner glimmenden Zigarette auf den gegenüberliegenden Schreibtisch und fragte: »Auch 'nen Kaffee?«

Ohne die Antwort abzuwarten, stand er auf und verließ den Raum. Kurz darauf kehrte er mit einem Becher zurück und stellte ihn vor Lüder ab.

»Ist schwarz. Zutaten habe ich nicht gefunden.« Er ließ sich ächzend in seinen Schreibtischsessel fallen, nahm sein eigenes Trinkgefäß und hielt es auf Brusthöhe Lüder entgegen. *»Skål«*, sagte er und nahm schlürfend einen Schluck.

Lüder trank ebenfalls. Das Gebräu war heiß und kräftig.

Nachdem Große Jäger den Becher wieder abgestellt und in aller Ruhe zwei tiefe Züge aus seiner Zigarette genommen hatte, drückte er die Kippe im überquellenden Aschenbecher aus.

»Friedrichstraße«, sagte er.

Ohne weitere Erklärungen verstand Lüder, dass die Wandschmiererei in einer Straße dieses Namens aufgefunden worden war. Deshalb unterdrückte er eine Antwort, während ihn der Oberkommissar aufmerksam musterte. An Große Jägers leicht hochgezogener Augenbraue erkannte Lüder, dass er die erste Prüfung bestanden hatte.

Große Jäger zeigte auf das Telefon. »Ich habe mich inzwischen erkundigt. Ist nicht.«

Auch hierzu schwieg Lüder. Der Oberkommissar wollte ihm damit erklären, dass er, nachdem er die Adresse kannte, bei der Meldebehörde angefragt hatte. Dort war kein Bewohner ausländischer Herkunft eingetragen.

Lüder trank bedächtig seinen Kaffee aus, während er Große Jäger von der Tätowierung des Toten und der mutmaßlichen Bedeutung erzählte. Nachdem er geendet hatte, stand der Oberkommissar auf und ging ohne Erklärung zur Tür. Lüder folgte ihm durch den Hinterausgang zum Parkplatz. Sie stiegen in einen alten grauen Ford-Kombi und verließen das Gelände der Polizeidirektion nach rechts. Nach wenigen Metern bog Große Jäger ab und unterquerte die Bahnstrecke nach Westerland. Es waren vielleicht zweihundert weitere Meter, als er in eine abzweigende Straße einbog und auf dem Gehweg parkte.

Auf der anderen Straßenseite an der Mauer eines etwas zurückliegenden Rotklinkerhauses sah Lüder das Graffiti: »Scheiß-Niger« war dort in weißer Farbe aufgesprüht.

Sie waren ausgestiegen, und der Oberkommissar überquerte die Straße, indem er einem sich nähernden Fahrzeug durch Zeigen der Handfläche Halt gebot.

»Das sind aber keine rassistischen Parolen«, bemerkte Lüder. »Die dünn besiedelte Republik Niger liegt in Westafrika. Große Teile sind Wüste. Wer sollte etwas gegen dieses Land haben?«

Große Jäger schenkte ihm nur einen Seitenblick.

»Selbst ein Blöder weiß, wie Neger geschrieben wird. Ich vermute aber, jemand wollte ›Nigger‹ schreiben.« Er zeigte auf die beschmierte Wand. »Wer so etwas macht, ist wahrscheinlich zu dumm, um selbst das zu wissen.«

Über die Rasenfläche kam ihnen ein Mann in einer durch Träger gehaltenen Cordhose entgegen.

»Sind Sie von der Zeitung?«, fragte er, schenkte Große Jäger einen Blick und entschloss sich, mit Lüder zu sprechen.

»Polizei«, antwortete der Oberkommissar. »Und wer sind Sie?«

»Rothers. Ich bin der Hausverwalter. Na ja, eigentlich mehr der Hausmeister. Ich kümmere mich um alles. So ein bisschen nebenbei.«

»Und Sie haben Anzeige erstattet?«

Rothers sah Große Jäger aus weit aufgerissenen Augen an. »Wer? Ich?«

»Das ist doch immer das Gleiche«, erwiderte der Oberkommissar mit gespielt entrüsteter Stimme. »Diese missliebigen Nachbarn verleumden einen mit anonymen Anzeigen.« Dabei schlug Große Jäger mit der geballten rechten Faust in die linke Handfläche.

»Ist wohl wahr«, sagte Rothers und drehte sich halb um. »Das da – das krieg ich schon weg.«

»Ist nur zu dumm, dass ihr hier an der Einfallstraße wohnt. Jeder, der aus Richtung Süden kommt, fährt hier vorbei und hat das gesehen. Und nun hat sich einer beschwert.«

»Wer?«, fragte Rothers.

»Der Präsident der Republik Niger. Er hat das nicht so gern, wenn sein Land auf diese Weise verunglimpft wird.«

»Welche Republik?« Rothers zupfte sich nervös an seinen Hosenträgern.

»Da steht doch ›Niger‹. Das ist ein Land in Afrika.«

Der Hausverwalter lachte schrill auf. »Quatsch. Da hat sich ein Blödkopf verschrieben. Damit ist nicht dieses komische Land gemeint, sondern der Schwarze, der hier wohnt.«

Lüder wechselte einen raschen Blick mit dem Oberkommissar. Auch Rothers hatte das bemerkt.

»Oh Scheiße«, fluchte der Mann und sah sich um, ob ihn jemand beobachten würde. Er fühlte sich ertappt. »Kommen Sie mit«, forderte er die beiden Polizisten auf und stapfte voran Richtung Haus. »Moment, ich hole mal den Schlüssel«, sagte er und verschwand in einer Wohnung.

Kurz darauf kehrte er mit einem Schlüsselbund zurück und ging in den Keller voran. Es war ein für Mehrfamilienhäuser typisches Untergeschoss. Die Wände waren aus ungeputzten Kalksandsteinen, unter der Decke liefen Rohrleitungen entlang, und von beiden Seiten des Ganges zweigten die Kellerverschläge ab. Rothers blieb vor einer verschrammten Blechtür stehen, hantierte umständlich mit seinen Schlüsseln, öffnete und trat zur Seite. Abgestandene Luft schlug ihnen entgegen. Lüder suchte nach einem Lichtschalter, und schließlich flammte grelles Neonlicht auf. Die Röhre war nackt an der Decke montiert. Zumindest waren die Kalksandsteinwände weiß getüncht und der Zementboden mit einem billigen Nadelfilz ausgelegt, der sich an den Rändern hochwölbte. Die karge Möblierung bestand aus einem Feldbett, einem zerschlissenen alten Sofa, zwei Klappstühlen aus weißem Kunststoff und einigen Regalen. Eines war mit bunter Folie beklebt und diente dem Bewohner als Küche. Ein mickriger Elektrokocher und ein brummender Kühlschrank bildeten mit dem alten Fernsehgerät schon den höchsten Komfort. Hinter einem Vorhang verbargen sich eine Einbaudusche, ein Waschbecken und eine Kloschüssel. Das Tageslicht fiel nur indirekt durch den Lichtschacht vor dem Haus in den Raum.

Lüder rümpfte die Nase. »Sie sind der Verwalter?«

Rothers nickte unmerklich.

»Während wir uns hier ein wenig umsehen, holen Sie bitte den Mietvertrag.«

Der Mann blieb unschlüssig stehen.

»Was ist?«, herrschte ihn Große Jäger an und zeichnete mit den beiden Zeigefingern in der Luft ein Quadrat nach. »Mietvertrag!«

»Den habe ich nicht hier«, stammelte Rothers.

»Und wo finden wir den? Beim Vermieter?«, fragte Lüder.

»Nun – das ist so. Also – es gibt keinen schriftlichen Vertrag.«

Große Jäger stellte sich vor den Mann und stemmte die Hände in die Hüften. »Ist ja interessant. Wenn Sie der Hausverwalter sind, sollten Sie wissen, dass für Mietverträge die Schriftform gilt.«

Rothers fuhr sich mit den gespreizten Fingern durch das dünner werdende graue Haar. »Schon, aber ... Also, der Mann wohnte hier nur inoffiziell. Diesen Raum hat sich unser Jüngster zurechtgemacht, wenn er sich mal zurückziehen wollte. Wasser und Lokus habe ich schwarz eingebaut. Nun ist der Filius auf Arbeit. In Braunschweig. Tjä – da haben wir die Wohnung gelegentlich untervermietet.«

»Wohnung?« Große Jäger grinste den Verwalter an. »Sie wollen dieses Loch doch nicht als Wohnung bezeichnen? Was haben Sie dafür genommen?«

»Fünfzig«, antworte Rothers wie aus der Pistole geschossen.

Der Oberkommissar schüttelte den Kopf. »Warum sagen Sie die Unwahrheit? Wir kennen die Aufzeichnungen Ihres Mieters. Da steht ein anderer Betrag«, log er.

»Warum sollte ich nein sagen, als man mir zweihundert geboten hat«, keuchte Rothers verlegen. »Ich hab mein Leben lang geklotzt. Und mit dem bisschen Rente kommt man nicht weit.«

»Das ist aber ganz schön dreist für dieses finstere Verlies. Wer hat das hier eingefädelt? Doch nicht Ihr Mieter?«

Der Hausverwalter schüttelte den Kopf. »Nee. Das war ein anderer. Ein Deutscher. Der kam irgendwann vorbei und hat gesagt, er hätte gehört, ich würde vorübergehend eine Bleibe vermieten.«

»Und vom wem hatte er Ihre Adresse?«

Rothers schüttelte mit ehrlichem Bedauern den Kopf. »Keine Ahnung. Wirklich. Da hab ich nicht nach gefragt.«

»Wie hieß der Mann?«

»Weiß ich auch nicht. Er hat mir fünfhundert bar in die Hand gedrückt. Zweihundert für die erste Miete. Der Rest war für den Abschluss – hat er gesagt.«

Lüder hielt sich aus der Befragung heraus. Große Jäger hatte den richtigen Ton gefunden, um dem Hausverwalter das zu entlocken, was für die Polizei von Interesse war.

»Und von wem haben Sie die Folgemieten?«

»Vom Schwarzen. In bar. Immer pünktlich.«

»Er ist zu Ihnen gekommen?«

Rothers griente den Oberkommissar an. »Nee. Ich bin zu ihm.«

»Unter welchem Namen hat sich der Mieter bei Ihnen vorgestellt?«

Wieder trat der Ausdruck ehrlichen Bedauerns in Rothers' Gesicht. »Keine Ahnung. Der hat nie einen Namen genannt. Und reden konnten wir auch nicht. Der konnte nämlich kein Deutsch. Nicht ein Wort.«

»Sie hätten ja Englisch sprechen können«, sagte Große Jäger.

»Wieso das?«, entrüstete sich der Hausverwalter. »Wo sind wir denn hier?«

»Hatte der Mann Besuch?«

»Nie. Er hat auch immer nur in der Bude gehockt und ist nachts spazieren gewesen. Oder spätabends – jetzt, wo es draußen so lange hell ist. Nur einkaufen war er. Im Supermarkt.«

»Wie lange hat er in Ihrem Keller gehaust?«

»Vier Monate.«

Mehr war vom Hausverwalter nicht in Erfahrung zu bringen.

»Sie schließen jetzt ab, und niemand betritt den Raum. Niemand! Haben Sie das verstanden? Wir schicken unsere Kollegen von der Technik vorbei«, schärfte ihm Große Jäger ein.

Rothers nickte ergeben.

Wenig später saßen sich Lüder und Große Jäger wieder im Büro des Oberkommissars gegenüber. Große Jäger hatte neuen Kaffee besorgt und rauchte.

»Es hat den Anschein, als hätte sich der Mann in diesem Keller versteckt. Und ein Kontaktmann hat das eingefädelt. Ein Deutscher, während wir vermuten, dass das Opfer früher einmal in der US-Army gedient hat und Amerikaner ist«, überlegte Lüder laut.

»Warum verschafft ihm der Deutsche, wenn wir ihn so nennen wollen, diesen Unterschlupf? Der Tote muss vor jemandem geflüchtet sein. Seine Verfolger haben ihn aber doch gefunden und umgebracht.«

Lüder stimmte Große Jäger zu. »Und wenn der ›Deutsche‹ nun Steffen Meiners war, das erste Mordopfer aus Heide?«, überlegte er laut und rief Hauptkommissar Markus Schwälm an.

»Wir haben noch keine weiteren Erkenntnisse«, berichtete der Leiter der Itzehoer Mordkommission. »Es ist wie verhext, aber es finden sich im persönlichen Umfeld des Opfers keine Anhaltspunkte. Und auch bei der Suche nach dem ›Leprakranken‹ sind wir nicht vorangekommen. Der scheint ein Phantom zu sein und nur in der Fantasie der Zeugen zu existieren. Ich schiebe es auf die mittelalterliche Kostümierung während des Heider Marktfriedens.«

Lüder bat Schwälm um Zusendung eines Fotos von Meiners. Das würden sie dem Hausverwalter zeigen. Dann wandte er sich wieder Große Jäger zu. »Im Blut des Schwarzen wurde Heroin gefunden. Zwar nur in geringen Mengen, aber immerhin.«

»Im schlimmsten Fall haben wir es mit einer gut organisierten Bande von Rauschgiftdealern zu tun«, überlegte der Oberkommissar laut. »Dafür könnte auch das professionelle Vorgehen bei der Ermordung der beiden Männer sprechen.«

Lüder wiegte den Kopf. »Man sollte nie etwas ausschließen. Aber wie hängt der Familienvater aus Heide in der Sache drin? Es gibt bisher keine Ansatzpunkte für kriminelle Aktivitäten des Mannes.«

»So etwas nennt man Saubermann«, sagte Große Jäger doppeldeutig. »Noch 'nen Kaffee?«

Lüder lehnte dankend ab und fuhr nach Kiel zurück.

Auf der Schreibtischplatte lagen diverse Zettel verteilt, die Lüder ein wenig ratlos hin und her schob. Er hatte sich zu den unterschiedlichsten Aspekten der beiden Mordfälle Notizen gemacht und versuchte, sie in einen logischen Zusammenhang zu bringen. Aber es gelang ihm nicht. Welch abstrusen Gedanken er auch folgte – Steffen Meiners aus Heide passte nicht in das Bild. Lüder hatte noch einmal die zur Verfügung stehenden Datenbestände durchforstet. Es fand sich nirgendwo ein Hinweis auf eines der beiden Mordopfer. Während er erneut eine Notiz um eine Theorie ergänzte, trat Friedjof ins Zimmer. Lüder sah auf.

»Hallo, Friedhof. Ist es nur Papier, was du dort hereinschleppst, oder lieferst du endlich einmal Lösungen?«

Friedjof gab der Tür einen leichten Stoß mit dem Knie und setzte sich auf den Besucherstuhl, nachdem er ein paar Schriftstücke auf die Schreibtischecke gelegt hatte.

»Kommen Sie nicht weiter, Herr Oberhauptkriminalmeister?«, fragte der Bürobote.

»Ich bin genauso ratlos wie die sportliche Leitung von Holstein Kiel«, lästerte Lüder über Friedjofs Lieblingsverein. Prompt sprang der junge Mann darauf an.

»Die haben nur Pech gehabt. Und so einer wie du hat überhaupt keine Ahnung davon. Wer fährt schon mehrfach die Woche mit dem Rad an der Förde entlang und behauptet, es wäre Sport?«, spielte Friedjof auf Lüders Ausgleich für den Büroalltag an, das Rennradfahren. »Hast du eigentlich schon einmal gewonnen?«

Lüder lehnte sich zurück. »Wenn du dir in der Sportschau nicht ständig die Verlustpartien der Kieler Störche ansehen würdest, sondern ernsthaften Sport, dann hättest du mich schon einmal bei der Tour de France gesehen.«

Friedjof lachte vergnügt. »Ich habe dich doch gesehen. Das war bei dem Bericht, in dem man die Leute gezeigt hat, die gerade wegen Dopings abgeführt wurden.«

Lüder stutzte einen Moment, dann sah er den Büroboten an. »Friedhof, manchmal bist du genial.«

»Das weiß ich. Aber warum dieses Mal?«

Lüder sortierte seine Notizen um und zeigte auf einen Zettel, auf dem im Kopf »Steffen Meiners« stand. »Der hier, den suchen wir bei den Filmaufnahmen der Tour vergeblich. Der fährt vielleicht im Tross mit oder ist einer der Wasserträger.« Er sah in Friedjofs ratloses Gesicht. »Kein Wunder, wenn du mich nicht verstehst. Sollte sich das aber als richtig erweisen, verspreche ich dir, dass ich dich zu einem Spiel der Holsteiner begleite.«

»Ehrlich?«, strahlte Friedjof und stand auf. »Das muss ich dem Kriminaldirektor erzählen.«

»Lass Nathusius aus dem Spiel«, scherzte Lüder. »Wenn der hört, dass ich mich dem Fußball zuwende, degradiert er mich.« Lüder ließ unerwähnt, dass stattdessen seine Beförderung versprochen war.

Nachdem der Bürobote seinen Weg durchs Haus fortgesetzt hatte, versuchte Lüder erneut, jemanden im Generalkonsulat der USA in Hamburg zu erreichen. Endlich fühlte sich dort jemand zuständig. Herr Myers sprach einwandfreies Deutsch mit jenem Akzent, den Einheimische auf Anhieb als typisch amerikanisch bezeichnen würden. Von der Tonlage her erinnerte er Lüder an Bill Ramsey.

»Wir ermitteln in einer Mordsache mit einem derzeit noch nicht identifizierten Opfer, von dem wir vermuten, dass er Bürger der Vereinigten Staaten sein könnte.« Lüder gab eine knappe Begründung für diesen Verdacht. »Möchte ein Vertreter des Konsulats den Toten sehen? Vermissen Sie einen US-Bürger? Oder haben Sie die Möglichkeit, in dem Truppenteil zu recherchieren, von dem wir annehmen, dass der Tote dort gedient hat?«

Myers ließ sich noch ein paar weitere Angaben wie Größe und Aussehen machen und versprach, sich um die Sache zu kümmern.

Danach trafen die ersten Antworten auf Lüders Anfragen zur verwendeten Munition ein. Sie kamen von mehreren Landesämtern für den Verfassungsschutz, die alle keine verwertbaren Hinweise brachten. Umso erfreulicher war der Anruf aus Husum. Große Jäger hatte Neuigkeiten.

»Ich habe mit dem Foto von Steffen Meiners noch einmal den Hausmeister aufgesucht und gefragt, ob das der Mann war, der den Mietvertrag für den Schwarzen abgeschlossen hat. Rothers glaubt es nicht, ist sich seiner Sache aber nicht sicher. Er gab vor, schon sein Feierabendbier getrunken zu haben, als der Fremde bei ihm war. Lassen wir offen, was darunter – ich meine, unter *dem* Abendtrunk – zu verstehen ist. Außerdem habe ich mich in der Nachbarschaft umgehört. Auch wenn der Gast bemüht war, sich möglichst unauffällig zu bewegen, ist er mehreren Leuten aufgefallen. Eine dunkle Hautfarbe erweckt in einer Kleinstadt doch Aufmerksamkeit. Mehr vermochten die Nachbarn aber nicht zu sagen. Insbesondere hat niemand etwas von Besuchern bemerkt. Einzig die Beobachtung einer älteren Frau von der anderen Straßenseite könnte von Bedeutung sein. Ihr ist ein unbekanntes Fahrzeug aufgefallen, das sie zwei oder drei Mal gesehen haben will. Es war arg verbeult und dreckig und hatte eine andersfarbige Tür. Den Typ konnte mir die Zeugin nicht nennen. Sie sagte, es wäre ein rostbrauner Wagen gewesen.«

»Kann es auch orangefarben sein?«, fragte Lüder.

»Vielleicht. Die Farbtöne liegen ja nicht weit auseinander. Kennen Sie ein solches Fahrzeug?«

»Ja. Das habe ich neulich gesehen.« Lüder berichtete von seinem Besuch auf dem verkommenen Bauernhof in Wichelwisch, als er Merseburger besuchen wollte. Hetzparolen gegen Ausländer würden zu dem Mann passen. Und auch die falsche Schreibweise »Scheiß-Niger« könnte auf den nicht gerade mit intellektuellen Fähigkeiten gesegneten Rechtsradikalen zutreffen. Andererseits gehörte Husum nicht zum direkten Einzugsbereich des Ortes, in dem Merseburger hauste. Irgendjemand musste ihm einen Hinweis auf den Amerikaner gegeben haben. In Anbetracht dessen, dass der anonym im Husumer Kellerloch untergeschlüpft war und sich auch sonst sehr verhalten in der Öffentlichkeit gezeigt hatte, war ein zufälliges Aufeinandertreffen fast auszuschließen. Merseburger war gezielt auf den Aufenthaltsort des zweiten Mordopfers aufmerksam gemacht worden.

Lüder erläuterte Große Jäger seine Gedanken.

»Hm«, knurrte der Oberkommissar. »Dann sollten wir ein wenig mit dem Typen plaudern. Wie lange benötigen Sie von Kiel an die Westküste?«

Lüder sah auf die Uhr. Es war bereits nach sechs Uhr.

»Jetzt haben Sie sich gefragt, ob es heute schon zu spät ist«, hörte er Große Jäger durchs Telefon, als könnte ihn der Husumer beobachten.

»Ich komme«, antwortete Lüder und verabredete sich mit dem Oberkommissar vor der Meldorfer Polizeizentralstation. Anschließend rief er zu Hause an.

»Das finde ich dumm.« Margit war ungehalten. »Wir haben heute Grillfleisch besorgt, und die Kinder freuen sich auf das gemeinsame Abendessen. Hast du mal zum Himmel gesehen? Es ist heute ein richtig schöner Sommertag.«

»Stimmt, mein Schatz, aber leider habe ich noch einen Einsatz.«

»Gefährlich?« Margits Stimme klang besorgt.

»Nein. Routine.«

»Warum habe ich mich nicht in einen Beamten aus der Stadtverwaltung verguckt?«

»Sei doch froh, dass du dich überhaupt in einen Beamten verknallt hast.«

»Pass auf dich auf. Und melde dich. Vielleicht reicht es ja noch für ein Glas Wein auf der Terrasse«, sagte sie.

Margits mahnende Worte gingen ihm noch im Kopf herum, als er zum zweiten Mal an diesem Tag das Land durchquerte. Auf der Autobahn schwamm er in der Menge der Leute mit, die von ihrer Arbeitsstätte in der Landeshauptstadt dem Feierabend im oder am Rande des Naturparks Westensee entgegenstrebten. Am Rendsburger Kreuz überquerte er die A7, die aus dem Süden Deutschlands bis zur Nordspitze Dänemarks bei Skagen führte, wenngleich sie im Königreich eine andere Bezeichnung trug. Den Kanal unterquerte er durch den Rendsburger Tunnel, der vor dem Bau der Autobahnhochbrücke einen Großteil des Nord-Süd-Verkehrs aufnehmen musste. Die Bundesstraße Richtung Heide war nur mäßig frequentiert, und bei Wrohm bog Lüder auf eine untergeordnete Straße ab, um über den nur noch von den Bewohnern der Region genutzten Weg bald darauf den Parkplatz vor der Meldorfer Polizei anzusteuern. Im Schatten des Domes stand ein Smart, aus dessen geöffneter Tür Hip-Hop-Musik drang. Große Jäger hatte die Füße außerhalb des Wagens baumeln und qualmte an seiner Zigarette.

Auf sein »Moin« zur Begrüßung hob der Oberkommissar lässig die Hand mit dem Glimmstängel.

»Vielleicht sollten wir mit einem Wagen fahren«, schlug Lüder vor.

Große Jäger wollte etwas erwidern, winkte dann aber ab. Er drückte seine Kippe im Aschenbecher aus, umrundete seinen Wagen und tauchte kurz darauf mit einem hochbeinigen Dackel hinter dem Fahrzeug auf.

»Was ist das?«, fragte Lüder.

»Ein Hund«, sagte der Oberkommissar grinsend. »Und um allen Fragen, die üblicherweise gestellt werden, zuvorzukommen: Es ist eine Dachsbracke. Das ist ein reinrassiger Schweißhund. Er gehört mir, und ich kann ihn abends nicht allein lassen, weil seine Tagesmutter dann keine Zeit mehr hat.«

Lüder musterte das Tier. »Tritt der Hund bei Wettbewerben auf?«

»Wie kommen Sie darauf?«

»Bei den langen Beinen dachte ich, es wäre eine Hündin und sie würde bei Schönheitswettbewerben mitkonkurrieren. Wie heißt er?«

»Blödmann.«

Lüder unterdrückte eine weitere Bemerkung, während Große Jäger auf dem Beifahrersitz Platz nahm und sich der Hund vor seinen Füßen zusammenrollte.

Während der kurzen Fahrt nach Wichelwisch verbreitete sich im Auto ein unangenehmer Geruch, der auf gravierende Verdauungsstörungen schließen ließ. Instinktiv warf Lüder seinem Beifahrer einen bösen Blick zu. Der Oberkommissar wies mit dem ausgestreckten Zeigefinger auf das Tier vor seinen Füßen. »Jetzt wissen Sie auch, weshalb er Blödmann heißt.«

Als sie den Bauernhof erreichten, stand der schmutzige Opel Kadett vor der Tür. Lüder hielt außerhalb der Reichweite des struppigen Schäferhundes.

»Ich würde Ihren Hund im Auto lassen«, riet Lüder dem Oberkommissar, der sein Tier an die Leine genommen hatte. Blödmann kläffte genauso wütend wie der Hofhund, der mit fletschenden Zähnen an seiner Kette zerrte.

»Wie kommen wir jetzt ans Haus?«, fragte Große Jäger und zeigte auf eines der blinden Fenster, hinter dem Bewegung entstanden war. Hinter der grauen Gardine lugte eine Gestalt hervor.

»Merseburger. Schaffen Sie den Hund weg. Wir haben mit Ihnen zu reden.«

Das Fenster wurde aufgestoßen und der Stofffetzen zur Seite geschoben. Merseburger beugte sich auf die Fensterbank.

»Verpisst euch«, schrie er.

»Seien Sie vernünftig. Sonst müssen wir Sie zwangsweise vorführen.«

»Leck mich«, brüllte der Mann zurück.

»Der zeigt kein Einsehen«, stellte Große Jäger fest und legte seine Hände an den Mund. »Pass mal auf, du Knilch.« Er ging zum BMW, öffnete die Tür und tat so, als würde er etwas holen. Mit einer abgegriffenen Packung Papiertaschentücher kehrte er zurück und hielt sie hoch. Auf Distanz konnte Merseburger nicht erkennen, was es war. »Ich habe hier eine Leberwurst. Die frisst dein Köter sicher gern. Bloß bellen wird er hinterher nicht mehr.«

»Lass den Hund zufrieden«, schrie der Mann aus dem Bauernhaus.

Große Jäger holte aus und tat so, als würde er dem Hund den Gegenstand zuwerfen.

»Halt!«, hörten sie vom Haus, dann verschwand Merseburger vom Fenster. Eine Weile geschah nichts. Sie warteten, aber der Mann zeigte sich weder am Fenster noch an der Haustür.

Unschlüssig standen die beiden Polizisten am BMW. In ihrem Rücken fuhr ein Auto die Landstraße entlang. Kein Laut drang aus dem Haus, bis plötzlich ein heftiges Bellen begann. In das unsichtbare Kläffen hinterm Haus mischte sich der Schäferhund ein. Auch Blödmann sprang wild von innen gegen das Fenster der Beifahrertür.

»Das sind die Bullterrier«, sagte Lüder. »Er hält sie in einem Zwinger hinterm Haus. Es wäre unangenehm, wenn er die freiließe. Dagegen sind wir machtlos.«

Große Jäger zeigte seine nikotingelben Zähne, dann schob er nach Westernmanier seine Lederweste an der Seite ein wenig nach hinten und wies auf die Dienstwaffe, die er in einem Holster trug. »Haben Sie keine?«

Lüder schüttelte den Kopf.

»Kenne ich von unserem Chef. Der ist auch immer ohne Waffe unterwegs. Ich habe ihn einmal gefragt, ob er in solchen Situationen wie dieser mit Worten werfen will.«

Gespannt beobachteten sie die Szene. Immer noch war das Bellen der vier Hunde zu hören. Plötzlich kam einer der beiden Bullterrier um die Hausecke geschossen und rannte auf die beiden Beamten zu. Während Lüder sich hinter dem Wagen in Deckung zu bringen versuchte, riss der Oberkommissar mit einer Geschwindigkeit, die ihm Lüder nicht zugetraut hätte, seine Waffe hervor, zog den Schlitten zurück und visierte den auf ihn zustürmenden Terrier an. Atemlos beobachtete Lüder, wie Große Jäger sich Zeit ließ, obwohl sich das alles innerhalb von Sekunden abspielte. Kurz bevor der zähnefletschende Hund zum Sprung ansetzte, drückte der Oberkommissar ab. Der Terrier schien in der Luft zu explodieren, flog aber noch ein ganzes Stück weiter und landete kurz vor Große Jägers Füßen. Dann rutschte er noch ein wenig über das Kopfsteinpflaster. Obwohl das Tier schwer verletzt war – der Oberkommissar hatte es am Halsansatz und Brustübergang getroffen, versuchte es, auf Große Jäger vorzurobben. Das Bellen war jetzt weniger wütend und mit einem Winseln durchsetzt. Der Oberkommissar stellte sich ein wenig seitlich, zielte sorgfältig aus zwei Metern Entfernung und erlöste das Tier von seinen Qualen. Dann sah er Lüder grinsend an, pustete wie John Wayne in seinen Lauf und schob die Waffe ins Holster zurück.

Lüder ließ das Haus nicht aus den Augen. Von Merseburger war nichts zu sehen. Auch der zweite Bullterrier erschien nicht. Vermutlich hatte der Mann nur einen Hund freigelassen.

»Das hätte auch ins Auge gehen können«, sagte Lüder.

»Berufsrisiko.«

»Was wäre, wenn Sie ihn nicht mit dem ersten Schuss niedergestreckt hätten?«

»Dann hätte ich gewusst, dass ich mich beim Schießtraining nicht hinreichend bemüht habe«, erwiderte Große Jäger gelassen. »Um einem falschen Eindruck vorzubeugen …« Er zeigte auf den toten Hund vor seinen Füßen. »Das mache ich nicht gern. Es wäre mir lieber gewesen, der Typ hätte den Terrier nicht auf uns gehetzt.« Der Oberkommissar kratzte sich seine Bartstoppeln. »Sind Sie sich sicher, dass er jetzt nur noch einen Versuch hat, eine Bestie auf uns zu hetzen?«

Bevor Lüder antworten konnte, hörten sie Merseburger rufen. Er stand jetzt wieder im Fenster. »Ihr verdammten Schweine. Warum habt ihr das getan?«

»Du Arsch hast den Köter losgelassen«, rief Große Jäger zurück. »Und kapituliere endlich. Das haben deine Freunde neunzehnhundertfünfundvierzig auch getan.«

Sie erhielten keine Antwort.

»Das hat er nicht begriffen«, sagte Lüder. »Mit dem können wir nur einfache Sätze wechseln.«

Wie zur Bestätigung knallte es. Zwischen Gardine und Fensterbank war der Lauf eines Gewehrs zu erkennen. Hastig gingen die beiden Beamten hinter dem BMW in Deckung.

»Jetzt spinnt der völlig«, stellte Große Jäger fest.

Lüder griff zum Handy. »Ich hole Verstärkung.«

»Das scheint ein Kleinkaliber zu sein«, sagte der Oberkommissar. »Der will uns nur verjagen, aber nicht treffen. Dazu fehlt ihm der Mut. Wir sind zu zweit. Einer sollte sich von hinten anschleichen.«

»Das ist zu gefährlich«, erwiderte Lüder. »Zumal wir nur eine Waffe haben.«

»Der Kerl ist nicht halb so gefährlich wie sein blöder Hund. Ich versuche es von der Rückseite.«

Ihre Aufmerksamkeit wurde durch einen grauhaarigen Mann abgelenkt, der den Hofvorplatz von der Straße her betrat und auf sie zusteuerte. Er hatte eine Drillichhose an, die von Hosenträgern gehalten wurde. Auf dem Kopf trug er eine olivefarbene Arbeitsmütze. Mit den Zähnen hielt er einen Zigarrenstummel, der heftig qualmte, nachdem der Mann daran gezogen hatte. Seine Hände hatte er tief in den Taschen seiner Hose vergraben.

»Moin«, presste er zwischen den geschlossenen Zähnen hervor. »Was ist denn hier los?«

»Polizei«, rief ihm Lüder zu. »Machen Sie, dass Sie fortkommen.«

Doch der Mann blieb ungerührt stehen. Er bewegte sich auch nicht, als es erneut knallte. Es war nicht auszumachen, wohin Merseburger zielte, aber die Schüsse mussten weiter ab liegen.

»Hau'n Sie ab«, herrschte ihn Große Jäger an.

Der Zaungast hob seine Faust und ballte sie in Richtung Merseburger. »Hab ich immer gesagt. Der ist bekloppt.«

»Offenbar wohnen in diesem Nest nur Doofe«, fluchte Große Jäger, sprang auf und schob den Mann vor sich her vom Grundstück. Dann verschwanden beide aus Lüders Blickwinkel.

Lüder hob vorsichtig den Kopf. Der Gewehrlauf war immer noch zu sehen. Merseburger war sicher nicht so intelligent, dass er den Lauf zur Tarnung heraushängen ließ und zur Rückseite des Hauses schlich, um zu flüchten oder die Situation zu erkunden.

»Geben Sie auf. Das hat keinen Zweck«, rief Lüder, um den Mann abzulenken.

»Zieh ab. Ich will nicht mit euch sprechen.«

»Das geht nicht mehr. Schließlich haben Sie den Hund auf uns gehetzt und auf uns geschossen.«

»Ich verteidige nur mein Haus. Gegen jede Art von Gesindel.«

Lüder versuchte, Merseburger durch weitere Gespräche abzulenken. Er zeigte sich auch sporadisch, indem er aus der Deckung hinter dem Fahrzeug hervorkam. Der Mann feuerte aber keine weiteren Schüsse ab.

Plötzlich entstand Bewegung hinter der Gardine. Der Gewehrlauf verschwand. Lüder konnte die Stimmen von Merseburger und Große Jäger unterscheiden. Der Wohnungsinhaber rief, Große Jäger antwortete laut, aber ruhig. Dann verstummten die Geräusche, der Vorhang wurde zur Seite geschoben, und der Oberkommissar erschien in der Fensteröffnung.

»Sie können kommen. Die Hintertür ist offen«, sagte er und zeigte auf den Schäferhund, der den Zugang zur Haustür versperrte.

Lüder umrundete das Haus und betrat es durch die Gartenpforte. Es war eine früher sicher gemütliche Klöntür. Sie musste zur Hälfte offen gestanden haben, denn es waren keine Spuren einer gewaltsamen Öffnung zu erkennen. Die Küche, die Lüder betrat, roch nicht nur übel, sondern bot auch einen völlig heruntergekommenen Eindruck. Es war nicht die ramponierte Einrichtung, sondern der Unrat, der sich allgegenwärtig stapelte. Merseburger musste seinen Müll dort hinterlassen haben, wo er gerade angefallen war. Der düstere Flur war schnell durchquert, und in der karg möblierten Stube, die ebenfalls vor Schmutz starrte, hockte Silvio Merseburger am Boden, die Hände mit Handschellen auf dem Rücken gefesselt. Außer Reichweite lag das Kleinkalibergewehr. Große Jäger stand zwei Meter neben dem Mann und rauchte.

»Mach mich sofort wieder los«, tobte Merseburger bei Lüders Eintritt.

»Halt die Klappe«, erwiderte Große Jäger. Dann wandte er sich an Lüder. »Wollen Sie sich zuerst umsehen?«

Lüder inspizierte die anderen Räume. Offenbar war nur noch ein weiteres Zimmer bewohnt. Ein Regal, ein zerschlissenes Feldbett und ein arg ramponierter Schrank waren die einzigen Einrichtungsgegenstände. Über dem Bett war die Reichskriegsflagge an die Wand gepinnt.

Neben dem Kleinkalibergewehr und zwei Schachteln Munition fand Lüder noch Klapp- und Butterflymesser, zwei Schlagringe, einen Totschläger, Tränengas, Pfefferspray und zwei Übungshandgranaten der Bundeswehr.

Im windschiefen Bücherregal lagen zwei Bildbände aus dem Zweiten Weltkrieg, die vorwärtsstürmende Soldaten zeigten. Auffällig war, dass der Text des einen Buches in Englisch abgefasst war. Lüder wäre erstaunt gewesen, wenn Merseburger es hätte lesen können. Wahllos übereinander fanden sich ein paar Illustrierte, die auf den Titelblättern Artikel über die rechte Szene versprachen. Der Katalog eines einschlägigen Versandhauses vervollständigte das Lesematerial. Nahezu erwartungsgemäß gab es keine weiteren Bücher in diesem Haus, auch keine Zeitungen oder gedruckten Programme von Parteien und Gruppierungen, die dieses politische Spektrum abdeckten. Und ob Merseburger den Inhalt der Botschaften verstand, die in den Songs transportiert wurden, die auf den vielleicht zwanzig Compact Discs gepresst waren, durfte auch bezweifelt werden.

Die wenige Kleidung im Haus war nicht nur ungepflegt, sondern entsprach auch der Stilrichtung, die dort getragen wurde, wo Merseburger sich gern gesehen hätte.

»Lass die Finger davon«, schrie der Mann und wollte aufspringen, wurde von Große Jäger aber unsanft wieder auf den Boden gedrückt, als Lüder die Brieftasche und das Portemonnaie untersuchte. Ein wenig Bargeld, Führerschein, Personalausweis und eine zusammengefaltete Aufforderung, sich beim Sozialamt in Meldorf zu melden, war alles, was Lüder fand.

»Wer hat Sie beauftragt, das Haus in Husum zu beschädigen?«, fragte Lüder.

»Nix hab ich beschädigt.«

»Hör mal zu, du Schmutzfink. Wer solchen Dreck an Hauswände sprüht, begeht Sachbeschädigung«, erklärte Große Jäger geduldig, obwohl er sicher ebenso wie Lüder wusste, dass solche Schmierereien fast nie als Sachbeschädigung geahndet wurden. »Wer hat dich beauftragt?«

»Wo? In Husum? Was soll ich in Husum?«

»Du hast dich so dämlich angestellt, dass dich ein halbes Dutzend Zeugen gesehen hat. Und deine Dreckschleuder da draußen fällt auch jedem auf.«

»Na und?« Merseburger versuchte, trotzig zu wirken.

Große Jäger kratzte sich den Bart. »Ich weiß nicht so recht«, sagte er mehr zu sich selbst. »Das gibt ganz schön Ärger. Bei deiner Vorgeschichte. Und heute – Mordversuch an Polizeibeamten. Mannomann. Aber das Schlimmste wird die U-Haft.«

Merseburger sah den Oberkommissar mit großen Augen an. »Was soll das heißen? Ich habe doch einen festen Wohnsitz.«

»Dieser Stall hier? Außerdem ...« Große Jäger machte eine Wischbewegung mit der rechten Hand vor seiner Stirn. »Da ist ja niemand mehr sicher. Morgen ballerst du auf den Briefträger oder hetzt deinen Köter auf den Tankwart. Nee, mein Freund. Dich buchten wir ein.« Er rieb sich feixend die Hände. »Du wirst von mir persönlich nach Neumünster gebracht.«

Merseburger musterte den Oberkommissar aus schmalen Augen.

»Der Knast ist eine Spezialität in Schleswig-Holstein. Da gibt es überproportional viele Ausländer, die dort einsitzen. Was meinst du, wie die sich freuen, wenn die erfahren, was für ein Gesinnungsgenosse dort einzieht.«

»Das lässt der Führer nie zu«, beeilte sich Merseburger zu versichern.

»Welcher Führer?«, mischte sich Lüder ein. Er war ebenso hellhörig geworden wie Große Jäger.

»Der Abschnittführer«, erklärte Merseburger fast treuherzig und merkte nicht, wie er zu plaudern begann.

»Dein Chef?« Große Jäger zwinkerte dem Mann jovial zu.

Der nickte eifrig. »Der ist für die Organisation und so zuständig.«

»Was heißt *und so*?«

»Na, für alles eben. Glaubt ihr, der erzählt mich alles?«

»*Mir*!«, korrigierte Große Jäger, aber Merseburger verstand es nicht. »Und dein Abschnittführer hat ordentlich was auf der Pfanne? Man muss doch sicher ein kluges Kerlchen sein, um in eine solche Leitungsposition zu kommen.«

»Der hat's in der Birne.«

»Das glaube ich auch«, sagte Lüder, während sich Große Jäger abwandte, damit Merseburger sein Grinsen nicht mitbekam. Dann beugte sich der Oberkommissar hinab, schloss die Handschellen auf und fesselte die Hände vor dem Körper neu. Er angelte zwei Zigaretten heraus und schob Merseburger eine zwischen die Lippen.

»Spricht sich einfacher. Nur 'nen Bier kann ich dir nicht geben.«

»In der Küche müssten noch welche steh'n.«

Die beiden Polizisten ignorierten diesen Hinweis.

»Wie heißt eure Organisation eigentlich?«

»Germanische Gilde«, verriet Merseburger.

»Interessant«, murmelte Lüder scheinbar selbstvergessen. »Wo kann man sich über die Gilde informieren? Im Internet?«

Merseburger sah ein wenig ratlos aus. »Keine Ahnung.«

Der Mann hatte erstaunlicherweise keinen Zugang zum Internet. Lüder hatte im ganzen Haus keinen Computer gesehen. »Welche Ziele hat die Germanische Gilde?«

»Wie? Was für ein Ziel? Ist doch klar. Wir wollen deutsch bleiben – und so.«

Der Zusatz »und so« erklärte alles, dachte Lüder. »Ob man mit Ihrem Führer ein paar kluge Gedanken austauschen kann? So von Mann zu Mann?«

»Klar. Der kann euch das besser erklären als ich.«

»Wie heißt er denn?«

Merseburger sah Lüder verdutzt an. »Der nennt doch keinen Namen. Das ist alles noch geheim. Wir sind die Vorhut.«

»Wie haben Sie ihn kennengelernt?«

»Der hat mich angesprochen. Von sich aus. Wahrscheinlich braucht die Organisation Leute wie mich«, warf sich Merseburger in die Brust.

»Und wie kommunizieren Sie miteinander?«

»Durchs Telefon.«

Die beiden Polizisten wechselten einen raschen Blick.

»Soll das heißen, du kennst ihn gar nicht?«, fragte Große Jäger.

»Natürlich kenne ich ihn. Aber nicht persönlich.«

»Und wie rufst du ihn an?«

»Ich doch nicht. Er ruft mich an.«

»Und gibt dir Aufträge. So hat er dir gesagt, wo in Husum der Neger wohnt.«

»Ja, so ist das.« Plötzlich stutzte Merseburger und schlug mit den gefesselten Fäusten auf den Fußboden. »Oh Scheiße. Ja bin ich denn blöd? Ich wollt mich doch nur ausquetschen. Ich sag jetzt nix mehr.«

Und daran hielt er sich. Lediglich als Lüder das Handy einsteckte, versuchte Merseburger aufzuspringen. »Das ist meins. Das nimmst du nicht.«

Aber Große Jäger drückte den Mann wieder auf den Fußboden zurück, während Lüder einen Streifenwagen anforderte. Es dauerte fast eine halbe Stunde, bis die beiden Uniformierten eintrafen.

»Er und das Waffenarsenal müssen zur BKI überstellt werden.«

Die Streifenbeamten fragten nicht nach. Sie verstanden, dass Merseburger zur Bezirkskriminalinspektion nach Itzehoe gebracht werden sollte. Lüder würde Hauptkommissar Schwälm informieren.

»Was heißt das – BKI?«, fragte Merseburger.

»Haben wir dir doch vorhin erzählt: U-Haft in Neumünster«, log Große Jäger.

Merseburger wehrte sich heftig und fing an zu strampeln, doch die beiden erfahrenen Schutzpolizisten hatten ihn sicher im Griff. »Du hast doch gesagt, da komme ich nur hin, wenn …«

»Ich ja«, grinste Große Jäger und zeigte auf Lüder. »Aber er nicht. Und manchmal lügt er.«

Merseburgers Schimpftiraden waren zu hören, bis er in den blau-silbernen Streifenwagen verfrachtet war.

»Wir können unsere Mission auch abschließen«, sagte Lüder.

Sie hatten die Schutzpolizisten gebeten, zu veranlassen, dass man sich um die beiden lebenden Tiere auf dem Hof und den Hundekadaver kümmern solle. »Ihre Arbeitsweise ist ja recht unkonventionell.«

Große Jäger schenkte ihm einen Seitenblick. »Ach nee.«

»Das hat gut geklappt – unser Teamwork. Noch sind wir nicht am Ziel. Da kommt noch einiges auf uns zu. Ich heiße Lüder.«

Erneut warf ihm Große Jäger einen Blick zu, schwieg aber.

Sie fuhren nach Meldorf zurück, wo der Oberkommissar seinen Smart abgestellt hatte. Dann machte sich Lüder auf dem Heimweg nach Kiel.

FÜNF

»Hallo«, stand als Anrede auf der Mail, die Lüder in seinem elektronischen Briefkasten vorfand. Warum bedient man sich einer solch ungewohnten Schreibweise, überlegte er. Niemand kommt auf die Idee, so einen Brief zu beginnen. Aber Klaus Jürgensen bediente sich nur einer Form, die seit Langem Eingang in die elektronische Kommunikation gefunden hatte. Der Leiter der Spurensicherung teilte Lüder mit, dass sie in der Husumer Kellerwohnung nichts gefunden hatten. Auch keine Spuren von Betäubungsmitteln. Das fand Lüder besonders interessant, da die Rechtsmediziner Heroin im Körper des Toten nachgewiesen hatten. Jürgensen schrieb, dass die Kriminaltechniker außerdem Fingerabdrücke und andere mutmaßliche Spuren aufgenommen und nach Kiel gesandt hatten. Zu Kontrollzwecken hatten sie auch Proben und Abdrücke von Rothers, dem Hausverwalter, genommen. Der sei ganz entsetzt gewesen und habe seine Unschuld beteuert, teilte der Hauptkommissar mit. Er hatte wissen wollen, ob er in den Bau müsse. Jürgensen hatte offengelassen, weshalb Rothers eine solche Befürchtung hegte.

Danach rief Lüder zunächst Markus Schwälm an. Er berichtete vom Einsatz am Vorabend und bat, dass die Itzehoer Kollegen sich der Sache annehmen sollten. Sie würden Merseburger erkennungsdienstlich behandeln, verhören und die Anzeige schreiben. Lüder sagte zu, einen Bericht zu senden.

»Gibt es Neues bei der Suche nach dem Leprakranken, der sich angeblich in der Nähe des Opfers aufgehalten hat?«, fragte Lüder.

Schwälm atmete tief durch. »Suchen Sie mal ein Phantom. Wenn der Leprakranke etwas mit dem Mord zu tun hat, dann war er hervorragend getarnt. Auf dem Heider Marktfrieden ist er mit seiner Kostümierung nicht aufgefallen. Und sein wahres Aussehen hat er geschickt verborgen.«

»Merseburger, den die Streife gestern Abend bei Ihnen eingeliefert hat, muss in seiner Jugend unter Akne gelitten haben. Jedenfalls hat er ein zernarbtes Gesicht, das zudem auch noch mit Pickeln und Mitessern bedeckt ist. Mit etwas Fantasie könnte man, wenn er das Gesicht durch eine Kapuze im Schatten hält, sein Aussehen als leprakrank bezeichnen. Wer weiß heute schon, wie Lepra aussieht? Da spielt die Vorstellungskraft der Zeugen eine nicht unwesentliche Rolle.«

»Wir werden der Sache nachgehen«, versprach Schwälm.

»Man sollte nichts unversucht lassen, auch wenn ich Merseburger aufgrund seines beschränkten Intellekts eigentlich nicht für fähig halte, eine solche Tat wie in Heide zu begehen. Und für den Husumer Mord gehen wir ohnehin von zwei Tatbeteiligten aus.«

»Könnte der zweite Mann vielleicht der – wie sagten Sie? – der Abschnittführer sein?«

»Hier liegt unser Problem. Wir wissen immer noch zu wenig«, sagte Lüder.

Nach dem Telefonat schrieb er den Bericht für Schwälm, bevor er Frauke Dobermann anrief.

Nachdem die Leiterin der Mordkommission eingestanden hatte, dass man weder bei der Identifizierung des Husumer Toten noch bei der Aufklärung weitergekommen war, ließ sie ihren Unmut an Lüder aus. »Es ist unkollegial von Ihnen, dass Sie mauern. Ich bin mir sicher, dass Sie uns Informationen vorenthalten.«

»Sie irren sich. Dem LKA ist genauso wie Ihnen an der Aufklärung gelegen. Ich sehe meine Aufgabe darin, die Ermittlungen zu koordinieren und die Ergebnisse miteinander abzustimmen, die Sie und die Itzehoer erzielen. Wir haben es mit einem Täter bei beiden Morden zu tun. Allerdings sind die Rahmenbedingungen mit Blick auf die Opfer so unterschiedlich, dass es Sinn macht, zwei erfahrene Mordkommissionen arbeiten zu lassen.«

»Wir brauchen keine Bevormundung durch Kiel, sondern können unsere Arbeit allein verrichten. Und mit dem Kollegen Schwälm kann ich auch ohne Ihre Vermittlung sprechen.«

»Das sollten Sie auch. Ich würde mich freuen, wenn Sie begreifen, dass es hier nicht um eine behördeninterne Konkurrenzsituation geht, sondern um die Nutzung von Synergieeffekten, um den oder die Täter zu fassen.«

»Akademisches Geplänkel«, kanzelte Frauke Dobermann ihn ab. »Insbesondere, wenn ich höre, dass Sie mit den Husumern zusammenarbeiten. Die haben mit der Sache überhaupt nichts zu tun.«

Lüder unterließ es, ihr zu antworten.

Missgelaunt beendete Frauke Dobermann das Gespräch.

Der Versuch, Mr. Myers vom amerikanischen Generalkonsulat in Hamburg zu erreichen, war erfolglos. Entweder war der Mann wirklich nicht im Hause oder er ließ sich verleugnen.

»Herr Myers hatte mir zugesagt, sich in einer Vermisstenangelegenheit eines US-Bürgers zu bemühen. Allerdings habe ich noch keine Antwort von ihm erhalten. Die Zeit drängt. Deshalb erwarte ich noch heute den Rückruf. Wenn nicht von Myers, dann von jemand anderem.«

»Ich werde es ausrichten«, erwiderte die Frau, die das Gespräch entgegengenommen hatte, ungerührt.

Schließlich nahm Lüder das Mobiltelefon zur Hand, das sie am Vortag Merseburger abgenommen hatten. Das Gerät war von der Spurensicherung untersucht worden. Nun hatte Lüder es zurückerhalten. Einer der Techniker hatte eine sauber geschriebene Liste beigefügt, auf der die im Handy gespeicherten Rufnummern aufgeführt waren, die zuletzt angewählt worden waren oder von denen Merseburger angerufen worden war. Sogar die Namen der Teilnehmer hatte der eifrige Kollege herausgesucht. Und zusätzlich angefügt, dass man beim Telefonprovider routinemäßig eine Liste der dort gespeicherten Telefonnummern angefordert hatte.

Lüder besah sich die Aufstellung. Neben der Amtsverwaltung in Meldorf und der Kreisverwaltung, der Agentur für Arbeit in Heide und einem Pizzaservice fanden sich nur drei weitere, dafür aber wiederkehrende Rufnummern. »Fritz Merseburger, Eltern«, stand hinter einer vermerkt. Eine zweite gehörte Elke Römer, die als Schwester gekennzeichnet war. Hinter der dritten Nummer hatte der Kriminaltechniker eine Reihe von Fragezeichen gesetzt. Mit dem Namen »Herbert Holl« hatte er nichts anfangen können. Auch Lüder sagte der Name nichts. Die Vorwahl 040 wies auf Hamburg.

Lüder füllte seinen Kaffeebecher auf, bevor er sich an den Computer setzte. Er suchte die zur Telefonnummer passende Anschrift heraus und stellte fest, dass Herbert Holl in der Rathausallee in Norderstedt wohnte. Schleswig-Holsteins fünftgrößte Stadt war an das Ortsnetz Hamburgs angeschlossen.

In den Dateien der Polizei fanden sich keine Einträge über den Mann. Fast keine. Holl war in zwei Fällen Opfer von tätlichen Übergriffen gegen sich gewesen. Immer war er angegriffen worden. Mehr war aus der elektronischen Datei nicht ersichtlich. Lüder wählte die zuständige Kriminalpolizeiaußenstelle Norderstedt an und wurde mit Hauptkommissar Nieswandt verbunden. Es dauerte eine Weile, bis Nieswandt die Akte aus dem Archiv besorgt hatte.

»Herbert Holl ist mir namentlich bekannt. Er ist ein an sich ruhiger Mann. Verheiratet – glaube ich. Moment.« Lüder hörte durchs Telefon Papier rascheln. »Ja. Wohnt seit fast fünfzehn Jahren in Norderstedt. Er ist Mitglied einer freien evangelischen Gemeinde, bekennender Antifaschist und Kriegsgegner. Mit Freunden organisiert er gelegentlich Infostände in der Stadt. Dabei ist es zwei Mal zu Auseinandersetzungen mit rechtsgerichteten Jugendlichen gekommen, die die Standbesatzung angegriffen haben. Sachbeschädigung und leichte Körperverletzung waren die Folgen.«

»Findet sich unter den Tätern ein Silvio Merseburger?«

»Augenblick.« Der Telefonhörer wurde hingelegt, und Lüder bekam mit, wie Nieswandt einem unbekannten Dritten im Hintergrund zuraunte: »Die haben auch nichts Besseres zu tun in Kiel, als uns dumme Fragen zu stellen.« Jemand antwortete, ohne dass Lüder es verstehen konnte. »Holl, der Weltverbesserer«, sagte Nieswandt zum anderen und stöhnte: »Mist. Wo finde ich das so schnell?« Schließlich nahm er wieder den Hörer in die Hand. »Hören Sie? Merseburger finde ich nicht.« Der Hauptkommissar las ein halbes Dutzend Namen vor. »Die meisten sind uns namentlich bekannt. Alles kleine Lichter. In allen Fällen wurden die Übeltäter mit Auflagen belegt, wenn die Verfahren nicht vorher eingestellt worden sind. Sonst noch was?«

Das war nicht ergiebig gewesen. Was verband jemanden, der sich politisch gegen Merseburger und seine geheimnisvollen Freunde engagierte, mit dem Möchtegernnazi? Und wenn Holl Kriegsgegner war, gab es erst recht keine Erklärung, weshalb er den ermordeten Schwarzen aus Husum kennen sollte, der offensichtlich Verbindungen zur Army hatte. Das ergab im ersten Moment keinen Sinn, stellte Lüder ein wenig resigniert fest und nahm sich vor, nach Norderstedt zu fahren.

Lüder hatte geglaubt, in einer Dreiviertelstunde in der Stadt an Hamburgs nördlicher Peripherie zu sein. Er brauchte die doppelte Zeit. Warum wird ständig in Neumünster gebaut?, fragte er sich. Dann schweiften seine Gedanken zu seinem Zielort ab. Norderstedt war eine noch relativ junge Stadt und aus mehreren historisch gewachsenen alten Orten künstlich zusammengesetzt. Seither bemühten sich die Verantwortlichen, der Stadt ein Profil zu geben. Durch zahlreiche Investitionen in die Infrastruktur und den Bau einer »Neuen Mitte« war das nur unzureichend gelungen. Zu sehr erdrückte die Metropole Hamburg das Gemeinwesen, sodass sich eine für die Größe der Stadt angemessene Eigenständigkeit nicht recht hatte entwickeln können. Das lag zum Teil sicher daran, dass viele Einwohner aus Hamburg hierhergezogen waren, um eine preiswertere Wohnung zu finden, aber sich immer noch zur Weltstadt orientierten. Vielleicht war auch ein Grund, dass die mehr als siebzigtausend Einwohner von der fernen Kreisstadt Bad Segeberg »regiert« wurden, die mit ihrem ein wenig verschlafenen Kleinstadtambiente doch relativ abseits lag.

Die Rathausallee war ein städtebauliches Vorzeigeprojekt. Ein breiter, mit Bäumen bepflanzter Mittelstreifen lockerte das Areal ebenso auf wie die durch einen grünen Wall von der eigentlichen Fahrbahn abgetrennte Vorfahrt vor den Mehrfamilienhäusern. Die Bauweise mit dem typischen Rotklinker und den vorgebauten, in knalligem Rot gestrichenen und verglasten Loggien boten dem Auge erfreulichere Reize als viele ideen- und seelenlos geplante Wohnhäuser der Neuzeit. Lediglich die gelben Mülltonnen in den etwas zurückliegenden Hauszugängen wollten nicht zum sauberen Bild passen.

Unter der angegebenen Adresse nahe »In der Großen Heide«

und der »Oadby-and-Wigston-Straße« fand Lüder zahlreiche Mietparteien. Er betätigte den Klingelknopf. Auch nach mehrmaligem Läuten rührte sich nichts in der Gegensprechanlage. Er versuchte es bei Nachbarn und hatte erst beim dritten Mal Erfolg. Eine Frau um die vierzig, in lässiger Freizeitkleidung, öffnete ihm und erwartete ihn mit brennender Zigarette an der Wohnungstür.

»Holl?«, überlegte sie. »Kann sein, dass die noch auf Arbeit sind. Sie ist dahinten, die Straße Richtung Hochbahn runter, in der Reinigung. Können Sie nicht dran vorbei. Da arbeitet sie. Und er? Der klopft immer viele Stunden. Holl ist im Herold-Center. Kennen Sie das?«

»In welchem Geschäft arbeitet Herr Holl dort?«

»In welchem Geschäft?«, wiederholte die Frau mit rauchiger Stimme. »In kein'. Der ist direkt da in Arbeit. Als Wachmann. Oder wie das heißt. Wissen Sie, wo das ist?«

Lüder bejahte, obwohl er sich die genaue Adresse durch sein GPS würde anzeigen lassen, und kehrte zu seinem BMW zurück. Es war eine kurze Wegstrecke, bis er im Parkhaus des Einkaufszentrums einen Platz fand. Ein Hinweisschild führte ihn zu einem Informationsstand, hinter dessen Glaswand eine Frau saß und über Monitore die Zugänge zu den Parkplätzen kontrollierte.

»Ich hätte gern Herrn Holl gesprochen«, bat er die Frau. Sie neigte sich über ein Mikrofon, drückte einen Kopf und sagte: »Herbert, da ist einer für dich da. Hier – bei mir.« Dann lächelte sie Lüder an. »Kleinen Augenblick.«

Lüder beobachtete eine Weile die Menschen, die mit vollgepackten Tüten aus dem Einkaufszentrum kamen und den Gang zum Parkplatz durchquerten. Hastig vorbeieilende Frauen, ins Gespräch vertiefte ältere Paare, die ohne Zeitdruck zu bummeln schienen, Familien mit Kinderwagen und nölendem Nachwuchs an der Hand und viele andere Menschen. Inmitten der Kunden tauchte ein Mann in einem mausgrauen Anzug auf. Er hatte zurückgekämmtes dunkles Haar mit deutlich sichtbaren Geheimratsecken. Am Revers trug er ein Namensschild unter dem Schriftzug »Herold-Center«. Er sah sich suchend um. Lüder ging ihm entgegen.

»Herr Holl? Mein Name ist Lüders. Gibt es ein Plätzchen, wo wir ungestört miteinander reden können?«

Holl sah ihn ratlos an. »Um was geht es?«

»Ich komme von der Kripo Kiel. Erschrecken Sie bitte nicht. Ich möchte Sie nur um ein paar Informationen zu einem Fall bitten, den wir bearbeiten.«

»Kommen Sie«, sagte Holl und führte Lüder in einen Aufenthaltsraum für das Personal. So elegant und sauber sich das Einkaufszentrum den Kunden auch präsentierte, so schäbig zeigte es sich von dieser Seite. Abgestoßene Wände, von denen die Farbe blätterte, ein wackliger Tisch mit zahlreichen Kaffeeflecken und dazu passende schlichte Holzstühle.

»Sie müssen entschuldigen«, bat Holl, als er Lüders kritischen Rundblick bemerkte. »Etwas Besseres haben wir nicht.«

Holl wirkte müde und erschöpft. Er ließ sich auf einen der Stühle nieder und nickte Lüder zu. »Um was geht es?«

»Kennen Sie Silvio Merseburger?«

Herbert Holl überlegte eine Weile. Dann schüttelte er den Kopf. »Tut mir leid. Mit dem Namen kann ich nichts anfangen. Wer soll das sein?«

»Wir wissen, dass Merseburger Sie öfter angerufen hat.«

»Mir sagt der Name aber nichts.«

»Wir ermitteln gegen Merseburger wegen ausländerfeindlicher Umtriebe.«

Holl massierte sich mit den Fingerspitzen die Schläfen. »Ach so. Vielleicht ist es der Spinner, der seit einiger Zeit bei uns anruft. Einen Namen hat er nie genannt. Der stammelt wirres Zeug. Von Freiheit für die Deutschen. Weg mit dem Pack und so. Ich hatte immer den Eindruck, dass es ein Verrückter ist. Der hat keine zwei Sätze vernünftig herausgebracht.«

»Hat er Sie bedroht?«

Holl lachte bitter auf. »Das nehme ich nicht ernst.«

»Haben Sie daran gedacht, die Polizei einzuschalten?«

»Und? Was soll das bringen? Das kümmert doch keinen. Die wird doch erst aktiv, wenn jemand ernsthaft zu Schaden kommt.«

»So wie Sie in der Vergangenheit bereits zwei Mal Opfer von Übergriffen waren?«

»Geschenkt.« Holl winkte ab. »Das war nicht schlimm. Sie treffen immer wieder auf Leute, die das nicht verstehen wollen, wofür wir eintreten.«

»Was ist das?«, fragte Lüder.

»Dazu muss man die Vorgeschichte kennen. Meinen Großvater haben sie in den Krieg geholt, als er schon über vierzig war. Er war Unteroffizier bei der Artillerie. Vierundvierzig hat ihm eine Granate das Bein zerfetzt. Davon hat er sich nicht wieder richtig erholt. Auch mangelte es an ausreichender ärztlicher Versorgung. Jedenfalls ist er neunundvierzig gestorben. Ich muss dazu sagen, dass wir aus Anklam in Vorpommern stammen. Mein Vater musste in den letzten Kriegstagen als Sechzehnjähriger an der Weichsel in einen Graben und sollte die Russen aufhalten, während die Bonzen Richtung Westen flüchteten. Er hat keinen einzigen Schuss abgegeben, dafür aber neun Jahre in einem Lager in Sibirien zugebracht. Ich war gerade drei Jahre, als er gestorben ist. Sie sehen, der ganze Widersinn des Krieges hat meine Familie erfasst. Deshalb habe ich mich damals in der DDR nicht nur gegen den Faschismus engagiert, sondern auch den Dienst in der Volksarmee verweigert. Vier Jahre Bautzen hat mich das gekostet.« Holl zupfte am Revers seines grauen Anzugs. »Und das hier. Mit einer solchen Einstellung machen Sie keine Karriere. Weder damals in der DDR noch nach der Wiedervereinigung. Sie sehen selbst, was daraus geworden ist.«

»Und für Ihre Überzeugung werden Sie angefeindet und von unbekannten Anrufern behelligt?«

Herbert Holl nickte resigniert. »So ist es. Die Unbelehrbaren wird es immer geben. Aber dafür stehe ich mit meiner christlichen Überzeugung. Irgendwann müssen die Menschen anfangen zu verstehen, dass sie sich nicht gegenseitig umbringen dürfen.«

»Haben Sie Kinder?«

»Nein«, antwortete Holl rasch.

Lüder holte eine Fotografie von Steffen Meiners hervor und legte sie auf den Tisch. »Kennen Sie den Mann?«

Holl betrachtete eingehend das Bild. »Nein. Nie gesehen. Wer soll das sein?«

Statt einer Antwort legte Lüder eine Ablichtung des unbekannten Husumer Mordopfers auf die Tischplatte. »Und den hier?«

Herbert Holl warf einen kurzen Blick darauf und schob dann beide Fotos wieder zu Lüder zurück. »Auch nicht.«

Mit einem Ruck wurde die Tür aufgerissen, und ein schlanker Mann mit blütenweißem Hemd und kanariengelbem Sakko steckte den Kopf herein.

»Ach, hier stecken Sie, Holl. Es geht nicht, dass Sie sich außerhalb der Pausen zurückziehen. Hinten, an der Rolltreppe beim Supermarkt, lungern ein paar Jugendliche herum. Die Kunden könnten sich gestört fühlen. Sorgen Sie für Ordnung.«

Holl stand auf.

»Mach ich, Herr Griesmayr«, sagte er und ergänzte, als der Mann wieder verschwunden war: »Der Centermanager. Entschuldigung. Sie sehen es ja selbst.«

Lüder überreichte Holl seine Visitenkarte. »Falls Ihnen noch etwas einfällt, würde ich Sie bitten, mich anzurufen.« Ohne einen Blick auf die Karte zu werfen, steckte der Mann sie in seine Jackentasche.

»Mach ich«, antwortete er.

Auf der Rückfahrt nach Kiel hatte Lüder eine CD eingelegt und hörte »Best of Chris Rea«. Er konnte nicht sagen, ob es der erneute Stau bei Neumünster oder die zwei Morde und die vielen ungeklärten Fragen waren, die ihn nachdenklich werden ließen, als der Sänger mit der rauen Stimme bei »The Road to Hell« angekommen war.

Kiel ist eine vielseitige Stadt. Besucher aus aller Welt erfahren es während der Kieler Woche, und die Einheimischen haben das Privileg, auch den Rest des Jahres von dem auf den ersten Blick spröde Wirkenden zehren zu können. Doch heute zeigte sich die Schöne in einer Weise, die Lüder nicht zu schätzen wusste. Ein leichter Nieselregen hatte eingesetzt, und so huschte er mit großen Schritten vom Parkhaus zu dem Bürogebäude, in dem seine Dienststelle untergebracht war. Auf halbem Weg meldete sich eines seiner Handys. Am Klingelton erkannte er, dass es das private Mobiltelefon war. Er fingerte das Gerät aus den Tiefen seiner

Tasche, warf einen schnellen Blick auf das Display und sah, dass der unbekannte Anrufer seine Kennung unterdrückt hatte.

»Lüders.« Seine Stimme klang vom Dauerlauf ein wenig atemlos.

»Bleibt Ihnen die Luft weg?« Ein überhebliches Lachen folgte. Der Mann sprach akzentfreies Deutsch. Seine Worte waren ruhig gesetzt. Er hatte eine angenehme, wohlklingende Stimme. »Sie sollten Ihre Energie für andere Dinge verwenden.«

»Ich verstehe Sie nicht. Wer sind Sie?«

Erneut erklang das Lachen. »Mein Name tut nichts zur Sache. Ich möchte Sie nur davon abhalten, in eine falsche Richtung zu laufen.«

Lüder hatte den Eingang zum Gebäude erreicht und blieb im Windfang stehen. »Dank meiner Jahre als Fähnleinführer bei den Pfadfindern habe ich mich noch nie verlaufen. Aber vielleicht können Sie ein wenig deutlicher sprechen.«

»Stellen Sie sich nicht dumm, Lüders. Sie bewegen sich in einem Ring, der nicht ihrer Gewichtsklasse entspricht. Bleiben Sie in der Regionalliga.«

»Sie wollen mir sicher sagen, dass ich auf etwas gestoßen bin, das jemandem nicht behagt? Das finde ich gut. Herzlichen Dank für den Hinweis. Ich freue mich über jede Unterstützung.«

»Sie erzählen dummes Zeug. Weder mit Zynismus noch mit Selbstüberschätzung kommen Sie weiter. Es gibt Dinge, da hat die Polizei nichts zu suchen. Wie gesagt – Sie sind Regionalliga. Setzen Sie sich wieder hinter Ihren Schreibtisch und überlassen Sie die Dinge, die Sie nichts angehen, denen, die mehr davon verstehen. Ich wiederhole mich nicht. Bleiben Sie gesund. Sie und Ihre Familie.« Dann hatte der Anrufer das Gespräch abrupt beendet.

Lüder starrte noch eine Weile auf sein Handy, als würde er dort eine Erklärung für diesen merkwürdigen Anruf finden. Seine private Rufnummer war nur einem ausgewählten Kreis bekannt, Familie, engen Freunden und wenigen Stellen des LKA. Was wollte der Unbekannte bezwecken? Glaubte er wirklich, Lüder mit einer vagen Andeutung von der weiteren Ermittlungsarbeit abhalten zu können? Kaum. Es wäre das erste Mal, dass er sich erpressen lassen würde. Schon gar nicht durch eine allgemein gehaltene Drohung. Lüder steckte sein Mobiltelefon in die Tasche zurück und suchte Nathusius auf.

Der Kriminaldirektor hörte sich den aktuellen Zwischenbericht an.

»So, wie Sie es schildern, klang es nicht wie eine ernst zu nehmende Drohung. Obwohl es unklar scheint, was der Anrufer damit bezwecken wollte. Er wird nicht davon ausgehen, dass wir uns einschüchtern lassen«, sagte Nathusius.

»Das vermute ich auch. Deshalb bleibt mir der Sinn des Anrufs verborgen. Es klingt, als wollte uns jemand darauf hinweisen, dass es auch noch andere an der Auflösung Interessierte gibt und man es gern sehen würde, wenn wir die Ermittlungen anderen überlassen würden.«

Nathusius sah nachdenklich auf das Bild seiner Ehefrau Beatrice, das auf seinem Schreibtisch stand. Dann blickte er Lüder an. »Das ist eine weitgehende Vermutung. Nur weil die Täter eine nicht alltägliche Munition verwendet haben, können wir noch keinen nachrichtendienstlichen Hintergrund vermuten.«

»Gesicherte Beweise gibt es dafür nicht. Aber eines der Opfer scheint früher in der US-Army gedient zu haben.«

»Und welche Verbindungen zu diesem Milieu soll der ermordete Familienvater aus Heide gehabt haben?«, gab der Kriminaldirektor zu bedenken.

»Darauf habe ich auch keine Antwort. Steffen Meiners hat ein bürgerliches Leben geführt. In seiner ganzen Vita gibt es nicht eine Auffälligkeit.«

»Und wie verhält es sich mit diesem Holl, den Sie vorhin besucht haben?«

»Der hat mir eine rührselige Lebensgeschichte erzählt. Es ist erstaunlich, dass er sich gleich in dieser Weise offenbart hat. Er hat sich dabei nicht einmal meinen Ausweis zeigen lassen. Andererseits lebt er seit kurz nach der Wende im Westen.«

»Haben Sie untersucht, ob der Mann ein ›Schläfer‹ ist? Er stammt aus der ehemaligen DDR. Dort könnte man ihm einen getürkten Lebenslauf verpasst haben, der bei der Allmacht des ehemaligen Staatsicherheitsdienstes keine nachprüfbaren Lücken aufweist«, sagte Nathusius.

»Ich werde der Sache nachgehen. Ebenso rätselhaft ist, wie der minderbemittelte Merseburger an die Telefonnummer Holls gekommen ist und warum er ihn bedroht hat. Der Möchtegernnazi ist für mich nur ein kleines Licht, das in seiner Beschränktheit benutzt wird und es nicht merkt. Diese ominöse Organisation ›Germanische Gilde‹ ist noch nirgendwo in Erscheinung getreten. Es mag sein, dass sie nur in der Fantasie Merseburgers existiert.«

»Der wird sich das, so wie Sie ihn dargestellt haben, bestimmt nicht ausgedacht haben. Vielmehr hat ihm das jemand souffliert.«

»Ich gehe auch davon aus, dass Merseburger als willfähriges Objekt fremdgesteuert ist. Als nützlicher Idiot erfüllt er kleine provokative Aufgaben.« Lüder nagte an seiner Unterlippe. »Das würde bedeuten, dass wir es gar nicht mit einem rechtsradikalen oder ausländerfeindlichen Hintergrund zu tun haben. Vielleicht besteht Interesse, uns das weismachen zu wollen.«

»Das sind jetzt sehr gewagte Thesen.«

Lüder lächelte. »Diese Denkweise habe ich von meinem Chef gelernt.«

Nathusius war nicht anzumerken, ob er sich durch dieses Lob geschmeichelt fühlte. »Wenn an dieser Vermutung etwas wahr sein sollte, dann ist Holl entweder nur das Ende einer falschen Fährte, oder der große Unbekannte hat uns durch die Inszenierung mit der Schachfigur Merseburger auf den Mann hinweisen wollen. Dann müssen wir seinen Lebenslauf auf den Wahrheitsgehalt abklopfen. So schließt sich der Kreis.«

»Wenn nicht alles, womit man uns vorsichtig steuern wollte, geplant ist, dann haben wir es mit lauter Zufälligkeiten zu tun. Andernfalls sitzt am anderen Ende ein beachtlicher Stratege am Reißbrett, der uns zutraut, so zu denken, wie wir es jetzt getan haben.«

Der Kriminaldirektor wiegte ganz leicht den Kopf. »Bis auf eine Schleife, mein lieber Lüders. Ihren letzten Gedanken hat er uns nicht zugetraut. Er konnte sich nicht vorstellen, dass wir seinen Faden aufnehmen und mit eigener Fantasie ausschmücken können. Das ist unser Vorteil.«

Lüder war wieder einmal überrascht, welch konstruktive Gedanken man mit dem brillanten Analytiker Nathusius austauschen konnte. Schon oft hatten sie in brisanten Momenten durch gemeinsames Brainstorming die scheinbar abwegigsten Theorien entwickelt, von denen viele sich letztlich als zutreffend erwiesen hatten.

»Das sind aber noch nicht alle Merkwürdigkeiten«, sagte der Kriminaldirektor. »Bei mir hat sich ein Oberst vom MAD gemeldet.«

»Was will der Geheimdienst der Bundeswehr von uns?«

»Sie haben beim Militärischen Abschirmdienst angefragt und wollten Informationen zu der verwendeten Munition. Der Mann aus Köln hat mir zu verstehen gegeben, dass der MAD es als abwegig ansieht, wenn man solche Fragen an ihn richtet. Es wäre ein Unding, auch nur im Entferntesten den Verdacht zu hegen, dass der MAD mit solchen Waffen Umgang hat, geschweige denn, dass Mitarbeiter des Dienstes an Straftaten beteiligt wären.«

Lüder lehnte sich zurück. »Das ist spannend. In meiner Anfrage habe ich nur nach der Verwendung der Spezialmunition gefragt und die beiden Morde unerwähnt gelassen. Wieso bezieht sich der MAD jetzt auf die Straftaten?«

»Es sieht so aus, als hätte der Herr Oberst bei seiner Antwort an mich nicht aufgepasst und ein wenig mehr über seinen Wissensstand verraten, als er wollte.«

»Oder er liest die Zeitung mit den großen Buchstaben und hat sich seinen Teil zusammengereimt.«

»Außerdem hat sich das Verteidigungsministerium gemeldet.«

»Was haben die Ihnen erzählt?«

»Nicht mir«, sagte Nathusius nachdenklich. »Die sind den offiziellen Weg über das Innenministerium gegangen. Von dort kam die ›stille Post‹ über den Umweg des Leiters des LKA bei mir an. Jedenfalls verwahrt sich Berlin gegen solche Anfragen und glaubt, dass es den nachgeordneten Landespolizeibehörden nicht zusteht, unqualifizierte Vermutungen aufzuwerfen, die eine Einmischung in die Belange der Bundeswehr und eine Störung der inneren Sicherheit der Bundesrepublik bedeuten könnten.«

»Haben *Sie* sich jetzt versprochen?«, fragte Lüder.

Nathusius schüttelte bedächtig den Kopf. »Nein. Auch mir ist der Widerspruch aufgefallen. Aber ich habe keine Antwort darauf. Wieso berührt eine Frage an die Bundeswehr die *innere* Sicherheit? Bisher wird in der Politik stets betont, die Bundeswehr sei nur für Einsätze außerhalb Deutschlands zuständig. Ihre harmlos klingende Anfrage nach der Munition hat eine harsche Reaktion ausgelöst. Jedenfalls haben wir noch eine ganze Reihe offener Punkte zu klären.«

»Und wenn sich alles als ganz anders erweisen sollte«, sagte Lüder grinsend zum Abschied, »dann war es heute zumindest ein spannender intellektueller Spaziergang durch die Welt des Bösen.«

»Und das wohnt manchmal ganz nah. Kriminaldirektor Dr. Starke aus Flensburg hat sich beschwert, dass Sie die Ermittlungsarbeiten der dortigen Mordkommission behindern.«

»Hat sich Frau Dobermann bei ihrem Vorgesetzten ausgeweint und der hat Sie angerufen?«

»Nicht mich. Dr. Starke hat den Oberstaatsanwalt angerufen. Und Brechmann ist Ihnen alles andere als wohlgesonnen.«

»Irgendwann weisen wir dem nach, dass er korrupt ist«, sagte Lüder und stand auf.

»Jetzt aber raus.« Der Kriminaldirektor zeigte mit dem Daumen in Richtung Tür. Dabei spielte ein mildes Lächeln um seine Mundwinkel.

Lüder tippte mit dem Druckknopf des Kugelschreibers rhythmisch auf seine Schreibtischplatte. Klack, klack. Es war merkwürdig, dass man in einem Gespräch Überlegungen anstellen konnte, die einem logisch nachvollziehbar erschienen, und wenn man sich die Theorie noch einmal allein durch den Kopf gehen ließ, tauchten plötzlich wieder Zweifel auf. Es machte keinen Sinn, die Bemühungen auf die Suche nach demjenigen zu konzentrieren, der – aus welchem Grund auch immer – eine so vertrackte Sache eingefädelt hatte. Außerdem, und das hatten Nathusius und er nicht erörtert, fehlte das Motiv hinter dem Ganzen.

Er wählte noch einmal das Generalkonsulat in Hamburg an.

Doch Mr. Myers ließ sich wieder verleugnen. Lüder war zornig. Im ersten Moment erwog er, am folgenden Tag an die Alster zu fahren und in dem aufgrund der Bauweise auch »Little White House« genannten Gebäude auf eine Erklärung der Amerikaner zu drängen. Doch das konnte er sich sparen. Das Konsulat war exterritoriales Gelände, und er hatte keine Möglichkeit, bis zu Myers vorzudringen. Schon gar nicht konnte er einen Vertreter des Konsulats zur Auskunft zwingen. Und über seine Unfreundlichkeiten, die er bei seinem Anruf von sich gegeben hatte, lachten die Konsularleute nur.

Lüder begann, auf mehreren Zetteln die bisherigen Erkenntnisse zu notieren, und versuchte, sie durch das Verändern der Position auf der Tischplatte in eine nachvollziehbare Verbindung zu bringen. Aber es ergab alles keinen Sinn. Steffen Meiners passte nicht ins Bild. Immer wieder stellte sich die Frage, warum der Familienvater ermordet worden war.

Dankbar registrierte Lüder die Unterbrechung durch das Telefon. Es war ein Anruf, der von außerhalb des Polizeinetzes kam. Der Teilnehmer hatte von der Möglichkeit der Rufnummernunterdrückung Gebrauch gemacht.

»Lüders.«

»*Hello.* Mein Name ist George Hunter von der Botschaft der Vereinigten Staaten in Berlin.« Der Mann sprach ein flüssiges Deutsch mit hörbarem amerikanischem Akzent. »Sie haben bei unserem Generalkonsulat in Hamburg Erkundigungen nach einem angeblichen Bürger unseres Landes angefordert?«

»Hat man die Anfrage der Zuständigkeit halber nach Berlin weitergegeben?«, fragte Lüder zurück.

Doch Hunter ging nicht darauf ein. »Ich bin zufällig in Norddeutschland. Wäre es Ihnen recht, wenn wir uns treffen würden? Es lässt sich von Angesicht zu Angesicht sicher besser reden.«

»Norddeutschland ist groß. Wo sind Sie genau?«

»Ich mache ein wenig Urlaub auf Sylt und genieße das Leben. Habe ich recht, dass Sie in Kiel sind?«

»Das ist zutreffend.«

»Dann treffen wir uns doch auf halbem Wege. Sie kennen sich besser aus. Wo wäre das?«

Lüder überlegte. »Wann?«, fragte er.

»Von mir aus noch heute.«

Das würde bedeuten, dass Lüder erneut quer durch das Land fahren müsste. Er sah auf die Uhr. »Schön. Sagen wir, in zwei Stunden. In Husum. Dort gibt es das Hotel ›Altes Gymnasium‹. Wir könnten dort miteinander zu Abend essen. Wie erkenne ich Sie?«

»Ich werde Sie schon ausmachen«, sagte Hunter. »Bis später.«

Das war eine interessante Wendung. Es schien, als hätte Mr. Myers in Hamburg die Anfrage an die Botschaft weitergeleitet. Warum kümmerte sich plötzlich Berlin um diesen Vorgang? Es war üblich, dass Belange, die Bürger eines anderen Staates betrafen, durch die Konsulate bearbeitet wurden.

Einer Eingebung folgend rief Lüder bei der Husumer Kripo an. Große Jäger war sofort am Telefon.

»Ich habe in zwei Stunden einen Termin mit einem Vertreter der amerikanischen Botschaft in Husum vereinbart. Es scheint, als wenn der Mann mir etwas über den unbekannten Toten aus Husum erzählen möchte. Hast du Zeit?«

»Warum hat er Ihnen nicht gleich gesagt, was er weiß«, brummte der Oberkommissar. »Aber wenn es Ihnen Vergnügen bereitet, so sind Sie herzlich in Husum willkommen. Wo?«

»Im Hotel ›Altes Gymnasium‹. Das kennst du sicher.«

»Blöde Frage. Auch wenn ich dort selten mein Feierabendbier trinke. Okay. Ich werde in zwei Stunden dort sein. In welchem der beiden Restaurants?«

Das hatte Lüder nicht bedacht. »Wir werden sehen«, erwiderte er ausweichend und wunderte sich, dass Große Jäger ihn weiter siezte, nachdem Lüder dem Oberkommissar nach dem Einsatz bei Merseburger das Du angeboten hatte.

Lüder war vor der vereinbarten Zeit an der Westküste und parkte hinter dem im neugotischen Stil errichteten Gebäude, das früher die Husumer Gelehrtenschule beherbergte. Viele berühmte Leute hatten das ehemalige Königliche Gymnasium besucht, darunter Theodor Storm, Ferdinand Tönnies, Dietrich Stobbe, der ehemalige regierende Bürgermeister Berlins, und andere Persönlichkeiten. Und Rudolf Eucken, der zweite deutsche Preisträger des Literaturnobelpreises, hatte als Lehrer an diesem Haus unterrichtet. Nach ihm war das mit einem Stern ausgezeichnete Gourmetrestaurant benannt.

Lüder nutzte die freie Zeit und lenkte seine Schritte ins Stadtzentrum. Gegenüber dem Hotel lag die Marienkirche, in der der Schwarze ermordet worden war. Das Gotteshaus machte in der Abendsonne einen ebenso friedlichen Eindruck wie die ganze Stadt. Von dem Grau, das Storm einst besungen hatte, war nichts mehr übrig geblieben. Die Stadt war liebevoll restauriert worden, auch wenn sich in manche Lücken Bausünden der jüngsten Jahrzehnte gemogelt hatten. Um diese Stunde und bei dem angenehmen Wetter hatten sich die Aktivitäten vom Stadtzentrum zum Hafen verlagert. Dort herrschte lebhafter Betrieb, und die Straßencafés waren bis auf den letzten Platz gefüllt.

Bedächtig schlenderte Lüder zum Hotel zurück. Er genoss die würzige Seeluft, die anders roch als im heimischen Kiel. Auch dort konnte man das Wasser schnuppern. Aber die Düfte unterschieden sich. Nicht umsonst wohnen wir im Land zwischen den Meeren, ging ihm durch den Sinn. Und wer diese besonders reine Luft jemals geatmet hatte, verstand, weshalb es viele Menschen als Gäste hierherzog.

Als Lüder das Hotel betrat, empfing ihn das prachtvolle Foyer mit der dunklen Holzdecke und den vielarmigen Leuchtern.

Er lehnte die freundliche Hilfe der jungen Frau am Empfang ab, durchschritt die Halle und tauchte in das Untergeschoss ab, wo das feudale Restaurant untergebracht war. Ein Kellner kam auf ihn zu und fragte nach seinem Wunsch.

»Haben Sie reserviert?«

»Ich bin verabredet.«

»Auf welchem Namen?«

»Wir haben keinen Tisch bestellt.«

Sie waren weitergegangen, und Lüder konnte von seinem Standort aus den Raum überblicken. An keinem der zu dieser Zeit noch wenig besetzten Tische saß ein einzelner Mann.

»Ich sehe gern nach, was ich Ihnen anbieten kann«, entschuldigte sich der Kellner.

»Danke. Ich schaue vorher ins andere Restaurant, ob mein Gast dort ist.«

Der Kellner deutete eine leichte Verbeugung an.

»Sehr wohl.«

Vom Foyer führte ein überdachter Wandelgang zu den Hotelzimmern, die in einem modernen Neubau untergebracht waren, zum Wellnessbereich und zum zweiten Restaurant, dem Wintergarten. Der lichtdurchflutete Raum mit dem Glasdach, den hellen Fliesen und der grün gehaltenen Einrichtung wirkte mediterran. Lüder ließ sich einen Tisch im oberen Bereich, der für Nichtraucher reserviert war, zuweisen und bestellte ein Mineralwasser. Er hatte unter den anderen Gästen niemanden entdecken können, der George Hunter hätte sein können. Auch von Große Jäger war nichts zu sehen. Lüder musste sich in Geduld fassen. Der vereinbarte Zeitpunkt war schon um eine Dreiviertelstunde überschritten, und er glaubte, man hätte ihn versetzt, als ein Mann mit sportlich-elastischem Gang den Wintergarten betrat und sich suchend umsah. Der sehnige Körperbau mit den sich unter dem leger-eleganten Jackett abzeichnenden Muskeln und der Kopf mit dunkelblonden Haaren standen in harmonischem Einklang mit den markanten Gesichtszügen. Die passende Hose mit messerscharfen Bügelfalten und das unifarbene Hemd in zartem Blau verrieten, dass Hunter über einen erlesenen Geschmack verfügte. Mit einem schnellen Blick hatte sich der Amerikaner einen Überblick verschafft, hob erkennend seine rechte Hand ein wenig und steuerte zielsicher auf Lüder zu. Der war aufgestanden.

»Entschuldigen Sie die Verspätung«, bat der Amerikaner. »Aber ich hatte nicht mit den Problemen beim Transfer von der Insel zum Festland gerechnet.« Er erfasste Lüders Hand mit einem festen Händedruck und zeigte dann selbstsicher auf Lüders Stuhl. »Nehmen Sie doch bitte Platz.«

Lüder war erstaunt, dass Hunter weder nach Lüders Namen fragte noch es für geboten hielt, sich vorzustellen. Sie wurden durch einen Kellner unterbrochen. Der Amerikaner bestellte einen Martini on the rocks und nahm die Speisekarte zur Hand. Er lächelte Lüder an.

»Aber weder geschüttelt noch gerührt. Das ist unseren gemeinsamen englischen Freunden vorbehalten. Und das auch nur in finsteren Spionagethrillern.«

»Und in einem solchen Umfeld bewegen wir uns nicht?«

Erneut lachte Hunter auf und zeigte dabei zwei Reihen tadelloser Zähne. »Sicher nicht. Meine Welt ist das nicht. Und Sie, Herr Lüders, sind Polizist. Das ist doch etwas anderes als die Welt der Geheimdienste.« Er sprach Lüders Namen wie »Lieders« aus.

»Sie kommen von der amerikanischen Botschaft in Berlin?«

Hunter erwiderte Lüders Blick, ohne mit der Wimper zu zucken. »Nein. Ich mache gerade Urlaub und genieße das Leben auf Sylt. Ein Traum, den Sie sich mit dieser Insel in Deutschland leisten.«

»Wie kommt es, dass Sie unter diesen Umständen das Gespräch mit mir suchen?«

Der Amerikaner griff zum Glas, das die Bedienung inzwischen gebracht hatte, und hielt es in Lüders Richtung. *»Cheers«*, sagte er, nahm einen Schluck, und betrachte gedankenverloren sein Glas, bevor er es wieder absetzte. »Nicht schlecht.« Dann sah er Lüder an, als würde er sich plötzlich daran erinnern, dass ihm eine Frage gestellt worden war.

»Amerika ist ein weites Land. Waren Sie schon einmal dort? Meine Kollegen aus der Botschaft können nicht immer genau abschätzen, wie die Entfernungen in Deutschland sind. Und da hat wohl jemand gemeint, Sylt und Kiel würden direkt nebeneinanderliegen. Deshalb.«

»Sie hätten mir die Auskünfte auch telefonisch geben können.«

Hunter zeigte erneut sein Dauerlächeln. »Wir möchten der deutschen Polizei gern behilflich sein, zumal wir anerkennen, dass Ihre ganzen Bemühungen nur darauf ausgerichtet sind, ein paar Fragen um einen vermeintlichen Bürger meines Landes zu klären. Es ist also auch im Interesse der Vereinigten Staaten.« Der Amerikaner hob entschuldigend seine Schultern und legte den Kopf ein wenig schief. »*Sorry*, aber es ist Urlaubszeit, und da hat es ein wenig länger gedauert. Das Generalkonsulat hat Ihre Anfrage nach Berlin weitergegeben, und wir haben uns erst erkundigen müssen. Wir wollten Ihnen eine sorgsam geprüfte Antwort zukommen lassen.«

Sie wurden erneut durch den Restaurantservice unterbrochen und gaben ihre Bestellungen auf.

»Und zu welchem Ergebnis sind Sie gekommen?«, fragte Lüder.

»Wir haben es uns nicht einfach gemacht. Zunächst einmal: Es gibt keinen vermissten US-Bürger. Dann haben wir die uns überlassenen Unterlagen genau analysiert.«

»Moment«, unterbrach ihn Lüder. »Welche Unterlagen?«

»Wir haben uns die Fingerabdrücke des Toten von der Bundespolizei geben lassen.«

»Wieso Bundespolizei? Unserem ehemaligen Grenzschutz?«

Hunter schüttelte mit einem leichten Bedauern den Kopf. »Nein, da habe ich mich geirrt. Bei uns in Amerika heißt es Bundespolizei. Das FBI. Bei Ihnen ist es das Bundeskriminalamt.«

»Ich bin erstaunt, dass Ihnen diese Daten ausgehändigt wurden.«

Der Amerikaner zeigte wieder sein fast überheblich wirkendes Lächeln. »Das müssen wir hier und heute nicht erörtern, welche Vereinbarungen der Amtshilfe zwischen unseren Ländern bestehen. Jedenfalls haben wir über das FBI prüfen lassen, ob uns der Mann, zu dem Sie angefragt haben, bekannt ist.« Hunter schaffte es, seinem Mienenspiel eine betrüblich wirkende Maske zu verleihen. »Leider nicht.«

Sie wurden abgelenkt, als Große Jäger das Restaurant betrat. In seiner üblichen Aufmachung mit der ungewaschenen Jeans, dem roten Holzfällerhemd und der speckigen Lederweste wirkte er an diesem Ort ein wenig deplatziert und zog prompt die Aufmerksamkeit der anderen Gäste auf sich. Der Oberkommissar hatte Lüder und seinen Gast entdeckt und steuerte deren Tisch an. Damit kam er einem eilfertig auf ihn zustrebenden Kellner zuvor, der ihm sicher in höflicher, aber bestimmter Weise erklärt hätte, dass leider alle Plätze vorbestellt seien.

Hunter sah irritiert auf. »Ein Kollege von mir«, erklärte Lüder und blieb sitzen.

Jetzt stand der Amerikaner auf und gab Große Jäger die Hand. »George Hunter. Von der Botschaft der Vereinigten Staaten aus Berlin«, stellte er sich vor.

Der Oberkommissar schüttelte die angebotene Hand. »Wild Eric *Big* Hunter«, sagte er, zeigte mit dem Daumen der linken Hand auf sich und ergänzte: *»That's me.«*

»Wilderich Große Jäger. So lautet der Name des Kollegen, den er für Sie ins Englische übersetzt hat«, erklärte Lüder, bevor der Amerikaner sich zu sehr veräppelt fühlen konnte.

»Für mich ein Bier«, rief Große Jäger einem Kellner zu, der Gäste bediente, die zwei Tische weiter saßen, dann sah er Hunter an. »Entschuldigung, aber ich hatte noch etwas zu erledigen.« Zu Lüder gewandt fuhr er fort: »Ich will Sie nicht unterbrechen.«

»Möchten Sie auch essen?«, fragte der Amerikaner.

Große Jäger winkte ab. »Danke, hab schon. Ich hatte heute Appetit auf was anderes.«

Lüder holte das Bild des Mordopfers hervor und legte es Hunter vor. »Kennen Sie diesen Mann?«

Der Amerikaner warf einen flüchtigen Blick auf das Foto. »Wissen Sie, wie viele Einwohner die Vereinigten Staaten haben?«

»Davon wird aber nur eine Minderheit in Husum ermordet«, mischte sich Große Jäger ein.

Hunter strafte den Oberkommissar mit einem durchdringenden Blick ab, bevor er, zu Lüder gewandt, antwortete: »Woher wollen Sie wissen, dass es sich um einen Landsmann von mir handelt? Ich habe Ihnen vorhin schon erklärt, dass es keine Anzeichen in unseren Datenbanken dafür gibt, dass es sich um einen Bürger der Vereinigten Staaten handelt.«

»Der Tote hatte eine Tätowierung. Es handelt sich um das Einheitsabzeichen einer Kampfeinheit der US-Army.«

Der Amerikaner winkte ab. »Nicht jeder, der eine Baseballkappe mit dem Emblem ›NY‹ für New York trägt, ist ein Einwohner dieser Stadt. Jeder kann sich so etwas in die Haut stechen lassen. Manche Schwarze in den Ghettos machen so etwas, um damit anzugeben.«

Lüder nahm einen Schluck Mineralwasser. »Der Vergleich

hinkt aber. Es wäre ein merkwürdiger Zufall, wenn jemand mit einem solchen Tattoo herumläuft, ohne in irgendeiner Verbindung zu dieser Militäreinheit zu stehen.«

»Beweisen Sie das Gegenteil.« Hunter schien plötzlich auf Konfrontationskurs zu schwenken. »Ich sagte Ihnen bereits mehrfach, dass wir keine Anhaltspunkte gefunden haben, dass es sich um einen unserer Staatsbürger handelt.«

»Haben Sie auch beim Militär nachgefragt, ob man den Toten dort identifizieren konnte?«

»Wie sollte man?«

»Wir wissen, dass es in den USA umfangreiche Datenbanken gibt, in denen die Merkmale der Militärangehörigen gespeichert sind. Sie benötigen diese Daten allein dafür, um etwaige Opfer amerikanischer Einsätze an den verschiedensten Brennpunkten dieser Welt zu identifizieren. Es sollte daher nicht schwer sein, herauszufinden, ob der Mann gedient hat.«

»Da wissen Sie mehr als ich«, sagte Hunter. »Mir ist von solchen Datenbanken nichts bekannt.«

Lüder registrierte ein kurzes Aufblitzen in Hunters Augen. Unmerklich, aber wahrnehmbar. Er merkte dem Amerikaner die kurzzeitige Verärgerung an. Doch dann hatte Hunter sich wieder gefasst. Er griff über den Tisch und legte in einer vertraulichen Geste seine Hand auf Lüders Unterarm. »Das ist doch nicht unser beider Welt. Wir sind Zivilisten.«

»Wir ermitteln in einem Mordfall. Da spielt es keine Rolle, ob das Opfer ein Zivilist oder ein Soldat ist. Es geht um einen Menschen.«

»Gerade wir in den Vereinigten Staaten stehen für die Menschenrechte. Da sind wir nicht zuletzt unserer Geschichte verpflichtet. Denken Sie an den Bürgerkrieg, als es nicht zuletzt um die Abschaffung der Sklaverei ging.«

Ihre Aufmerksamkeit wurde kurz durch Große Jäger abgelenkt, der Hunters Plädoyer mit einem undefinierbaren Grunzlaut kommentierte.

Das Gespräch erstarb, als das Essen aufgetragen wurde. Sie tauschten fortan nur noch Belanglosigkeiten aus, und Hunter war bemüht, die Schönheiten Deutschlands zu loben.

»Wie schmeckt Ihnen das Essen?«, fragte Große Jäger, der sich aus der Plauderei herausgehalten hatte.

Lüder war nicht voll des Lobes. »Ich fürchte, man muss sich in diesem Restaurant ein wenig mehr anstrengen, wenn man das Niveau wieder erreichen möchte, dass ich von früheren Besuchen in Erinnerung habe.«

Große Jäger grinste vielsagend und rief dem Kellner hinterher, dass er noch ein Bier wünschte. »Aber ein großes.«

Nach dem Kaffee bot Hunter an, die Zeche zu übernehmen, aber Lüder lehnte dankend ab. »Auch wenn wir in der NATO verbündet sind, gibt es noch keinen gemeinsamen Haushalt unserer beiden Länder. Wie kann ich Sie erreichen, falls wir noch Fragen haben?«

»Sie können jederzeit die Botschaft anrufen.«

»Wäre es nicht einfacher, Sie geben mir Ihre Handynummer? Ich denke, Sie sind im Augenblick im Urlaub und gar nicht in Berlin?«

»Ich stehe in ständigem Kontakt mit der Botschaft.«

»Donnerwetter. Dann scheinen Sie ein wichtiger Mann zu sein. Darf ich fragen, welche Funktion Sie in Berlin ausüben?«, mischte sich Große Jäger ein.

Hunter ließ die Frage unbeantwortet und zahlte bar, während Lüder seine Kreditkarte einsetzte.

Auf dem Parkplatz vor dem Hotel verabschiedeten sie sich. Während Hunter in einen dunklen Mercedes der C-Klasse stieg, wechselten Lüder und Große Jäger noch ein paar Worte.

»Ich verstehe diese Aktion nicht«, sagte der Oberkommissar. »Warum bestellt Sie der Mann hierher, nur um im Grunde genommen nichts zu sagen?«

»Ist dir das auch aufgefallen?«

»Sicher.« Große Jäger ließ die Kippe seiner Zigarette, die er sich bei Verlassen des Restaurants angezündet hatte, fallen und fischte eine neue aus der zerknitterten Packung. »Halten Sie den Mann für glaubwürdig?«

»Der ist auf dem diplomatischen Parkett geschult und geübt. Seine persönliche Glaubwürdigkeit steht nicht zur Debatte. Viel bedeutsamer ist die Frage, welchen Wahrheitsgehalt die offiziellen Statements haben, die er verkündet.«

»Warum sollten die USA einen ihrer Staatsbürger verleugnen?«

»Das frage ich mich auch«, erwiderte Lüder, wünschte Große Jäger eine gute Nacht und machte sich auf den langen Heimweg nach Kiel.

SECHS

Kiel ist nicht die Stadt, in der sich Autofahrer mit großen Staus herumzuplagen haben. An diesem Morgen war es anders. Die Müllabfuhr und die jede Straßenverkehrsordnung ignorierenden Auslieferungsfahrzeuge der Paketdienste ließen den Verkehr nur zäh fließen. Immer wieder musste Lüder halten. Er besah sich die ihm vertrauten Fassaden und entdeckte Details, auf die man beim raschen Passieren der Straßen sonst nie achtet. Man glaubt, eine Stadt zu kennen, und sieht doch nur die Oberflächlichkeiten. Nachdem es erneut ein paar Meter vorangegangen war, beobachtete Lüder mit Schmunzeln, dass eine ganze Reihe der Autofahrer um ihn herum bei jedem Halt das taten, was angeblich die Mehrheit der Deutschen im Stau erledigen: Sie bohrten in der Nase.

Er wurde kurzfristig durch die Nachrichten im Radio abgelenkt. In Bagdad hatte ein Attentat erneut ein Blutbad angerichtet und zahlreiche Opfer gefordert. Es ist erstaunlich, dachte Lüder, wie wir alle solche Meldungen nach einer gewissen Zeit des erschreckenden Entsetzens fast als Normalität aufnehmen. Ernsthaft berührt war kaum noch jemand. Zu lange dauerte schon die Auseinandersetzung. Und der Irak war weit weg. Von Kiel. Von uns. Und auch von mir, gestand sich Lüder ein. Der Nachrichtensprecher berichtete von einer Erklärung, die der US-Präsident abgegeben hatte. Lüder hörte nur mit einem halben Ohr zu. Es gab viele unterschiedliche Meinungen über die Politik, die die Vereinigten Staaten und ihr Präsident trieben. Natürlich hatte Lüder auch eine eigene politische Meinung. Er war schließlich ein mündiger Staatsbürger. Du kannst dankbar sein, in einem Rechtsstaat mit gefestigter Demokratie zu leben und deinen Kindern ein Umfeld fern von Gewalt und Drohungen bieten zu können, dachte er. Nicht nur weil er Polizist und Beamter war, hielt er sich deshalb zurück, wenn sein Freund Horst mit dem lockeren Mundwerk stets von »Schorsch Sabbeldumm Gestrüpp« sprach und den Präsidenten der USA meinte.

Endlich hatten die wackeren Müllwerker ein Einsehen und bogen mit ihrem schweren Gefährt in eine Seitenstraße ein. Schnell löste sich der Stau auf, und kurz darauf fuhr Lüder auf das Gelände des Polizeizentrums Eichhof. Er überquerte den Hof und schloss die Tür zu seinem Büro auf. Abgestandene Luft empfing ihn. Nachdem er das Fenster geöffnet, sich mit seinem Rechner angemeldet und einen Kaffee besorgt hatte, warf er gewohnheitsmäßig einen Blick in die Morgenpresse.

Vermutlich lag es an der gewohnten Nachrichtenflaute während der Urlaubszeit, dass Leif Stefan Dittert vom berüchtigten Boulevardblatt sich erneut in einem polemischen Artikel über die Unfähigkeit der Polizei ausließ und die gewagte Vermutung äußerte, dass die Strafverfolgungsbehörden Grund hätten, die Ermittlungen zu verzögern. Zeitungen dieser Machart gab es rund um den Globus, zumindest dort, wo jeder schreiben konnte, was er wollte. Auch Halbwahrheiten und Lügen. Die schwedische Lizenzausgabe dieses Blattes würde vermutlich »Smiere Papiere« heißen, dachte Lüder. Natürlich ohne »e«, korrigierte er sich selbst: Smire Papire.

Es klopfte so heftig an der Tür, als wolle jemand sie einschlagen. Dann stolperte Friedjof in das Zimmer, sah die ausgebreitete Zeitung und lachte.

»Moin. Wenn das der Steuerzahler wüsste, dass er viel Geld für hoch bezahlte Obergefreite ausgeben muss, die ihren Tag damit verbringen, Zeitung zu lesen.«

Lüder sah auf. »Moin, Friedhof. Wenn Beamte halb so viel verdienen würden wie die unfertigen Kicker von Holstein Kiel, dann wäre der Finanzminister schon lange pleite.«

»Ich habe mich immer schon gewundert, woher das Staatsdefizit kommt«, sagte der Bürobote lachend. »*Du* bist es. Bei den Störchen verdienen die Spieler kein Geld«, verteidigte er dann seine Lieblingsmannschaft. »Aber wenn endlich meine Erbtante in Amerika stirbt, dann spendiere ich Holstein ein paar erstklassige Spieler.«

»Hast du eine Erbtante?« Lüder senkte die Stimme. »Wenn du mir etwas abgibst, verrate ich dir ein paar Tricks, wie du sie um die Ecke bringen kannst, ohne dass es auffällt.«

»Na schön. Du kriegst einen Hunderter ab. Aber erst einmal muss überhaupt jemand entdecken, dass ich eine Tante in Amerika habe.« Friedjof legte den Poststapel auf die Schreibtischkante. »Und wenn es mit der Erbschaft nicht klappt, kriege ich von Margit zumindest ein großes Eis spendiert, wenn ich ihr verrate, dass du eine Freundin hast.«

»Wie kommst du darauf?« Lüder lachte. »Hast du mich erwischt?«

»Das nicht. Aber sie schreibt dir heimlich Liebesbriefe.« Friedjof tippte auf einen weißen Umschlag, der auf dem Stapel obenauf lag. »Hier. Ohne Absender.« Dann drehte er sich um. »Ich muss jetzt weiter.«

»Wie weit kannst du zählen, Friedhof?«, rief ihm Lüder hinterher.

»Weshalb?«

»Du kannst mir heute Nachmittag berichten, wie viele andere Kollegen du noch mit der Zeitung auf dem Tisch erwischt hast.«

»Mach ich«, sagte der Bürobote und verschwand auf dem Flur.

Lüder besah sich den Umschlag, ohne ihn zu berühren. Es war nichts Auffälliges zu erkennen. Es war ein handelsüblicher weißer Briefumschlag, fensterlos, ohne Absender. Die Adresse war mit einem gummierten Aufkleber auf das Kuvert geklebt. Kripo Kiel. Landeskriminalamt. Herr Lüder. Es fehlte das »s« von Lüders. Aufgegeben war der Brief am Vorabend. Nach der Umorganisation der Post war leider nicht mehr der Aufgabeort, sondern nur noch das Briefzentrum zu ersehen. »Briefzentrum fünfundzwanzig«, las Lüder. Das begann an der hamburgischen Landesgrenze und reichte über die gesamte Westküste bis zur Nordspitze von Sylt. In diesem Bereich hatten die beiden Morde stattgefunden. Merseburger wohnte dort, und George Hunter hatte vorgegeben, in dieser Region seinen Urlaub zu verbringen.

Lüder suchte in seinem Schreibtisch nach Einmalhandschuhen. Als er dort keine fand, zog er ein Paar aus seinem Sakko hervor und streifte sie über. Vorsichtig fingerte er den Inhalt aus dem Umschlag. Es war ein einfaches Blatt Papier im DIN-A4-Format, ohne Wasserzeichen und sonstigen erkennbaren Hinweis. Dieses Papier wurde an jeder Ecke verkauft.

Das Blatt war einseitig mit einem Tintenstrahldrucker beschrieben. Natürlich fehlten Datum, Anrede und Unterschrift. Dafür war der Inhalt umso aufschlussreicher:

»Der Afroamerikaner, der in Husum ermordet wurde, heißt Jethro Jackson und stammt aus Washington. Jethro war Corporal bei der 173. Luftlandebrigade.«

Das war alles. Mehr umfasste das anonyme Schreiben nicht.

Lüder sah nachdenklich auf das Papier. Wer mochte hinter dieser Mitteilung stecken? Und warum wurde die Nachricht anonym zugestellt? Auf diese Fragen wusste er im Augenblick keine Antwort. Zunächst rief er in der Spurensicherung an und bat, dass man das Schreiben bei ihm abholen und analysieren sollte.

Warum hatte ihm George Hunter am Vorabend unbedingt versichern wollen, dass der unbekannte Tote kein US-Bürger war, und warum war er beharrlich der Frage ausgewichen, ob er auch in den Datenbanken der Armee hatte nachforschen lassen? Außerdem interessierte Lüder, wie der Amerikaner in den Besitz der Fingerabdrücke und anderer Informationen gelangt war.

Zunächst rief Lüder Frau Dobermann an.

»Das ist wieder einmal typisch«, fauchte ihn die Hauptkommissarin an, als er vom Gespräch und dem Brief berichtet hatte. »Wir leisten an der Front die Kärrnerarbeit, und den Herren in Kiel fällt alles in den Schoß.«

»Ich entschuldige mich ergeben, dass der Absender mich mit der Offenbarung bedacht hat, und schlage vor, dass Sie ihn fragen, warum er die Nachricht nicht an Sie geschickt hat.«

Für den Bruchteil einer Sekunde war es still in der Leitung, bevor Frauke Dobermann antwortete. »Wenn das eine besondere Ausprägung Ihres Humors ist, müssen Sie mir das irgendwann einmal erläutern.«

»Haben Sie sich explizit an das BKA gewandt und die Ergebnisse der Spurensicherung nach Wiesbaden aufgegeben?«, fragte Lüder.

»Warum sollte ich? Wir arbeiten an diesem Tötungsdelikt genauso wie an jedem anderen. Und bei *mir* hat noch keiner nachgefragt. Lediglich mit dem Kollegen Schwälm aus Itzehoe besteht ein konstruktiver Informationsaustausch.«

»Jetzt behandeln Sie mich aber ungerecht. Ich lasse Sie an allem, was ich in Erfahrung bringe, teilhaben.«

»Davon bin ich nicht überzeugt«, antwortete die Hauptkommissarin mit spitzer Zunge.

»Wir haben Glaubensfreiheit in diesem Land«, sagte Lüder und verabschiedete sich.

Anschließend versuchte er George Hunter über die amerikanische Botschaft zu erreichen. Er war nicht verwundert, dass ihn die Telefonzentrale weiterverband. Die nächste Gesprächspartnerin hörte sich seine Bitte geduldig an, sagte: »Moment bitte«, und stellte ihn zu einem dritten Botschaftsbediensteten durch. Der Mann entschuldigte sich dafür, dass in der diplomatischen Vertretung viele Leute beschäftigt seien und leider auch ein häufiger Personalwechsel stattfinde. Er verband Lüder aber mit dem Personal Office, wie er es nannte. Diesmal dauerte es eine Weile, bis sich jemand meldete.

»Polizei Kiel. Ich hätte gern Mr. Hunter gesprochen.«

»Sie meinen Hutchinson«, versuchte der Angestellte, der sich mit Jameson vorgestellt hatte, nachzufragen.

»Nein. George Hunter.«

»Soll der hier in der Botschaft tätig sein?«

»Ich habe gestern mit ihm gesprochen.«

»Sorry. Einen Mr. Hunter haben wir nicht. Fylder. Hastings. Heinze. Henrich. Huster. Hutchinson. Idlewood«, las der Mann aus einer Telefonliste vor.

Es machte keinen Sinn, am Telefon weiter darauf zu beharren, dass sich am Vortag jemand mit Lüder getroffen hatte, der behauptete, George Hunter zu heißen. Vielleicht war es ein Versäumnis gewesen, nicht nach dem Ausweis des Mannes gefragt zu haben. Aber der angebliche Hunter hatte Lüder im Husumer Hotel zielgenau angesteuert und kannte auch Details, die man als Nichteingeweihter nur schwerlich hätte erraten können. Vor der neuen Entwicklung gewannen Kleinigkeiten eine neue Bedeutung. Warum hatte Hunter nicht mit Kreditkarte, sondern bar bezahlt? Und weshalb hatte er sich geweigert, Lüder eine Telefonnummer zu nennen?

Aber es gab noch eine andere Möglichkeit. Zwar war auf Lüders Telefonapparat der Hinweis »unbekannt« erschienen, als Hunter ihn angerufen hatte, weil der Amerikaner seine eigene Rufnummer unterdrückt hatte. In der zentralen Telefonanlage wurden aber die bei der Polizei eingehenden Anrufe mit ihrer Kennung aufgezeichnet. Lüder fand nach zwei Fehlversuchen jemanden, der sich der Sache annehmen wollte.

»Wann war das genau?«, fragte die jugendlich klingende Stimme, die sich mit »Behrens« gemeldet hatte.

Lüder nannte die Uhrzeit. »Der Anruf kam mit hoher Wahrscheinlichkeit über ein Mobiltelefon. Meine Durchwahl ist …«

»Das sehe ich im Display«, unterbrach ihn Behrens. »Das dauert ein Weilchen. Wir werden es versuchen.«

Lüder beendete rasch das Gespräch, weil sich sein privates Handy meldete. Der Anrufer hatte seine Rufnummer unterdrückt.

»Ich hatte Ihnen eine freundliche Warnung zukommen lassen«, sagte die Lüder bereits bekannte Stimme. »Nehmen Sie es als Zeichen besonderer Wertschätzung, dass ich Ihnen erneut einen dringenden Rat gebe: Halten Sie sich zurück. Es gibt Dinge zwischen Himmel und Erde, die manchmal zu groß sind, als dass man sie bewegen könnte. Schonen Sie lieber Ihre Gesundheit. Und die der Menschen, für die Sie Verantwortung tragen.«

»Wer sind Sie? Was wollen Sie mit Ihrer Drohung bezwecken? Glauben Sie wirklich, die Polizei einschüchtern zu können?«

»Ich nehme keinen Einfluss auf die Polizei, sondern möchte nur verhindern, dass etwas aus dem Ruder läuft. Dies ist eine Nummer zu groß für einen Provinzbeamten. Nutzen Sie Ihren Ermessensspielraum. Sie sind ein intelligenter Mensch.«

»Vielleicht sollten wir das unter vier Augen erörtern«, schlug Lüder vor.

Ein schäbiges Lachen kam über die Leitung. »Sie beleidigen mit solchen Phrasen Ihre und meine Intelligenz. Ich hoffe, Sie haben sich meine Stimme gemerkt. Ein weiteres Mal werde ich Ihnen keine wohlmeinenden Empfehlungen mehr geben.«

Dann war es still in der Leitung. Der Anrufer hatte das Gespräch beendet.

Es kam sporadisch vor, dass Drohungen gegen Polizeibeamte ausgesprochen wurden. Meistens geschah dies durch Kriminelle, die ihren Frust über die erfolgreiche Aufklärung und Ermittlung des Täters abreagieren wollten. Das waren fast verständliche Reaktionen, die aber so gut wie nie Konsequenzen hatten. In diesem Fall handelte es sich aber nicht um einen überführten Täter, sondern jemand suchte gezielt Lüder dazu zu bewegen, seine Ermittlungen einzustellen. Der Anrufer klang nicht so, als wäre er ein Naivling, der glaubte, Lüder oder die Polizei einschüchtern zu können. Bemerkenswert erschien zudem, dass der Unbekannte nicht nur wusste, dass Lüder mit den Ermittlungen betraut war, sondern auch die Nummer seines privaten Mobiltelefons kannte. Der Mann schien gut informiert zu sein. Ob er identisch war mit dem anonymen Briefschreiber? Zumindest gab es neben dem ersten Hinweis auf einen möglichen Namen des Husumer Mordopfers eine Reihe weiterer Anhaltspunkte.

Lüder wurde durch Friedjof unterbrochen, der mit einem einzigen Pappdeckel unterm Arm ins Zimmer stürmte. Es war eine der im LKA gebräuchlichen Postumlaufmappen. Der Bürobote hielt den Aktendeckel am ausgestreckten Arm weit von sich, kniff die Augen zusammen und fragte mit schwerer Zunge: »Das ist für einen gewissen James Bond. Kennst du den?«

Lüder zeigte auf den Aktenschrank in seinem Büro. »Klar. Der hat sich vorhin mit einer russischen Agentin dorthin zurückgezogen und möchte die nächsten drei Tage nicht gestört werden.« Lüder versuchte eine Art Brunftschrei eines Hirsches während der Paarungszeit zu imitieren. »Hast du das auch gehört, Friedhof?«

Der junge Mann ließ den Aktendeckel mit gekonntem Schwung auf Lüders Schreibtischplatte segeln. »Da bringe ich dir die Lösung.« Dann verschwand er eilig zur Tür hinaus, als Lüder begann, ihn mit Büroklammern zu bewerfen.

In der Mappe fand Lüder eine Notiz der Kriminaltechnik. Es war gelungen, weitere Telefonnummern zu ermitteln, die Silvio Merseburger von seinem Handy aus angerufen hatte. Obwohl die Nummer im Mobiltelefon nicht gespeichert war, stach ein

Anschluss besonders hervor, den Merseburger öfter angewählt hatte. Es war ein ausländischer Teilnehmer. Lüder schlug nach, welches Land sich hinter der Vorwahl 0048 verbarg, und war überrascht, als er »Polen« las. Vieles hätte er erwartet, aber nicht, dass ein Rechtsradikaler seinen ominösen »Abschnittführer« beim östlichen Nachbarn sitzen hatte.

Trotz der gemeinsamen Mitgliedschaft in der EU war das Verhältnis zu Polen noch nicht so entspannt, dass man auf dem kurzen Dienstweg ein Hilfeersuchen starten konnte. Im Unterschied dazu gab es zu den nördlichen Nachbarn viele inoffizielle Kontakte, und man konnte sich über die grüne Grenze hinweg schnell austauschen. Richtung Osten hingegen war der förmliche Dienstweg zu beschreiten. Zudem wusste Lüder nicht, ob der »Abschnittführer« nicht schon längst über die Verhaftung Merseburgers informiert war. Aber einen Versuch sollte es wert sein.

Lüder nahm Merseburgers Handy und wählte die polnische Telefonnummer. Es dauerte ewig, bis sich jemand meldete.

»Was ist, Merseburger? Gibt es irgendwelche Probleme, weil du außerhalb der vereinbarten Zeit anrufst?«

Lüder stockte für einen Augenblick der Atem. Mit vielem hatte er gerechnet. Aber diese Überraschung war grenzenlos.

»Hallo«, sagte er. »Nachdem Sie mich schon zwei Mal angerufen hatten, wollte ich mich einmal melden. Da ich Sie jetzt kenne, können wir aus den bisher einseitigen Telefonaten künftig einen echten Dialog machen.«

Ohne seinen Gesprächspartner sehen zu können, bemerkte Lüder, wie den anderen ein gewaltiger Schreck durchfuhr. Es dauerte mehrere Atemzüge lang, bis er antwortete.

»Offensichtlich habe ich Sie unterschätzt, Lüders. Aber durch Ihre Dummheit haben Sie selbst den Stab über sich gebrochen.« Dann legte er auf.

Lüder starrte nachdenklich auf die weiß getünchte Wand in seinem Büro. Das war in der Tat eine erstaunliche Entdeckung, dass der anonyme Anrufer und der ominöse »Abschnittführer« der »Germanischen Gilde« ein und dieselbe Person waren.

Am Kopfende des länglichen Tisches saß Nathusius und leitete die turnusmäßige Dienstbesprechung. Während sich in der sogenannten freien Wirtschaft für Zusammenkünfte dieser Art der Begriff »Meeting« durchgesetzt hatte, waren Behörden bei der deutschen Bezeichnung geblieben. Neben der Erörterung allgemeiner Belange, die zum Alltag einer Behörde gehören, berichteten die Teilnehmer von ihren aktuellen Fällen.

Lüder hatte es bei einer sehr vagen Formulierung belassen. Auch als Kriminaloberrat Gärtner zu einzelnen Punkten nachfragte, wich er aus. Gärtner bohrte nicht weiter, weil er aus Erfahrung wusste, dass Lüder oft mit Sonderaufgaben betraut wurde, die in ihrer Komplexität erst nach Abschluss in diesem Forum besprochen worden waren.

»Hat schon mal jemand etwas von der ›Germanischen Gilde‹ gehört?«, fragte Lüder in die Runde. Die Kollegen schüttelten den Kopf. Haltermann fragte: »Wer oder was soll das sein?«

»Ein schmalgeistiger Fantast aus der Nähe Meldorfs verbreitet ausländerfeindliche Parolen und beruft sich darauf, die Aufträge dazu von einem Abschnittführer der ›Germanischen Gilde‹ erhalten zu haben.«

»In dieser Runde sind die meisten Gruppierungen, die auf diesem Feld aktiv sind oder waren, bekannt«, sagte Haltermann. »Aber von der ›Germanischen Gilde‹ habe ich noch nie etwas gehört.«

Dem pflichteten die anderen Teilnehmer bei. Das deckte sich auch mit Lüders Einschätzung. Der einfältige Merseburger war instrumentalisiert worden, von wem auch immer. Und außer den unschönen Bagatellvergehen, für die der Wirrkopf verantwortlich war, schien sich diese Vereinigung bisher an keiner anderen Stelle gezeigt zu haben. Welchen Zweck man mit den unbedeutenden Nadelstichen verfolgte, vermochte Lüder allerdings nicht zu erkennen.

»Vielen Dank. Bis zum nächsten Mal zur gewohnten Zeit«, schloss der Kriminaldirektor die Dienstbesprechung. Mit leisem Gemurmel löste sich die Runde auf.

Von seinem Büro aus rief Lüder seinen Freund Horst Schönberg an. Der schlitzohrige Lebenskünstler betrieb in Kiel-Wik eine Werbeagentur.

»Nein!«, begrüßte ihn Horst mit Entschiedenheit in der Stimme. »Ich tu nichts für dich. Und wenn du mir drei Mal zu erklären versuchst, warum wir damit Deutschland, ach, was sage ich, die ganze Welt retten werden.«

»Moin erst einmal. Was ist das für eine Begrüßung?«

»Ich kenne dich schon länger«, erwiderte Horst.

»Du kennst aber nicht nur mich, sondern Gott und die Welt. Ich suche jemanden, der sich bei den US-Streitkräften auskennt.«

»Was?«, kam es ungläubig über die Leitung zurück. »Willst du umsatteln?«

»Ich habe ein Versetzungsangebot bekommen. Du hast sicher gehört, dass so etwas bei Beamten vorkommt. Man hat mir das Amt des US-Präsidenten angeboten. Und bevor ich zusage, möchte ich mich ein wenig über die Mitarbeiter informieren.«

Horst lachte. »Unter der Voraussetzung, dass ich die PR-Arbeit übernehmen darf, höre ich mich ein wenig um.«

»Kommt nicht infrage. Dann würden nur noch weibliche Journalisten Informationen erhalten.«

»Und das auch nur gegen Gebot. Hast du einen bestimmten Armee-Verband im Auge?«

»Speziell die 173. Luftlandeeinheit.«

»Ich höre mich um«, versprach Horst.

Die Zwischenzeit nutzte Lüder, um hinter den bisher unbeantworteten Anfragen, die er in Sachen Munition gestartet hatte, herzutelefonieren. Es war ein mühseliges Unterfangen. Beim Bundesamt für Verfassungsschutz in Köln war angeblich keine Anfrage eingegangen. Der Bundesnachrichtendienst in Pullach erklärte, sich aus grundsätzlichen Erwägungen nicht äußern zu wollen, während das Bundeskriminalamt in Wiesbaden versicherte, noch mit dem Prüfen der Anfrage beschäftigt zu sein. Lüder hatte den Eindruck, dass sich diese Behörden aus unerklärlichem Grund einigelten und ihnen an einer Unterstützung der Kieler Polizei nicht gelegen war. Offen blieb, ob es Eifersüchteleien oder andere Gründe waren, die die Nachrichtendienste dazu bewogen, Lüders Frage nicht zu beantworten. Aber ohne Unterstützung der Staatsanwaltschaft konnte er diese Einrichtungen nicht zur Auskunft zwingen. In der Welt der Geheimdienste, wenn man diesen Begriff großzügig anwandte, glaubte man oftmals, mit anderen Methoden arbeiten zu können oder zu müssen als die stringent nach den Vorschriften der bestehenden Rechtsordnung operierende Polizei. Da war es ein kleiner Lichtblick, dass sich Horst Schönberg meldete.

»Professor Meister von der Christian-Albrechts-Universität ist dein Mann. Der Bursche ist eine Koryphäe. Aber sieh dich vor. Der Kerl säuft wie ein Loch. Hast du was zum Schreiben? Ich geb dir mal die Durchwahl.«

Der Universitätslehrer nahm gleich nach dem ersten Klingeln ab. »Horst hat Ihren Anruf angedroht«, sagte er. »Klar versuche ich zu helfen, wenn es geht.«

»Wann können wir uns treffen?«

»Sagen wir, in einer guten Stunde. Ich muss hier noch was erledigen.«

»Soll ich zu Ihnen kommen?«

Professor Meister lachte jungenhaft. »Haben Sie mal rausgeguckt? Bei dem Wetter ist ganz Kiel am Wasser. Kennen Sie das Restaurant ›Seehund‹? Irgendwo dort in der Ecke treffen wir uns.«

»Wie erkenne ich Sie?«

»Ich erkenne Sie. Bringen Sie das Auskunftshonorar mit.«

»Bitte?«, fragte Lüder ein wenig irritiert.

»Na – glauben Sie, ich arbeite umsonst? Wissen Sie, was eine Professorenstunde kostet? Eine Flasche muss schon drin sein.«

»Ist in Ordnung«, sagte Lüder lachend. »Was darf es denn sein?«

»Ist mir egal. Irgendwas, das in der Kehle brennt.«

Wie nicht anders zu erwarten, fand sich an einem herrlichen Spätnachmittag im Sommer kein Parkplatz an der Blücherbrücke zwischen dem Innenministerium und dem in ganz Deutschland bekannten Institut für Weltwirtschaft. Lüder fuhr langsam an der Förde entlang und bog schließlich am Ende des Düsternbrooker Gehölzes in die Lindenallee ab, eine Straße, die bergan zum Maritim-Hotel führte, das auch schon einmal bessere Tage gesehen hatte. Hier fand er eine Parkmöglichkeit und schlenderte gemächlich am Wasser zurück. Am runden Pavillon des »Café Seehund« hielt er Ausschau nach einer Parkbank und gesellte sich schließlich zu zwei älteren Damen, die bereitwillig zur Seite rutschten.

Während Lüder seinen Blick über das Wasser schweifen ließ, musste er unfreiwillig dem Gespräch lauschen und erfuhr wenig Schmeichelhaftes über eine unbekannte »Erna«, die sich in letzter Zeit sehr merkwürdig verhielt und nur noch über Krankheiten sprach. Nach einem kurzen Ausflug zu den Heldentaten der Nichte hinderte das die eine der alten Damen aber nicht, der anderen von ihrer Arthrose zu berichten. Doch das war nicht alles. Wenn man lange genug Mäuschen spielte, würde man sicher mehr von Anatomie, insbesondere von jenen Stellen des menschlichen Körpers erfahren, wo sich irgendein bewegendes Leiden einstellen konnte.

Lüder versuchte sich abzulenken, indem er über die Förde hinweg zur Schwentinemündung blickte. Dort tauchte ein Fahrgastschiff der Kieler Schlepp- und Fährgesellschaft auf, das die Reventloubrücke unterhalb des Landtages ansteuerte, um von dort zum Anleger nahe dem Stadtzentrum zu tuckern. Auf der anderen Uferseite ragten die hohen Schornsteine und die Anlagen des Kraftwerks gen Himmel, und am Kai des Ostuferhafens lag ein Ro-Ro-Schiff. Der Kapitän des Fahrgastdampfers legte noch ein paar symbolische Schippen Kohle nach, um die Förde zu queren und der aus Göteborg einlaufenden Großfähre der Stena-Line Platz zu machen, die majestätisch vorbeizog.

Es war ein idyllisches Bild, und Lüder verstand, weshalb dieser Platz so viele Menschen anlockte, die Wasser, Luft, Sonne und das lebhafte Treiben auf der Förde genossen.

»Sie haben schon Feierabend?«, sprach ihn seine Nachbarin an.

Lüder nickte. »Ja«, antwortete er wortkarg.

»Um diese Zeit schon?«

Lüder sah auf die Uhr. Es war immerhin fast fünf Uhr. »Sicher. Ich habe oft um diese Zeit frei.«

»Und sonst nichts vor?«

»Nee.«

Er bekam mit, wie die zweite ältere Frau ihre Nachbarin anstieß und ihr zuraunte: »Vielleicht ist das einer von den Arbeitslosen. Die haben es ja nicht nötig und treiben sich den ganzen Tag hier herum, während unsereiner sich abrackert.«

»Das wird immer schlimmer«, wisperte die erste zurück. Dann musterten beide Lüder mit kritischem Blick. Sie wurden abgelenkt durch einen Mann mit legerer Kleidung und einer Jeans, die kunstvoll von einem Designer auf abgestoßen getrimmt worden war. Der Mann mit dem Wuschelkopf, der dicken Brille und der lässig über die Schulter geworfenen leichten Sommerjacke steuerte auf Lüder zu.

»Hi«, grüßte er. »Ist das ein Plätzchen, wo es etwas zu trinken gibt?«

Lüder nickte und zeigte auf den Plastikbeutel an seiner Seite. »Das hat jemand bei mir bestellt.«

Der Mann grinste Lüder fröhlich an. »Ist es etwas Scharfes, das in der Kehle brennt?«

»Aber kräftig«, erwiderte Lüder.

Immerhin hatte dieser kleine Dialog zur Folge, dass die erste der beiden Frauen hastig aufsprang, nacheinander Lüder und dem Mann einen bösen Blick zuwarf und empört zu ihrer Begleitung sagte: »Komm, Frieda. Da wollen wir nicht länger sitzen.« Nachdem auch die zweite aufgestanden war, verschwanden die beiden. »Unerhört, dieses Pack. Lungert den ganzen am Wasser herum«, stellte eine der beiden fest.

»Pass auf, gleich fangen sie an zu saufen«, erwiderte die zweite, bevor sie außer Hörweite waren.

Der Professor gab Lüder die Hand. »Ich bin der Meister, wie mich die Studierenden hinter meinem Rücken nennen.«

»Lüders.«

Professor Meister setzte sich neben Lüder. »Ist ein tolles Fleckchen hier. Wenn alle Menschen in der Welt ihren Blick auf die Idylle dieser Erde lenken würden, wäre ich arbeitslos.«

»Darf ich nach Ihrem Fachgebiet fragen?«

»Klar doch. Ich bin Militärhistoriker und beschäftige mich mit dem Sinn und Unsinn der Heldentaten vom Alten Fritz über Blücher und Hindenburg bis zu Eisenhower.« Meister blinzelte begierig Lüders Plastiktüte an.

»Ihre Stimme klingt ein wenig belegt«, sagte Lüder und öffnete den Drehverschluss des Jack Daniel's, ohne die Flasche aus der Tüte herauszuziehen. Dann beförderte er zwei Kaffeebecher aus Plastik ans Tageslicht, die er aus dem Kaffeeautomaten des LKA entführt hatte. Es gluckerte mächtig, als die erste Luftblase in den Whiskey tauchte. Nachdem er die Flasche wieder verschlossen hatte, prostete er Meister zu.

»Auf alle Generäle dieser Welt.«

»Skål«, erwiderte der Professor, von dem schon vor dem ersten Schluck eine leichte Alkoholfahne ausging. Lüder tippte auf ein eher harmloses Bier zur Mittagsstunde.

Während Lüder nur vorsichtig an seinem Becher genippt hatte, war das Trinkgefäß seines Banknachbarn leer.

»Ahhh«, sagte Meister und drehte gedankenverloren den weißen Becher. Dann sah er Lüder an. »Was wollen Sie genau wissen.«

»Über eine Tätowierung bei einem Mordopfer sind wir auf eine Einheit der US-Army gestoßen.«

»Die 173. Luftlandebrigade«, sagte der Professor und nickte. »Horst sprach von einer ›Luftlandeeinheit‹. Das ist doch richtig?«

Lüder bestätigte es.

Meister hielt Lüder den Plastikbecher hin, wartete, bis ein kräftiger Schluck nachgefüllt war, trank und starrte dann nachdenklich auf das Wasser hinaus.

»Die Brigade hat eine wechselvolle Geschichte«, begann der Professor zu erzählen. »Sie ist 1917 als Infanterieeinheit ins Leben gerufen worden und wurde kurz vor Kriegsende nach Frankreich verlegt. Das war allerdings so spät, dass die Bauernsöhne aus Arkansas nicht mehr an Kriegshandlungen teilnahmen. Danach war sie reaktiviert beziehungsweise Reserveeinheit bis 1942. Nachdem sie mehrfach den Namen geändert hatte, war sie ab 1944 im Rheinland, in den Ardennen und im Elsass im Einsatz. Das ist die Vorgeschichte, sozusagen für Ihr Verständnis.« Der Professor hielt sich den Whiskeybecher unter die Nase und sog geräuschvoll das Aroma ein. »Die ersten Meriten haben sie sich ab 1963 verdient. Schon während des Trainings als schnelle Eingreiftruppe für Fallschirmabsprünge und Dschungelkampf hat die Brigade ihren legendären Ruf als Truppe der harten Jungs begründet. Sie war die erste größere Einheit, die nach Südvietnam verlegt wurde. Man nannte sie bald die ›Sky Soldiers‹. Das findet sich übrigens auch im Einheitswappen wieder. Bei schweren Gefechten mit dem Vietcong geriet sie in einen Hinterhalt und erlitt schwere Verluste. Sicher haben Sie schon einmal etwas vom berühmten ›Hügel 875‹ gehört. Das war eine der blutigsten Schlachten des Vietnamkrieges. Überhaupt hat die Truppe sich inmitten des Dschungels im ›Eisernen Dreieck‹ bewährt. Nicht umsonst wurden zahlreiche Soldaten der Brigade mit der ›Medal of Honor‹ ausgezeichnet. Wenn sich Hollywood später dem Vietnamkrieg gewidmet hat, dann war es oft von den Einsätzen der 173. abgeguckt.«

Meister trank erneut von seinem Whiskey. Inzwischen hatte auch Lüder seinen Becher gelehrt und schenkte beiden nach.

»Woher wussten Sie, dass Jack mein bester Freund ist?«, fragte der Professor und zeigte auf die Plastiktüte. »Den schmeck ich unter tausend sonstigen Whiskys heraus.«

»Ich bin eben von der Polizei.« Lüder ließ unerwähnt, dass die Auswahl gerade dieser Marke purer Zufall war, zumal Lüder selbst schottische Single Malts zu schätzen wusste. »Es ist ja eine spannende Geschichte, die Sie mir erzählen, aber unser Mordopfer ist viel zu jung, als dass er in Vietnam hätte dabei sein können.«

»Sie sind wissenschaftliches Arbeiten wohl nicht gewohnt«, entgegnete der Professor mit spöttischer Miene. »Ich erzähle Ihnen das, damit Sie verstehen, welche harte Hunde in der 173. Dienst tun. Nach Vietnam wurde die Einheit in den Ruhestand verabschiedet und erst Ende 2000 wiederbelebt. Seitdem ist sie in Vicenza in Italien stationiert.«

»Das könnte heißen …«, überlegte Lüder laut und brach mitten im Satz ab.

»Was meinen Sie?«, fragte Meister. Aber Lüder ließ ihn nicht an seinem Gedanken teilhaben. Wenn George Hunter von der US-Botschaft in Berlin seine Suche auf in Deutschland stationierte Armee-Einheiten konzentriert hatte, mochte es angehen, dass ihm Jethro Jackson dabei durchs Raster gefallen ist. Es war somit denkbar, dass Hunter die Wahrheit sprach. Vorausgesetzt, der Mann war wirklich an der US-Botschaft tätig, wo man vorgab, ihn nicht zu kennen.

»Ich hatte nur eine Idee«, sagte Lüder und sah den Professor an. »Ich wollte Sie aber nicht unterbrechen. Entschuldigung.«

»Für Sie dürfte die neuere Geschichte von Bedeutung sein.« Der Professor hielt Lüder seinen Becher hin. Nachdem erneut nachgefüllt worden war, nahmen die beiden Männer einen weiteren Schluck.

Lüder spürte, wie ihm der Alkohol langsam zu Kopf stieg, während seinem Gesprächspartner nichts anzumerken war. Meister hatte weder Artikulationsprobleme, noch erweckte er den Eindruck, dass ihm die Verfolgung seines roten Fadens schwerfallen würde. Dabei hatte er bisher deutlich mehr Alkohol getrunken als Lüder.

»2003 wurde es erneut ernst für die Brigade. Sie mischte bei der Operation ›Iraqi Freedom‹ mit und sollte im Norden des Irak eine zweite Front gegen Bagdad aufbauen. Vielleicht erinnern Sie sich, dass der NATO-Partner Türkei seinerzeit die Nutzung türkischer Flugplätze und das Überfliegen des Luftraumes für den Angriff auf den Irak verweigert hatte. Im Fernsehen konnten wir alle mitverfolgen, wie die Amerikaner aus Italien eingeflogen sind.«

Lüder nickte zustimmend.

»Besonders peinlich war die sogenannte Sackaffäre. Bei einer Razzia in der kurdischen Stadt Silêmanî haben die Soldaten der 173. Luftlandebrigade einen geheimen Stützpunkt der türkischen Armee ausgehoben. Die türkischen Soldaten sind mit Säcken über dem Kopf vor den Kameras der Welt abgeführt worden. Das hat zu schweren diplomatischen Verwicklungen zwischen den Vereinigten Staaten und der stolzen Türkei geführt, die auch durch eine Entschuldigung der Amerikaner nicht gänzlich aus der Welt geschafft wurden. Das war allerdings nicht der einzige Einsatz der ›Sky Soldiers‹. Leider sind die Archive für uns Historiker noch nicht geöffnet, sodass kursierende Gerüchte über andere Kriegshandlungen wissenschaftlich nicht belegt sind. Und nach dem Irak-Einsatz ging es für die Brigade nach Afghanistan. Das ist ein Kapitel, da muss ich Ihnen nichts zu erzählen. Und wenn die Taliban von Gräueltaten der US-Soldaten sprechen, können wir es aus unserer Sicht nicht einschätzen. Krieg ist nie etwas Ehrenhaftes, und Unrecht mag aufseiten aller Beteiligten geschehen. Aber«, Meister hob abwehrend beide Hände in die Höhe, »ich bin Historiker und nicht Richter.«

Sie wurden durch Lüders Handy unterbrochen. Lüder entschuldigte sich und nahm das Gespräch an, während Meister zuerst ihn, dann den Plastikbeutel fragend ansah. Als Lüder nickte, schenkte der Professor nach. Jonas war am Apparat. In der ihm eigenen hastigen Sprechweise fragte er: »Wo bist du? Wir haben dich weder im Büro noch auf deinem Gangsterhandy erreicht.«

»Musst du mir ständig hinterherspionieren?«, fragte Lüder leicht verärgert. »Wenn du es genau wissen möchtest: Ich sitze am Wasser und trinke Schnaps.«

Ein schallendes kindliches Lachen drang aus dem Hörer. Dann hatte Jonas ohne jedes weitere Wort aufgelegt.

»Was war das für ein Mensch? Ich meine – das Mordopfer. Ein Schwarzer?«

Lüder nickte.

»Hm«, sagte der Professor mehr zu sich selbst und fuhr sich nachdenklich übers Kinn. »Woher?«

»Aus Washington.«

»Herrje.«

Sie schwiegen eine Weile und sahen den immer noch zahlreichen Spaziergängern zu, die an ihnen vorbeipromenierten. Gelegentlich warfen ihnen Leute neugierige Blicke zu, insbesondere wenn die Passanten mitbekamen, dass einer der beiden aus der in einer Tüte versteckten Flasche nachschenkte.

»Hat das eine besondere Bewandtnis?«

»Was?«

»Sie wirken ein wenig erstaunt, dass es ein Schwarzer aus Washington ist.«

»Sehen Sie«, sagte Meister gedehnt. Zum ersten Mal klang seine Stimme ein wenig belegt. »Gerade in der Hauptstadt bildet die Mehrheit der Schwarzen eine sozial enorm benachteiligte Schicht. Der amerikanische Traum erfüllt sich für diese Menschen nicht. So sehen viele die einzige Chance, diesem Elend zu entkommen, darin, zur Armee zu gehen und sich dort durch herausragende Heldentaten auszuzeichnen. Verbunden mit dem ausgeprägten Nationalstolz der Amerikaner ist das eine brisante Mischung, wenn solche Menschen sich und anderen plötzlich etwas beweisen können. Wenn Sie viel Pech haben, kommen die Jungs aus Slums, wo die Gewalt regiert, und haben bis zum Eintritt in die Armee nichts anderes kennengelernt. Nicht umsonst ist gerade Washington eine Hochburg der Gewalt. Wenn Sie sich ermorden lassen wollen, haben Sie in der Bundeshauptstadt die größte statistische Chance.«

»Wenn ich meiner Fantasie freien Lauf lasse«, sagte Lüder, »wäre es denkbar, dass unser Mordopfer während seiner Militärzeit in Afghanistan oder im Irak bei einem Einsatz übers Ziel hinausgeschossen und nun einem Racheakt zum Opfer gefallen ist.«

»Das wäre eine Möglichkeit. Eine andere könnte sein, dass Ihr Schwarzer Kontakt zur Rauschgiftmafia bekommen hat. Afghanistan ist einer der größten Produzenten weltweit. Wenn er da hineingeraten ist, könnte man es ihm auch übel genommen haben. Die Leute sollen ja nicht spaßen. Aber das ist nicht mein Gebiet, sondern Ihres. Prost.«

Erneut tranken sie. Als Lüder sich leicht schüttelte, lächelte der Professor verschmitzt.

»Es gibt kaum eine Betätigung auf diesem Erdenrund, wo Übung nicht den Meister macht.« Dann tippte er sich auf die Brust. »Und ich bin nachweislich ein Meister.«

Lüders Mobiltelefon klingelte ein weiteres Mal. »Was ist denn, Jonas«, sagte er ärgerlich, weil er vermutete, dass sein Sohn am Apparat war.

»Ich hab es ausgerichtet«, sagte Jonas. »Aber die blöde Tussi wollte mir nicht glauben. Ich soll nicht so einen Mist erzählen, hat sie gesagt, als ich ihr erzählte, dass du besoffen an der Förde hockst.«

»Jonas! Ich habe nicht gesagt, dass ich betrunken bin.«

»Das klingt aber so«, antwortete das Kind, und auch Lüder bemerkte, dass seine Zunge schwer wurde und er in ein leichtes Lallen verfallen war.

»Wer hat angerufen?«

»Na, die blöde Ziege aus Flensburg. Diese Hundefrau.«

Auch das noch. Ausgerechnet mit Frauke Dobermann hatte sich Jonas angelegt.

»Ich komme bald«, sagte Lüder.

»Schön. Dann vergiss aber die Blumen nicht. Mama ist auch ganz schön sauer, dass du auf einer Sauftour bist.«

Das kann ja heiter werden, befürchtete Lüder im Stillen. Wie sollte er Margit verständlich machen, dass er einer Spur gefolgt war und der anstrengende Einsatz zu seinen Ermittlungen gehörte?

Sie wechselten das Thema und unterhielten sich über verschiedene belanglose Dinge. Zwischendurch lästerten sie über die braven Mitbürger, die immer noch an ihrer Parkbank vorbeizogen.

Lüder hatte endgültig abgewunken, als Meister erneut nachschenken wollte. Endlich hatte auch der Professor genug.

»Ich muss langsam nach Hause«, sagte er. »Da wartet noch Arbeit auf mich.«

Für Lüder war es klar, dass *er* heute Abend nicht mehr weiterarbeiten würde. »Wo steht Ihr Auto?«, fragte er.

Professor Meister brach in ein schallendes Gelächter aus, das die Aufmerksamkeit aller Spaziergänger weckte.

»Das ist der gelungenste Scherz der Woche. Ich und ein Auto? Glauben Sie wirklich, ich fahre? Weder heute noch sonst wann.«

Als sie sich verabschiedeten, nahm der Professor wie selbstverständlich die Flasche mit. Viel konnte sie nicht mehr enthalten. Und Lüder war sich sicher, dass die Neige den Abend nicht überstehen würde. Er sah Meister nach, der mit unsicherem Gang, als hätte ein Seemann nach stürmischer Überfahrt wieder Land unter den Füßen, langsam auf der Kiellinie an den Ministerien und dem Landtag vorbei Richtung Innenstadt wankte.

Lüder rief sich ein Taxi herbei, ließ sich in die Polster der Rückbank fallen und nannte seine Adresse.

»Na, Chef? Auf Herrentour gewesen?«, griente der ältere Taxifahrer.

»Geschäftsbesuch«, sagte Lüder.

»Kenn ich«, erwiderte der mitfühlende Chauffeur. »Fahre ich

öfter. Besonders die Schlitzaugen gönnen sich einen. Die sind dann abgefüllt – das glaubst du nicht. War denn eure Sitzung erfolgreich?«

»Oh – jaaa«, sagte Lüder und schloss für einen kurzen Moment die Augen. Er schreckte erst wieder hoch, als ihn der Taxifahrer sanft anstieß.

»Wir sind da, Chef.« Der Chauffeur kassierte ein großzügiges Trinkgeld und rief Lüder, der sich bemühte, möglichst gerade aus dem Wagen zu klettern, aufmunternd hinterher: »Erzähl deiner Frau zuerst etwas vom Geschäftserfolg. Das hilft.«

Lüder tippte sich zum Dank nur kurz gegen die Schläfe und war froh, dass Frau Mönckhagen an diesem Abend nicht in ihrem Vorgarten arbeitete und mit ihm eine Plauderei begann.

*

Viele Menschen sind der Überzeugung, der Freitag habe innerhalb der Werktage eine herausragende Stellung inne. Das mag daran liegen, dass er das Wochenende einläutet und für zahlreiche Arbeitnehmer eine verkürzte Anwesenheit am Arbeitsplatz bedeutet. In vielen Werkhallen und Büros schloss die Arbeitswoche bereits um die Mittagsstunde.

Das spielte für Lothar Gwisdzun keine Rolle mehr. Er war seit drei Jahren im vorgezogenen Ruhestand und genoss mit seiner Frau die Beschaulichkeit jenseits des Berufslebens. Die Kinder waren schon lange aus dem Haus, und das Ehepaar genoss die Tage ohne nennenswerte Sorgen oder Verpflichtungen. Wenn die Rente auch keine großen Sprünge erlaubte, gestattete sie doch ein Leben, wie die Gwisdzuns es gewohnt waren. Von kleinen Unpässlichkeiten abgesehen, war die Gesundheit zufriedenstellend. Dazu trug sicher auch Moppel bei, der kleine Mischlingshund, der bei den beiden Gwisdzuns seit Jahren zur Familie gehörte und inzwischen zum Kind-Esatz gereift war.

Das Tier musste zu später Stunde noch einmal vor die Tür geführt werden. Lothar Gwisdzun hatte es zu einer lieb gewordenen Gewohnheit werden lassen, nach dem Fernsehprogramm mit Moppel Gassi zu gehen und dabei noch eine »Gute-Nacht-

Zigarette« zu rauchen. Obwohl es ein herrlicher Sommertag gewesen war, hatte Nieselregen eingesetzt. Die feine Sprühwand drang durch die leichte Sommerkleidung. Gwisdzun zog die Nase kraus und tauchte in die schützende Nische des Hauseingangs ein, der durch den darüberliegenden Balkon geschützt war. Im fahlen Licht der Straßenbeleuchtung sah er über die menschenleere Straße. Eine ganze Reihe von Nachbarn hatten sich bereits zur Nachtruhe zurückgezogen, wie er an den dunklen Fenstern erkennen konnte. Moppel schien der Regen nichts auszumachen. Der Hund genoss die Freiheit, ohne Leine in der vertrauten Umgebung herumschnüffeln und an Bäumen und Hausecken seine Duftmarken setzen zu können, ohne dass jemand am Halsband zerrte und ihn weiterziehen wollte.

Gwisdzun inhalierte an seiner Zigarette und ließ den Tabakqualm in seine Lungen strömen. Seit Langem schon quälte ihn morgens nach dem Aufstehen ein hartnäckiger Husten. Aber von seinem Nikotinlaster wollte er nicht lassen. Vielleicht lag es auch daran, dass seine Frau ebenfalls Raucherin war.

Im gegenüberliegenden Häuserblock aus dunklem Backstein waren fast alle Lampen erloschen. Um diese Uhrzeit herrschte Stille in diesem ruhigen Stadtteil. Lautlos streifte eine Katze über die Straße und verschwand in dem schmalen Fußweg, der zur Parallelstraße führte. Vielleicht würde sie sich für die Müllbehälter interessieren, die dort – durch eine Bretterwand nur unzureichend verdeckt – standen.

Bevor Gwisdzun es sah, hörte er das typische Tuckern eines sich langsam von der Suder Allee nähernden Diesels. Dann tauchten zwei Lichter auf. Im fahlen Licht der einsamen Straßenbeleuchtung erkannte Gwisdzun ein Taxi. Das gelbe Schild auf dem Dach war ausgeschaltet. Es hatte den Anschein, als würde der Fahrer eine Adresse suchen. Die Rücklichter leuchteten auf. Gwisdzun sah es an der hellen Reflexion der Leuchten auf dem nassen Asphalt. Der ältere Mercedes hielt ein paar Meter von seinem Hauseingang entfernt auf einer kleinen Fläche, die als Parkmöglichkeit für die Anwohner genutzt wurde. Gwisdzun glaubte, zwei Fahrgäste im Fahrzeug gesehen zu haben. Der Säulenwacholder vor der Haustür nahm ihm die freie Sicht, bot ihm aber gleichzeitig Schutz vor Entdeckung. Er erahnte die Leute im Taxi mehr, als dass er sie sah. Ein Passagier hatte neben dem Fahrer Platz genommen, der zweite saß im Fond.

Er blickte neugierig zum Taxi hinüber. Wer mochte zu dieser Stunde mit einer Droschke nach Hause kommen? Besucher waren eine halbe Stunde vor Mitternacht nicht mehr zu erwarten. Nicht in dieser Gegend. Im Fahrzeug wurde die Innenbeleuchtung eingeschaltet. Dann geschah eine Weile nichts. Sie werden zahlen, dachte Gwisdzun und lugte vorsichtig hinter dem Wacholder hervor, als sich die Beifahrertür öffnete, während der Fahrgast im Fond keine Anstalten machte, auszusteigen.

Zunächst sah Gwisdzun nur schemenhaft eine kräftige Gestalt, die sich vom Beifahrersitz schälte. Dann schlug der Mann die Tür zu und umrundete das Taxi. Als er vor dem Fahrzeug herumging, schrak Gwisdzun zusammen. Es war nur für einen kurzen Moment, dass er im Halbdunkel das Gesicht des Fremden erkennen konnte. So etwas hatte er noch nie gesehen. Ungläubig rieb er sich die Augen und sah noch einmal hin. Doch jetzt war der Mann aus dem Lichtkegel verschwunden und öffnete die Fahrertür. Er griff in das Wageninnere, zog an irgendetwas, und kurz darauf tauchte der Oberkörper des Fahrers auf. Der Fremde trat einen halben Schritt zurück und zerrte heftig an der Kleidung des Chauffeurs. Dabei geriet er in den Halbschatten der Straßenlaterne. Wie gebannt starrte Gwisdzun erneut auf das Gesicht. Er glaubte zu träumen, als er einen Geist sah. Dem Antlitz fehlte jeder menschliche Zug.

Der »Geist« hatte den Fahrer jetzt komplett aus dem Auto gezogen und ließ ihn einfach auf die Fahrbahn fallen. Dann rieb er sich seine Hände, als würde er Schmutz abschütteln wollen. Schließlich stieg er in den elfenbeinfarbenen Mercedes, löschte die Innenbeleuchtung und fuhr davon.

Es dauerte eine Weile, bis Lothar Gwisdzun sich gefasst hatte. Zögerlich ging er die wenigen Schritte zur Fahrbahn und beugte sich über das leblose Bündel, das mitten auf der Fahrbahn lag. Vorsichtig fasste er den zusammengekrümmten Körper an der Schulter und rüttelte daran. »Hallo«, rief er leise und sah sich um, ob ihn jemand beobachtete. Doch niemand war zu sehen. Der

Taxifahrer stöhnte leise, gab aber keine Antwort. Erneute rüttelte Gwisdzun an der Schulter des Mannes. »Hallo? Hören Sie mich? Können Sie mich verstehen? Was ist denn?«

Gwisdzun gestand sich ein, dass er mit der Situation überfordert war. Ratlos verharrte er einen Moment mitten auf der Straße, bevor er sich umdrehte und mit raschen Schritten seinem Hauseingang zustrebte. Atemlos erreichte er die Wohnung in der ersten Etage, stieß polternd die Haustür auf und griff zum Telefon.

»Was ist mit dir los? Was machst du für einen Lärm?«, fuhr ihn seine Frau an, die nur mit Unterwäsche bekleidet aus dem Bad hervorsah.

»Da haben sie eben ein Taxi überfallen«, stammelte Gwisdzun und versuchte, die 110 zu wählen. Er war so nervös, dass es ihm erst im zweiten Versuch gelang.

»Polizeinotruf«, meldete sich eine beruhigend klingende Stimme.

»Die haben eben ein Taxi überfallen«, wiederholte Gwisdzun erneut, diesmal in den Telefonhörer. »Ich habe gesehen, wie sie den Fahrer aus dem Auto rausgeholt und auf die Straße geworfen haben. Da liegt er immer noch. Beeilen Sie sich.«

»Wo ist das?«

»In der Kolberger Straße. Dort, wo sie einen leichten Knick macht und der Parkplatz ist.«

Der Polizist in der Notrufzentrale nahm die Adresse auf und fragte nach Gwisdzuns Namen.

Gwisdzuns Frau hatte sich inzwischen einen leichten Sommermantel übergeworfen, während er – immer noch zitternd – in seinem Wohnungsflur stand.

»Du kannst den Mann doch nicht einfach da liegen lassen?«, mahnte seine Frau.

»Was sollen wir sonst machen?«, erwiderte er mit bebender Stimme, folgte ihr dann aber doch auf die Straße.

Verloren stand das Ehepaar mitten auf der Fahrbahn und wartete, bis sich das erste zuckende Blaulicht näherte. Beide bemerkten nichts vom feinen Nieselregen, der sie inzwischen völlig durchnässt hatte.

SIEBEN

Sechs Tage sollst du arbeiten und am siebten darfst du ruhen. So oder ähnlich hatte es im Alten Testament gestanden. Lüder hatte Verständnis für Gottes Irrtum. Dem Schöpfer war nicht an vielen Stellen nachzuweisen, dass er Fehler begangen hatte. Aber an dieser Stelle hatte er sich vertan. Das lag sicher daran, dass Gott erst im Neuen Testament Vater geworden war und zur Zeit der ersten Niederschriften noch nicht hatte ahnen können, dass es keinen Ruhetag gab, wenn man einen Sohn hatte. Schon gar nicht, wenn dieser Jonas hieß.

Wenn der Junge eine feindliche Armee war, dann hatte er den Angriff im Laufe der Nacht ausgeführt und im Schutze der Dunkelheit einen wesentlichen Teil des Ehebettes okkupiert. Doch damit war es noch nicht getan. Während Lüder immer noch mit Bourbons Rache kämpfte, die er Professor Meisters Honorar für die Vorlesung am Ufer der Förde verdankte, hatte Jonas die dunklen Stunden genutzt, um im Tiefschlaf gegen noch finsterere imaginäre Gestalten einen heftigen Kampf auszufechten. Dabei hatte er sich nicht auf urwüchsige Lautmalerei beschränkt, sondern den Bösewichten auch handfest Widerstand geleistet.

Zumindest zum Teil schob Lüder es darauf, dass er zerschlagen und unausgeschlafen auf seiner Bettkante hockte, nachdem Margit ihm unmissverständlich klargemacht hatte: Wer trinken kann, kann auch aufstehen. So dumpf wie sein Kopf fühlte es sich auch in seinem Gewissen an. Es hatte ihm am Vorabend an rechten Argumenten gemangelt, Margit zu erklären, dass sein »unnüchterner« Zustand, wie er es zu formulieren versuchte, allein ermittlungstaktischen Gründen zu verdanken war.

»Du bist der erste Polizist, der sich dienstlich betrinkt, um einen Fall zu klären. Hast du wenigstens den Täter verhaftet?«

Lüder schüttelte vorsichtig den Kopf, um ja nicht zu viel Bewegung entstehen zu lassen. »So kann man das nicht sehen.«

»Das habe ich mir gedacht. Wenn der Täter auch betrunken

war, so hat er bei diesem Wettstreit sicher gewonnen und sich nicht verhaften lassen.«

Lüder winkte ab. Es hatte keinen Sinn, einer verstimmten Margit einen unbeholfenen Erklärungsversuch vorzutragen. Wenn er ehrlich war, würde er eine solche Geschichte keinem Verdächtigen abnehmen.

Sei ein Mann, versuchte er sich selbst zuzureden, und gehe tapfer unter die Dusche. Sein Brummschädel machte es ihm nicht leicht, ein Held zu sein.

Er ließ sich Zeit im Badezimmer, und als er nach einer ganzen Weile in der Küche erschien, in der Margit mit Vivekas Unterstützung das Frühstück vorbereitete, schienen die dunklen Wolken schon wieder ein wenig heller geworden zu sein.

Lüder erklärte sich bereit, zum Bäcker zu gehen, und nahm die Bestellliste der Familie auf. Sinje genoss es, ihren Vater auf dem Arm beim ersten Einkauf des Tages zu begleiten, Jonas zog sich einen lautstarken Tadel Margits zu, nachdem Viveka ihn zuvor als Blödmann beschimpft hatte, und der kluge Thorolf war in irgendeine stille Ecke abgetaucht. Zumindest hatte Lüder ihn an diesem Morgen noch nicht gesehen.

Nach Murphys Gesetz war es nicht zu vermeiden, dass Lüder auf der Straße einer aufgeräumten Nachbarin begegnete. Frau Mönckhagen fiel in ihrer Redseligkeit über ihn her und scheute auch nicht davor zurück, ihn zu fragen: »Hatten Sie gestern so 'ne lütte kleine Betriebsfeier? Ich find das ja schön, wenn man das bei der Behörde auch tun tut. 'nen Cousin von meinem Schwager ist auch in so einer Firma, wo die sich gelegentlich mal so 'n Klein' antüdeln.«

Wie schön, dass man eine kleine Tochter hat, dachte Lüder dankbar, als Sinje lebhaft auf seinem Arm strampelte, sich auf den Gehweg stellen ließ und dann mit der ganzen Macht ihrer zwei Jahre an seiner Hand zerrte.

»Entschuldigung, aber Sie sehen ja selbst«, stammelte Lüder und bemühte sich, rasch aus Frau Mönckhagens Reichweite zu kommen.

In der Bäckerei schienen sich alle Bewohner des Stadtviertels versammelt zu haben. Irgendwie ging die Schlange aber doch voran, und Lüder kehrte mit seiner »Beute« heim. Jonas nahm ihm die große Papiertüte entgegen, riss sie auf und schüttete den Inhalt auf den Küchentisch.

»Oh Mann, bist du bescheuert«, schimpfte Viveka. Margit versuchte Jonas zu belehren, dass die Brötchen in einen Korb gehörten, während der Junge Lüder enttäuscht anfuhr:

»Wo sind die Schokocroissants?«

»Ich habe doch einen ganzen Berg Croissants mitgebracht.«

»Aber keine mit Schoko.«

Plötzlich war auch Thorolf aufgetaucht. »Hast du welche mit Käse dabei?«

»Nein«, stieß Viveka ihren Bruder zurück, der sich an ihr vorbeizudrängeln versuchte.

Lüder atmete resigniert aus, während Margit lachte.

»Hast du auch schon einmal davon gehört, dass Alkohol die kleinen grauen Zellen ruiniert und das Erinnerungsvermögen leidet?«

Er unterließ es, ihr zu antworten, und bemühte sich eilfertig, beim Eindecken des Frühstückstisches auf der Terrasse behilflich zu sein. Während er ein großes Tablett balancierte, meldete sich sein Diensthandy. Trotz mahnender Worte war Jonas schneller und zog sich mit dem Gerät in den hinteren Gartenbereich zurück.

»Am Wochenende nehmen wir keine Leichen entgegen«, hörte Lüder seinen Sohn ins Telefon sprechen. Dann bequemte sich der Junge aber doch, Lüder das Handy zu übergeben. »Da ist ein Hauptkommissar dran«, sagte Jonas mit glänzenden Augen. »Gibt es einen neuen Mord?«

Lüder übernahm das Gespräch.

»Sie haben einen aufgeweckten Filius«, begrüßte ihn Markus Schwälm von der Itzehoer Kripo. »Sorry, dass ich Sie am Wochenende störe, aber es gibt einen weiteren Mord, bei dem die ersten äußeren Anzeichen auf Parallelen zu Steffen Meiners hinweisen. Heute Nacht wurde in Itzehoe ein Taxifahrer erschossen. Wir gehen davon aus, dass der Täter nach der gleichen Methode wie in Heide vorgegangen ist und dabei dieselbe Munition benutzt hat.« Lüder ließ sich von Schwälm die bisherigen dürftigen

Erkenntnisse vortragen. »Welche Bedeutung es hat, dass der Taxifahrer asiatischer Herkunft zu sein scheint, kann ich nicht sagen«, schloss der Hauptkommissar seinen Bericht.

»Wie heißt das Opfer? Wo wohnte er?«

»Das ist eine der Merkwürdigkeiten. Der Taxifahrer hatte keine Papiere dabei.«

»Das kann nicht sein«, erwiderte Lüder. Im selben Moment fiel ihm ein, dass er mit dieser rhetorischen Reflexion Schwälm Unglaubwürdigkeit unterstellte. »Entschuldigung. So habe ich es nicht gemeint. Es ist nur außergewöhnlich, dass ein Chauffeur ohne jede Papiere unterwegs ist. Er müsste doch zumindest einen Führerschein haben. Und den Sozialversicherungsnachweis.«

»Das wäre das Mindeste, was wir erwartet hätten.«

»Liegt eventuell ein Raubmord vor?«

»Kaum. Jedenfalls hat den Täter die Geldbörse des Taxifahrers nicht interessiert. Der Tote muss sie in den Händen gehalten haben, als er erschossen wurde. Wir haben sie neben seinem rechten Fuß vor dem Gaspedal gefunden.«

»Bevor Sie mir jetzt alles am Telefon erläutern, würde ich mir gern selbst ein Bild davon machen. Wie ist die Lage am Tatort?«

»Dort gibt es nichts mehr zu sehen. Die Spurensicherung hat alles aufgenommen, und das Fahrzeug ist unterwegs zur Kriminaltechnik nach Kiel.«

»Und der Tote?«

»Ist auch unterwegs nach Kiel. Allerdings mit einem anderen Transport.«

Sie verabredeten sich für in eineinhalb Stunden in der Itzehoer Bezirkskriminalinspektion, Schwälms Dienstsitz.

Lüder hatte sich während des ganzen Telefonats auf seinen Gesprächspartner konzentriert und nicht mitbekommen, dass Jonas seiner Unterredung mit offenem Mund gefolgt war. »Oh, geil. Haben die einen Taxifahrer umgebracht?«

Lüder war erschrocken. »Wieso lauschst du?«

»Du hast so laut gesprochen, dass man sich nicht einmal im Keller hätte verbergen können, um deinem Telefonat aus dem Weg zu gehen«, mahnte ihn Margit. »Muss das unbedingt vor den Kindern sein?«

»Das war nicht meine Absicht. Du weißt, dass ich ...« Lüder brach ab.

»Musst du jetzt dahin?«, fragte Jonas.

Lüder fuhr ihm mit gespreizten Fingern durch das wuschelige Haar. »Ja, leider. Manchmal nimmt mein Beruf keine Rücksicht darauf, dass ich Familie habe. Darum kann ich dich nur ermuntern, einen *ordentlichen* Beruf zu ergreifen.«

»Aber wieso?«, ereiferte sich der Junge. »Kann ich mit?«

»Nein«, sagte Lüder lachend.

»Wir haben doch heute keine Schule. Wieso nicht?«

»Zum Ersten heißt es ›weshalb nicht‹, und zweitens ist das wohl nicht der richtige Ort für kleine Jungs.«

»Och Manno«, schimpfte Jonas, stampfte mit dem Fuß auf und zog sich sichtbar beleidigt in sein Zimmer im Obergeschoss zurück.

Während Lüder hastig eine Tasse Kaffee trank, belegte Margit ihm zwei Brötchen. »Die kannst du unterwegs essen«, sagte sie und streichelte sanft über seinen Bauch. »Damit du nicht vom Fleisch fällst.«

Er erwiderte ihren Kuss und machte sich auf den Weg nach Itzehoe. Zu dieser Stunde waren die Straßen leer. Lüder fuhr über die Autobahn und bog kurz hinter Neumünster an der Abfahrt Großenaspe auf die Bundesstraße. Er war sich bewusst, dass er mit der Überschreitung der zulässigen Höchstgeschwindigkeit kein Vorbild war. In Bad Bramstedt musste er ein wenig Geduld zeigen. Dort stand er im üblichen Sonnabendstau vor der Ampel, bevor er Richtung Itzehoe abbog.

Auf dem Rückweg werde ich bei meinen Eltern vorbeischauen, dachte er sich, als er die Umgehung seiner Geburtsstadt Kellinghusen befuhr.

Kurz darauf erreichte er Itzehoe, die Stadt an der Stör, die vielen Richtung Norden fahrenden Touristen nur durch die Brücke über den sich in der Marsch dahinschlängelnden Fluss bekannt ist, die mit ihren auf drei reduzierten Fahrspuren eine Unterbrechung der Westküstenautobahn bedeutete.

Es war mit einiger Mühe verbunden, am Wochenende in dem fast leblos wirkenden Gebäude bis in das Dienstzimmer Markus

Schwälms vorzudringen. Dankbar nahm Lüder den angebotenen Kaffee an.

»Alle Anzeichen deuten auf das gleiche Tatmuster hin, wie wir es beim Heider Marktfrieden erlebt und wie ich es aus Husum gehört habe. Das Opfer weist einen Einschuss auf, es fehlt aber die Austrittsöffnung.«

»Ohne Obduktion wissen wir nicht, ob es vielleicht ein ganz normaler Überfall auf einen Taxifahrer gewesen ist. Wenn das Projektil nun im Opfer steckt?«, gab Lüder zu bedenken.

»Wenn solche Zweifel angebracht wären, hätte ich Sie erst nach Absicherung meiner Vermutung am Wochenende gestört.« Schwälm schwieg einen Moment bedeutungsvoll. »Das Beste wird sein, Sie hören sich an, was ein Zeuge zu berichten wusste, der zufällig in der Nähe war.«

Schwälm spielte das Band mit der Vernehmung Lothar Gwisdzuns ab.

Lüder sah Markus Schwälm nachdenklich an. »Was hat das mit dem ›Geist‹ auf sich? Vermuten Sie auch Parallelen zu Heide? Dort war es ein Leprakranker. Und in Husum wollten die Jugendlichen auch flüchtig eine verunstaltete Person in der Nähe der Kirche gesehen haben.«

»Es klingt fast so, als würde uns jemand das Gruseln beibringen wollen«, entgegnete der Hauptkommissar.

»Es klingt vielleicht so. Ich habe aber Zweifel an dieser Theorie. Nach den Schilderungen des Zeugen am Taxifahrermord waren die Täter genauso wie in Heide oder Husum nicht daran interessiert, aufzufallen. Weshalb sollte sich jemand der Mühe einer gruseligen Maskierung unterziehen, wenn ihn niemand sieht?«

»Und der Taxifahrer? Der hätte die Täter identifizieren können, wenn etwas dazwischengekommen wäre«, sagte Schwälm.

»Wenn wir davon ausgehen, dass von Beginn an geplant war, den Taxifahrer zu ermorden, dann war die Maskierung überflüssig. Außerdem hat der zweite Täter, von dem wir auch schon in Verbindung mit der Husumer Tat gehört haben, keine Verkleidung getragen.«

»Das wissen wir nicht«, korrigierte Schwälm Lüders Annahme. »Schließlich wurde er nicht gesehen.«

»So sind wir weiterhin im Unklaren darüber, was es mit dieser merkwürdigen Maskierung auf sich hat. Geist – Leprakranker. Zumindest deuten alle Anzeichen darauf hin, dass wir es mit denselben Tätern zu tun haben.«

»Deshalb habe ich Sie informiert«, sagte der Hauptkommissar und sah auf die Uhr. »Leider haben wir noch keine Ergebnisse der Spurensicherung vorliegen. Und die Obduktionsergebnisse werden wir auch frühestens am Montag bekommen.«

»Gibt es eine Erklärung dafür, dass der Tote ohne Papiere unterwegs war?«

»Nein, die haben wir noch nicht gefunden. Ebenso merkwürdig ist es, dass noch niemand die Taxe vermisst hat. Weder die Funkzentrale noch sonst wer. Mit dem Besuch beim Taxiunternehmer wollte ich warten, bis Sie da sind.«

»Danke«, sagte Lüder. »Sie sprachen von einem asiatisch aussehenden Opfer?«

Schwälm kramte auf seinem Schreibtisch, zog einen schmalen Hefter hervor und reichte ihn Lüder. »Die Aufnahmen sind nicht besonders. Sie stammen vom Tatort.«

Es waren die üblichen Tatortfotos, die sich in dem Pappdeckel befanden.

»Der Schuss war aufgesetzt«, erklärte Schwälm. »Der Täter hat neben seinem Opfer gesessen und ihm die Waffe von rechts vorne gegen den Oberbauch gepresst, knapp unterhalb des Rippenbogens. Die Methode ähnelt den bisherigen Morden. Ziel war wiederum der Bauchraum. Es ist ein teuflisches Vorgehen, weil bei dieser Methode der sofortige Tod nicht gewährleistet ist und das Opfer noch erheblichen Qualen ausgesetzt ist. Auch in diesem Fall lebte das Opfer noch. Es war bei Besinnung, als die Rettungskräfte eintrafen, und ist etwa eine Stunde später während der Notoperation im Klinikum Itzehoe verstorben. Bekanntlich gehören Bauchschüsse zum Schlimmsten, was Soldaten im Kriegseinsatz fürchten. Das muss auch der Täter wissen, weil er gezielt diese Mordmethode anwendet.«

»Oder er kennt die verwendete Munition sehr genau und fürchtet, die Wirkung könnte weniger effektiv sein, wenn sie auf Knochen stößt. Deshalb zielt er nicht aufs Herz, das durch Rippen geschützt ist, oder auf den Kopf, sondern dorthin, wo er sicher sein kann, dass die verheerende Wirkung eintritt. Selbst wenn das Opfer leiden muss.«

»Haben wir es mit einem geisteskranken Irren zu tun, der – aus welchem Grund auch immer – seine Opfer leiden sehen will?«, fragte Schwälm.

Lüder schüttelte nachdenklich den Kopf. »Das glaube ich nicht. Das würde nur auf einen Einzeltäter zutreffen. Wir haben es hier aber mindestens mit zweien zu tun. Dahinter steckt etwas anderes – Teuflisches.«

Eine Weile herrschte angespanntes Schweigen im Raum. Lüder ließ seinen Blick über die graublauen Metallmöbel schweifen. Sie entsprachen dem Einheitslook, der in vielen Amtsstuben anzutreffen war. Lediglich ein paar mit Tesafilm an die Wand geheftete ungelenke Kinderzeichnungen, auf denen eine Blumenwiese, ein Baum und eine überdimensionierte lachende Sonne zu sehen waren, brachten etwas Persönliches in Schwälms Dienstzimmer.

»Es ist erstaunlich, dass bisher niemand nach dem Verbleib der Taxe gefragt hat. Wir sollten zunächst den Taxiunternehmer aufsuchen«, schlug der Hauptkommissar vor. Lüder stimmte zu und folgte ihm.

Nach wenigen Minuten standen sie vor dem älteren Einfamilienhaus mit dem großen gepflasterten Hofplatz in der stadtauswärts führenden Edendorfer Straße. Zwei schmutzige Mercedestaxen standen dort, bei einem fehlte das Kennzeichen. Das ganze Anwesen machte einen renovierungsbedürftigen Eindruck. Der Putz bröckelte von der Fassade, die Fenster bedurften eines neuen Anstrichs, der Gartenzaun war teilweise eingebrochen, und den Vorgarten hatte auch schon lange niemand mehr gepflegt. Der Eingang war seitlich der Straßenfront. Unter dem blechernen Briefkasten fanden sich zwei Klingeln: »Privat« und »Büro«. Sie versuchten es zunächst unter »Büro«. Irgendwo in den Tiefen des Hauses erklang eine schrille Türklingel. So laut sie auch war, sie blieb ungehört.

Schwälm versuchte es unter »Privat«. Ein lauter Gong ertönte. Dann war weiterhin Geduld gefragt, bis die Tür geöffnet wurde. Jemand zog an der Pforte, weil die sich offenbar verzogen hatte und über den Fliesenfußboden schleifte. Das Gesicht einer Frau mit einer blondierten Dauerwelle erschien.

»Ja?«, fragte die Frau.

»Sind Sie Frau Speckmann von Taxi-Speckmann?«, fragte Schwälm.

»Rufen Sie die Funkzentrale an«, gab die Frau unwirsch von sich und wollte die Tür wieder schließen.

Lüder hinderte sie daran, indem er gegen das Holz drückte. Verwundert schaute die Frau ihn an.

»Polizei«, sagte Lüder. »Wir wollen den Chef sprechen.«

»Polizei?«, wiederholte die Frau und musterte Lüder gründlich. »Was wollen Sie denn?«

»Zum Ersten nicht mit Ihnen zwischen Tür und Angel palavern. Den Rest erklären wir Ihnen dann.«

»Moment«, sagte die Frau und drückte die Tür ins Schloss. Nach einigen Minuten erschien ein deutlich zur Korpulenz neigender Mann in der Tür. Er war unrasiert und trug ein Unterhemd, das sich über seinen mächtigen Bauch spannte.

»Polizei, sagte meine Frau?«

»Sind Sie Herr Speckmann?«

Der Mann nickte. »Ist was mit einem der Wagen?« Dann stutzte er. »Wieso sind Sie nicht in Uniform?«

»Wir kommen von der Kripo. Wollen Sie uns endlich ins Haus lassen? Oder sollen wir das Gespräch auf unserer Dienststelle führen?« Lüders Stimme klang ärgerlich.

Speckmann zog die Tür auf. »Kommen Sie«, brummte er und ging voran. Im dunklen Flur schob er mit seinen Füßen ein paar Schuhe zur Seite, die mitten im Weg lagen. Im Haus roch es abgestanden. Es war eine unangenehme Mischung aus Essendunst, kaltem Rauch, Schweiß und Katzenklo.

Der Weg endete in einem dunklen Verlies, in dem zwei alte Rollladenschränke das beherrschende Element waren. Ein an den Ecken abgestoßener Schreibtisch und ein Kunstlederstuhl mit aufgeplatztem Bezug, aus dem gelber Schaumstoff hervorquoll, waren neben zwei hölzernen Stühlen die ganze Einrichtung.

Speckmann ließ sich schwer atmend in den Bürosessel fallen, der schmatzend ein Stück nachgab und in die Tiefe sank. Offenbar war die Gasdruckfeder auch defekt.

»Ihnen gehört das Fahrzeug mit folgendem Kennzeichen«, begann Schwälm und nannte die Zulassungsnummer.

»Kann sein«, erwiderte Speckmann und ließ seinen Blick aus den kleinen Schweinsäuglein zwischen den Beamten hin und her wandern.

»Um diese Gesprächsrunde gleich richtig einzunorden: Sparen Sie sich solche Antworten«, fuhr Lüder dazwischen. »Papiere.«

Speckmann sah Lüder erschrocken an. Mit einer solch harschen Reaktion schien er nicht gerechnet zu haben. »Die muss ich holen.« Er stützte sich auf dem Schreibtisch ab, als er sich schwerfällig aus dem Sessel stemmte. Dann verließ er schlurfend den Raum.

Als er zurückkehrte, warf er einen abgegriffenen Personalausweis vor den Beamten auf den Schreibtisch. Schwälm griff sich das Dokument mit spitzen Fingern. »Sie sind Eigentümer des genannten Fahrzeugs.«

Der Taxiunternehmer nickte stumm.

»Wer war heute Nacht mit dem Wagen unterwegs?«, fragte der Hauptkommissar.

»Wieso?

»Lassen Sie solche Mätzchen. Der Fahrer ist überfallen worden. Wie kommt es, dass Sie Ihr Fahrzeug bis jetzt nicht vermisst haben?«

»Das kann nicht sein«, stöhnte Speckmann und rieb sich ungläubig die Augen. »Wieso soll der überfallen worden sein?«

»Flüchten Sie sich bitte nicht in rhetorische Nebensächlichkeiten. Haben Sie vom Überfall Kenntnis gehabt?«, fragte Lüder.

»Oh mein Gott. Natürlich nicht. Wann ist das denn passiert?«, stammelte er.

»Kurz vor Mitternacht.«

»Und wie?«

»Der Fahrer wurde erschossen.«

»Soll das heißen … Er ist doch nicht tot?«

»Leider ja.«

Speckmann wurde kreidebleich und sackte in seinem Sessel zusammen. »Das ist doch nicht wahr«, murmelte er. Dann gab er sich einen Ruck. »Wo ist das passiert?«

Schwälm schilderte ihm den Tatort und in groben Zügen den vermutlichen Hergang der Tat.

»Das lohnt doch gar nicht. So ein Fahrer hat doch nur eine Handvoll Euro in der Geldbörse. Wer bringt deshalb einen Menschen um?«

»Wir gehen davon aus, dass die Täter es nicht auf Bargeld abgesehen hatten. Wer war der Fahrer?«

»Wer? Wer?« Speckmann fuchtelte nervös mit seinen kräftigen Unterarmen in der Luft herum. »Eine Aushilfe.«

»Vermute ich richtig, dass der Fahrer ohne Papiere gearbeitet hat?«

»Natürlich nicht.«

»Schön. Dann möchten wir jetzt die Unterlagen sehen.«

»Warum denn? Der war nicht angestellt. Der hat als Subunternehmer gearbeitet. Der Mann war selbstständig.«

»Gut. Dann zeigen Sie uns die letzten Rechnungen mit der Umsatzsteuernummer des Fahrers. Und den Vertrag.«

»Ich weiß im Augenblick nicht, wo unsere Bürokraft die Unterlagen verwahrt.«

»Wissen Sie, was ich glaube? Sie haben Schwarzarbeiter beschäftigt. Da wird einiges auf Sie zukommen.«

»Sie haben ja keine Ahnung, wie schwierig es in diesem Geschäft für uns Kleinunternehmer ist«, sagte Speckmann.

»Uns interessiert, wie der Fahrer heißt und wo er wohnt.«

»John.«

»Was – John? Und weiter?«

Speckmann hob seine Schultern. »Das weiß ich nicht. Ich kenne nur seinen Vornamen.«

»Wollen Sie damit sagen, dass Sie sich keine Papiere haben zeigen lassen? Führerschein?«

»Der war doch nur eine Aushilfe«, jammerte Speckmann. »Am Ende der Tour hat er Bares bekommen. Auf die Hand.« Er stützte seine Ellenbogen auf dem Schreibtisch ab und versenkte das Gesicht in den Handflächen. »Das hat man davon, wenn man jemandem einen Gefallen tut. Die arme Sau wollte sich doch nur ein paar lumpige Piepen dazuverdienen.«

»Wo wohnte dieser John?«

Speckmanns schweißnasses Gesicht tauchte aus den Händen wieder auf. »Ehrlich. Ich habe keine Ahnung.«

»Wir werden jetzt die Finanzkontrolle ›Schwarzarbeit‹ des Zolls informieren. Ich fürchte, den Kollegen werden Sie viel zu erklären haben«, sagte Lüder und beschloss damit das Gespräch.

Der Taxiunternehmer machte keine Anstalten, sich von seinem Platz zu erheben, als die beiden Beamten aufbrachen.

»Jetzt ist uns ein kleiner Fisch ins Netz gegangen. Aber angeln wollten wir eigentlich etwas anderes«, stellte Lüder lakonisch fest, als sie wieder auf der Straße standen. »Und es stellt sich uns die gleiche Situation wie in Husum. Wir haben es wieder mit einem unbekannten Opfer zu tun.«

»Glauben Sie, dass der Taxiunternehmer die Wahrheit gesagt hat?«

»Ich denke schon. Der hat bewusst Fahrer als Schwarzarbeiter eingesetzt. Das ist aber eine andere Sache, ihn wegen Hinterziehung von Steuern und Sozialabgaben zur Rechenschaft zu ziehen. Irgendwo muss der Fahrer doch gewohnt haben.«

»Wir werden alles daransetzen, die Identität des Opfers aufzuklären«, versprach Schwälm. »Wenn der Tote als Taxifahrer gearbeitet hat, ist er anderen Menschen begegnet. Fahrgästen. Kollegen. Vielleicht finden wir etwas heraus, wenn wir uns an den Taxiständen umhören. Die Leute sprechen während der Wartezeit miteinander. Außerdem gibt es einschlägige Imbisse und Kaffeeklappen, an denen sie sich unterwegs versorgen. Ich glaube, es gibt ein paar Ecken, wo wir ansetzen können. Dazu gehört auch, dass wir uns den Zeugen noch einmal vornehmen. Vielleicht gelingt es uns, nachdem der Mann den ersten Schock überwunden hat, noch eine brauchbare Beschreibung des ominösen ›Gespensts‹ zu bekommen. Übrigens … Wir haben Silvio Merseburger noch einmal vernommen. Er hat gestanden, dass er für seine Aktionen Betriebsmittel – wie er es nannte – bekommen hat. Das Geld kam per Scheck.«

»Und wie hieß der Absender?«

»Auch das hat Merseburger uns erzählt. Thomas Birry. Leider war es am Freitag schon so spät, dass wir nichts mehr erreicht haben. Wir konnten lediglich noch feststellen, dass uns der Name nicht bekannt ist. Übermorgen, am Montag, werden wir als Erstes Merseburgers Bank ansprechen. Vielleicht kommen wir über diesen Weg an den geheimnisvollen Hintermann.«

»Mit etwas Glück verbirgt sich dahinter der geheimnisvolle ›Abschnittführer‹, von dem Merseburger gestammelt hat.«

Sie fuhren zurück zum Behördenhochhaus Itzehoe in der »Großen Paaschburg«, in dem die Polizeidirektion untergebracht war. Lüder wünschte Hauptkommissar Schwälm ein schönes Wochenende.

»Meinen Sie das im Ernst?«, fragte der Leiter der Mordkommission mit einem bitteren Lächeln zurück.

Lüder ließ die Antwort offen und fuhr heim nach Kiel. Dass er auf dem Rückweg seine Eltern besuchen wollte, hatte er vergessen.

ACHT

Um den Montag als ersten Arbeitstag der Woche ranken sich viele Verwünschungen, zumindest bei einer ganzen Reihe von Arbeitnehmern. Lüder empfand es nicht als verfluchenswert, dass mit dem Beginn der neuen Woche die freien Tage vorbei waren und er sich wieder dem Berufsalltag widmen musste. Allerdings konnte er sich einen beschwingteren Start vorstellen als den Besuch in der Rechtsmedizin.

Dr. Diether empfing ihn mit einem grimmigen Gesicht. Er trug eine Kunststoffschürze, auf der sich große dunkle Flecken abzeichneten.

»Moin, Herr Doktor. Hatten Sie ein schönes Wochenende?«, begrüßte ihn Lüder. Er erntete nur ein unverständliches Knurren und ahnte, dass er unfreiwillig in ein Fettnäpfchen getreten war. Dr. Diethers Missmut lag mit Sicherheit nicht an der für andere Menschen gewöhnungsbedürftigen Tätigkeit.

»Kommen Sie mit«, sagte der Arzt und führte Lüder in den Sektionsraum.

Auch wenn Lüder diesen kalten gefliesten Raum nicht das erste Mal betrat, erfasste ihn ein unbestimmter Schauder.

Dr. Diether steuerte einen Tisch an, auf dem ein Leichnam lag. Der Arzt unternahm gar nicht erst den Versuch, etwas von dem zu verbergen, was er bereits seziert hatte. »Wir haben wieder einen Toten, der mit einem Sandklumpen erschossen wurde. Soll das jetzt zur Gewohnheit werden? Ihr Täter wandert ja in beeindruckender Weise die Westküste abwärts. Husum. Heide. Itzehoe. Was kommt als Nächstes? Glückstadt?« Der Arzt zog die Stirn kraus. »Vielleicht zu klein. Brunsbüttel auch nicht. Einigen wir uns auf Elmshorn?«

»Das ist doch eine Idee für die Förderung des Abenteuertourismus. Wie wäre es mit ›Todesküste‹?«, erwiderte Lüder sarkastisch. Zumindest hatte er damit den Bann durchbrochen, der über dem sonst so umgänglichen Rechtsmediziner zu liegen schien.

»Das ist doch was«, sagte Dr. Diether und winkte Lüder näher an den Seziertisch heran. »Hier. Das ist wieder die gleiche Methode. Ganz eindeutig: Der Mann wurde mit Franchible-Munition erschossen.« Der Arzt drehte sich zu einem Rollwagen um, auf dem er in kleinen Schalen einen Großteil der Organe abgelegt hatte. Mit der Spitze eines Skalpells wies er auf die für Laien nur schwer unterscheidbaren Innereien. »Die Leber. Voll mit dem Wolframstaub. Hier.« Er zeigte auf eine andere Schale. »Die Milz. Ebenfalls. Der Magen. Die Bauchspeicheldrüse und – besonders zerfetzt – der Zwölffingerdarm.« Dr. Diether wandte sich wieder dem Seziertisch zu. »Das arme Schwein muss fürchterlich gelitten haben, bevor ihn der Tod erlöst hat.«

»Wollen Sie damit sagen, dass wir Menschen gegenüber Tieren wesentlich humaner handeln, wenn wir einem verletzten Pferd den Gnadenschuss geben und nicht darauf warten, dass es seinen Qualen erliegt?«

Der Arzt zeigte jetzt ein entspanntes Gesicht. »So könnte man es formulieren.« Dann griente er und sah Lüder an. »Sie waren am Wochenende nicht in der Sonne? Sonst wären Sie nicht so blass.«

»Ich war auf Mörderjagd und hatte keine Gelegenheit, den Sommer zu genießen. Wegen ihm da.« Lüder zeigte auf den Toten.

»Und? Haben Sie den gefunden, der sein frühkindliches Trauma noch nicht überwunden hat und seine Mitmenschen mit Sandklumpen erschießt?«

»Ich bin ihm auf der Spur. Leider hatte ich die falschen Schuhe an und habe mir die Hacken schief gelaufen. Aber beim nächsten Mal trage ich Schnellläufer.«

Jetzt lachte Dr. Diether. »Sorry für vorhin. Aber bei uns daheim hing der Haussegen schief. Meine Schwiegermutter ist zu Besuch. Nun wollen Sie sicher wissen, was es sonst noch Spannendes gibt?«

»Mich interessiert vor allem, ob dieser Tote auch Tätowierungen aufzuweisen hat.«

»Nein. Keine. Und auch keine Merkmale, die darauf schließen lassen, dass er im Krieg war. Das war bei dem Dunkelhäutigen ja sehr auffällig.«

Lüder wandte sich dem Gesicht des Toten zu. Es war bleich und eingefallen. Von der ursprünglichen Hauttönung war nicht mehr viel zu erkennen.

»Was ist das für ein Landsmann?«, fragte er den Arzt.

»Ostasien. Hm.« Dr. Diether überlegte eine Weile. »Kein Vietnamese. China?« Erneut legte der Arzt eine Pause ein. »Eher nicht. Ich würde auf Korea oder Japan tippen. Vermutlich Letzteres. Mit höherer Wahrscheinlichkeit kann ich Ihre Frage nach der DNA-Analyse beantworten.«

»Ein Japaner«, sagte Lüder mehr zu sich selbst. »Wenn bei uns rassistisch motivierte Überfälle stattfanden, waren bislang nie Japaner unter den Opfern.«

Dr. Diether lehnte sich gegen den Rollwagen, auf dem die Schalen mit den Organen standen. Als sich das Gefährt in Bewegung setzte, schrak der Arzt zusammen.

»Hoppla.« Dann wies er mit der Spitze seines Skalpells auf Lüder. »Das herauszufinden ist Ihr Hobby. Mögen Sie einen Kaffee?«

Lüder lehnte dankend ab.

»Oder einen Schnaps? Wir haben einen speziellen Alkohol. Der muss gesund sein. Jedenfalls halten sich die Organe, die wir darin einlegen, ganz hervorragend.«

»Damit stoßen wir an, wenn dieser Fall geklärt ist«, erwiderte Lüder. »Tschüss. Bis zum nächsten Mal.«

»Es wäre nett, wenn Sie mal wieder eine andere Todesart hereinreichen«, rief ihm der Arzt nach. »Die Sandklumpenmethode wird langsam zur Routine.«

Als Lüder ins Freie trat, sog er tief die frische Seeluft in seine Lungen. Ohne Eile fuhr er zum Landeskriminalamt. Unterwegs ließ er seinen Gedanken freien Lauf. Eigentlich hatten sie ein ausländerfeindliches Motiv ausgeschlossen. Der Möchtegern-Rechtsradikale Merseburger jagte einem Hirngespinst nach, einem Phantom, das nur in seiner Fantasie existierte. Doch nun gab es den zweiten ermordeten Ausländer. Dagegen stand aber das erste Opfer. Steffen Meiners war unbestritten Dithmarscher. Für diesen Menschenschlag ist die Heimat der unabrückbare Mittelpunkt dieser Welt. Und niemand käme auf die Idee, selbst in Nordfriesland nicht, einen Dithmarscher als Ausländer zu betrachten. Nicht einmal Trachtendeutsche, die sich exklusiv von Hefeweizen und Weißwurst ernähren, dachte Lüder und stellte fest, dass ihm dieser Gedanke ein leises Lächeln aufs Antlitz zauberte. Er nickte freundlich einer blondierten Mittfünfzigerin auf der Nebenfahrbahn zu, die sich aufführte, als hätte sein charmantes Lächeln ihr gegolten.

Im Büro trank er zunächst den Becher Kaffee, den er sich im Institut für Rechtsmedizin versagt hatte. Die Schlagzeile des Boulevardblattes rief mittlerweile keinen Ärger mehr hervor.

»Das Phantom mordet weiter.«

Der Artikel stammte aus der Feder von LSD – Leif Stefan Dittert – und malte in knappen Worten aus, welch einen grauenvollen Tod das neue Opfer gestorben war. In einem separaten Kästchen im Innenteil wurde versucht, mittels einer sehr oberflächlichen Zeichnung dem Leser die Verletzungen auszumalen, die der Autor vermutete. Nach dem, was Lüder vorhin in der Rechtsmedizin gesehen hatte, lagen die abenteuerlichen Vermutungen weit neben der Wahrheit. Überrascht war Lüder, als er das Bild eines älteren Mannes sah, den der Reporter als wichtigen Zeugen ausgemacht hatte. Lothar G. war – nach Darstellung Ditterts – nur knapp selbst dem Tod entronnen, so hautnah war er dem Täter gewesen. Noch lange nach der perfiden Tat rang der Rentner um seine Gesundheit, so war ihm der Schreck in die Knochen gefahren, weil er dem »Geist« von Angesicht zu Angesicht gegenübergestanden hatte. Dank solch mutiger Mitbürger, die der leider immer noch ahnungslosen Polizei wertvolle Hinweise hätten geben können, wenn man sie nur richtig befragt hätte, wie Lothar G. sich beim Reporter beklagt hatte, sollte es möglich sein, der Todesserie an der Westküste Einhalt zu gebieten.

Angewidert legte Lüder die Zeitung beiseite. Mit Sicherheit hatten Markus Schwälm und seine Leute Lothar Gwisdzun gründlich vernommen und alles von dem Mann erfahren, was er zu sagen hatte.

Lüder rief in Itzehoe an.

»Ich habe es auch gelesen«, bestätigte Hauptkommissar

Schwälm. »Gegen solche Art von Journalismus sind wir machtlos. Dafür arbeiten wir an der Spur, die vom Scheckeinreicher ausgeht. Im Laufe des Vormittags dürfte der richterliche Beschluss vorliegen, dass wir Merseburgers Kreditinstitut um die Nachforschung nach Thomas Birry bitten können. Wenn der Scheck Merseburger gutgeschrieben wurde, muss irgendein Konto damit belastet worden sein. Weiterhin haben wir die Ermittlungen um Steffen Meiners ausgedehnt. Die Kollegen befragen jetzt die Lehrer der Kinder, soweit sie nicht im Urlaub sind. Wir horchen uns im Dorf und noch einmal am Arbeitsplatz um. Irgendwo muss es doch eine Schwachstelle geben.«

»Und welche Verbindung zwischen den einzelnen Opfern besteht, ist uns auch immer noch ein Rätsel«, bestätigte Lüder.

Bei der Ermittlung der Identität des jüngsten Opfers war die Itzehoer Mordkommission aber noch nicht weitergekommen. Derzeit waren die Beamten unterwegs, um – wie angekündigt – andere Taxifahrer, Imbisspersonal und Tankstellen zu befragen.

»Wir haben auch einen Aufruf in der örtlichen Presse eingebracht«, schloss Schwälm seinen Bericht. »Ach – noch etwas. Die Kollegen vom Zoll haben sich bedankt. Der Tipp mit dem Taxiunternehmer Speckmann war für die Kontrolleure der Gruppe ›Schwarzarbeit‹ ein voller Erfolg.«

Nach dem Telefonat schaltete Lüder seinen Rechner ein. Es dauerte ewig, bis der Computer auf Betriebstemperatur war. Nach dem Anmeldeprozedere rief Lüder das Mailprogramm auf. Neben einer Reihe weiterer Meldungen erregte eine Nachricht mit dem Kurzhinweis »Letzte Warnung« seine besondere Aufmerksamkeit:

»Ich habe Sie gewarnt. Sie hatten Ihre Chance. Jetzt müssen Sie sich anderen Problemen stellen. Aber es ist noch nicht zu spät.«

Das war alles. Keine Anrede, keine Unterschrift.

Das wird ein erneuter Versuch des »Abschnittführers« sein, dachte sich Lüder. Was bezweckt der Mann mit seinen Drohgebärden? Ihm müsste eigentlich klar sein, dass Lüder sich durch solche Aktionen nicht beeinflussen ließ.

Er bewegte den Mauszeiger auf die Anlage, drückte zweimal auf die linke Maustaste und wartete, dass das Attachment geöffnet wurde. Lüder musste noch ein weiteres Mal durch einen Mausklick bestätigen, dass er wirklich am Öffnen der Datei interessiert war. Dann spulte ein tonloser Film ab.

Zu Lüders grenzenlosem Erstaunen tauchte der Kopf von Jonas auf. Das Kind lachte und zeigte die für den kindlichen Kiefer noch viel zu großen Vorderzähne. Langsam fuhr die Kamera zurück. Zunächst tauchte der Hals auf, dann der nackte Oberkörper. Je weiter die Kamera den Zoom zurücknahm, umso angespannter wurde Lüder. Jonas war in dieser Darstellung völlig unbekleidet. Das blieb auch so, als das ganze Kind den kompletten Bildschirm ausfüllte.

Lüder konnte ein wütendes Zittern seiner Hände nicht unterdrücken. Mit maßlosem Entsetzen sah er seinen nackten Sohn. Plötzlich wurde ihm bewusst, dass vor seinen Augen eine professionelle Bildmontage ablief. Beim ersten oberflächlichen Betrachten der Bilder war Lüder so geschockt gewesen, dass ihm entgangen war, in welchem Zustand sich das Kind auf seinem Rechner befand. Es war – über den ganzen zarten Jungenkörper verteilt – mit blauen Flecken und Striemen übersät. Das Kind, das für diese widerwärtige Darstellung missbraucht worden war, hatte man zuvor geschlagen. Der Moment der Erleichterung, dass es sich nicht um Jonas handelte, war allerdings nur von kurzer Dauer und wich unbändigem Zorn. Jemand hatte dieses Kind körperlich arg zugerichtet. Für einen kurzen Augenblick dachte Lüder, dass es vielleicht doch Jonas sein könnte. Doch dann registrierte er, dass Mimik und Bewegung des Kopfes nicht zum Rest passten. So wie Jonas sich in diesem Film gab, verhielt sich kein geschundenes Kind.

Lüder spürte, wie ihm das Herz bis zum Hals schlug. Sein Puls raste. Der Schweiß lief ihm in Bächen von der Stirn und den Schläfen zum Hemdkragen hinab. Der Scrollbalken unterhalb der Darstellung zeigte ihm, dass etwa die Hälfte des Films abgelaufen war. Jetzt tauchte vor dem Kameraausschnitt ein stark behaarter Männerarm auf und griff an die Genitalien des Kindes. Der Unterleib zuckte automatisch ein Stück zurück, worauf die

Hand ausholte und das Kind kurz und heftig auf das nackte Fleisch schlug. Jetzt ließ der Junge im Film es zu, dass die Hand unzüchtige Berührungen vollführte. Die Kamera verweilte noch einen kurzen Moment in dieser ekelhaften Schlussszene, bis der Film abbrach.

Lüder starrte minutenlang auf den stummen Bildschirm. Er war zu keiner Reaktion fähig. Das war der Tiefpunkt seiner bisherigen Laufbahn bei der Polizei. Und die Beamten, die sich mit Kinderpornografie auseinandersetzen mussten, hatten täglich mit einem solchen Schmutz zu tun. Lüder verstand nicht, wie man das ohne bleibenden Schaden für die eigene Seele überstehen konnte.

Ganz langsam kehrte seine Denkfähigkeit zurück. Wer auch immer hinter diesem Machwerk stand, war kein perverser Pädophiler, sondern jemand, dem es daran gelegen war, dass Lüder seine Ermittlungen nicht fortsetzte.

Lüder griff spontan zum Telefon. Die Kollegen der Kriminaltechnik würden sicher in der Lage sein, die Spur der Mail zurückzuverfolgen. Es musste möglich sein, den Urheber ausfindig zu machen. Doch bevor er auf der Tastatur wählte, verwarf er seinen Gedanken wieder. Die Urheber waren mit Sicherheit nicht so dumm, dass sie eine rekonstruierbare Spur im Internet hinterließen. Und er fühlte sich in diesem Fall nicht nur als Polizeibeamter betroffen, sondern auch als Vater. Plötzlich wollte er nicht mehr, dass jemand seinen Sohn in diesem Zustand sah. Und genau das hatten die Unbekannten bezweckt. Sie hatten ihn mit der schmutzigsten nur vorstellbaren Methode in die Enge getrieben. In diesem Moment öffnete sich die Tür.

»Moin, Town-Marshall«, begrüßte ihn Friedjofs fröhliche Stimme.

Lüder sah auf. »Hallo, Friedjof«, sagte er mit müder Stimme.

Der Bürobote sah ihn fragend an. »Ist was nicht in Ordnung?«, fragte er und kam näher.

Lüder schüttelte langsam den Kopf. »Alles okay, Friedjof, nur manchmal …« Er stand auf, nahm den Büroboten kurz in den Arm und klopfte ihm auf die Schulter. »Ein anderes Mal, ja?«

Stumm verließ Friedjof das Büro.

Lüder trommelte nervös mit seinen Fingerspitzen auf der Schreibtischplatte. Sollte er zu Hause anrufen und fragen, ob es den Kindern gut ging? Jonas war zur Schule, und eine solche Aktion würde Margit hellhörig werden lassen. Es war niemandem damit gedient, wenn seine Sorge auf die Familie abstrahlte. In den letzten Tagen hatten die Seinen mehr als genug unter Lüders Beruf gelitten. Schließlich suchte er Nathusius auf.

Der Kriminaldirektor hörte sich Lüders Bericht an. »Das kann kaum noch überboten werden«, sagte Nathusius. »Wenn Sie möchten, entbinde ich Sie von diesem Fall. Ich hätte volles Verständnis, wenn Ihnen das Wohlergehen Ihrer Kinder mehr am Herzen liegt als die Verfolgung der Straftäter.«

Einen kurzen Augenblick war Lüder geneigt, Nathusius' Angebot anzunehmen. Doch dann setzte er sich gerade.

»Genau das wollen die Täter erreichen. Man glaubt, uns beliebig manipulieren zu können. Aber das ist nicht das erste Mal. Denken Sie an Staatsanwalt Kremer, den man erschossen hat, nur weil er unbeugsam und nicht erpressbar war. Nein! Ich möchte weiter an diesem Fall arbeiten.«

»Und wie wollen Sie vorgehen – ohne Ihre Familie zu gefährden?«

»Ich weiß es noch nicht«, sagte Lüder. Plötzlich schoss ihm ein Gedanke durch den Kopf. »Doch! Ich habe eine Idee. Ich werde mir Unterstützung anfordern.«

Der Kriminaldirektor vermied es, nach Einzelheiten zu fragen.

Als Lüder in sein Büro zurückkehrte, griff er zum Telefon. Es dauerte eine Weile, bis am anderen Ende abgehoben wurde.

»Große Jäger, Kripo Husum.«

»Lüder Lüders. Ich brauche deine Hilfe.«

So als hätte er darauf gewartet, antwortete der Husumer Oberkommissar spontan: »Ich komme. In zwei Stunden werde ich bei Ihnen sein.«

Lüder versuchte, sich mit verschiedenen Dingen zu beschäftigen, die auf seinem Schreibtisch lagen und auf Erledigung warteten. Er legte die Vorgänge aber wieder zur Seite, als er bemerkte, dass er sich nicht konzentrieren konnte. Als das Telefon klingelte, war er dankbar für die Unterbrechung.

»Behrens«, meldete sich der Mitarbeiter der Kriminaltechnik. »Es ging um eine unterdrückte Handynummer. Uns ist es gelungen, sie zu identifizieren. Die Nummer stammt aus Polen.« Behrens stutzte. »Sagen Sie, hatten wir vor Kurzem nicht schon einmal eine polnische Nummer für Sie herausgesucht?«

»Ja«, sagte Lüder. »Haben Sie dieses Mal einen anderen Anschluss?«

»Moment.« Es raschelte in der Leitung, als Behrens in Papieren wühlte. »Da. Hier habe ich sie. Nee, das ist eine andere. Diese lautet ...«

Lüder notierte sich die Zahlenreihe. »Wissen Sie, um was für einen Anschluss es sich hier handelt?«

»Wem der gehört?«, fragte Behrens zurück.

»Das nicht. Aber ist es ein Festnetzanschluss?«

»Nee, Handy.«

Lüder lobte Behrens und besah sich die Zahlen vor seinen Augen. Merkwürdig. Schon wieder eine polnische Telefonnummer. Der »Abschnittführer«, der auch für die Drohungen gegen Lüder verantwortlich zeichnete, war unter einer Handynummer im östlichen Nachbarland erreichbar. Noch mehr setzte es Lüder in Erstaunen, dass George Hunter, der Botschaftsmitarbeiter aus Berlin, ihn von einem polnischen Mobiltelefon aus angerufen hatte. Und dass man in Berlin vorgab, Hunter nicht zu kennen, trug nicht zur Lösung des Rätsels bei.

Zwei Mal Polen! Und Herbert Holl, den Merseburger öfter angerufen und angeblich bedroht haben sollte, stammte ursprünglich aus Anklam. Die Kleinstadt in Vorpommern lag nur einen Steinwurf von der polnischen Grenze entfernt. Lüder nahm sich vor, Holl noch einmal zu durchleuchten.

Lüder wählte die ellenlange Mobilrufnummer an, die ihm Behrens genannt hatte. Es dauerte eine Ewigkeit, bis sich jemand mit *»Hello«* meldete. Lüder glaubte, die Stimme des Amerikaners wiedererkannt zu haben.

»Lüders, Polizei Kiel. Hallo, Herr Hunter«, sagte er auf Deutsch.

Sein Gesprächspartner stutzte einen Moment. »*Oh! Hello, Mr. Lüders.* Ich gestehe, ein wenig überrascht zu sein, dass Sie mich auf diesem Weg anrufen.«

»Andere Möglichkeiten haben Sie mir ja verschlossen. In der Botschaft kennt Sie niemand.«

»Wundert Sie das?«

»Nein. Ich bin nicht wirklich überrascht. Da Sie nicht in offizieller Mission tätig sind, werden Sie auch nicht in der Telefonliste geführt«, riet Lüder.

»Sie kennen sich gut aus, dafür dass Sie für eine örtliche Polizeibehörde tätig sind.«

Hunter hatte offenbar nicht bemerkt, dass Lüder nur geraten hatte.

»Sind Sie vom Sicherheitsdienst oder arbeiten Sie gar nicht für die Botschaft?«

Der Amerikaner lachte aufdringlich. »Sie sind aber direkt. Aber ich kann Sie beruhigen. Ich arbeite wirklich für die Botschaft in Berlin. Wie sonst hätte ich Kontakt zu Ihnen aufnehmen können? Ein Teil der Telefonliste ist nicht öffentlich. Sie haben dafür sicher Verständnis, aber rund um den Globus gibt es viele Gefahren, die auf US-Bürger lauern. Und wenn diese auch noch in einer – sagen wir mal – sicherheitsrelevanten Funktion unterwegs sind, ist es ratsamer, ein wenig Öffentlichkeitsscheu an den Tag zu legen.«

Das Argument des Amerikaners war nicht zu entkräften. »Sie arbeiten für einen Geheimdienst? CIA? FBI?«

»Wenn Sie mir versprechen, mich nicht weiter aushorchen zu wollen, beantworte ich Ihnen diese Frage mit Ja.«

»Wenn es um die Ermittlung in einem Mordfall geht, stellen *wir* gewöhnlich die Fragen und lassen uns nicht auf Vorbedingungen ein.«

»Das glaube ich Ihnen gern. Aber ich habe einen Diplomatenpass. Doch wir sollten uns nicht mit protokollarischem Geplänkel aufhalten. Was kann ich für Sie tun?«

»Vielleicht erklären Sie mir zunächst einmal, weshalb ich Sie unter einer polnischen Telefonnummer erreichen kann.«

»Amerika ist weltweit engagiert«, wich Hunter aus. »Was macht es, wenn ich zufällig im für uns doch relativ kleinen Europa grenzüberschreitend telefoniere?«

Das war nicht die Antwort, die Lüder gern erhalten hätte.

Aber eine andere Erklärung wollte Hunter offensichtlich nicht abgeben.

»Sie kennen die Identität des Toten aus Husum? Schließlich war der Mann Angehöriger der US-Streitkräfte. Jethro Jackson stammt aus Washington und war Corporal bei der 173. Luftlandebrigade.«

Lüder hatte mit Preisgabe dieser Information, die er durch den anonymen Hinweis erhalten hatte, Hunter hörbar verblüfft.

»Schön«, sagte der Amerikaner gedehnt, um seine Überraschung zu überspielen. »Dann kennen Sie jetzt den Namen.«

»Sie wussten es die ganze Zeit?«

»Es gibt Dinge, die fundamental die Sicherheit meines Landes berühren. Vielleicht verstehen Sie, weshalb ich mein Herz nicht auf der Zunge trage.«

»Und in welcher Weise stand Steffen Meiners in Ihren Diensten?«

»Wie war der Name? Meiners? *Sorry!* Nie gehört.«

»Es gibt einen weiteren Toten, der auf die gleiche Weise ermordet worden ist. Kennen Sie dessen Namen?«

Hunter zögerte einen Moment mit der Antwort. »Ich habe von keinem weiteren Mord gehört«, sagte er schließlich.

»Kennen Sie den ›Abschnittführer‹?«

»Wer soll das sein?«

»Sie vielleicht?«

Der Amerikaner ließ ein kehliges Lachen hören. »Solche Funktionsbezeichnungen gibt es in Amerika nicht.«

»Und warum haben Sie Merseburger Schecks geschickt?«

»Wenn Sie glauben, Amerika sei ein reiches Land, haben Sie in mancher Hinsicht recht. Sie irren aber, wenn Sie glauben, wir würden an beliebige Leute Schecks versenden. Die Sozialstaatlichkeit dürfte im alten Europa viel ausgeprägter sein.«

»Herr Hunter, wie erreiche ich Sie?«

»Rufen Sie mich einfach an. Sie haben ja nun meine Nummer.«

»Und wenn ich Sie zu einem Gespräch nach Kiel einlade?«

»Würde ich mir überlegen, ob ich dem folge«, antwortete der Amerikaner selbstbewusst und verabschiedete sich.

Jetzt möchte ich es wissen, dachte Lüder und wählte erneut eine

Mobilfunknummer an. Er war gespannt, ob sich der »Abschnittführer« melden würde. Nachdem die Verbindung ins östliche Nachbarland hergestellt war, meldete sich eine Frauenstimme und erklärte etwas auf Polnisch. Dann wurde der Text auf Englisch wiederholt: *The person you are calling is temporarily not available.*

Zumindest hatte das Telefonat Lüders Aufgewühltheit gedämpft. Nach der üblen Attacke mit der pornografischen Darstellung war seine Besonnenheit zurückgekehrt. Trotzdem konnte er sich nicht auf die Erledigung des Papierkrams konzentrieren. Er verließ sein Büro und suchte Edith Beyer auf. Der Kaffee duftete einladend, und Lüder lehnte sich gegen einen Aktenschrank, als er genussvoll das frisch gebrühte Getränk genoss.

»Was macht der Volleyball?«, fragte er die Schreibkraft und spielte auf das Hobby der jungen Frau an.

»Wir sind im Augenblick gut in Form. Am Wochenende haben wir ein Turnier in Sonderborg. Da geht's richtig rund.«

»Doch nicht nur in der Sporthalle?«

Edith Beyer stützte die Ellenbogen auf der Tischplatte ab, bildete mit den Händen eine Brücke und legte den Kopf darauf. Sie lächelte Lüder versonnen an, und zwei Grübchen bildeten sich auf ihren Wangen.

»Die dänischen Freunde verstehen es, zu feiern. Hier im Amt haben wir ja nur selten etwas zu lachen.«

Lüder empfand das Plaudern mit der Kollegin als angenehme Abwechslung, bei der man die Gedanken kurzweilig auf andere Themen lenken konnte. Gern hätte er noch etwas länger geplaudert, aber Große Jäger stöberte ihn im Geschäftszimmer auf. Der Oberkommissar trug wie üblich seine schmuddelige Jeans, ein rot kariertes Holzfällerhemd und die fleckige Lederweste.

»Hallo, Herr Lüders«, begrüßte er Lüder und warf einen langen Blick auf die junge Frau. »Da bin ich.«

Lüder drückte dem Oberkommissar die Hand. »Gehen wir in mein Büro?«

Dort bat er Große Jäger, Platz zu nehmen, und zeigte ihm das Video.

Der Oberkommissar starrte stumm auf den Bildschirm und

schüttelte zwischendurch immer wieder den Kopf. Er bat Lüder um einen zweiten Durchlauf. Dann wechselte er seinen Platz und setzte sich Lüder gegenüber an den Schreibtisch.

»Eine Bildmontage«, stellte Große Jäger fest. »Das Gesicht des Kindes und die Mimik passen nicht zum Rest.«

»Zu dem Schluss bin ich auch gekommen.«

Der Oberkommissar musterte Lüder aus zusammengekniffenen Augen. »Das ist Ihr Sohn? Und Sie sollen damit erpresst werden?«

Lüder war verblüfft. Die Kombinationsgabe des Husumers war phänomenal. Er hatte bisher mit keiner Silbe einen Zusammenhang zwischen dem Video und sich angedeutet.

Große Jäger kratzte sich die Bartstoppeln. »Natürlich können Sie damit nicht im Amt spazieren gehen.«

Zu dieser Schlussfolgerung war Lüder auch gekommen. Der Mann gefiel ihm immer besser.

»Und nun wollen wir beide versuchen, das Schwein zu fassen, das dahintersteht.«

»Ich würde dich um deine Mithilfe bitten.«

»Ich bin dabei, Sie können sich auf mich verlassen.« Aus irgendeinem Grund blieb Große Jäger konsequent beim Sie. »Auch wenn es so klingt, möchte ich jetzt nicht ablenken. Mich hat der Tote aus Husum beschäftigt. Ich habe seine Eltern ausfindig gemacht. Sie wohnen in Washington und treffen heute Abend in Hamburg-Fuhlsbüttel ein. Der Mord ist eine Woche her, die Leiche von der Staatsanwaltschaft freigegeben, und die Eltern möchten ihren Sohn auf der letzten Reise in die Heimat begleiten. Außerdem hätten wir durch die Bestätigung der Eltern die endgültige Gewissheit, dass unser Toter wirklich der ist, als den wir ihn identifiziert haben.«

Lüders Telefon meldete sich. Er wollte zunächst nicht abnehmen, sah aber, dass Nathusius ihn zu erreichen versuchte. Der Kriminaldirektor bat Lüder zu sich.

Auf dem Weg in das Büro seines Vorgesetzten ging Lüder bei Edith Beyer vorbei und bat sie, Große Jäger mit frischem Kaffee zu versorgen.

Nathusius sah auf, als Lüder das Zimmer betrat. Er erhob sich von seinem Platz und wies auf einen Besucher, der ebenfalls aufgestanden war. »Oberregierungsrat Fritzmeier vom Bundesnachrichtendienst«, stellte der Kriminaldirektor den Gast vor.

Der Mann war ein wenig kleiner als Lüder und hatte eine durchtrainierte Figur. Der muskulöse Oberkörper ließ dem dezent gemusterten Hemd, das am Kragen offen war, nicht viel Spielraum. Das dunkelbraune Sakko hatte einen modernen Schnitt, und die exakt gebügelte Hose war farblich gut darauf abgestimmt. Silbergraues Haar, das straff zurückgekämmt war und nur mühsam einige lichte Stellen verdecken konnte, lag wellig über den Ohren und lief im Nacken zu einer Spitze zusammen, die den Hemdkragen berührte. Das runde Gesicht mit schwach ausgeprägten Aknenarben, die etwas zu fleischige Nase und die wulstigen Lippen passten nicht ganz zum übrigen Erscheinungsbild des Mannes.

»Wir haben von Ihnen eine Anfrage zu einer speziellen Munition – zu Franchible – erhalten«, begann Fritzmeier.

Der Kriminaldirektor unterbrach ihn. »Nehmen Sie Platz, Herr Lüders.« Dann erst setzte sich Nathusius.

»Um Ihrem Amtshilfeersuchen nachzukommen, bin ich nach Kiel gekommen«, sagte Fritzmeier. Obwohl er sich bemühte, akzentfrei zu sprechen, konnte er eine süddeutsche Klangfärbung in der Stimme nicht unterdrücken. »Ich habe dem Herrn Kriminaldirektor schon unseren Wissensstand vermittelt.«

Während Fritzmeier Lüder ansah, gewahrte der, wie Nathusius hinter dem Rücken des BND-Mannes die Augen verdrehte.

»Ich glaube, meine Gegenwart ist beim Austausch der fachlichen Details nicht erforderlich«, redete sich der Kriminaldirektor heraus. »Herr Lüders – wollen Sie nicht mit Herrn Fritzmeier unter vier Augen sprechen?« Nathusius erhob sich und reichte dem BND-Mitarbeiter über den Schreibtisch hinweg die Hand. »Vielen Dank, dass Sie sich der Mühe unterzogen haben und zu uns in den hohen Norden gekommen sind.«

»Das ist doch selbstverständlich. Schließlich ziehen wir alle am gleichen Strang.«

Fritzmeier deutete eine leichte Verbeugung an und hielt dabei mit der linken Hand sein Sakko geschlossen. Dann griff er einen schwarzen Diplomatenkoffer, den er neben seinem Sitz abgestellt hatte, und folgte Lüder.

»Schön haben Sie es hier in Kiel«, versuchte Fritzmeier eine Konversation zu starten, als Lüder ihn über den Flur führte. Schon von Weitem hörten sie eine lautstark geführte Auseinandersetzung. Als sie Lüders Büro betraten, stand Friedjof mitten im Raum und diskutierte mit Große Jäger um die Wette. Da jeder auf seinem eigenen Standpunkt beharrte und nicht den Worten des Gegenübers lauschte, war ein ordentliches Gespräch gar nicht möglich.

»Wer ist schon der Husumer SV?«, schimpfte Friedjof. »Die Kieler Störche sind doch um Klassen besser. Die spielen doch ganz oben.«

»Nächstes Jahr treffen die beiden aufeinander, wenn Holstein Kiel wieder abgestiegen ist«, hielt Große Jäger dagegen.

»Du hast ja keine Ahnung. Warte nur ab – bald sind die in der zweiten Bundesliga.«

»Mit Ihrer Damenkegelmannschaft«, sagte Große Jäger lachend.

Für einen Moment hatte es den Anschein, als wollte sich der fußballbegeisterte Friedjof auf den Oberkommissar stürzen, als er aber Lüder kommen sah, strahlte er übers ganze Antlitz und zeigte auf Große Jäger. »Der hat zwar keinen blassen Schimmer. Aber sonst ist er 'ne Wucht.« Dann hielt der Bürobote Große Jäger die flache Hand hin. »Abgemacht?«

Große Jäger schlug ein. »Abgemacht. Wir ziehen zusammen ins Stadion.«

»Tschüss, Lüder«, sagte Friedjof und verließ den Raum.

»Das ist ein Kollege vom BND«, stellte Lüder Fritzmeier vor. Dann nickte er Richtung Große Jäger. »Einer von uns.« Er unterließ es, die beiden mit Namen vorzustellen.

Fritzmeier musterte den Oberkommissar von oben bis unten. An der krausgezogenen Stirn war zu erkennen, dass das Urteil nicht positiv ausgefallen war.

Den angebotenen Kaffee lehnte Fritzmeier ab. Er warf noch einen Blick auf Große Jäger und wandte sich dann demonstrativ Lüder zu. »Unser Gespräch hat überaus vertraulichen Charakter, da elementare Sicherheitsbedürfnisse der Bundesrepublik berührt werden.«

Ohne ein weiteres Wort stand Große Jäger auf, zwinkerte Lüder zu und verließ den Raum. Er hatte noch nicht ganz die Tür geschlossen, als vom Flur die Fortsetzung des lautstarken Palavers zwischen dem Oberkommissar und Friedjof hereindrang.

»Um es vorwegzunehmen«, begann Fritzmeier seine Erläuterung, »ich spreche hier auch für das BKA. Wir haben uns abgestimmt. Außerdem hat sich Dynamit Nobel über dortige Verbindungen mit dem BKA in Verbindung gesetzt. Sie erhalten durch mich also Antwort von mehreren Instanzen.« Er unterbrach seine Ausführungen, um die Wirkung seiner Worte auf Lüder zu prüfen. Nachdem er keine Reaktion feststellen konnte, fuhr er fort: »Ich bin nur im Groben über das informiert, was Ihrer Anfrage zugrunde liegt. Darf ich Sie bitten, mich in die Hintergründe einzuweihen?«

Lüder ließ sich sehr viel Zeit mit der Antwort. Ein spöttisches Lächeln spielte um seine Mundwinkel. »Es geht um laufende Ermittlungen. Ich sehe mich außerstande, Ihnen Einzelheiten zu nennen. Dazu sind die örtlichen Strafverfolgungsbehörden nicht ermächtigt.«

Fritzmeier zwinkerte nervös mit seinem rechten Augenlid. »Ich bitte Sie.« Dabei breitete er die Hände vor Lüder aus. »Bei der Verfolgung schwerwiegender Straftaten sollten wir doch alle an einem Strang ziehen.«

Lüder lächelte erneut. »Dagegen ist nichts einzuwenden. *Ihr* Tätigkeitsbereich liegt kraft Gesetzes außerhalb der Grenzen der Bundesrepublik. *Wir* hingegen verfolgen Straftaten, die innerhalb Deutschlands verübt werden. Wir sind in Deutschland zwar absolut top …« Lüder legte eine längere Pause ein. »Schließlich liegt Schleswig-Holstein ganz oben. Aber immer noch innerhalb der Bundesrepublik, obwohl Sie die Grenze zum Königreich kaum mehr wahrnehmen und wir hinsichtlich der Sprache bei den Dänen wohl weniger Verständigungsprobleme als mit manchem Süddeutschen haben.«

»Das ist alles richtig, aber Sie vergessen dabei, dass ich von einer Bundesbehörde komme.«

Lüder lehnte sich so weit zurück, wie es die Wippautomatik seines Bürostuhls zuließ. »Schön, Herr Kollege, dann fangen Sie an. Was hat es mit dieser Munition auf sich? Ich warte schon viel zu lange auf eine Erklärung. Wer verwendet sie? Gibt es Nachweise über die Bezieher? Wie ist sichergestellt, dass sie nicht in unbefugte Hände gelangt?«

Fritzmeier griff in die Innentasche seines Sakkos und murmelte »Entschuldigung.« Er fingerte ein Handy hervor, gab kurz etwas ein und steckte das Gerät wieder weg. »Vibrationsalarm«, erklärte er. »Ich habe vergessen, es auszuschalten. Also! Wie ich Ihnen eingangs schon erklärt habe, hindern mich Sicherheitsinteressen der Bundesrepublik daran, Ihnen die Hintergründe zu offenbaren.«

»Wenn Sie keine Aussagegenehmigung haben, hätten Sie sich nicht extra nach Kiel begeben müssen. Das hätten Sie mir auch am Telefon sagen können. Und außerdem noch ein paar Tage früher.«

»Bei solch diffizilen Problemen wie diesem ist es besser, wenn man sich einmal persönlich kennengelernt hat«, sagte Fritzmeier.

»Ihre Dienstreise einmal quer durch Deutschland hat den Steuerzahler viel Geld gekostet. So verraten Sie mir wenigstens, ob Ihnen einer der folgenden Namen etwas sagt: Steffen Meiners. Jethro Jackson. Silvio Merseburger. Herbert Holl. Oder George Hunter.«

Sie wurden durch Lüders Handy unterbrochen. Lüder sah auf das Display und nahm das Gespräch an. Fritzmeier warf ihm dabei einen unwirschen Blick zu, da er selbst einen Anruf abgeblockt hatte.

Lüders Anrufer hatte eine nicht identifizierte Rufnummer.

»Lüders.«

Es knackte in der Leitung. Nach einer kurzen Verzögerung meldete sich die Stimme des »Abschnittführers«.

»Haben Sie schon das Video gesehen, Lüders? Tsss. Ist das nicht schlimm, was in manchen Gehirnen vor sich geht? Stellen Sie sich vor, welchen Reiz solches Bildmaterial auf kranke Pädophile ausüben könnte? Das Kind erfährt nichts davon. Hoffentlich!«

»Hören Sie«, fuhr Lüder dazwischen und ärgerte sich insgeheim, dass seine Stimme aufgebracht klang und er seinen Zorn nicht unterdrücken konnte. Sein Gesprächspartner konnte registrieren, dass der Druck, den man auf Lüder ausübte, nicht folgenlos geblieben war. »Unter zivilisierten Menschen sollte man, gleich mit welchen Mitteln ein schmutziges Geschäft betrieben wird, Kinder außen vor lass...«

Der »Abschnittführer« unterbrach Lüder, ohne auf seine Worte einzugehen.

»Es liegt in Ihrer Hand als Vater, Verantwortung zu tragen. Als kluger Mensch wissen Sie, dass es durchaus noch Steigerungsmöglichkeiten gibt. Vorerst ist noch nichts geschehen, und Sie sind der einzige Empfänger dieser nicht ganz jugendfreien Darstellung.«

»Sie sind ein ekliges, perverses Schwein«, fuhr Lüder dazwischen. Fritzmeier saß völlig regungslos auf dem Besucherstuhl, hatte die Augenbrauen hochgezogen und verfolgte Lüders Telefonat mit gespannter Aufmerksamkeit.

Der Anrufer überhörte Lüders Einwand. »Es wäre natürlich ganz schlimm, wenn es diesem oder jenem Pädophilen danach gelüsten würde, das unverbrauchte Medium aus dem kurzen Film auch in natura zu erleben.«

»Wenn ich Sie je zu fassen bekomme, dann ...«, keuchte Lüder in den Hörer, aber der »Abschnittführer« blieb völlig ungerührt.

»Sie werden versucht sein, diesen Anruf zurückzuverfolgen. Gern. Er kommt von einem Handy aus Kroatien. Und wenn Sie das Gerät geortet haben, werden Sie feststellen, dass ein Streuner sich über ein geschenktes Mobiltelefon sehr gefreut hat.« Dann knackte es in der Leitung, und das Gespräch war unterbrochen.

Fritzmeier beugte sich vor. »Ärger?«, fragte er teilnahmsvoll. »Kann ich etwas für Sie tun?«

Lüder spürte, wie ihm der kalte Schweiß auf der Stirn stand. Es war nicht gut, dass ihn der BND-Mitarbeiter in dieser Situation erlebt hatte.

»Alles in Ordnung. Das Beste ist, Sie vergessen diesen kleinen Zwischenfall.«

»Hängt das mit dem Fall zusammen?«, bohrte Fritzmeier weiter.

»Ich sagte bereits, dass ich nicht darüber sprechen möchte.« Lüders Antwort fiel zu barsch aus. Schließlich konnte der BND-Mitarbeiter nichts dafür. Lüder gab sich einen Ruck. »Wo waren wir stehen geblieben? Ach – ja. Ich hatte Ihnen ein paar Namen genannt.«

»Können Sie die bitte noch einmal wiederholen?«

Lüder erfüllte die Bitte. Bei jeder Namensnennung schüttelte Fritzmeier den Kopf und murmelte ein »Nein«. Erst als Lüder »George Hunter« sagte, fuhr der BND-Mitarbeiter in die Höhe.

»Haben Sie Kontakt zu dem?«

»Möglich. Was wissen Sie über George Hunter?«

»Amerikaner.«

»Nun lassen Sie das Versteckspielen. Hunter kommt von der US-Botschaft aus Berlin und ist alles andere als ein Tourist.«

Fritzmeier zog einen Schmollmund. »Dann brauchen wir uns ja nicht auszutauschen.«

Lüder tat, als würde er aufstehen. »Schön. Wir werden Hunter vorläufig festsetzen. Ich nehme dabei Bezug auf unsere Unterredung. Selbst wenn wir ihn mit seinem Diplomatenpass wieder laufen lassen müssen, wird man ihm ein paar unangenehme Fragen stellen.« Lüder zeigte auf seinen Besucher. »Und Ihnen auch. Mögen der Staatsanwalt und der Richter entscheiden, wie weit Ihr Schweigegelübde geht.«

Der BND-Mann war sitzen geblieben. »Warten Sie. Unter zivilisierten Menschen kann man über alles reden, selbst wenn ich mich dabei ein wenig zu weit aus dem Fenster lehne.« Fritzmeier seufzte tief. »Uns ist sehr an einer Zusammenarbeit mit den Amerikanern gelegen. Schließlich handelt es sich nicht nur um einen befreundeten Nachrichtendienst, sondern um den bedeutendsten Kontakt. Ich verrate kein Geheimnis, wenn ich sage, dass wir in vielen Punkten von unseren Freunden jenseits des Atlantiks abhängig sind. Sie haben selbst festgestellt, dass George Hunter nicht in der Botschaft sitzt und Touristenvisa ausstellt. Die Amerikaner sind besorgt, dass man rund um den Globus Jagd auf ihre Bürger macht. Das fängt bei Kleinigkeiten an. Militante

Umweltschützer verfolgen US-Amerikaner, nur weil sie ein großes Auto fahren. Zugegeben – das Umweltbewusstsein ist in den Vereinigten Staaten noch nicht so ausgeprägt wie bei uns, aber ...«

»Die Verantwortlichen jenseits des großen Teichs sollten Sir Nicholas Stern lesen. Der ehemalige Chefökonom der Weltbank hat auf die verheerenden Folgen der Klimakatastrophe hingewiesen.«

»Genau das ist das Problem«, pflichtete Fritzmeier bei. »Die USA weigern sich, das Kyoto-Protokoll einzuhalten, und sind der größte Umweltverschmutzer der Welt. Und weil manche Umweltschützer meinen, dies würde nur aus wirtschaftlichem Egoismus erfolgen, findet eine Treibjagd auf Amerika und seine Bürger statt.«

»Die Katastrophe hat uns doch schon längst eingeholt. Dürre, Überschwemmungen, Völkerfluchten und Hungersnöte. Wer soll da die Verantwortung für die Kinder dieser Welt übernehmen?«

Fritzmeier kniff die Augen zusammen. »Haben Sie Kinder?«

Lüder ging nicht darauf ein. »Sie wollen mich nur ablenken. Die beiden ermordeten Amerikaner und der tote Deutsche wurden nicht von Umweltaktivisten erschossen.«

»Zwei Amerikaner?« Fritzmeier sah Lüder irritiert an.

»Über laufende Ermittlungen kann ich nichts sagen«, antwortete Lüder. Natürlich war es nur ein US-Bürger. Die Identität des ermordeten Asiaten aus Itzehoe kannten sie noch nicht.

Lüder klopfte energisch auf die Schreibtischplatte. »Sie sollten nicht meinen Intellekt beleidigen. Hunter ist anderen Dingen auf der Spur. Schließlich ist der Mann ein Militär.«

Fritzmeier zuckte deutlich zusammen. »Woher wissen Sie das?«

Lüder lächelte leise. Wenn du wüsstest, dass ich es erst durch deine Reaktion weiß und es nur ein Klopfen auf den Busch war, dachte er.

»Könnte ich vielleicht doch einen Kaffee bekommen?«, bat der BND-Mitarbeiter.

Lüder bestellte das Getränk bei Edith Beyer.

»Major George Hunter arbeitet für den MI. Das heißt United States Army Intelligence, der Geheimnisdienst der United States Army. Sie können es in etwa mit dem MAD bei uns vergleichen. Nur ganz anders.«

Deshalb hatte man bei Lüders Anruf in der Berliner Botschaft vorgegeben, Hunter nicht zu kennen.

»Kommt Hunter aus Ramstein? Oder aus Heidelberg?«, fragte Lüder.

Fritzmeier schüttelte den Kopf. »Nein. Er ist direkt an der Botschaft tätig.«

»In Berlin oder in Warschau?«

»Wie kommen Sie darauf?«

»Er hat ein polnisches Mobiltelefon.«

»Ach so.« Fritzmeier entspannte sich. »Um das zu verstehen, muss man sich ein wenig mit den Mechanismen dieser Branche auskennen.« Er beugte sich vor und kam Lüder ein Stück entgegen. Außerdem sprach er leiser, als würde er Lüder konspirativ bedeutsame Geheimnisse anvertrauen.

»Die politische Entwicklung in Europa hat …«

Sie wurden unterbrochen, als sich die Tür öffnete und ohne Anklopfen Große Jäger erschien. Der Oberkommissar balancierte eine Tasse Kaffee. Sehr geübt schien er nicht zu sein, denn auf der Untertasse hatte sich ein mittelprächtiges Fußbad gebildet. In der braunen Brühe schwammen zwei eingewickelte Stücke Zucker. Mit einem breiten Grinsen stellte Große Jäger die Tasse vor Fritzmeier ab und besah dann seinen nikotingelben Daumen, der im übergelaufenen Kaffee geschwommen hatte.

»Entschuldigung, der Herr. Aber ich habe wenig Übung im Servieren. Wenn es Ihnen nichts ausmacht, können Sie das Übergeschwappte ja in die Tasse zurückkippen. Der Zucker dürfte sich dann auch aufgelöst haben.« Große Jäger fasste sich an die Stirn. »Oh! Jetzt habe ich die Milch vergessen.«

»Danke. Ich trinke schwarz«, sagte Fritzmeier, kramte ein Taschentuch hervor und stellte die Tasse darauf ab. Er verzichtete darauf, den Bodensatz aus der Untertasse umzufüllen. Dann wartete er, bis sich Große Jäger mit einem »Wohl bekomm's« zurückgezogen hatte. »Das war Herr … äh?«

»Ein liebenswürdiger Kollege«, erwiderte Lüder. »Aber Sie wollten mir gerade erläutern, weshalb Major George Hunter von Warschau aus arbeitet.«

»Das ist so ...« Fritzmeier unterbrach sich und winkte ärgerlich ab. »Hunters Einsatzgebiet ist – wahrscheinlich – ich betone: wahrscheinlich – nicht auf Deutschland beschränkt. Warum auch? Die Gegner der Demokratie arbeiten schließlich auch global.«

»Und warum Polen?«

»Nun – ja«, antwortete Fritzmeier gedehnt. »Unsere Nachbarn machen es den Amerikanern in vielerlei Hinsicht einfacher als wir – die strengen Preußen. Die Amerikaner können von dort aus wesentlich ungehinderter operieren als von Deutschland aus. Die Polen lassen ihren Verbündeten mehr Freiheiten. Schließlich sind sie bereitwillig den Amerikanern an die verschiedenen Kriegsschauplätze gefolgt und haben dort Truppenkontingente bereitgestellt, wo wir uns versagt haben.« Bevor Lüder darauf antworten konnte, schob Fritzmeier nach: »Aus gutem Grund.«

»Es wird gemunkelt, dass von Polen und anderen ehemaligen Staaten des Warschauer Pakts Geheimdienstoperationen stattfinden, die nie die Zustimmung der Bundesregierung finden würden.«

»Gerüchte«, wehrte Fritzmeier ab. »Sie spielen wahrscheinlich auf die von der Presse aufgebauschten Geschichten ab, dass angeblich Leute entführt und in unsichere Drittländer verschleppt wurden. In sogenannte Geheimgefängnisse.«

»Zumindest gibt es Untersuchungen zu diesen Vorwürfen. Die US-Basis Rammstein soll einer der Umsteigebahnhöfe bei solchen Aktionen gewesen sein.«

»Darüber sprechen wir jetzt aber nicht. Schließlich geht es hier nicht um Morde, die man den Amerikanern in die Schuhe schieben will, sondern um Straftaten gegen US-Bürger. Zumindest haben Sie vorhin von zweien gesprochen.«

In diesem Punkt hatte Fritzmeier recht, dachte Lüder. Die US-Army wird kaum ihre eigenen Soldaten ermorden und dann einen Major vom Geheimdienst mit der Aufklärung beauftragen. Denn davon war Lüder inzwischen überzeugt, dass Hunter – nomen est omen – hinter denselben Tätern her war wie Lüder. Unter diesen Umständen war es besonders wichtig, schneller als der Army-Geheimdienst zu sein, auch wenn Hunter sich unkonventionellerer Methoden bedienen konnte als die schleswig-holsteinische Landespolizei. Und dann hieße es auch ... War der ermordete Asiate vielleicht auch Amerikaner? Aber was hatte Steffen Meiers aus Heide mit alldem zu tun?

»Puh«, entfuhr es Lüder bei diesen Gedanken.

»Wie bitte?«, fragte Fritzmeier.

Lüder wollte dem BND-Mann keine Erklärung abgeben, schon gar nicht seine Gedanken erläutern.

Und da er schwieg, räusperte sich Fritzmeier und fuhr fort. »Die Amerikaner sind sehr sensibel geworden, was die Sicherheit ihrer Bürger und Einrichtungen betrifft. Denken Sie an die Geiselnahme von Teheran, das Attentat von Nairobi und viele andere. Über allem steht natürlich das Trauma des 11. September. Und auch die Verbündeten der USA sind in die Zieloptik geraten. Die Attentate von London, Madrid und die blutigen Auseinandersetzungen im Irak und in Afghanistan. Inzwischen ist auch die Bundesrepublik im Visier der Terroristen. Der Blutzoll, den die Bundeswehr zu entrichten hat, verunsichert große Teile der Bevölkerung. Und um die Unruhe nicht weiter zu schüren, ist es Berlin sehr daran gelegen, dass bestimmte Aktionen nicht zu sehr ans Licht der Öffentlichkeit getragen werden. Sie können sich vorstellen, dass die Regierungsspitze nicht begeistert war von den Äußerungen des Innenministers, dass wir innerhalb unserer Grenzen in zunehmendem Maße mit Terrorakten zu rechnen haben.«

Fritzmeier legte seine Hände an den Fingerspitzen zu einem Dach zusammen. »Eine verantwortungsbewusste Politik wartet aber nicht, bis die Katastrophe eingetreten ist, sondern versucht dem vorzubeugen. Natürlich muss das im Verborgenen bleiben. Es wäre sonst ein gefundenes Fressen für bestimmte Presseorgane, denen mehr an reißerischen Aufmachern als an seriösem Journalismus gelegen ist. Um es kurz zu machen: Unsere amerikanischen Freunde fürchten, dass Deutschland ein Rückzugsgebiet für künftige Attentäter ist, nachdem die Mörder vom 11. September sich ja auch in Hamburg vorbereitet haben. Überhaupt scheint das ruhige Norddeutschland nicht nur bei Touristen beliebt zu sein.«

Er zeigte auf Lüder, als wäre der dafür verantwortlich. »Die Kofferbomber, die Nahverkehrszüge in die Luft jagen wollten, kamen schließlich auch aus Kiel. Ich lehne mich jetzt einmal ganz weit aus dem Fenster, obwohl Sie diese Information nicht von mir haben, aber sehen Sie sich einmal unter den Mitgliedern des Kulturvereins um, der im Norderstedter Gewerbegebiet sein Domizil hat.«

Fritzmeier schwieg einen Moment bedeutungsvoll. »Sie dürfen sich in keinem Fall auf mich berufen. Ich habe es Ihnen nur anvertraut, weil ich in unserem Gespräch zwischen den Zeilen herausgehört habe, dass Sie schon auf dem richtigen Weg sind. Und als Beamter dieses Landes fühle ich mich dem Recht und der Gerechtigkeit verpflichtet. Das heißt, ich stehe dafür, dass Mörder unabhängig vom politischen Kalkül zur Rechenschaft gezogen werden.«

»Ich danke Ihnen für diese Informationen«, sagte Lüder.

Fritzmeier erhob sich. »Es sei Ihnen versichert, dass die Nachrichtendienste, für die ich hier spreche, am gleichen Strang wie Sie ziehen, wenn unser Blickwinkel vielleicht auch partiell ein anderer ist. Es wäre schön, wenn wir uns sporadisch austauschen würden.« Der BND-Mann fasste sich mit der Spitze seines Zeigefingers an die Nasenspitze. »Ich möchte nicht indiskret sein, aber vorhin war ich unfreiwilliger Zeuge eines Anrufs, der Sie sehr aus der Fassung gebracht hat. War es etwas Unangenehmes, das mit diesem Fall zusammenhängt? Wenn Sie mir Ihr Vertrauen schenken möchten … Manchmal verfügen wir über Möglichkeiten, die Ihnen verschlossen sind.«

Das mag richtig sein, überlegte Lüder und spielte einen Augenblick mit dem Gedanken, Fritzmeier von der miesen Einschüchterungskampagne zu erzählen, der er ausgesetzt war. Doch dann schob er diese Idee beiseite.

»Danke, aber wir bearbeiten nicht nur einen Fall. Und manchmal überschneiden sich die Dinge.«

Fritzmeier verabschiedete sich von Lüder mit einem herzhaften Händedruck.

Der BND-Mann hatte kaum das Büro verlassen, als Große Jäger zurückkehrte und zuerst in die Kaffeetasse sah.

»Na? Hat er ausgetrunken?« Offensichtlich war der Oberkommissar enttäuscht, dass Fritzmeier den Kaffee zu sich genommen und die übergeschwappte Untertasse unberührt gelassen hatte. »Was hat der Heini von Ihnen gewollt?«

Lüder setzte den Oberkommissar in Kenntnis und ergänzte die Ausführungen um seine eigenen Gedanken.

Große Jäger kratzte sich den Stoppelbart. »Hm, das ist ein heißes Eisen. Ich habe zwar schon diese oder jene Erfahrung in meinem Polizeileben gemacht, aber mit den Islamisten habe ich mich noch nicht angelegt. Davon gibt es keine in Husum.«

»Offensichtlich haben diese Kreise auch Husum entdeckt«, widersprach Lüder. »Jethro Jackson ist schließlich nicht allein in die Kirche am Marktplatz marschiert und hat sich zum Sterben auf die Heizung gelegt.«

»Das ist nicht der dümmste Gedanke«, sagte Große Jäger und grinste. »Man erzählt sich, dass Leichen schnell auskühlen. Und wenn ich dran sein sollte – warum nicht auf einer Heizung. Ich sehe keinen Grund, weshalb ich in meiner letzten Stunde frieren sollte.«

»Ich kenne deine Einstellung zur Religion nicht, aber der Himmel soll Berichten nach ein angenehmes Klima aufweisen.«

»Mag sein. Haben Sie schon jemanden getroffen, der aus Erfahrung berichtet hat?«

Lüder lächelte. »Noch nicht wirklich.«

Große Jäger kniff die Lippen zu einem schmalen Spalt zusammen. »Sehen Sie. Außerdem ist es fraglich, ob Petrus mich in den Himmel lässt. Ich bin als Münsterländer zwar rechtgläubig getauft, wie Papst Benedikt zwischen mir als Katholiken und Ihnen zu unterscheiden weiß, aber ob mir bei meinem Lebenslauf die Himmelstüren offen stehen?« Er wiegte sanft den Kopf hin und her. »Doch das macht auch nichts. In der Hölle soll ja gut geheizt sein. Und lieber zocke ich mit dem Teufel, als dass ich auf einer Wolke sitze, Halleluja singe und Weißbier trinken muss. Außerdem treffe ich in der Hölle alle Kunden wieder, denen ich in meinem Berufsleben begegnet bin.«

»Da war noch etwas anderes«, wurde Lüder wieder ernst. »Während meines Gespräches mit …«

»Fritze Meier«, schob Große Jäger grienend dazwischen.

»… mit BND-Fritzmeier rief mich der Erpresser an und drohte nicht nur, die manipulierten Bilder meines Sohnes ins Internet zu stellen, sondern er schloss die Möglichkeit nicht aus, dass dem Jungen auch sexuelle Gewalt angetan werden könnte.«

Der Oberkommissar pfiff durch die Zähne. »So ein widerwärtiges Schwein. So etwas habe ich noch nie gehört. Und? Was werden Sie unternehmen?«

Lüder zuckte resignierend die Schulter. »Offen gestanden – ich bin unsicher. Natürlich lasse ich mich nicht erpressen. Andererseits scheint dieser ›Abschnittführer‹ nicht nur über gute Informationsquellen zu verfügen, sondern auch kein spinnender Einzelkämpfer zu sein. Ich mag nicht an den vorgeschobenen Rechtsextremismus glauben. Das war ein Nebenkriegsschauplatz.«

»Ob die Gegenseite, wenn wir sie so nennen wollen, unruhig wird, weil Sie diese Finte sofort durchschaut haben?«

»Das mag sein. Und Fritzmeier bringt nun die Islamisten ins Gespräch. Falls die mitspielen, haben wir es mit einem dicken Fisch zu tun. Man kann vermuten, dass diese Leute zu vielem fähig sind, aber das, was meinem Sohn angedroht wird, liegt außerhalb ihrer Welt. Die Glaubenskrieger würden sich nie an einem Kind vergreifen, schon gar nicht in dieser Art.«

»Da könnte etwas dran sein. Also haben wir es doch mit zwei unterschiedlichen Tätergruppen zu tun«, überlegte Große Jäger.

»Die Frage kann ich dir nicht beantworten. Auszuschließen ist mittlerweile nichts mehr.«

Beide hingen für einen Moment eigenen Gedanken nach.

»Wir sollten uns noch einmal ernsthaft mit Herbert Holl unterhalten. Der vorgebliche Menschenfreund aus Norderstedt ist im Augenblick der Einzige, der akzentfreies Hochdeutsch spricht. Und solcher Aussprache hat sich der Erpresser bedient. Das war kein Araber oder Afghane, der mich angerufen hat. Dahinter steckt ein German-Native-Speaker, wie man auf Neudeutsch sagt.«

»Schön, dann sollten wir nach Norderstedt aufbrechen. Merkwürdig, dass dort auch der Kulturverein residiert, von dem der BND-Fritze sprach. Und auf dem Rückweg holen wir die Eltern von Jethro Jackson in Fuhlsbüttel am Flughafen ab.« Große Jäger fuhr sich mit den gespreizten Fingern durch die Haare. »Es wäre schön, wenn wir im Gegenzug schon jemand mit nach Fuhlsbüttel nehmen könnten.«

Lüder musste nicht nachfragen. Der Oberkommissar meinte damit das berühmte Gefängnis, dass ebenso wie der Flughafen im gleichnamigen Hamburger Stadtteil lag und von Alteingesessen immer noch als »Zuchthaus« bezeichnet wird.

Sie wurden durch Lüders Telefon unterbrochen. Es war jemand von der Spurensicherung. Lüder war dankbar, dass nicht Frau Dr. Braun mit ihren langatmigen Erklärungen am Apparat war.

»Es geht um den an Sie gerichteten anonymen Brief, in dem der Name des Husumer Mordopfers genannt wird«, erklärte der Kriminaltechniker. »Die Fingerabdrücke darauf waren deutlich zu erkennen. Ich meine die, die nicht von Ihnen oder anderen Mitarbeitern des LKA stammen. Leider sind die Prints nicht in unseren Datenbeständen erfasst.«

»Konnten Sie etwas zum Drucker, zur Tinte oder zum Papier herausfinden?«

»Dutzendware. Bringen Sie mir den Drucker, und ich kann Ihnen bestätigen, dass der Brief damit erstellt wurde.«

Nach diesem Gespräch rief Lüder in Itzehoe an. Hauptkommissar Schwälm war nach dem ersten Freizeichen am Apparat.

»In diesem Fall ist alles merkwürdig«, stöhnte der Leiter der Mordkommission. »Wir drehen uns im Kreise. Es gibt im Umfeld des Mordopfers nichts, aber auch rein gar nichts, was auf eine Verbindung zu den geheimnisvollen Tätern schließen lässt. Steffen Meiners war das Urbild eines braven Familienvaters. Der Mann war total unauffällig. Vor allem haben wir nicht die kleinste Verbindung zur rechtsradikalen Szene oder überhaupt zu irgendwelchen politischen Aktivitäten feststellen können.«

»Vielleicht mag Ihnen die Frage seltsam erscheinen, aber kennen Sie die Religionszugehörigkeit des Opfers?«

Tatsächlich war Schwälm zunächst ein wenig verblüfft. »Moment«, sagte er. Es dauerte einen Augenblick, bis er sich wieder meldete. »Auch das ist ganz normal.«

»Also evangelisch«, stellte Lüder fest.

»Das ist doch in Schleswig-Holstein keine ernste Frage«, erwiderte Schwälm. »Warum wollten Sie das wissen?«

»Wir ermitteln in alle Richtungen. Es wäre interessant gewesen, wenn Meiners beispielsweise zum Islam konvertiert wäre.«

»Das können wir mit Sicherheit von der Hand weisen. Aber wenn Sie möchten, fragen wir dieses Thema noch einmal ab. Ich habe aber noch zwei andere Neuigkeiten für Sie. Thomas Birry ...«

»Das war doch der Absender der Schecks, die Merseburger für seine Schmierereien erhalten hat«, warf Lüder ein.

»Richtig. Die Schecks wurden eingelöst und ein Konto bei der Sparkasse Hoyerswerda damit belastet.«

»Hätten wir Vorurteile, würden wir unseren Verdacht rechtsextremistischer Aktivitäten bestätigt sehen. Aber in diesem Fall hat es wohl jemand zu gut gemeint und wollte uns mit dem gelegentlich mit dem Rechtsradikalismus in Verbindung gebrachten Hoyerswerda auf eine falsche Fährte locken«, sagte Lüder.

»Die dortige Polizei hat im Zuge der Amtshilfe Einsicht in die Kontoeröffnung genommen«, fuhr Schwälm fort. »Die Fotokopie des Personalausweises sieht echt aus, und es gab keine Zweifel für die Mitarbeiter des Geldinstituts. Das Konto wird als Online-Konto geführt, das heißt, Thomas Birry hat nie Post nach Hause erhalten. Und Einzahlungen wurden von Birry oft in bar vorgenommen.«

»Wenn Sie mir das so ausführlich erläutern, gibt es einen Haken bei der Sache.«

»Allerdings. Einen Thomas Birry gibt es nicht. Weder unter der angegeben Adresse, noch wird er bei der Meldebehörde geführt.«

»Also ein Phantom«, seufzte Lüder. »Wir sollten die Sparkassenmitarbeiter befragen, ob Birry als Geist aufgetreten ist.«

Schwälm ließ ein schwaches Lachen hören. »Sie meinen, weil wir ein Gespenst oder einen Leprakranken suchen. Wenn sich dieser geheimnisvolle Birry dahinter verbirgt, dann tobt er im Augenblick durch Itzehoe.«

»Sie haben doch nicht etwa einen weiteren Toten?«

»Das nicht. Aber jemanden, der sich zu Tode ängstigt. Lothar Gwisdzun. Das ist der Rentner, der den Mord an dem Taxifahrer beobachtet hat. Ein blutrünstiger Reporter …«

»Sie meinen Leif Stefan Dittert«, schob Lüder ein.

»Mag sein. Der hat einen Artikel verfasst, nach dem Gwisdzun als angeblicher Zeuge aufgetreten ist. Der Rentner will laut Zeitung den Mörder gesehen und erkannt haben. Ja – noch mehr. Er hat sich ihm todesmutig in den Weg gestellt.«

Lüder holte tief Luft. »Ich habe den Blödsinn auch gelesen. Aber was hat Gwisdzun nun für Sorgen?«

»Der ist vorhin bei uns aufgekreuzt. Mit seiner Frau im Schlepptau. Beide verlangen Polizeischutz. Am besten gleich eine Hundertschaft. Gwisdzun hat mir vorgejammert, dass ihm der Reporter einen Hunderter in die Hand gedrückt hat. Außerdem wollte er den Rentner als Helden groß herausbringen. Der Mann hat nicht überblickt, was er damit heraufbeschworen hat. Jedenfalls ist Gwisdzun im Laufe des Vormittags in seinen Keller gestiefelt, um neue Getränke zu holen. Auch Mineralwasser. Das hat er mehrfach betont. Als er in seinem Gerümpel hantierte, hat er ein Geräusch hinter sich gehört. Jemand musste sich unbemerkt herangeschlichen haben. Gwisdzun drehte sich um und stand dem Geist gegenüber. Zumindest beschwört er, dass es einer war. Der Fremde hat zuerst mit dem Zeigefinger die Geste des Halsdurchschneidens angedeutet, dann den Zeigefinger auf den Mund gelegt und Gwisdzun gefragt: Capito? Dann hat er den Zeugen heftig vor die Brust gestoßen, sodass der in ein Kellerregal gefallen ist. Gwisdzun schwört Stein und Bein, dass sich der Geist danach in Luft aufgelöst hat.«

Große Jäger, der das Gespräch über den Raumlautsprecher mitgehört hatte, bewegte seine offene Hand kreisend vor der Stirn und flüsterte leise: »Der hat sie doch nicht mehr alle beieinander.«

»An diesem Gespenst scheint etwas dran zu sein. Schließlich wollen die Leute auf dem Heider Marktfrieden auch eine merkwürdige Gestalt erkannt haben. Dort wurde sie als Leprakranker beschrieben. Es scheint wirklich jemand in dieser Verkleidung herumzulaufen und Angst und Schrecken zu verbreiten«, sagte Lüder.

»Und zwar in solchem Maße, dass Gwisdzun sich außerstande sieht, unserem Zeichner durch sachdienliche Hinweise das Erstellen einer Phantomzeichnung zu ermöglichen.«

»Ich fürchte, der Geist ist gar nicht so flüchtig, wie es die Fantasie den Zeugen vorgaukelt, sondern aus echtem Fleisch und Blut. Und Letzteres klebt vermutlich in größerer Menge an seinen Händen. Nun müssen wir diesem Gespenst nur noch die Maske vom Gesicht reißen.«

Schwälm stimmte mit einem Seufzer zu und versprach, alle Kraft in die weiteren Ermittlungen zu stecken.

»Wo bin ich hier nur gelandet«, stöhnte Große Jäger theatralisch, als Lüder aufgelegt hatte. »Bei uns in Husum laufen keine leprakranken Geister herum und ermorden Leute mit Sandklumpen.«

»Und deshalb sitzt du hier?«, grinste Lüder ihn an.

Der Oberkommissar winkte ab. »Thomas Birry, der Scheckaussteller, scheint auch so ein Phantom zu sein. Weshalb unternimmt jemand solche Anstrengungen, nur um einem unterbelichteten Typen wie dem Merseburger gelegentlich einen Scheck zukommen zu lassen?«

»Vielleicht ist das ja der ›Geist‹. Auch Gespenster brauchen einen Namen, wenn sie sich irdischen Dingen wie dem Geldtransfer hingeben.«

»Nur für solche Zwecke einen Ausweis fälschen? Das nenne ich Engagement.«

»Wer behauptet, dass der Ausweis falsch war?«, fragte Lüder.

»Sie wollen nicht im Ernst behaupten, dass es diesen Birry wirklich gibt?«

»Nicht unter diesem Namen. Aber es gibt Einrichtungen, die ganz legal falsche Ausweise ausstellen.«

Große Jäger sah Lüder eine Weile ungläubig an. »Sie meinen, da hätten irgendwelche Geheimdienste ihre Finger im Spiel?«

»Das ist nicht mehr eine Frage des Glaubens. Hunter. Fritzmeier. Die mischen munter mit. Und wenn *unsere* Seite, also die Guten, beteiligt sind, dann gibt es auch die *anderen*, die Bösen. Und wenn man es so betrachtet …«

»Müssen wir die nur noch einfangen, bevor die Schlapphüte ihrer habhaft werden.«

»So ist es«, sagte Lüder. »Denn wenn die Amerikaner vor uns zugreifen, verschwinden die Täter für immer. Und in diesem ganzen schmutzigen Geschäft haben wir als Polizei die undankbare Rolle des Saubermanns, denn niemand sonst unter den Beteiligten ist in dem Maße an Recht und Gesetz gebunden wie wir.«

»Jetzt verstehe ich, warum mir die Filme mit Charles Bronson immer so gut gefallen haben«, sagte Große Jäger lachend und sah auf seine Armbanduhr. »Ich glaube, es wird Zeit, dass wir zum Flughafen kommen und die Eltern von Jethro Jackson abholen. Sind Sie dabei?«

Lüder nickte. »Ich würde mir gern selbst ein Bild davon machen, was die beiden über ihren Sohn zu berichten wissen. Noch wissen wir nicht viel über den Husumer Toten, außer dass er bei der Army war und mehrfach verletzt wurde.«

»Und keine Hemmungen hatte, Heroin zu konsumieren«, ergänzte Große Jäger. »Was ist mit unserem Besuch bei den Arabern in Norderstedt?«

»Jacksons Eltern sind wichtiger. Dieser Kulturverein läuft uns bis morgen nicht davon«, entschied Lüder.

Vom Polizeizentrum Eichhof bis zur Stadtautobahn waren es nur wenige Meter, und die Autobahn bis zum Bordesholmer Dreieck ließ sich schnell bewältigen. Um Neumünster wurde es, wie immer, voller, und Lüder musste die Geschwindigkeit dem Fluss der links fahrenden Pkw-Schlange anpassen, da die rechte Spur durch die skandinavischen Lastkraftwagen in Beschlag genommen wurde.

Sie hatten während der Fahrt kaum ein Wort gewechselt, und als Lüder bei Großenaspe wieder beschleunigen konnte, hörte er vom Beifahrersitz gleichmäßige Töne. Große Jägers Kopf war gegen die Seitenscheibe gefallen, der Mund war ein wenig geöffnet, und die Nasenflügel vibrierten leicht beim Ausatmen.

Als sie sich Hamburg näherten, verdichtete sich der Verkehr. Große Jäger schreckte hoch, als Lüder in Schnelsen-Nord den Rechtsbogen fuhr und von der Autobahn abbog. Dank der in den letzten Jahren gut ausgebauten Straße und der Beseitigung des früheren Engpasses Krohnstieg fuhren sie kurz darauf das den Anforderungen eines modernen Airports angepasste Areal von Fuhlsbüttel an. Der Wegweiser führte sie ins Parkhaus vier, und nach wenigen Schritten standen sie in der futuristisch anmutenden Halle des Terminals eins.

Da Große Jäger den genauen Flugplan von Jacksons Eltern nicht kannte, zog Lüder weitere Erkundigungen ein. Die Verbindung von Washington führte zu einer Zwischenlandung in Newark/New Jersey. Vom Airport nahe New York verband Continental regelmäßig die neue Welt mit der Metropole Hamburg.

»Wir müssen nach unten«, sagte Lüder und fuhr mit der Rolltreppe zum Ankunftsbereich hinab. Bis zum Eintreffen des Airbus hatten sie noch eine gute halbe Stunde Zeit. Große Jäger lotste Lüder in ein kleines Bistro und genoss ein frisch gezapftes Bier, während Lüder es bei Mineralwasser beließ. Der Oberkommissar machte den Eindruck, als hätte er gern noch ein weiteres Bier zu sich genommen, aber Lüders Anwesenheit hielt ihn davon ab.

Nachdem die Maschine aus Übersee auf dem großen Display als »gelandet« angezeigt war, stellten sie sich zu den anderen Wartenden, die gespannt der Begegnung mit den Reisenden entgegenfieberten. Endlich tauchten die Ersten auf. Zwei grau melierte Männer im Businessdress waren mit nur leichtem Gepäck ausgestattet und verschwanden schnell, ins Gespräch vertieft. Es sah aus, als hätten die beiden ihren Arbeitstag jenseits des Atlantiks zugebracht und die Ankunft in Hamburg hätte für sie die gleiche Bedeutung wie für andere Arbeitnehmer das Erreichen des abendlichen Zielbahnhofs der S-Bahn.

Eine aparte junge Frau, die einen Kofferkuli schob, wurde von einem gut gekleideten Mann empfangen, der ihr eine einzelne langstielige Rose überreichte und dafür mit einer innigen Umarmung belohnt wurde. Nur mit Mühe konnte ein Elternpaar zwei noch nicht schulpflichtige Kinder bändigen, die mit lauten »Omi! Omi!«-Rufen auf eine strahlende ältere Frau losstürmten. Nach zwei Ehepaaren im mittleren Alter, die offenbar zum Shopping an der Fifth Avenue gewesen waren, wurde es laut, als ein geselliger Kegelklub, der dem Bordausschank tüchtig zugesprochen hatte, durchs Gate kam. Ihnen folgten mit staunendem Kopfschütteln unsicher auftretende amerikanische Touristen, dann eine Abordnung wichtig aussehender Leute, unter denen Lüder zwei aus den politischen Nachrichten bekannte Gesichter ausmachte, und, nach einer kleinen Pause, eine Gruppe Japaner, von denen der Erste gleich nach dem Verlassen des Ausgangs allen Vorurteilen gerecht wurde, sein Gepäck abstellte und zur Digitalkamera griff. Danach verebbte der Strom der Reisenden. Langsam löste sich auch das Knäuel auf, das sich aus Ankommenden und Wartenden gebildet hatte, und Lüder stand mit Große Jäger ziemlich verlassen vor der japanischen Reisegruppe. Als sich der erste asiatische Tourist in Richtung der beiden Polizisten in Bewegung setzte, zupfte der Oberkommissar Lüder energisch am Ärmel. »Kommen Sie.«

Rasch tauchten die beiden in der Menge des bienenstockgleichen Gewusels unter.

»Da war niemand drunter, der wie die Jacksons aussah«, stellte Lüder fest.

Große Jäger grinste. »Vielleicht war das ein Missverständnis, und die vielen Japaner waren Verwandte von dem Itzehoer Mordopfer.« Er wartete aber die Antwort nicht ab, sondern steuerte auf den Schalter von Continental zu. Mit einem geschäftsmäßigen Lächeln sah ihnen eine sorgfältig geschminkte Frau entgegen. Sie hatte das gleiche Einheits-Make-up aufgelegt, das die Verkäuferinnen einer bundesweit bekannten Parfümeriekette auszeichnete.

»Hallo, schönes Mädchen. Wir suchen zwei Freunde, die aus Washington kommen sollten«, trug der Oberkommissar seine Bitte vor.

Die Bodenstewardess verzog keine Miene, sondern behielt ihr antrainiertes Lächeln bei. »Wie war der Name?«

»Ehepaar Jackson.«

»Moment bitte.«

Die Frau gab etwas in einen Computer ein. »Das tut mir leid«, sagte sie dann. »Es hat auf dem Zubringerflug von Washington nach Newark Probleme gegeben. Deshalb war das Ehepaar Jackson nicht an Bord von New York. Sie haben den Flug gar nicht erst angetreten.«

»Können Sie uns sagen, wohin unsere Gäste umgebucht wurden?«

Es dauerte ein wenig länger, bis die junge Frau die Antwort auf ihrem Bildschirm hatte. »Die Passagiere sind für morgen gebucht. Sie kommen von Washington Dulles International mit der SAS via Kopenhagen nach Hamburg.« Sie nannte auch die Ankunftszeit und bedauerte noch einmal mit einem honigsüßen Lächeln die Ungelegenheiten, als wäre sie höchstpersönlich dafür verantwortlich.

»So ein Mist«, fluchte Große Jäger. »Ich habe noch in keinem Fernsehkrimi gesehen, dass die dortigen Superpolizisten so häufig vergeblich unterwegs sind wie wir. Und warten müssen die auch nie.« Er sah Lüder mit verschmitztem Lächeln an. »Und noch etwas gibt es nicht im Fernsehkrimi: Ich muss jetzt erst einmal pinkeln gehen, bevor wir die Heimreise antreten.« Er verschwand, ohne eine Antwort abzuwarten, und tauchte nach einer Viertelstunde wieder auf. »Ich verstehe langsam, weshalb die Menschen in die Parkhausnischen pinkeln. Bei den Preisen ...«

Im Auto quetschte sich Große Jäger auf den Beifahrersitz und hörte bis Neumünster nicht auf, über die amerikanische Luftfahrt zu schimpfen. »Die kriegen nix auf die Reihe. Kein Wunder, dass die Lufthansa und ihre Genossen die Brüder nicht in der Star Alliance haben wollen. Nicht einmal ihre Landsleute schaffen die über den Teich zu transportieren.«

Lüder lauschte Große Jägers ununterbrochenem Wortschwall und nutzte auf der Höhe des Bordesholmer Dreiecks die erste Pause, um den Oberkommissar zu fragen: »Bevor du jetzt nach Husum zurückfährst, kannst du bei uns übernachten. Meine Frau freut sich. Und Jonas erst recht.«

»Ich habe doch nichts dabei«, protestierte Große Jäger.

»Das organisieren wir schon«, erwiderte Lüder amüsiert und wählte über die Freisprecheinrichtung seinen Privatanschluss.

»Hier bei Familie Lüders. Jonas am Apparat«, meldete sich eine hastige Kinderstimme. »Lüder, bist du das? Mami ist schon ganz schön sauer auf dich, weil du dich so lange nicht gemeldet hast.«

Große Jäger grinste Lüder breit an.

»Hör mal, du Naseweis. Was ist das für ein Empfang?«, sagte Lüder lachend. »Was soll ein Fremder von uns denken, wenn du ihn so am Telefon überfällst?«

»War ja kein Fremder. Hab ich doch am Display gesehen«, antwortete Jonas ungerührt.

»Ist Mami da?«

»Die macht mit Sinje rum.«

»Kannst du ihr ausrichten, dass wir heute Abend Besuch bekommen? Ein auswärtiger Kollege, der schläft auch bei uns.«

»Ein Gangsterjäger?«

»Ein großer Jäger.«

»Oh, geil. Hat der sein Schießeisen dabei?«

»Willst du mich vor dem Kollegen blamieren?«

»Wieso? *Richtige* Polizisten haben doch so ein Ding.«

»Bin ich kein richtiger Polizist?«

»Nicht wirklich. So 'n oller Kriminalrat ist doch nur ein Sesselfurzer, wie du immer sagst.«

Lüder beendete rasch das Gespräch, bevor Jonas noch mehr Gelegenheit fand, vor den Ohren des Oberkommissars Details des Lüder'schen Familienlebens auszuplaudern.

Lüder steuerte ohne den Umweg über das Polizeizentrum direkt sein Haus an. Der Motor lief noch, als die Haustür aufflog und Jonas herausstürmte. Neugierig blieb er vor dem BMW stehen und wartete, dass der angekündigte »große Gangsterjäger« ausstieg. An seiner Mimik war deutlich anzumerken, dass er schwer enttäuscht war.

»Sie sind wirklich Polizist?«, fragte er.

Der Oberkommissar nickte. »Ein richtiger.« Um das zu beweisen, griff er nach hinten an seinen Hosenbund und zauberte die Handschellen hervor, die er gewohnheitsmäßig mit sich führte. Ehe Jonas sich versah, machte es klick, und der Junge war gefesselt. Erstaunt blickte Jonas auf die stählerne Acht, dann strahlte er.

»Super. Oberaffengeil.«

Große Jäger gab ihm die Hand. »Unter Kumpels sagt man du. Ich heiße Erich.«

Lüder unterdrückte ein Grinsen. Er verstand zu gut, dass sich der Oberkommissar bei Jonas nicht als »Wilderich« vorstellte. Jonas hätte den Rest des Abends Gefallen daran gefunden, Große Jäger mit seinem für kindliches Verständnis unmöglichen Vornamen aufzuziehen.

Der Junge war schon wieder im Haus verschwunden und rief lautstark den Rest der Familie zusammen, um seine gefesselten Hände zu präsentieren. Aus dem Hintergrund tauchte Margit auf, Sinje auf dem Arm tragend. Während die Kleine beide Arme nach ihrem Vater ausstreckte, musterte ihre Mutter für einen Moment Große Jäger. Obwohl sie sich alle Mühe gab, gelang es ihr nicht, einen Hauch von Entsetzen zu verbergen. Zögerlich gab sie ihm die Hand.

»Dreesen«, stellte sie sich vor.

Der Oberkommissar griff beherzt zu. »Das finde ich aber mutig. Sie haben nach der Heirat Ihren Mädchennamen behalten.«

»Nun – ja. Das ist so ... Wir haben noch keine Zeit gefunden, zum Standesamt zu gehen«, druckste Lüder herum.

»Ich auch nicht«, lachte Große Jäger und rieb sich den Bauch. »Vielen Dank für die Einladung. Ich mach jetzt das, was wir von unseren Kunden am liebsten hören: Ich gestehe, dass ich hungrig bin und Durst habe.«

Margit sah am Oberkommissar vorbei aus dem Fenster. »Bei dem Wetter sollten wir grillen.«

»Oh, geil«, mischte sich Jonas ein und hielt Große Jäger seine Hände hin. »Kannst du die wieder abmachen?«

Die nächste Stunde verbrachten die beiden Polizisten auf der Terrasse. Während Lüder immer wieder durch Sinje abgelenkt wurde, hatte Jonas einen Stuhl ganz nahe an Große Jäger herangezogen und lauschte den abenteuerlichen Erzählungen von wilden Verbrecherjagden an der Westküste, wobei wahrscheinlich nur Lüder, der kommentarlos lauschte, auffiel, dass die Zeit der großen Piratenüberfälle schon lange Vergangenheit war und Große Jäger auch nicht maßgeblich an der Verhaftung Klaus Störtebekers beteiligt gewesen sein konnte. Doch das irritierte weder Jonas noch Viveka oder Thorolf, die sich zunächst mit geringschätziger Miene dazugesellt hatten und sich schwer enttäuscht zeigten, als sie zu fortgeschrittener Stunde die fröhliche Runde auf der Terrasse verlassen und ins Bett abtauchen mussten. Jonas störte es dabei nicht im Geringsten, dass er sein Zimmer dem Gast überlassen musste und dafür die ganze Nacht die Ritze zwischen Margit und Lüder in Beschlag nehmen durfte.

Es war weit nach Mitternacht und die überwiegende Anzahl der Bierflaschen im Kasten geleert, als auch Margit ihren Frieden mit dem durchaus sympathischen Grantler von der Westküste geschlossen hatte. Nach dem dritten Glas Barolo hatte Lüder noch einmal sein Angebot der Duzfreundschaft mit Große Jäger wiederholt.

NEUN

Nach einem ausführlichen Frühstück waren sie zunächst noch einmal ins Landeskriminalamt gefahren. Während Lüder dort ein paar Recherchen am Computer durchgeführt hatte, war Große Jäger Friedjof begegnet, und beide hatten ihre Diskussion vom Vortag, welcher ihrer Lieblingsvereine den besseren Fußball bot, fortgesetzt. Die beiden Kontrahenten hatten den Ort ihres verbalen Schlagabtausches aber in die Kantine verlegt und Lüder von der lästigen Aufgabe entbunden, auf dem Büroflur um Reduzierung auf eine angemessene Lautstärke zu bitten.

Jetzt waren Lüder und der Oberkommissar Richtung Norderstedt unterwegs. Der Kulturverein, auf den der BND-Mann Fritzmeier verwiesen hatte, sollte im Gewerbegebiet Stonsdorf residieren.

»Die Einrichtung in Norderstedt ist uns bekannt«, erklärte Lüder. »Sie wird von sunnitischen Moslems getragen.«

»Die stellen doch die Mehrheit in Afghanistan und ein gutes Drittel im Irak«, warf Große Jäger ein.

»Vorsitzender des Vereins ist Abdullah Gücün, ein Kurde, der schon seit einem Vierteljahrhundert in Deutschland lebt und unbegrenztes Bleiberecht hat. Er steht unter Beobachtung des Verfassungsschutzes. Bisher konnten ihm aber weder verfassungsfeindliche noch terroristische Straftaten nachgewiesen werden. Es hat den Anschein, als wäre er nur ein engagierter Vertreter der moslemischen Bevölkerung. Oder zumindest eines Teils, da diese Gruppe in sich alles andere als homogen ist.«

»Ein Kurde?«, fragte Große Jäger nach.

»Daran habe ich auch gedacht«, stimmte Lüder zu. »Die 173. Luftlandebrigade, in der Jethro Jackson gedient hat, war im Nordirak im Einsatz und hatte dort ein paar unliebsame Begegnungen.« Lüder erinnerte sich an das feucht-fröhliche Gespräch mit Professor Meister auf der Parkbank an der Förde und berichtete Große Jäger von der sogenannten Sackaffäre in der kurdischen Stadt Silêmanî, als die »Sky Soldiers« der US-Brigade einen geheimen türkischen Stützpunkt ausgehoben hatten.

»Das trifft den Stolz dieser Leute«, stellte der Oberkommissar fest.

»Und in Afghanistan war die Brigade auch im Einsatz. Ich fürchte, wir wissen längst nicht alles, was sich in den Kriegsgebieten zugetragen hat. Wer sagt uns, dass es nicht im Eifer des Gefechts vereinzelt zu Übergriffen der hypernervösen US-Soldaten gegen die Zivilbevölkerung gekommen ist, vielleicht sogar irrtümlich, weil man vermutete, dass sich hinter der harmlosen Maske Terroristen verschanzt hielten?«

»Dann könnte der Mord an dem Ausländer in Husum ein Racheakt sein«, überlegte Große Jäger laut. »Und wenn der vermeintliche Asiat aus Itzehoe früher auch in der US-Army gedient hat?«

»Das sind weit hergeholte Vermutungen. Aber nicht abwegig.«

Lüder gefiel, wie Große Jäger dachte. Der Husumer »Provinzpolizist« zog keine engen Grenzen, sondern ließ seinen Gedanken einen großen Radius.

»Nun wird dieser Abdullah Gücün nicht mit dem Krummdolch herumlaufen und Leute ermorden, die er für Feinde seiner Weltanschauung hält. Aber immerhin steht er unter Beobachtung des Verfassungsschutzes.«

»Und zwar so intensiv, dass uns Fritzmeier auf ihn aufmerksam gemacht hat«, ergänzte Lüder. »Mich wundert nur, warum uns der BND keine ergänzenden Informationen hat zukommen lassen. Wenn man etwas gegen den Norderstedter Verein in der Hand hat, ist es doch ineffizient, uns noch einmal ermitteln zu lassen.«

»Und wenn die Erkenntnisse auf nicht ganz legale Weise gewonnen wurden? Zum Beispiel durch V-Männer. An dieser Vorgehensweise ist seinerzeit auch der Verbotsantrag gegen die NPD gescheitert.«

»Weil der BND innerhalb des Bundesgebiets nicht tätig werden darf, spielt man uns diesen Hinweis zu. Und wenn Fritzmeier seine Kontakte verschweigt, verbaut er uns nicht die Möglichkeiten, gegen die Norderstedter vorzugehen, ohne dass alles von einem Gericht verworfen wird. Außerdem hält sich der BND bedeckt, wenn er seine innerdeutschen Aktivitäten nicht offenbart.«

»Das spricht für die Landespolizei Schleswig-Holstein«, erklärte Große Jäger strahlend, als wäre er allein für deren Ruf verantwortlich. »Man gibt uns einen Tipp, traut uns zu, das Rätsel zu lösen, und hält uns für so loyal, dass wir die Geschäfte der Geheimdienste nicht weiter hinterfragen.«

»Das könnte die Denkweise dieser Leute sein«, pflichtete Lüder bei. »Aber dann ist es nicht so weit her mit der hohen Meinung, die man in München über uns Landpolizisten hegt: Man hält uns für nützliche Idioten.«

»Nicht ganz«, protestierte der Oberkommissar. »Schließlich ist Fritzmeier damit erst herausgerückt, als er mitbekam, was wir schon wissen. Oder besser: Was du schon herausgefunden hast.«

»Und da ist etwas dabei, was wir noch nicht decodieren konnten. Warum sonst versucht man mich auf so infame Weise zu erpressen?«, sagte Lüder und bog in Quickborn von der Autobahn ab. Kurz darauf waren sie am Ziel.

Die Namensgleichheit zwischen dem Norderstedter Gewerbegebiet Stonsdorf und dem von Kennern geschätzten Kräuterlikör war kein Zufall. Im Gegensatz zum Getränk war die Stormarnstraße allerdings wenig anheimelnd. Sie endete vor einem rot-weiß lackierten Schlagbaum. Rechts davon behinderte ein durch ein Vorhängeschloss gesichertes verfallenes Tor den Zugang zu einem zugewucherten Gelände, an dessen Rand ein Hochspannungsmast emporwuchs. Alles wirkte öde und verlassen. Dazu passte die nicht mehr benutzte Lagerhalle und das leise vor sich hinsummende Umspannwerk auf der anderen Straßenseite. Am blauen Himmel mit den Kumuluswolken zog ein Flugzeug im Anflug auf Hamburg seine Bahn.

»Wenn ich mir die Umgebung betrachte«, unterbrach Große Jäger das Schweigen, »ist es ein fast bösartiger Seitenhieb der Norderstedter, eine solche Straße nach dem Nachbarkreis Stormarn zu benennen.«

Die gesuchte Adresse fand sich auf einem nicht mehr bewirtschafteten Grundstück. Vor dem tristen Hinterhofgebäude, das früher einmal Kleingewerbe beherbergt haben mochte, standen drei Fahrzeuge, darunter zwei schon in die Jahre gekommene Mercedes-Limousinen und ein dunkelbrauner Opel Ascona. Lüder parkte den BMW direkt unter einem Fenster.

Große Jäger reckte sich beim Aussteigen und fasste sich ins Kreuz. Während sich bei Lüder noch leichte Spuren des langen Abends bemerkbar machten, schienen dem Oberkommissar weder der Alkoholgenuss noch der wenige Schlaf etwas auszumachen. Sie sahen sich um, und Große Jäger zeigte auf eine angelehnte Metalltür, über der ein verblichenes Schild mit einem Halbmond und der Überschrift »Kulturverein« unter einer Überschrift in arabischen Schriftzeichen auf ihr Ziel hinwies.

Lüder klopfte an und rief laut »Hallo« durch einen schmalen Spalt. Als sich keine Reaktion zeigte, öffnete er die Tür und wiederholte das »Hallo« ins Halbdunkel hinein. Es dauerte einen Moment, bis sich seine Augen an das diffuse Licht gewöhnt hatten.

Der düstern wirkende Raum war mit schlichten Holzstühlen und Tischen möbliert. Im Hintergrund befand sich eine Küchenzeile, seitlich ein paar Holzschränke, wie man sie früher in Klassenzimmern vorfand. Zwei Männer saßen an einem Tisch und sahen den beiden Beamten entgegen.

Lüder war in der Tür stehen geblieben, Große Jäger sah ihm mit zusammengekniffenen Augen über die Schulter.

»Hallo«, wiederholte Lüder ein drittes Mal. Nachdem er auch diesmal keine Antwort erhielt, fragte er: »Wir möchten gern den Vorsitzenden oder einen der verantwortlichen Herren sprechen.«

Die beiden Männer im Halbdunkel rauchten gelassen weiter, ohne dabei die Besucher aus den Augen zu verlieren. Beide trugen dunkle Kleidung, einer war trotz der sommerlichen Temperaturen mit einer Lederjacke bekleidet. Er trug einen dichten schwarzen Bart über der Oberlippe, während das Gesicht des zweiten von einem Vollbart geziert wurde, der von den Schläfen abwärtsging und in einer fast struppig wirkenden Spitze unter dem Kinn mündete.

Lüder spürte, wie Große Jäger ein wenig in seinem Rücken schob. Dem Oberkommissar war es sichtlich zu dumm, im Türrahmen zu verharren, aber Lüder wollte nicht unhöflich sein und wartete auf die Aufforderung, näher zu treten. Es war dies ein Gebot der Höflichkeit, die bei Menschen aus dem arabischen Raum einen hohen Stellenwert besaß.

»Warum fragt die Polizei nach einem Vorstandsmitglied?«, erwiderte der mit dem Strubbelbart Lüders Frage.

»Richtig. Wir sind von der Polizei und möchten mit Ihnen sprechen.«

»Worüber?«

Die beiden Männer am Tisch wechselten ein paar Worte auf Arabisch, dann sagte »Strubbelbart«:

»Kommen Sie. Setzen Sie sich.«

Die beiden Beamten gingen auf den Tisch zu. Lüder blieb vor den beiden Männern stehen, neigte kurz den Kopf und sagte: »Lüder. Polizei Kiel. Das ist ein Kollege.«

»Was führt Sie hierher?«, fragte der Mann mit dem eher arabischen Aussehen, während der schweigsame Mann, der Gücün sein musste, seine kurdische Herkunft nicht leugnen konnte.

»Sie bekennen sich dazu, das Wertesystem der westlichen Welt zu verdammen«, sagte Lüder.

Es hatte den Anschein, als würde sich der Kurde erstmals in das Gespräch einmischen wollen, aber ein Blick des Bärtigen ließ ihn schweigen.

»Es würden viele Worte gewechselt, wenn ich Ihnen all das noch einmal erklären würde, was die Amerikaner in der Welt angerichtet haben. Die Bush-Regierung hat sich zum Feind unserer Religion aufgeschwungen. Das können wir nicht akzeptieren. Nirgendwo auf der Welt.«

Lüder sah sich betont in dem kargen Raum um. »Die Probleme der Welt werden wir in diesem Zimmer nicht lösen. Ist es mit dem Frieden zu vereinbaren, den der Koran predigt, wenn einige Allahs Schwert in die Welt hinaustragen wollen? Das Grundgesetz garantiert Ihnen freie Religionsausübung in Deutschland. Diese Toleranz müssen Sie aber auch gegenüber allen Andersgläubigen aufbringen.«

»Gehen Sie nicht davon aus, dass alle Moslems gewaltbereit sind.«

»Wir als Polizei interessieren uns nur für die Leute, die sich nicht an die Gesetze halten.«

»Zu Ihrem weltlichen Gesetz kommt für uns noch der Koran hinzu«, erklärte der Mann und sah auf, als sich eine unscheinbare Tür im Hintergrund öffnete und ein weiterer Mann den Raum betrat. Er war mit einem langen wallenden Gewand bekleidet, das bis zu den Knöcheln reichte, und trug als Kopfbedeckung eine runde, reich bestickte Kappe. Der fast weiße Bart verlieh ihm eine gewisse Würde, auch wenn sein Alter schwer einzuschätzen war.

Der Mann näherte sich bedächtig, während Gücün aufsprang und ihm seinen Platz anbot. Auch der bisherige Wortführer war aufgestanden. Lüder folgte dem Beispiel, während Große Jäger nur leicht sein Hinterteil in die Höhe hob.

Der Bärtige erklärte etwas auf Arabisch. Zumindest nahm Lüder an, dass es Arabisch war. Dann sah er Lüder an, nickte in dessen Richtung und sagte: »Das ist der Imam der Abu-Bakr-Moschee hier in Norderstedt.« Erneut wandte er sich an den Vorbeter, der geduldig zuhörte und dabei unter seinen buschigen Augenbrauen abwechselnd Lüder und Große Jäger durchdringend ansah. »Der Imam lässt sich entschuldigen. Er spricht leider kein Deutsch.«

»Wie finde ich das?«, entfuhr es Große Jäger. »Das wäre so, als wenn mein Pfarrer sich nur auf Lateinisch mit seinen Schäflein unterhalten würde.«

Prompt warf ihm der Wortführer einen bösen Blick zu, dann sagte er irgendetwas zum Imam. Daraufhin schenkte der Vorbeter dem Oberkommissar einen langen Blick und gab eine lange, wortreiche Erklärung ab.

»Es mangelt Ihrem Kollegen offenbar am nötigen Respekt«, sagte der Araber zu Lüder. Es war ein deutliches Abstrafen Große Jägers, dass der Mann sich nicht direkt an den Oberkommissar wandte.

»Sie sprachen davon«, wechselte Lüder das Thema, »dass Sie sich dafür einsetzen, die Amerikaner und ihre Verbündeten zu bekämpfen.«

Der Bärtige dolmetschte nun jeden Satz in Richtung des Imams und übersetzte dessen Antwort. Offenbar hatte er die Gesprächsführung dem islamischen Geistlichen überlassen.

»Es gibt keinen Gott außer Allah. Mohammed als der einzige und wahre Gesandte Gottes hat die Menschen zum Monotheismus verpflichtet. Deshalb ist es für uns eine heilige Pflicht, gegen den Unglauben auf der Welt anzutreten.«

»Moment mal«, mischte sich Große Jäger ein. »Das ist aber intolerant. Sie wollen mich doch nicht auf den Islam verpflichten.«

»Gott ist der Schöpfer aller Wesen und Dinge. Und sein Wille ist im Koran festgelegt. Darin steht geschrieben, dass der allmächtige Gott die Unterwerfung der Menschen unter seinen Willen fordert.«

»Ich nehme Ihnen nicht die Freiheit, Ihren Glauben zu praktizieren, verlange aber, dass Sie mir auch meine Überzeugung lassen. Es entspricht unserer freiheitlichen Tradition, dass jeder seine eigene Überzeugung leben darf«, sagte Lüder.

Nachdem der Bärtige übersetzt und die Antwort des Imams angehört hatte, schüttelte er den Kopf. »Das sind eben die Irrungen der Ungläubigen. Es ist die Pflicht der Menschen, Gottes Willen zu erfüllen. Und wer rechtgläubig ist, steht in der Verpflichtung, dafür Sorge zu tragen. Etwas anderes sagt übrigens auch der Papst nicht, nur dass er von falschen Voraussetzungen ausgeht und Dinge toleriert, die nicht im Einklang mit Gottes Willen stehen. Und besonders Amerika hat sich zum Wortführer im Kampf gegen den Islam aufgeschwungen. Deshalb ist es legitim, sich dagegen zu wehren.«

Große Jäger war kurz davor, aufzuspringen, und ließ sich auch durch Lüder nicht von einer Antwort abhalten. »Damit eines unmissverständlich klar ist: Hier gelten unsere Regeln der freiheitlichen demokratischen Rechtsordnung. Und wer sich nicht daran hält …«

Lüder hatte seine Stimme erhoben und fuhr dazwischen. »Und so sehen Sie es als Verpflichtung an, jeden zu bekämpfen, der sich gegen den Islam stellt.«

»Es die Pflicht unserer Religion, sich gegen den Unglauben zu wehren, der uns mit Gewalt übergestreift werden soll.«

»Und da scheuen manche nicht davor zurück, auch Gewalt anzuwenden.«

»Allahs Möglichkeiten sind vielschichtig«, wich der Mann aus. Dann folgte eine längere Diskussion zwischen dem Wortführer und dem Vorbeter.

»Der Imam lässt Sie wissen, dass genug Worte gewechselt sind. Sie kennen unseren Standpunkt.«

Der Mann stand auf und schob seinen Stuhl als Zeichen dafür zurück, dass seine Worte endgültig waren.

Die beiden Beamten erhoben sich ebenfalls. Lüder deutete ein Nicken an und ging wortlos hinaus, während Große Jäger ihm kopfschüttelnd folgte.

Sie hatten das Gebäude noch nicht ganz verlassen, als sich Große Jäger eine Zigarette anzündete und feststellte: »Das verstehe ich nicht. Die da drinnen haben sich nicht eindeutig von Gewaltanwendungen distanziert.«

»Aber auch nicht gesagt, dass sie Gewalt anwenden. Man muss ein wenig die Kultur dieser Menschen verstehen. Die haben ein anderes Verhältnis zum Stolz.«

»Immerhin verbietet es ihr Stolz nicht, bei uns Unterschlupf zu finden.« Der Oberkommissar inhalierte tief den Rauch seiner Zigarette. »Ich würde überlegen, ob wir in dem Laden nicht einmal eine Razzia durchführen und nach Waffen, illegalen Schriften und Ähnlichem suchen. Es würde mich nicht wundern, wenn wir fündig werden.«

»Auf welcher rechtlichen Grundlage?«

»Also da … Ich bin mir sicher … Ach was!« Große Jäger ließ die Kippe fallen und drehte sie mit seiner Hacke in den rauen Asphalt des Hofplatzes. Dann nahm er Lüder ins Visier. »Warum haben wir den Wortführer nicht nach seinem Namen gefragt? Uns die Papiere zeigen lassen?«

»So ist es doch viel besser. Wären wir nach dem Standardverfahren vorgegangen, hätten die Leute gewusst, dass wir sie verdächtigen und hinter den Kulissen Nachforschungen betreiben. Wir haben nichts Konkretes gegen sie in der Hand. Unser Besuch beruht lediglich auf einem Tipp Fritzmeiers vom BND. Und ich wollte mir ein Bild von den Leuten machen. Die sind es gewohnt, bei Begegnungen mit Polizei oder Verfassungsorganen mit Vorwürfen konfrontiert zu werden. Da *wir* uns konträr zu ihren Erwartungen verhalten haben, sind sie unsicher. Sieh vorsichtig durchs Fenster«, schlug Lüder vor.

Große Jäger warf wie zufällig einen Blick in den dunklen Raum. Die drei Männer dort drinnen waren im Halbdunkel nur schemenhaft zu erkennen, deutlich aber war, dass sie in eine erregte Diskussion verfallen waren und zum Unterstreichen ihrer Argumente lebhaft gestikulierten.

»Die haben doch Dreck am Stecken. Warum sonst betreiben sie solche Einrichtungen?

Lüder wollte keine politische Grundsatzdiskussion entfachen, deshalb ging er auf diesen Einwand nicht ein. »Ich verstehe zwar kein Arabisch, aber in der Diskussion zwischen unserem Ansprechpartner und dem Imam fiel zweimal der Begriff ›Holl‹.«

»Hat das eine besondere Bewandtnis?«, erkundigte sich Große Jäger.

»Vielleicht gibt es eine Vokabel, die so ähnlich klingt, und es ist Zufall. Aber ›Holl‹ heißt der Mann aus Norderstedt, den Silvio Merseburger telefonisch beschimpft hat.«

»Wenn Merseburger den Dunkelhäutigen aus Husum und Holl auf seiner Liste hatte, könnte es bedeuten, dass der Mann aus Norderstedt mit Ausländern sympathisiert und es Verbindungen zu den Mitgliedern dieses Kulturvereins gibt«, überlegte der Oberkommissar.

»Wenn der Gutmensch Holl sich nicht für Jethro Jackson eingesetzt hat, weil er ein Farbiger ist, heißt das, dass er Jackson kannte, weil er US-Bürger war, und dann …«

»… ist er kein Freund von den Kameraden des Kulturvereins«, setzte Große Jäger Lüders Überlegungen fort. »Nun hat uns das nicht viel weiter gebracht als ein Entweder-oder.«

»Wenn wir hier keine Antwort finden, sollten wir es am anderen Ende versuchen und mit Holl sprechen.« Lüder sah auf die Uhr. »Wir fahren jetzt ins Herold-Center. Dort arbeitet Holl als Wachmann.«

Es war nur ein kurzer Weg bis zum Einkaufsparadies. Lüder

fand einen Platz im Parkhaus und steuerte den Informationsschalter an. Diesmal saß eine andere Frau hinter der Glasscheibe. Sie hörte sich Lüders Wunsch an und bedauerte: »Holl ist heute nicht auf Arbeit. Is krank. Seine Frau hat angerufen. Herbert geht's wohl nicht so gut. Hat was auffe Bronchien.«

Als sie wenig später an der Wohnungstür in der Rathausallee klingelten, öffnete niemand. Lüder versuchte es bei der Nachbarin, die ihm schon beim ersten Besuch Auskunft erteilt hatte.

»Nee! Die sind weg. Die arbeiten doch. Sie ist inne Reinigung und ihr Mann im Herold-Center.«

Die Frau trug erneut ihre nachlässige Kleidung. Sie wedelte mit ihrer brennenden Zigarette und schenkte Lüder nur kurz ihre Aufmerksamkeit, während sie die meiste Zeit darauf verwandte, Große Jäger mit Blicken abzutasten. Es ist unschwer zu erraten, dachte Lüder, dass die künstlich Blondierte den Kollegen, wäre er Zeitschriftenwerber und solo unterwegs, auf einen »Kaffee« in ihre Wohnung eingeladen hätte.

»Haben Sie die beiden Holls heute Morgen aus dem Haus gehen sehen?«

»Was? So früh? Warum soll ich schon vor neun am Fenster steh'n? Warten Sie mal. Ich war noch im Bett, als ich hörte, wie sie gegangen ist. Das hat mich gewundert.«

»Was war merkwürdig?«

»Na, dass die Holl abgeschlossen hat. Die Reinigung macht früher auf als die Geschäfte im Herold-Center. Drum ist sie immer vor ihm weg. Logisch, nä, dass sie dann nicht abschließt. Aber heute hat die Holl die Wohnung dichtgemacht. Das hört man. Also muss er schon früher weg sein. Das mein ich mit komisch.«

Sie sah jetzt Lüder an. »Sagen Sie mal: Was woll'n Sie eigentlich von den'?«

»Ach, nix«, erklärte Große Jäger und schenkte der Blonden so ein strahlendes Lächeln, dass sie vergaß, weitere Fragen zu stellen.

Wenig später standen die beiden Beamten in der Reinigung und warteten geduldig, bis die verhärmte Frau hinterm Tresen die gesäuberte Kleidung für zwei vor ihnen wartenden älteren Frauen herausgesucht hatte. Die zweite Kundin ließ sich ein helles Kostüm aus der Zellophanumhüllung auspacken und beäugte kritisch das gereinigte Stück.

»Ich habe meine Brille vergessen«, sagte die Frau mit fester Stimme. »Ist der Fleck auch wirklich rausgegangen?«

Die Bedienung hinterm Ladentisch versicherte es und wandte sich dann an Lüder und Große Jäger.

»Was darf es sein?«

»Frau Holl?«

Sie nickte und sah die Polizisten mit großen Augen an. »Ist was passiert?«

Die letzte Kundin, die schon im Begriff war, das Geschäft zu verlassen, blieb abrupt stehen, drehte sich um und kam wieder zwei Schritte näher.

»Ist das schwer?«, fragte Große Jäger und zeigte auf das eingepackte Kostüm, das die Frau über dem Unterarm trug.

»Nein. Warum fragen Sie?«

»Kommen Sie«, sagte der Oberkommissar und schob die alte Dame sanft zur Tür, die er öffnete. »Ich wünsche Ihnen noch einen schönen Tag.«

»Frechheit«, murmelte die Frau und schüttelte heftig den Kopf, wobei sie fast Gefahr lief, ihren altertümlichen Hut zu verlieren.

»Wir sind von der Polizei.«

»Ist was mit meinem Mann?«, fragte die Frau, bevor Lüder weitersprechen konnte.

»Nein, Sie müssen nicht besorgt sein. Wir haben vor Kurzem schon einmal mit Ihrem Mann gesprochen. An seinem Arbeitsplatz. Es geht um die Drohungen, die gegen ihn vorgebracht werden. Zuletzt ist er telefonisch beschimpft worden. Wir haben den Täter festgesetzt und brauchen jetzt noch ein paar weitere Informationen.«

Man sah Frau Holl die Erleichterung an. »Da fällt mir aber ein Stein vom Herzen.« Sie gab einen Stoßseufzer von sich.

»Gibt es Anlass zur Sorge?«

»Man weiß nie«, antwortete sie ausweichend.

»Wir wissen, dass Ihr Mann schon früher für seine Aktivitäten angefeindet wurde. Wird er jetzt wieder bedroht?«

Sie fasste sich kurz ans Herz. »Das ist eine ganze Menge an Aufregung in der letzten Zeit. Herbert hat das früher nichts ausgemacht. Aber irgendwann läuft das Fass über. Er kann die Aufregung um unseren Sohn einfach nicht mehr durchstehen.«

Lüder war überrascht. »Sie haben einen Sohn? Haben Sie den mit in die Ehe gebracht?«

Frau Holl sah Lüder erstaunt an. »Nein, wie kommen Sie darauf? Ich war vor Herbert noch nie verheiratet. Achim ist unser gemeinsamer Sohn.«

»Bei unserem ersten Gespräch hat Ihr Mann gesagt, Sie hätten keine Kinder.«

»Achim ist unser einziges Kind. Herbert verleugnet ihn, seit sich unser Sohn bei der Bundeswehr verpflichtet hat. Wie Sie wissen, ist die Auseinandersetzung zwischen Vater und Sohn in der Pubertät eine besondere Herausforderung. Und da mein Mann sich seit Menschengedenken für eine Welt ohne Waffen einsetzt, konnte unser Sohn ihn nicht schlimmer treffen als mit dem freiwilligen Dienst bei der Bundeswehr. Dass er auch mich als Mutter damit trifft, hat der Junge nicht bedacht. Und das Schlimmste ist, dass man unser Kind nach Afghanistan geschickt hat. Erst war er im Kosovo und jetzt dahinten in Kundus.«

Sie wischte sich verstohlen eine Träne aus den Augen. »Sie können sich nicht vorstellen, wie bange ich abends vor dem Fernseher sitze und bete, dass keine schlimmen Nachrichten aus Afghanistan kommen. Und wenn doch wieder etwas passiert ist, liege ich nachts wach im Bett und hoffe, dass unser Junge nicht unter den Betroffenen ist.«

»Und das nimmt Ihren Mann auch mit?«

»Sicher. Herbert liegt ebenfalls wach im Bett und kann nicht schlafen. Nur zu gern würde er sich wieder mit Achim versöhnen, aber das Kind muss seine Verpflichtung erfüllen. Hinzu kommt, dass unser Junge in so einer Spezialeinheit Dienst tut.«

Lüder horchte auf. »Was für eine Spezialeinheit?«

»So genau weiß ich das nicht. Ich glaube, KSK heißen die. Er ist nach Calw versetzt worden. Das ist da unten bei Stuttgart. Jedenfalls musste er Englisch lernen. Und dann hat er was mit den

Amerikanern zu tun. Und die stehen ja extra im Kreuzfeuer mit diesen Taliban.«

»Hat Ihr Mann jemals den Namen Steffen Meiners erwähnt?«

Sie schüttelte den Kopf und tupfte sich mit einem Papiertaschentuch die Augen ab. »Wer soll das sein?«

»Oder Jethro Jackson?«

»Kenne ich nicht. Ich habe mich aber auch nie für die Freunde meines Mannes von der Friedensbewegung interessiert.«

»Hat Ihr Mann Kontakt zur islamischen Gemeinschaft hier in Norderstedt?«

»Ganz bestimmt nicht. Das wüsste ich.«

»Wo erreichen wir ihn? Im Herold-Center hat man uns gesagt, er sei krank.«

»Herbert fühlt sich hundeelend. Der ist am Boden zerstört. Der musste mal allein sein. Dann fährt er immer zum Angeln.«

»Wissen Sie, wohin?«

»Nicht genau. Ich bin nie mit gewesen. Das ist so ein kleiner See. Irgendwo da oben zwischen Plön, Preetz und Malente. Kann sein, dass es auch ein bisschen nach Lütjenburg rüber liegt.«

Ausgerechnet dort, dachte Lüder. In der Holsteinischen Schweiz gab es jede Menge Seen.

»Ist er telefonisch erreichbar?«

»Er hat sein Handy dabei. Aber wenn er angelt, schaltet er es ab.«

»Wann wollte er wieder zurückkommen?«

»Ich weiß es nicht«, seufzte sie und tupfte sich erneut die Augen ab.

Sie wurden unterbrochen, als ein gemütlich aussehender Mann in einer typischen Bürokombination in die Reinigung stürmte, kurz »Moin« sagte und direkt auf Frau Holl zusteuerte. Er hielt ihr eine bunt gemusterte Krawatte unter die Nase.

»Da habe ich Senf draufgekleckert«, sagte er. »Ich konnte den Frikadellen zum Frühstück nicht widerstehen. Kriegen Sie das bis heute Abend raus? Sonst kriege ich Ärger mit meiner Frau.« Dann sah er Lüder und Große Jäger an. »Oh, Verzeihung. Habe ich mich vorgedrängelt?«

Lüder verneinte. »Wir waren ohnehin fertig.« Sie verabschiedeten sich von Frau Holl.

Den Weg zum Auto nutzte Große Jäger, um seiner Nikotinsucht zu frönen.

»Das wird immer bunter in diesem Fall. Wenn Achim Holl beim Kommando Spezialkräfte der Bundeswehr ist, dann gibt es möglicherweise Berührungspunkte zu den Amerikanern. Ist es vorstellbar, dass dort irgendwo in Afghanistan eine Schweinerei passiert ist und jemand Rache nehmen möchte? Wenn mit ›Holl‹, wie wir es aus der Diskussion der Leute vom Kulturverein herausgehört zu haben glauben, gar nicht Herbert, sondern der Sohn gemeint ist? Dafür könnte auch sprechen, dass es sich hier auf Norderstedt konzentriert.«

»Du magst recht haben«, sagte Lüder. »Es ist unlogisch, dass der alte Holl mit den Arabern gegen die Amerikaner paktiert, da die Islamisten und Taliban alles andere als Friedensaktivisten sind und nicht in sein Weltbild passen. Und wenn Herbert Holl das Ganze durchblickt, fürchtet er um seinen Sohn und unternimmt alles, um uns von dieser Fährte abzulenken.«

»Indem er uns verschweigt, dass er überhaupt einen Sohn hat. Was ist, wenn an dieser Sache Deutsche *und* Amerikaner beteiligt waren? Zum Beispiel Jethro Jackson, der immer noch nicht identifizierte Asiate aus Itzehoe und auf deutscher Seite Achim Holl?«

Lüder nickte geistesabwesend. »Deine Idee sollte man verfolgen. Jackson und der Japaner haben Angst vor Vergeltung und flüchten. Sie verstecken sich mit Hilfe von Holl senior im abgeschiedenen Schleswig-Holstein. Dort werden sie von einem Killer, den wir als den ›Leprakranken‹ kennen, aufgespürt und ermordet.«

»Und wie hängt Steffen Meiners aus Heide in der Sache?«

»Wir wissen noch nicht, wer dem Schwarzen die Wohnung in Husum besorgt hat. Dazu sollten wir dem Hausmeister ein Bild von Meiners zeigen. Und eines von Herbert Holl«, ergänzte Lüder.

»Dann macht auch die Verzögerungstaktik der Geheimdienste und des BKA Sinn«, sagte Große Jäger. »Es ist anzunehmen, dass die Schlapphüte von der Sache in Afghanistan wissen.«

»Natürlich ist denen nicht daran gelegen, dass die Sache ans Licht der Öffentlichkeit gelangt. Berlin hat genug Probleme, dem deutschen Wähler die Notwendigkeit des Auslandseinsatzes der Bundeswehr verständlich zu machen.«

»Und das alles spielt sich in unserem ruhigen Schleswig-Holstein ab, das doch fern der großen Weltpolitik liegt«, überlegte Große Jäger laut.

»Vielleicht ist das der Grund: Weil wir für manche Kleingeister abseitsliegen, glaubt man, dass niemand zwischen Nord- und Ostsee solches Tun vermutet. Es wäre nicht das erste Mal, dass man versucht, politische Probleme in die vermeintliche Provinz abzuschieben.« Lüder dachte dabei an einen Fall aus der jüngsten Vergangenheit, als man in den fernen Machtzentren der Republik plante, den Menschen in Schleswig und an der Schlei ein Atomkraftwerk vor die Haustür zu bauen.

Der Oberkommissar rieb sich die Hände. »Jetzt haben wir zumindest einen Ansatzpunkt.«

Lüder blieb stehen. »Mir kommt eine Idee. Ich werde noch einmal zur Reinigung zurückgehen.« Er warf einen schnellen Blick auf Große Jäger. »In der Zwischenzeit kannst du deine Tabaksucht befriedigen.«

Fünf Minuten später war Lüder zurück und schwenkte ein Schlüsselbund. »Die Wohnungsschlüssel der Holls.«

»Donnerwetter«, staunte der Oberkommissar. »Unter welchen Drohgebärden hat die Frau die herausgerückt?«

»Charme«, sagte Lüder lächelnd. »Frau Holl hat keine Einwände, wenn wir den Tintenstrahldrucker mitnehmen.«

»Zu welchem Zweck?«

»Ich möchte wissen, ob mit diesem Gerät der anonyme Brief an mich gedruckt wurde.«

»Glaubst du, Holl steckt hinter dieser Schweinerei mit deinem Sohn?«, empörte sich Große Jäger.

»Ich meine das Schreiben, mit dem uns die Identität des Husumer Opfers mitgeteilt wurde.«

»Hm. Also verfolgst du doch die Theorie, dass Holl mehr weiß, als er uns verraten möchte. Aber welche Rolle spielt er?«

»Das möchte ich auch gern wissen. Doch dazu muss er erst noch ein paar Fische fangen, bevor er sich zurücktraut. Und inzwischen legen wir unsere Netze aus.«

Als sie sich an der Wohnungstür zu schaffen machten, erschien die blonde Nachbarin, mit ihrer Zigarette zwischen den Fingern wedelnd, und fragte: »Was machen Sie da? Wieso dringen Sie in die Wohnung ein?«

»Wir haben den Schlüssel von Frau Holl«, erklärte Lüder.

»Handwerker«, schob Große Jäger nach.

Die Nachbarin musterte die beiden Polizisten kritisch. Dem Oberkommissar schien sie es abzunehmen. Aber Lüder passte nicht in ihre Vorstellungen. Das hatte auch Große Jäger mitbekommen. Er zwinkerte der Blonden zu, hielt die linke Hand vor den Mund und raunte der Frau leise zu, indem er mit dem Daumen der rechten über die Schulter auf Lüder wies: »Mein Chef. Der möchte nachsehen, ob ich Bockmist verzapft habe.«

»Und? Haben Sie?«, flüsterte die Nachbarin zurück.

Große Jäger schüttelte den Kopf. »Bestimmt nicht. Ich bin einfach solide. Was ich anfasse, das flutscht.«

»Das glaube ich. So, wie Sie aussehen. So was brauchen wir. Haben Sie mal 'ne Karte von Ihrer Firma?«

»Hat er«, sagte der Oberkommissar und sah Lüder hinterher, der inzwischen die Tür geöffnet und in die Wohnung eingetreten war. »Ich steck sie nachher in den Briefkasten.« Große Jäger senkte seine Stimme noch ein wenig ab. »Und meine Handynummer schreib ich hintendrauf.«

»Oh, prima«, freute sich die Blonde. »Bis später.« Dann verschwand sie wieder in ihrer Wohnung.

Vom kleinen Flur gingen fünf Türen ab. Bad und Küche wirkten ebenso sauber und aufgeräumt wie die anderen Räume. Es machte fast den Eindruck, als hätten die Holls ihre Wohnung einer gründlichen Reinigung unterzogen, da sie Besuch erwarteten.

Im Schlafzimmer lag über den gemachten Betten eine akkurat gelegte Tagesdecke, die Kacheln des Wohnzimmertisches waren geputzt, die Sofakissen in der Mitte mit einem Knick versehen, und an den Topfpflanzen auf der Fensterbank fand sich kein welkes Blatt. Sogar die Fernsehzeitung lag ausgerichtet an der Kante des Beistelltisches.

»Ein echter Saubermann, dieser Holl«, lästerte Große Jäger

und ging in das Kinderzimmer. Auch hier herrschte Ordnung und Sauberkeit. Dennoch war es die Einrichtung, in der ein junger Mann gelebt hatte. Es wirkte auf die beiden Beamten, als hätte der Sohn sein Zimmer nur kurz verlassen. Auf dem Schreibtisch, den Achim früher sicher für seine Schularbeiten genutzt hatte, stand der Computer, ein Standardmodell aus dem Elektronik-Supermarkt. Der Drucker befand sich gleich daneben.

»Manchmal verfluche ich meine Eltern, weil ich eine schlechte Kinderstube hatte«, murmelte Große Jäger und begann, Schranktüren und Schubladen zu öffnen. »Ich kann meine Neugierde einfach nicht im Zaum halten.«

»Dann müssen wir Brüder sein«, erwiderte Lüder und setzte sich vor den Rechner. Er war nicht erstaunt, dass er ohne Passwortabfrage direkt ins Windows XP gelangte. Vor wem hätte Holl seine Daten auch schützen sollen? Auf der Festplatte fanden sich nur wenige Daten. Die Kopien von Briefen an die Hausverwaltung und den örtlichen Stromlieferanten, die Reklamation einer Lieferung an ein Versandhaus und der Entwurf einer Geburtstagskarte zum Sechzigsten für »die liebe Erika«, wer auch immer das sein mochte. In einem zweiten Ordner gab es Excel-Arbeitsblätter, in denen Holl oder seine Frau akribisch Buch über die Haushaltseinnahmen und -ausgaben des Ehepaares führte. Von den Gehältern über Daueraufträge bis hin zu Auszahlungen an Geldautomaten waren alle Vorgänge sauber aufgezeichnet. Die beiden mussten ein sorgfältig organisiertes Leben führen, denn von den nicht üppigen Einkünften blieben zum Monatsende nur wenige Euro übrig.

»Hast du Kontoauszüge gefunden?«, fragte Lüder über die Schulter.

»Ja, zwei Girokonten und ein Sparkonto mit knapp über eintausend Euro Guthaben. Die Girokonten, je eines für jeden Ehepartner, tendieren zum Monatsende immer gegen null. Erstaunlich ist, dass sie nie ins Minus führen.«

Das deckte sich mit dem, was Lüder vorgefunden hatte.

»Hier wohnen nicht Holls, sondern die statistische Durchschnittsfamilie«, brummte Große Jäger unzufrieden. »Man glaubt es nicht. In den Schränken findet sich alles, was man von einem

Klischee erwartet. Aber nichts darüber hinaus. Keine Urlaubsprospekte, keine Autokataloge, keine Korrespondenz, die über die Nichtigkeiten eines Durchschnittshaushalts hinausgehen. Es sieht fast schon merkwürdig aus. Sogar die Fotoalben wirken willkürlich. So stinknormal.«

Auch Lüder fand nichts weiter auf dem Computer. Keine weitere Software, keine Spiele, keine Systemerweiterungsprogramme. Nichts. Nur einen gebräuchlichen Virenscanner und den Internet-Browser. Bei so viel zur Schau gestellter Normalität war es einzig auffällig, dass sich Holl Google Earth heruntergeladen hatte. Was interessierte einen offenkundig sonst unbedarften Internet-User an diesem Programm?

Die Erklärung dafür musste warten. Gern hätte Lüder die Festplatte des Rechners mitgenommen und in der Kriminaltechnik von den Computerspezialisten analysieren lassen, ob sich dort weitere Daten befanden, die so geschickt versteckt waren, dass sie bei einem normalen Systemstart unsichtbar blieben. Doch dazu hatte er kein Recht. So zog er alle Verbindungskabel des Druckers und nahm das Gerät mit. Sie verschlossen die Wohnung sorgfältig, und Lüder registrierte, dass Große Jäger im Treppenhaus verstohlen zur Haustür der blonden Nachbarin plierte. Aber die Wohnung blieb diesmal geschlossen.

Sie brachten die Haustürschlüssel zur Reinigung zurück und händigten sie Frau Holl aus. Als Lüder zu seinem BMW zurückkam, sah er den Oberkommissar schon von Weitem winken.

»Kollege Schwälm aus Itzehoe«, erklärte Große Jäger. »Ich habe das Gespräch angenommen.« Dann sagte er laut: »Können Sie noch einmal wiederholen?«

»Hallo«, vernahm Lüder die Stimme des Leiters der Mordkommission. »Wir haben einen kleinen Teilerfolg. Aufgrund unseres Aufrufs in der Norddeutschen Rundschau, dem wir ein Bild des hiesigen Mordopfers beigefügt hatten, haben sich mehrere Zeugen gemeldet, die behaupten, den Mann zu kennen. Wenn wir alles ernst nehmen, hat der Mann an mindestens drei verschiedenen Stellen in der Stadt gewohnt, in einem Gesangverein mitgewirkt und einen Dönerladen betrieben. Zwei übereinstimmende Zeugen behaupten, ihn aus ihrer Nachbarschaft zu kennen. Demnach wohnte er in der Dietrich-Bonhoeffer-Straße. Wir wollen uns die Wohnung ansehen.«

»Sie schicken doch zunächst die Spurensicherung hin?«, fragte Lüder.

»Selbstverständlich.«

»Gut. Wir sind in Norderstedt und kommen direkt zu Ihnen.« Lüder ließ sich die genaue Anschrift geben. »Bis gleich.«

Von Norderstedts Mitte führte sie der Weg über das Autobahndreieck Schnelsen und die A23 ins Herz der Stadt an der Stör. Bis Pinneberg herrschte lebhafter Vorstadtverkehr, bis Elmshorn war die Autobahn überschaubar frequentiert, aber danach ermöglichten die wenigen Fahrzeuge Richtung Norden auf der wie mit dem Lineal gezogenen Betonpiste ein rasches Vorankommen. Es waren so wenig Autos unterwegs, dass Lüder trotz hoher Geschwindigkeit noch Zeit fand, die vorbeifliegende stille Landschaft der Elbmarsch mit ihren weiten Wiesen zu genießen.

Die Straße war erst seit Kurzem nach Dietrich Bonhoeffer benannt, nachdem man den vorherigen Namensgeber mit unkritischen Äußerungen zum Dritten Reich in Verbindung gebracht hatte. Sie lag ein wenig abseits des Stadtzentrums in einem in sich geschlossenen überschaubaren Wohngebiet mit Mehrfamilienhäusern.

Unweit des Endes der Sackgasse sahen sie schon von Weitem die Fahrzeuge der Itzehoer Polizei. Die Wohnung befand sich im letzten Eingang des quer zur Straße stehenden Blocks.

An der Wohnungstür wurden sie von Markus Schwälm empfangen, nachdem die beiden Polizisten zuvor im Treppenhaus ein Spießrutenlaufen durch das Spalier neugieriger Nachbarn zu absolvieren hatten.

»Die Spurensicherung ist noch nicht ganz durch. Aber das Wohnzimmer ist frei«, sagte der Itzehoer Hauptkommissar. »Zwei Zimmer. Auf den ersten Blick nichts Bemerkenswertes.«

Schwälm führte sie in den Raum, den man nur mit sehr viel Fantasie als Wohnraum bezeichnen konnte. Ein Tisch, der kombiniert als Ess- und Arbeitsplatz genutzt wurde, dazu zwei Stühle, die aber nicht zueinander passten, ein Wandregal und in der

Ecke ein Sessel, der auch ein Solistendasein fristete. Stehlampe, Fernseher und ein älteres Kofferradio vervollständigten die Einrichtung. Es war auch kein Merkmal der Behaglichkeit, dass alle Einrichtungsgegenstände auf dem Laminatfußboden standen, da weder ein Teppich noch Pflanzen den Raum zierten. Genauso auffällig waren die kahlen Wände. Nirgendwo war ein Bild zu sehen.

Große Jäger sah sich um. »Das ist das richtige Ambiente, um ein Eremitendasein zu fristen. Wenn meine Wohnung so aussehen würde, hätte ich wahrscheinlich auch den Schwarzarbeitsjob als Taxifahrer angenommen.«

»Und dabei sogar in Kauf genommen, dass man mit den Fahrgästen nur Japanisch sprechen kann«, sagte Lüder.

»Das trifft nicht zu«, korrigierte Schwälm und zeigte auf einen Stapel Unterlagen, die auf dem Tisch ausgebreitet waren. »Das haben wir gefunden.«

Der Hauptkommissar hatte sich Handschuhe übergestülpt und präsentierte die erste Ausbeute der Spurensuche.

»Ein Foto.«

Auf dem Farbbild erkannte Lüder das Opfer wieder, umringt von einem älteren Paar, einer jungen Frau und einem fröhlich dreinblickenden Teenager.

Großer Jäger sah Lüder über die Schulter. »Könnte die Familie sein. Eltern? Ehefrau? Oder Geschwister? Die Asiaten sehen alle gleich aus. Da kann man nicht von verwandtschaftlicher Ähnlichkeit sprechen.«

Lüder betrachtete das Bild lange und eingehend. Es war in einem Vergnügungspark aufgenommen. Man sah zwar keine Fahrgeschäfte, aber im Hintergrund tummelten sich jede Menge Menschen mit Popcorn und bunten Luftballons. Das Auffälligste aber war die Kleidung des Opfers. In seiner weißen Paradeuniform wirkte es wie ein Operettenleutnant.

»Ein Soldat«, stellte Lüder fest. »Nun müsste man nur wissen, von welcher Armee.«

»Ich vermute die US-Army«, mischte sich Schwälm ein und ließ seinen Zeigefinger über das Bild schweben. »Zum einen sieht man im Hintergrund jede Menge Weißer und auch ein paar

Schwarze. Wäre das Bild in Japan aufgenommen, müssten dort mehr Asiaten herumlaufen. Und hier«, der Hauptkommissar wies auf den Ärmel des Opfers, »das könnte das Dienstgradabzeichen eines Second Lieutenant sein.«

»Donnerwetter«, staunte Große Jäger. »Was Sie alles wissen.«

Schwälm zeigte ein jungenhaftes Lachen. »Das hätten Sie auch gewusst, wenn Sie zuvor den Dienstausweis gefunden hätten – so wie wir.« Er hielt Lüder und dem Oberkommissar das nächste Dokument vor die Augen. »John Tahiro, zweiunddreißig Jahre alt.«

Lüder beugte sich über das Papier. »Das überrascht mich nicht mehr. Der Mann hat auch bei der 173. Luftlandebrigade gedient. Wie unser Husumer Mordopfer Jethro Jackson. Da macht jemand Jagd auf die Soldaten dieser Einheit.«

Große Jäger kratzte sich das unrasierte Kinn. »Weiß jemand, wie viele Soldaten zu einer US-Brigade gehören? Dann könnten wir uns darauf einstellen, mit welcher Anzahl von Mordfällen wir noch zu rechnen haben.«

»Es muss ja nicht die gesamte Brigade in Schleswig-Holstein untergetaucht sein«, warf Lüder ein.

»Nur die, die an irgendwelchen fragwürdigen Vorkommnissen beteiligt waren?«, fragte Große Jäger und erwartete keine Antwort.

Schwälm hüstelte leicht. »Tahiro muss ein gebildeter Mann gewesen sein. Wir haben zwei Bücher in Deutsch und ein aufgeschlagenes Wörterbuch Englisch-Deutsch gefunden. Es sieht so aus, als hätte der Mann versucht, im Selbststudium unsere Sprache zu lernen. Außerdem gibt es noch dieses Bild.« Schwälm kramte eine weitere Fotografie hervor. Darauf war eine ordentlich ausgerichtete Gruppe junger Männer zusehen, die alle in der gleichen weißen Uniform gekleidet waren, die Tahiro auch auf dem Familienfoto trug.

»Es sieht so aus, als wäre das auf einer Militärakademie aufgenommen«, überlegte Schwälm laut.

Lüder wandte sich ab, nachdem Schwälm erklärt hatte, dass dieses die wichtigsten Dinge waren, die sie entdeckt hatten. »Warum werden Angehörige dieser US-Brigade bei uns ermordet?

Und was hat Steffen Meiners damit zu tun? Es sieht doch nicht so aus, als hätte der auch in der US-Einheit gedient.«

»Nach allem, was wir bisher ermittelt haben: Nein!«, antwortete Hauptkommissar Schwälm mit Entschiedenheit.

»Schön. Im Augenblick können wir nichts anderes unternehmen, als das Standardprogramm abzuspulen.«

»Die Kollegen sind unterwegs und befragen Nachbarn. Wer hat Tahiro gesehen, wann, mit wem? Wer hat mit ihm gesprochen? Hatte er Besuch? Wo hat er eingekauft? Wir sind auch dabei, zu prüfen, wer den Mietvertrag abgeschlossen hat und wer die laufende Miete bezahlt. Was wir bisher wissen, ist, dass die Wohnungen einer Gesellschaft gehören und zentral verwaltet werden. Da sind Mauscheleien wie bei euch in Husum nur schwer möglich.« Schwälm sah dabei Große Jäger an.

»Was soll das heißen?«, begehrte der Oberkommissar auf. »Nur weil man bei uns in Nordfriesland noch Verträge per Handschlag schließen kann, heißt das noch lange nicht, dass dort gemauschelt wird.«

»Wenn es mit rechten Dingen zugegangen ist«, mischte sich Lüder ein, »gibt es einen Mietvertrag. Die bedürfen bei uns der Schriftform. Warten wir ab, was die Vernehmung der Mitarbeiter der Wohnungsverwaltung ergibt.«

Alles Weitere war bei Schwälm und seinen Leuten in guten Händen. Deshalb konnten Lüder und Große Jäger wieder nach Hamburg zurückfahren, um Jacksons Eltern auf dem Flughafen zu treffen.

»Ein merkwürdiges Volk, diese Amis«, sagte der Oberkommissar im Auto. »Lassen Schwarze und Japaner für sich in Afghanistan kämpfen.«

»Die Vereinigten Staaten sind nun mal ein Sammelbecken von Einwanderern aus allen Gegenden dieser Welt. Dort leben Menschen unterschiedlichster ethnischer Herkunft relativ friedlich miteinander.«

»Oder nebeneinander«, knurrte Große Jäger. »Jeder kann selig werden, wenn er die gesellschaftlichen Grenzen nicht überschreitet. Die Story, dass man dort vom Tellerwäscher zum Millionär werden kann, ist doch nur eine Mär.«

»Das ist falsch übersetzt«, sagte Lüder lachend. »Korrekt muss es heißen: In Amerika kann jeder Tellerwäscher *bei* einem Millionär werden.«

Den Rest der Fahrt bis zum Hamburger Flughafen verbrachten sie schweigend, da Große Jäger sanft entschlummert war. Nach der großzügigen Umgestaltung des Airports war die Anreise mit dem Auto übersichtlich und einfach. Fuhlsbüttel schien den Ehrgeiz zu haben, im Luftverkehr das zu erwerben, was der große Bruder zu Wasser schon lange besaß: den international herausragenden Ruf als schneller Hafen.

»Die Jacksons treffen am Terminal zwei ein«, erklärte Große Jäger. »Der ist der Lufthansa und ihren Partnern von der Star-Alliance vorbehalten. Die Arrivals befinden sich auf der Ebene null.«

»Bestimmt kennst du auch den Flugplan«, lästerte Lüder.

»Richtig. Von Washington Dulles International mit der SAS bis Kopenhagen-Kastrup. Von dort im Vorortverkehr, erneut mit den Nordmännern, nach Hamburg. Das ist übrigens ein Geheimtipp.«

»Was?«

»Wer ein Flugziel rund um den Globus ansteuert, muss von Hamburg aus nach Frankfurt oder München. Viele haben die Erfahrung gemacht, dass sie dabei über dem Taunus oder das Erdinger Moos kreisen müssen, weil die beiden Airports überlastet sind. Wenn man hingegen Kopenhagen ansteuert, umgeht man diese Probleme. Die dänische Hauptstadt ist *das* Luftkreuz im Norden und von Hamburg aus schneller als die deutschen Umsteigestationen erreichbar. Die SAS fliegt fast ebenso häufig zum Tivoli, wie die S-Bahn nach Norderstedt fährt.«

»Dann wäre das für mich keine Alternative«, sagte Lüder, »denn dorthin gibt es keine S-Bahn. Das ist die Hochbahn.«

»Die U-Bahn«, korrigierte Große Jäger.

»Das sagen die Unwissenden«, klärte ihn Lüder auf. »In Hamburg heißt das Hochbahn. Doch jetzt muss ich telefonieren.«

Der Oberkommissar wollte sich diskret zurückziehen, doch Lüder hielt ihn fest. »Mich interessiert, wie Major George Hunter auf die Nachricht reagiert, dass schon wieder ein US-Soldat ermordet wurde.«

Lüder musste lange warten und fürchtete schon, keine Verbindung zu bekommen, als sich Hunter mit einem saloppen *»Hello«* auf Englisch meldete.

»Lüders.«

»Hello.« Die Stimme des Amerikaners klang nahezu leutselig. »Wie geht's Ihnen?«

»Es würde mir besser gehen, wenn wir weniger Mordopfer zu beklagen hätten. Insbesondere unter den amerikanischen Soldaten.«

Hunter schwieg.

»Wir konnten jetzt den zweiten Toten identifizieren.«

»John Tahiro«, sagte Hunter trocken.

»Sie kennen den Mann? Warum haben Sie uns das verschwiegen?«

»Das ist ein wenig diffizil. Sie sind bestimmt nicht erstaunt, dass auch *wir* gründlich arbeiten. Lassen Sie mich ein wenig Wortklauberei betreiben. Wir sind ein *Geheim*dienst. Und weil hier Amerikas Sicherheit auf dem Spiel steht, halten wir uns mit Informationen zurück. So viel Verständnis ich auch für Sie aufbringen kann, dass Ihnen an der Strafverfolgung von Mördern gelegen ist, die in der Bundesrepublik ihre Taten begehen, so sehr fühle ich mich dem Wohl meines Landes verpflichtet. Außerdem arbeiten wir eng mit unseren Partnerdiensten zusammen. Und Deutschland steht als einer der wichtigsten Partner ganz eng bei uns, insbesondere seit Ihre Kanzlerin Angela Merkel die Verbundenheit zu den USA neu belebt hat.«

»Sie bestreiten nicht, dass es zwischen den beiden Mordopfern Jethro Jackson und John Tahiro Gemeinsamkeiten gibt. Beide dienten in derselben Einheit.«

»Das ist korrekt.«

»Aus welchem Grund werden die Soldaten der 173. Luftlandebrigade ermordet? Und warum in Schleswig-Holstein?«

Hunter ließ ein gekünsteltes Lachen hören. »Aus welchem Grund sind amerikanische Staatsbürger rund um den Globus Zielscheibe von Gewaltübergriffen?«

»Sie weichen mir aus. In diesem Fall wird gezielt Jagd gemacht auf Soldaten einer ganz bestimmten Einheit. Warum?«

»Zufall«, behauptete Hunter.

»So viele Zufälle gibt es nicht. Warum will sich jemand an diesen Männern rächen?«

Der Amerikaner räusperte sich, bevor er antwortete. »Sie haben zu viel Fantasie.«

»Übernehmen Sie die Verantwortung, wenn noch mehr Menschen sterben müssen? Da läuft ein blindwütiger Killer durch unser Land, und Sie blockieren durch Ihr Schweigen unsere Arbeit. Nennen Sie das eine fruchtbare Zusammenarbeit befreundeter NATO-Staaten? Vergessen Sie dabei nicht, dass es *Ihre* Landsleute sind, um die *wir* uns sorgen. Und wer Sie auch immer sein mögen, gleich ob mit oder ohne Diplomatenpass, die Ermittlungen bei Mordfällen lassen wir uns nicht aus der Hand nehmen.«

»Wir wissen Ihre Bemühungen und Ihre Erfolge zu schätzen, Herr Lüders. Aber wenn es um Amerikas Sicherheit geht, müssen wir manchmal unkonventionelle Wege beschreiten. Denken Sie vielleicht einmal darüber nach, ob es auf höherer Ebene nicht sogar eine Übereinstimmung zwischen Ihrer und meiner Regierung gibt.«

»Wollen Sie damit sagen, dass die Bundesregierung Rechtsbruch begeht und Mord ungesühnt lässt?«

»So ist das nicht zu verstehen. Andererseits weiß jeder US-Bürger, worauf er sich einlässt, wenn er zur Army geht. Das ist ein gefährlicher Job, der in letzter Konsequenz tödlich sein kann. Der Soldat riskiert im Zweifelsfall sein Leben für die Verteidigung Amerikas, aber auch der freien Welt und der Menschenrechte.«

»Es geht hier und heute einzig um die Ermordung von Menschen, mögen sie auch Soldaten gewesen sein. Sie sind nicht an irgendeiner Kriegsfront gestorben, sondern durch Mörderhand.«

»Wollen Sie nicht einsehen, dass die Kriegsfront nicht nur auf dem Schlachtfeld besteht, sondern überall ist?«

»Ich möchte das Gespräch mit Ihnen nicht am Telefon, sondern unter vier Augen fortsetzen.«

»Das wird sich so schnell nicht verwirklichen lassen«, sagte Hunter mit Bestimmtheit. »Ich lasse es Sie wissen, wenn sich dazu Zeit und Gelegenheit bietet. Bye!«

Ohne Lüders Antwort abzuwarten, hatte der Amerikaner aufgelegt.

»Jetzt gehen wir ein Bier trinken«, lautete Große Jägers Antwort, nachdem ihm Lüder vom Gespräch mit Hunter berichtet hatte.

Aus dem einen Bier wurden zwei, während Lüder sich am Kaffee schadlos hielt. In die gleichmäßige Geräuschkulisse hinein war das hohe Singen eines Flugzeugmotors zu hören. Große Jäger hielt mitten im Trinken ein. »Das war unverkennbar«, dozierte er. »Das hört sich wie eine fliegende Nähmaschine an. Eine De Havilland Canada DHC8.«

»Und das kannst du unterscheiden?«

Der Oberkommissar zeigte zwei Reihen nikotingelber Zähne. »Nee. Aber das war eine Turboprop-Maschine. Die kann auch ein Laie von der Düse unterscheiden. Und bei meiner Recherche zum Reiseplan der Jacksons war mir aufgefallen, dass um diese Zeit nur eine einzige Turboprop Hamburg ansteuert.« Er zog sich mit dem rechten Zeigefinger kurz das Augenlid herab. »Manchmal kriegen auch die Provinzpolizisten etwas auf die Reihe.«

Lüder musterte seinen Kollegen. Mit seiner ungepflegten Erscheinung und dem burschikosen Auftreten wurde Große Jäger sicher oft unterschätzt. Wenn er auch ein ganzer anderer Typ als der legendäre Peter Falk und mehr ein Teamplayer als stoischer Einzelgänger war, so tat man ihm sicher nicht unrecht, wenn man ihn als Küsten-Columbo bezeichnete.

Lüder zahlte, und sie schlenderten langsam zum Gate, wo die Passagiere aus Dänemarks Hauptstadt erwartet wurden. Heute ging es zügiger als am Vortag, und kurz darauf tauchte in der überschaubaren Anzahl der Fluggäste das Ehepaar Jackson auf. Die Frau in ihrem geblümten Kleid hatte sich bei ihrem Mann untergehakt, als würde sie bei ihm Schutz suchen wollen, während sich Herr Jackson, in einem unmodern wirkenden dunklen Anzug, suchend umsah. Man sah es dem zerfurchten schwarzen Gesicht an, dass ihm die fremde Umgebung nicht geheuer war. Witternd zog der Mann die Nase kraus, umklammerte den Griff des abgestoßenen Koffers und blieb ratlos stehen.

Die beiden Polizisten gingen auf die alten Leute zu. Große Jäger streckte Herrn Jackson seine Hand entgegen. »Hi. Ich bin Police Officer Erik«, stellte er sich vor und wählte dabei eine abgewandelte Version seines Vornamens Wilderich.

Lüder unterdrückte ein Grinsen. Große Jäger oder »Big Hunter« hätten die Amerikaner nicht verstanden, noch weniger den »Wild Erich«. Als ob Große Jäger Lüders Gedankengänge geraten hätte, zeigte er auf ihn und sagte: »Police Officer Luder«. War es ein Entgegenkommen für die Amerikaner oder eine der kleinen Spitzen, die Große Jäger oft verteilte?, überlegte Lüder, dass der Oberkommissar die Tüttelchen auf seinem Namen weglassen hatte?

Jackson schüttelte zuerst Große Jägers, dann Lüders Hand. Jovial streckte der Oberkommissar auch der Frau die Hand entgegen, die sich aber statt einer Erwiderung des Grußes nur noch enger an ihren Mann schmiegte.

»Hatten Sie einen guten Flug?«, fragte Große Jäger und schob ein betontes *»Sir«* hinterher.

Dass muss er aus amerikanischen Spielfilmen haben, dachte Lüder, und überließ dem Oberkommissar die Gesprächsführung.

»Danke. Wir sind das erste Mal über den Atlantik geflogen. Die Leute im Flugzeug waren alle sehr nett«, sagte Herr Jackson.

»Wir sind überhaupt das erste Mal geflogen«, ergänzte seine Frau.

»Kopenhagen und Schweden müssen sehr schön sein. Wir hätten gern einen Blick darauf geworfen.«

Große Jäger unterließ es, den alten Mann zu korrigieren. Wie viele Amerikaner schienen auch die Jacksons über keine tiefen Kenntnisse der Geografie des alten Europas zu verfügen.

»Schweden ist ein wundervolles Land. Aber nun sollten Sie zunächst einmal unsere Heimat kennenlernen. Willkommen in Hamburg und Schleswig-Holstein.«

»Schleswig *what*?«, fragte Herr Jackson und fuhr sich irritiert durch sein schlohweißes krauses Haar.

Große Jäger griff sich den Koffer. »Kommen Sie erst einmal mit.«

Herrn Jackson schien es fast ein wenig peinlich zu sein, dass jemand, der sich als Police Officer vorgestellt hatte, sein Gepäck trug. Aber Große Jäger ließ keinen Zweifel daran aufkommen, dass er sich dieser Aufgabe annehmen wollte. Und während er mit dem Ehepaar aus Washington vor der Anfahrt des Terminals wartete, holte Lüder das Fahrzeug aus dem Parkhaus.

Ein Leuchten blitzte in Jacksons Augen auf, als der BMW vorfuhr und Große Jäger den beiden alten Leuten den Wagenschlag aufhielt. »Tolles bayerisches Auto«, raunte der Mann auf dem Rücksitz seiner Frau zu, um wenig später anzumerken, ohne dabei seinen Blick vom Seitenfenster abzuwenden: »Schön, aber alles viel zu klein hier.«

Dann schwieg er, während seine Frau die ganze Zeit über keinen Ton von sich gegeben hatte. Erst als sie auf der Autobahn Richtung Kiel die Geschwindigkeitsbeschränkung hinter sich gelassen hatte und Lüder auf einem freien Stück kurzfristig auf über zweihundert Stundenkilometer beschleunigen konnte, entfuhr dem Gast aus Washington ein fast jungenhaftes »*Wow!*«.

Lüder war nicht überrascht. Die streng überwachten Geschwindigkeitsbeschränkungen in den USA ließen manch gut betuchten Touristen nach Deutschland kommen, nur um sich auf den hiesigen Autobahnen einmal dem ungehemmten Geschwindigkeitsrausch hingeben zu können.

»Wie im Flugzeug«, wisperte ihr Mann, und es war nur für seine Frau bestimmt, aber die beiden Beamten konnten es deutlich vernehmen.

In Kiel kommentierte er erstaunt die vielen engen Straßen. Begeisterung weckte allerdings der kurze Blick auf die beiden großen Fährschiffe der Color und der Stena-Line, die am Ende der Förde fast im Herzen der Stadt lagen.

»Ob die nach Amerika fahren?«, fragte er leise.

»Die Fähren verkehren über die Ostsee«, half Große Jäger aus.

»Was ist die Ostsee?« und »Warum fahren über so einen Teich nicht kleine Boote?« lauteten die Fragen, die der Oberkommissar geduldig zu beantworten suchte.

Lüder fuhr die Jacksons zum familiär geprägten Hotel »Düvelsbek« in Kiels Feldstraße, und Große Jäger half ihnen beim Einchecken.

»Wir haben uns in einer Stunde zum Abendessen verabredet«, sagte der Oberkommissar, als er zu Lüder zurückkehrte, der im Wagen auf ihn gewartet hatte.

Die Zeit nutzten sie, um noch einmal ins LKA zu fahren und Holls Drucker abzuliefern. Lüder bat die Kriminaltechnik um eine Analyse, ob mit diesem Gerät der anonyme Brief an ihn gedruckt worden war.

Eine Stunde später fuhren sie erneut vor dem Hotel vor. Das Ehepaar Jackson stand geduldig vor der sehenswerten Fassade des großzügigen Hauses, das Anfang des vergangenen Jahrhunderts als repräsentativer Wohnraum für kaiserliche Offiziere gebaut worden war. Der Anflug eines Lächelns zeigte sich auf dem Gesicht des Mannes, während seine Frau den ängstlichen Ausdruck immer noch nicht abgelegt hatte.

Lüder erfüllte den Wunsch der beiden Amerikaner nach einem Steakhaus und fuhr ins Stadtzentrum. Auf der Rückseite der Fußgängerzone lag das Block House, vis-à-vis dem repräsentativen Gebäude der Kieler Nachrichten und unweit des Kieler Rathauses, dessen Turm dem Campanile in Venedig nachempfunden war.

»Wer hat von wem abgekupfert?«, fragte Große Jäger und zeigte auf Kiels Wahrzeichen.

»Ist das eine Frage?«, fragte Lüder lachend zurück.

Sie nahmen in dem gemütlich-rustikal gestalteten Restaurant Platz. Bevor sie einen Blick in die Karte warfen, bestellte Große Jäger ein Bier und ermunterte Jackson, es ebenfalls zu probieren.

»Deutsches Bier? Original deutsches Bier?«, fragte er. Lüder bestellte für sich ein Mineralwasser, Frau Jackson bat um eine Cola und ein Glas Weißwein.

»Wir freuen uns, dass Sie den weiten Weg um die halbe Welt gemacht haben, um uns zu helfen«, begann Lüder vorsichtig. »Leider ist der Anlass ein unerfreulicher. Wir möchten Ihnen unsere aufrichtige Anteilnahme aussprechen.«

Jackson nickte ernst und sah seine Frau an, die ein Stofftaschentuch in ihren Händen zerknüllte.

»Darf ich Ihnen zuerst ein Bild zeigen?«

Nachdem Jackson genickt hatte, zog Lüder ein Bild des Husumer Mordopfers hervor und legte es dem Ehepaar vor.

Jackson suchte umständlich in den Taschen seines zerknitterten dunklen Anzugs nach einer halben Lesebrille, während seine Frau sich über die Fotografie beugte. Dann begann sie leise zu weinen.

»Er ist ein guter Junge«, stammelte sie leise. Sie sagte »ist« und nicht »war«. Es schien, als wollte die Mutter es nicht wahrhaben, dass ihr Sohn tot war.

»Unser kleiner Jethro«, flüsterte auch der Vater und nahm die Brille wieder ab. »Es ist nicht einfach für einen Jungen aus dem Osten Washingtons, im anderen Amerika Fuß zu fassen.« Jackson schob den Ärmel seines weißen Hemdes ein wenig hoch und zeigte den beiden Polizisten sein Handgelenk. »Diese Farbe stört immer noch.« Dann nickte er heftig, wie um seine Worte selbst zu bestätigen. »Aber Jethro hat sich durchgebissen. Er ist zum Militär und durfte die Ehre unseres Landes und die Freiheit der Menschen verteidigen.«

Seine Frau sah ihn mit feuchten Augen an und bewegte stumm die Lippen.

»Man hat ihn zu einer Eliteeinheit geholt. Wollen Sie sehen?« Jackson kramte in den Taschen seines Anzugs, zog noch einmal die Lesebrille hervor und fand schließlich in einem abgegriffenen Briefumschlag ein zerknittertes Foto. »Hier.«

Die beiden Beamten sahen einen glücklich in die Kamera lächelnden jungen Schwarzen in Sonntagsuniform.

»Und nun ist er im Kampf für die Freiheit gefallen.« Jackson klopfte sich mit der geballten Faust gegen die Brust.

Aus Jackson sprach nicht der Vater, der über den Tod seines Sohnes erschüttert war, sondern der amerikanische Patriot, stellte Lüder für sich selbst fest. Ihm wurde bewusst, dass sie auf ganz persönlicher Ebene einem Stück Weltgeschichte gegenüberstanden. Die Eltern glaubten fest an das, was sie von sich gaben.

Große Jäger räusperte sich, bevor er sein Glas hob. »Prost.«

Jackson hob ebenfalls sein Glas. »Prost.«

Dann sagte Große Jäger unvermittelt, ohne dass Lüder ihn

bremsen konnte: »Ihr Sohn ist aber nicht an einer Kriegsfront gefallen, sondern im friedlichen Deutschland ermordet worden.«

Ein Ruck durchfuhr die beiden alten Leute. Auch Lüder war geschockt. So durfte man nicht mit den beiden reden.

»Jethro ist als Soldat im Kampf gefallen. Wer weiß besser als Amerika, dass die Feinde überall lauern. Auch in Deutschland ist Krieg. Sie wollen es nur nicht wahrhaben«, erklärte Jackson mit ernster Miene.

Bevor Große Jäger antworten konnte, fuhr Lüder dazwischen. »Sie haben uns erzählt, dass Jethro in einer Eliteeinheit gedient hat. Diese Soldaten werden mit Sonderaufgaben betraut, die normale Einheiten nicht übernehmen. Hat Ihr Sohn davon berichtet?«

»Oh ja«, sagte Jackson und nickte heftig. »Jethro hat eine Spezialausbildung erhalten. Überall dort, wo es besonders gefährlich war, hat die Hundertdreiundsiebzigste gekämpft.« Jackson hob seine Hand und ließ sie sanft von oben auf die Tischdecke sinken. »Fallschirmspringer. Dafür muss man besonders mutig sein.«

»Er muss tapfer gewesen sein. Wir wissen von einer Reihe von Verletzungen.«

»Jede war eine besondere Ehre für ihn. Er hat sie mit Würde getragen.«

»Hat Jethro manchmal Einzelheiten seiner Kriegserlebnisse berichtet?«

»Wo denken Sie hin? Das ist doch geheim. Außerdem war er schon lange Zeit nicht mehr zu Hause.«

»Wie lange?«

»Über zwei Jahre.«

»Ist das außergewöhnlich?«

»Schon. Das lag aber sicher an seinem Geheimauftrag.«

»Von dem Sie nichts wissen?«

Jackson schüttelte den Kopf. »Nein.«

»Wussten Sie, dass ihn sein *Geheimauftrag* nach Deutschland geführt hatte?«

Erneut schüttelte der alte Mann den Kopf. »Plötzlich war Jethro nicht mehr erreichbar. Unsere Briefe wurden nicht beantwortet und auch telefonisch hatten wir keinen Kontakt mehr. Wir haben uns große Sorgen gemacht und geglaubt, ihm sei etwas zugestoßen. Aber die zuständigen Stellen der Army haben uns beruhigt und gesagt, es wäre alles in Ordnung. Wir müssten uns keine Sorgen machen.«

Sie wurden durch die Bedienung unterbrochen. Die beiden Jacksons hatten sich für Steak entschieden. Lüder und Große Jäger hatten sich angeschlossen. Während des Essens erstarb die Unterhaltung fast völlig. Danach erzählte Jackson von der Kindheit seines Sohnes im »Problemdreieck« rund um die North Capitol Street, in dem die Hoffnungslosigkeit regierte und vielen Jugendlichen als einzige Perspektive der Weg in die Kriminalität und den Drogenhandel blieb. Aus der Trostlosigkeit gab es im Allgemeinen kein Entrinnen.

»Ich selbst habe mich mein ganzes Leben mit Gelegenheitsjob durchgeschlagen«, gestand der alte Mann. »Ich habe zuerst als Handlanger auf dem Markt gearbeitet, hier und da gejobbt und schließlich einen kleinen mobilen Gemüsestand aufgebaut.« Er zeigte den beiden Polizisten seine schwieligen Hände. »Jethro hätte das Geschäft übernehmen sollen. Der Junge hätte etwas daraus gemacht. Im Unterschied zu seinen Geschwistern. Aber er hat sich für die Armee entschieden. Und das war gut so.«

Den Rest des Abends verbrachten sie mit Small Talk. Aus den beiden alten Leuten war nichts Gescheites mehr herauszuholen. Das lag sicher auch daran, dass sie von der Reise erschöpft waren und deshalb dankbar zustimmten, als Lüder zum Aufbruch mahnte.

Überschwänglich bedankte sich Jackson bei den beiden Beamten.

»Merkwürdig, dass die Frau den ganzen Abend geschwiegen hat«, stellte Große Jäger anschließend fest. »Die hat nicht einen Ton von sich gegeben.«

»Die sind so erzogen, dass der Mann spricht.«

Der Oberkommissar nahm, ohne zu zögern, Lüders Angebot an, erneut die Nacht bei ihm zu verbringen.

»Muss das sein?«, beklagte sich Margit und rümpfte die Nase, nachdem die beiden vor Lüders Haus aufgekreuzt waren. »Das ist schon die zweite Nacht, wo der ohne Wäschewechsel herumläuft.«

»Dafür nutzt er intensiv deine Zahnbürste und hat versprochen, sich morgen früh mit deinen zahlreichen Duftwässerchen einzusprühen.«

»Unterstehe dich«, sagte sie lachend und boxte Lüder in die Seite. »Viveka hat sich bei mir beschwert. Dein Kollege wollte heute Morgen das Bad nicht freigeben, weil er ausführlich geduscht hat. Was unsere Tochter aber am meisten störte, war der grässliche Gesang. Viveka sagte, sie habe ›La Paloma‹ noch nie so falsch gehört.«

Lüder entschuldigte sich kurz und zog sich mit seinem Diensthandy in eine Ecke zurück.

»Hello«, meldete sich Major Hunter kurz darauf. »Wissen Sie, wie spät es ist?«

»Für die Gerechtigkeit sind wir rund um die Uhr im Einsatz. Insbesondere, wenn wir unsere amerikanischen Freunde im weltumspannenden Kampf gegen alles Böse in der Welt unterstützen können«, lästerte Lüder. »Wir sind den Hintergründen um den Mord an den beiden US-Soldaten ein Stück nähergekommen.«

»Tatsächlich?« In Hunters Frage steckte etwas Lauerndes.

»Ja. Wir haben konkrete Anhaltspunkte, weshalb sich die beiden Mordopfer hier bei uns aufgehalten haben.«

Der sonst so selbstsicher wirkende Amerikaner zögerte einen Moment zu lange. Für Lüder war es ein untrügliches Zeichen dafür, dass er den Geheimdienstler verunsichert hatte.

»Was vermuten Sie?«, fragte der Amerikaner.

Lüder lachte leise. »Darüber werden wir mit Sicherheit nicht am Telefon sprechen. Kommen Sie morgen zu mir ins Büro. Dann können wir unsere Erkenntnisse miteinander austauschen.«

»Ich glaube nicht, dass Sie bei diesem Geschäft gleichwertige Ware liefern können.«

»Sie irren, Mr. Hunter. Auch in diesem Fall ist ›Made in Germany‹ besser als das, was Sie entgegenzusetzen haben.«

»Sie täuschen sich, wenn Sie glauben, mich irritieren zu können. In Wahrheit sind Sie noch kein Stück weitergekommen.«

»Dann tut es mir leid für Sie. Wenn Ihnen nicht bekannt ist, in welch brisanter Mission Jethro Jackson und John Tahiro unterwegs waren, sollen Sie einmal bei Ihrer Regierung nachfragen.«

»Und Sie bei Ihrer«, entgegnete Hunter.

»Mit der habe ich gesprochen«, log Lüder. »Und die ist maßlos entsetzt, dass ein deutscher Staatsbürger ebenfalls ermordet wurde.«

Wenn der wüsste, dachte Lüder, dass wir immer noch nach den Zusammenhängen zwischen dem Mord in Heide und den beiden anderen suchen, wäre er nicht so verunsichert.

»Ich wäre an Ihre Stelle sehr vorsichtig, wenn ich mich innerhalb der Grenzen der Bundesrepublik bewegen würde. Trotz Diplomatenpass.«

»Wollen Sie mir drohen?«

»Sie haben die Möglichkeit, mit uns zusammenzuarbeiten«, lockte Lüder.

»Ich habe nach wie vor das gleiche Ziel wie Sie. Nur meine Wege sind andere.«

»Es gibt nur einen richtigen Weg. Und das ist der auf dem Boden der Gesetze. *Unserer* Gesetze. Und wer das nicht akzeptiert, der muss damit rechnen, dass er der legitimen Verfolgung unserer Behörden ausgesetzt ist. Insbesondere der schleswig-holsteinischen Landespolizei«, konnte sich Lüder den Zusatz nicht verkneifen.

»Das erschreckt mich aber fürchterlich. Insbesondere Ihre letzte Anmerkung. Wir werden sehen.« Damit verabschiedete sich der Amerikaner.

Als Lüder ins Wohnzimmer zurückkehrte, traf er Margit und Große Jäger in einem fröhlichen, durch herzhaftes Lachen unterbrochenen Gespräch an. Margit hob ihr Weinglas Lüder entgegen.

»Möchtest du auch? Oder lieber ein Bier? So wie Wilderich.«

»Ich könnte jetzt einen Whisky vertragen.« Lüder sah den Oberkommissar fragend an, der gerade einen herzhaften Schluck

Bier trank und dabei etwas verschüttete, als er heftig nickte und sich mit der anderen Hand gegen die Brust tippte.

»Ich auch«, sollte das heißen.

Der Mann trank einfach alles, was in irgendeiner Weise mit Alkohol versetzt war.

ZEHN

Es war ein weiterer schöner Sommermorgen an der Förde. Bei einer Untersuchung zur Lebensqualität und zur Gesundheit der Bewohner war Kiel unter den Großstädten als Sieger mit der besten Luftqualität hervorgegangen. Diesen Umstand vermochte auch Große Jäger nicht zu ändern, obwohl er jetzt den dritten Tag mit derselben Bekleidung herumlief und die Folgen des gestrigen Tagesausklangs im Hause Lüders nicht nur bei empfindlichen Nasen auf ein Rümpfen stießen. Was mochten die alten Jacksons über deutsche Gewohnheiten denken?, überlegte Lüder, als sie das Ehepaar vor dem Hotel abholten.

Nach einer sehr wortkargen Begrüßung herrschte auf dem Weg zur Rechtsmedizin betretenes Schweigen im Auto. Bei einem Blick in den Rückspiegel sah Lüder, dass Jethro Jacksons Eltern Hand in Hand saßen und sich auf diese Weise gegenseitig stillen Trost spendeten.

Als Lüder vor der Pathologie hielt, ausstieg und die Fondtür öffnete, schien es, als würden die beiden Amerikaner das Auto nicht verlassen wollen. Jackson beugte sich zu seiner Frau hinüber und raunte ihr etwas ins Ohr. Sie nickte bedächtig, dann krochen beide aus dem Auto. Frau Jackson wählte dabei den umständlichen Weg über den Kardantunnel hinweg, ohne die Hand ihres Mannes loszulassen.

»Wir müssen hier entlang«, sagte Lüder leise und fasste Jackson vorsichtig am Ellenbogengelenk. Der alte Mann zuckte zusammen. Dann folgten sie den beiden Polizisten mit gesenktem Haupt. Lüder führte die kleine Prozession in einen schlicht eingerichteten Warteraum, in dem sie von Dr. Diether begrüßt wurden. Der Arzt machte einen nahezu leutseligen Eindruck und fragte betont laut, ob die Eheleute Jackson eine gute Anreise gehabt und schon Gelegenheit gefunden hätten, ein wenig von Kiel zu sehen.

»Wir haben gestern viel Interessantes gesehen«, sagte Jackson mit leiser Stimme. »Die Leute hier sind sehr nett.«

»Ich werde Sie jetzt zu Ihrem Sohn führen«, sagte Dr. Diether. Als der Arzt die metallbeschlagene Pendeltür zum grün gekachelten Raum aufstieß, blieb Jackson unwillkürlich stehen, als würde er sich weigern, einzutreten. Dann gab er sich einen Ruck und zerrte seine Frau, die sich bei ihm eingehakt hatte, hinter sich her.

Mitten in dem nüchternen Raum, dessen Kälte durch das fahle weiße Deckenlicht noch unterstrichen wurde, stand eine rollbare Trage, die mit einem grünen Tuch bedeckt war, unter dem sich die Konturen eines menschlichen Körpers abzeichneten. Ein Assistent schlug die Decke hoch und gab den Blick auf den Kopf frei.

Jackson starrte gebannt auf das Antlitz seines Sohnes und streckte seine Hand aus, hielt aber inne und sah fragend den Arzt an.

Dr. Diether und die beiden Polizisten ließen den Eltern Zeit. Jackson nahm einen winzigen Schluck Wasser aus einem Plastikbecher, während seine Frau stumm mit einem Stofftaschentuch ihre Augen betupfte.

»Das ist unser tapferer Jethro«, sagte Jackson unvermittelt. »Er ist im Kampf für Amerika gestorben. Ich bin stolz auf ihn.«

Lüder räusperte sich. »Wir sind Ihnen dankbar, dass Sie diesen schweren Gang angetreten haben und uns bei unseren Ermittlungen unterstützen. Können Sie uns noch irgendwelche Hinweise geben, die uns bei der Suche nach den Tätern helfen?«

»Suchen Sie die Feinde Amerikas. Dann haben Sie auch die Mörder unseres Kindes«, sagte Jackson mit überraschend fester Stimme. »Mehr können wir dazu nicht sagen.«

Es war sinnlos, die beiden alten Leute weiter zu bedrängen. Sie würden keine Informationen liefern können. Welche Eltern würden angesichts des Todes zugeben wollen, dass ihr Sohn möglicherweise an Dingen beteiligt war, für die jemand blutige Rache genommen hatte? Da war es eine natürliche Reaktion, dass die Eltern wiederholt vom Heldentod sprachen und das Andenken an ihr Kind verherrlichten.

»Wir bringen Sie zum Hotel zurück«, sagte Lüder, »und was werden Sie dann …«

»Dafür ist gesorgt«, schaltete sich Große Jäger ein. »Herr und Frau Jackson werden noch einen Tag in Kiel bleiben. Ich habe mit Sven Kayssen von der Presseabteilung gesprochen. Der hat eine Begleitung organisiert. Es gibt zwei Kollegen, die sich angeboten haben, in ihrer Freizeit ein wenig Fremdenführer zu spielen.«

»Der Staatsanwalt hat inzwischen die sterblichen Überreste Ihres Sohnes freigegeben, sodass einer Überführung in die Heimat nichts mehr entgegensteht. Wenn Sie möchten, werde ich mit unserem Kontaktmann in der amerikanischen Botschaft sprechen.«

Herr Jackson schüttelte energisch den Kopf. »Das möchten wir nicht. Darum haben wir uns selbst gekümmert.«

Sie fuhren zum Hotel zurück. Dort wandten sich die beiden alten Leute ab und tauchten ins Halbdunkel des Hoteleingangs unter.

»Ich versteh das nicht«, sagte Große Jäger, als sie wieder im Auto saßen. »Warum wollen die beiden den Leichnam selbst zurückbringen? Der Alte hat doch keine Gelegenheit ausgelassen, seinen Sohn als Helden zu rühmen? Da muss doch etwas dahinterstecken.«

»Wenn die Eltern wissen, dass Jethro nicht der heldenhafte Patriot war, sondern sich Unrühmliches hat zuschulden kommen lassen, erspart man sich eventuell Peinlichkeiten, wenn man die Heimkehr nicht der Armee überlässt«, überlegte Lüder laut.

»Das kostet viel Geld. Und die alten Leute werden das kaum selbst zahlen können.«

»Und wenn die Armee die Kosten unter dem Vorbehalt übernimmt, dass die Jacksons auf eine militärische Ehrung verzichten? Die Amerikaner sind nicht zimperlich. Vielleicht haben sie hinter vorgehaltener Hand gedroht, Jethro Jackson sonst in Deutschland zu beerdigen«, sagte Lüder.

»Was mir persönlich immer noch besser gefällt, als auf einem amerikanischen Friedhof verscharrt zu werden«, schloss Große Jäger das Thema ab.

Sie kehrten ins Landeskriminalamt zurück. Während Große Jäger noch vor der Tür blieb, um dort seiner Nikotinsucht zu frönen, rief Lüder an seinem Schreibtisch die inzwischen eingegangenen Nachrichten ab. Interessant war das Ergebnis des Druckers, den sie aus Holls Wohnung mitgebracht hatten. Die Kriminaltechnik hatte das Druckbild des Geräts mit dem anonymen Schreiben verglichen, mit dem Lüder auf den Namen des Husumer Mordopfers hingewiesen worden war.

»Bekanntlich setzt sich das Druckbild aus lauter kleinen Punkten zusammen«, schrieb der Kriminaltechniker, »die dadurch entstehen, dass aus einer Vielzahl von Düsen die Tinte mit Druck auf das Papier gespritzt wird. Das ist die heute gängige Methode. Dabei wird das Schriftbild nicht durch den Drucker selbst, sondern durch den Druckkopf erzeugt, der Bestandteil der Tintenpatrone ist. Wenn diese ausgetauscht wird, lässt sich nur schwer nachweisen, dass es sich um dasselbe Gerät handelt. Im vorliegenden Fall wurde aber dieselbe Patrone benutzt. Das war einwandfrei nachweisbar, weil unter dem Mikroskop eindeutig erkennbar war, dass eine Düse in der unteren Reihe nur unzureichende Funktion geliefert hat. Sie war teilweise verstopft. So ergab sich ein mit bloßem Auge nicht erkennbares fehlerhaftes Schriftbild, das bei allen Buchstaben gleichmäßig auftritt. Außerdem gibt es eine ebenfalls nicht auf Anhieb sichtbare Asymmetrie im Blatteinzug. Der Vorschub zieht links ein wenig kräftiger als rechts. Der Unterschied liegt in der vertretbaren Toleranz von unter null Komma eins Millimeter, auf das DIN-A4-Format bezogen. Mit hoher Wahrscheinlichkeit handelt es sich bei dem untersuchten Drucker um das Gerät, auf dem die Vergleichsdokumente erstellt wurden.«

Die Formulierung »mit hoher Wahrscheinlichkeit« überraschte Lüder nicht. Die wissenschaftlichen Mitarbeiter im LKA vermieden den Absolutheitsanspruch. Holl war der Absender des Briefes. Und der Poststempel mit dem Briefzentrum fünfundzwanzig, der Lüder zunächst irritiert hatte, war jetzt auch erklärbar. Holl hatte dazu nur das kurze Stück durch den Wald in das benachbarte Quickborn zurücklegen müssen, das den gleichen Poststempel wie Itzehoe, Heide, Husum oder Sylt trug. Woher wusste der Mann von der Existenz Jethro Jacksons in Husum? Lüder wurde in seinen Überlegungen durch Große Jäger unterbrochen.

»Das ist ja 'nen Ding«, kommentierte der Oberkommissar die neuen Erkenntnisse. »Wenn man weiter fabuliert, könnte man glauben, dass Achim Holl an einer unsauberen Aktion beteiligt war, an der auch die Amerikaner Jackson und Tahiro mitgemischt haben. Dann ist es verständlich, dass Holl seinen Filius da heraushalten möchte. An den beiden Amis wird die zu erwartende Rache vollzogen. Da hat es auch nicht geholfen, dass sie sich hier in Schleswig-Holstein versteckt haben. Es ist gut denkbar, dass das mit Unterstützung der Amerikaner erfolgte und Hunter über alles informiert ist. Umso erstaunter muss der US-Geheimdienst sein, wenn die Verfolger, von denen einer als Geist beschrieben wird, sie doch aufgespürt hat. Und wenn die Bundeswehr mit dem KSK daran beteiligt war, möchte man es hier gern im Verborgenen belassen. Deshalb die Zurückhaltung unserer Sicherheitsdienste bei den Anfragen und Auskunftsersuchen. Potz Blitz! Da haben wir in ein Wespennest gestochen.«

Wie auf Bestellung klingelte das Telefon.

»Sie dürfen sich nicht beklagen, dass wir nicht Langmut bewiesen haben«, meldete sich die Lüder inzwischen vertraute Stimme des Erpressers. »Sie hatten hinreichend Zeit und Möglichkeiten, Ihre Haltung zu überdenken. Doch Sie schnüffeln weiter in Angelegenheiten, die Sie nichts angehen. Lüders! Das Maß ist voll. Heute wird die Annonce Ihres Sohnes ins Netz gestellt. Wir fangen mit einem kleinen Werbefilm an. Ist es Ihnen recht, wenn wir dazu Ihre Internetadresse und die private Telefonnummer veröffentlichen? Übrigens …« Der Anrufer legte eine kleine Kunstpause ein. »Viele Grüße an Ihren ungewaschenen Assistenten. Er hat seinen Hund hoffentlich in guter Erinnerung. Da der Köter nicht umsonst Blödmann heißt, wird er die von uns spendierte Wurst sicher mit Heißhunger hinunterschlingen. Soll ich im Vorhinein schildern, wie das Gift auf das Tier wirkt?«

Lüders Nerven vibrierten. Er zwang sich, möglichst gelassen zu wirken. Doch es wollte ihm nicht gelingen. »Hören Sie. Ihre widerwärtigen Erpressungen und der Versuch, unschuldige Kinder oder meine Familie mit einzubeziehen, ist so ekelhaft, dass … dass …«

Nun war es doch geschehen, dass ihm die passenden Worte

fehlten. Große Jäger sah Lüder mit weiten Augen an. Da Lüder es vermieden hatte, den Raumlautsprecher anzuschalten, konnte er nur erahnen, wer am Telefon war. Gelassen umrundete er den Schreibtisch, nahm Lüder den Hörer aus der Hand, deutete an, dass Lüder auf Mithören stellen sollte, und sprach: »Hör mal zu, du Sackgesicht. Weißt du, warum ich dich so bezeichne? Deine Schweinsnase zeichnet sich schon deutlich ab. Und die Zipfel vom Sack haben wir auch schon in der Hand. Jetzt müssen wir das Ding nur noch zuziehen. Dein Schwefelgestank, du Teufel, hängt mir schon in der Nase. Und an der Tafel male ich auch schon.«

Einen Augenblick herrschte verblüfftes Schweigen in der Leitung. »Von Ihnen, Große Jäger, kann man nichts anderes erwarten. Sie sind und bleiben ein Mensch außerhalb jeder Kultur.« Es klang fast wie eine Beschwerde.

»Das muss so ein Arsch wie du von sich geben. Also: Auf der Tafel steht, dass es bald ein Sonderangebot an Gammelschinken geben wird. Sagen wir – morgen. Dann werde ich dich greifen und dich mit nacktem Hintern in der Pfanne braten. Und eines verspreche ich dir: Das Ganze wird jugendfrei sein, denn alle Kinder, denen du drohst, dürfen mitlachen. Was meinst du Kinderschänder, wenn ich den Jungs im Bau, in den wir dich einlochen werden, stecke, dass du dich an kleinen Jungen vergangen hast? Erbtante und Schwiegermutter darf man vergiftet haben, wenn man in den Bau kommt. Aber Kinder? Pfui Teufel. Dir schiebt man jeden Tag ein ganzes Stück Seife in den Hintern. Und das ist noch das harmloseste Vergnügen. An deiner Stelle würde ich mich noch heute auf dem Dachboden aufknüpfen. Das ist sicher bequemer.«

»Hör auf, du Schwein«, schrie der Unbekannte in den Hörer und beendete das Gespräch.

Ein breites Grinsen zeichnete sich auf dem unrasierten Gesicht des Oberkommissars ab. Große Jäger legte den Hörer zurück und lehnte sich fast entspannt zurück.

»Mit ein wenig Glück hilft das«, sagte er und schob sich ganz automatisch eine Zigarette zwischen die Lippen.

Lüder ließ ihn gewähren. Der Oberkommissar brauchte offenbar die Dosis Nikotin, um die enorme Anspannung, unter der er gestanden hatte, abzubauen.

Lüder griff sich seine beiden Handys, das dienstliche und das private. »Ich bin gleich zurück«, sagte er und machte sich auf der Suche nach Friedjof.

Es dauerte eine Weile, bis er ihn in den Arbeitsräumen der Hausdienste fand.

»Hast du einen Moment Zeit für mich?«, fragte Lüder und bedeutete dem Büroboten, ihm auf den Flur zu folgen. »Bring dein Handy mit.«

Kurz darauf standen sie in einer Ecke des Ganges. »Was ist, Marshall?«, fragte Friedjof.

»Ich brauche deine Hilfe, Friedhof, und ernenne dich offiziell zum Hilfssheriff.«

»Klar doch. Was soll ich tun?« Friedjof rieb sich erwartungsfroh die Hände.

Lüder reichte ihm seine beiden Handys. »Telefonieren. Und zwar von beiden Apparaten. Möglichst oft und lange. Und dabei ganz viel erzählen. Von Holstein Kiel. Abseits. Elfmetern. Blumenpflücken. Und als Erstes rufst du diese Nummer an.« Lüder reichte Friedjof eine Visitenkarte von Horst Schönberg. »Das ist ein anderer Freund von mir.« Bei »anderer Freund« zog ein Strahlen über das Antlitz des jungen Mannes. »Den rufst du als Erstes an, und dann philosophiert ihr beide über ›Rotkäppchen und der Wolf‹. Klar?«

Friedjof sah Lüder mit weit geöffneten Augen an. »Willst du mich verarschen?«

»Nein! Horst werde ich informieren. Das Ganze ist mir sehr ernst. Stellt gemeinsame Überlegungen an, wie das Märchen ausgegangen wäre, wenn ein Vertreter vom Tierschutz mitgespielt hätte. Was wäre passiert, wenn der Wolf Vegetarier gewesen wä re oder wegen eines Leberschadens keinen Rotwein hätte trinken dürfen. Und all solchen Blödsinn. Je dümmer und ausgefallener, umso besser ist es. Scheu dich nicht, den größten Quatsch zu erzählen.«

»Und was soll das?«, fragte Friedjof erstaunt.

»Vertrau mir einfach. Ich werde dich später einweihen. Und

vergiss nicht, deine Freunde anzurufen. Hab keine Hemmungen. Du kannst beliebig viele Telefonate führen. Selbst nach Amerika oder Timbuktu.«

Friedjof grinste. »Leider kenne ich niemanden in Amerika. Aber in Timbuktu wohnt meine halbe Verwandtschaft.«

»Prima. Und dann bitte ich dich, mir so lange dein Handy zu leihen. Selbstverständlich ersetze ich dir alle Kosten.«

Sie tauschten die Geräte. »Und was ist, wenn meine Kumpels dich anrufen?«, fragte Friedjof in einer plötzlichen Eingebung. »Soll ich sie alle vorwarnen?«

»Nur nicht«, mahnte Lüder. »Ich freue mich auf jedes Gespräch.« Dann klopfte er dem jungen Mann aufmunternd auf die Schulter. »Danke! Wenn du wüsstest, was du mir damit für einen Dienst erweist. Übrigens. Niemandem etwas von unserem Deal berichten.«

»Klaro«, versicherte Friedjof und zog mit Lüders beiden Telefonen von dannen.

Als Lüder in sein Büro zurückkehrte, rauchte Große Jäger, wedelte aber schuldbewusst mit der Hand den blauen Dunst vor seiner Nase weg. Das Telefon klingelte und lenkte Lüder ab.

»Holl«, meldete sich der Mann aus Norderstedt. »Ich bin zurück vom Angeln und habe nachgedacht. Ich glaube, wir sollten miteinander reden.«

»Das denke ich auch«, sagte Lüder. »Uns liegt inzwischen das Ergebnis der Kriminaltechnik vor.«

»Das Schreiben stammt von mir«, gab Holl zu. »Es gibt noch viele andere Dinge, die ich Ihnen zu erzählen habe.«

»Wir kommen zu Ihnen.« Lüder sah auf die Uhr. »In einer Stunde?«

»Ich erwarte Sie. Es wäre gut, wenn Sie nicht zu viel Zeit verstreichen ließen.«

»Gibt es einen triftigen Grund?«, fragte Lüder, weil er glaubte, in Holls Stimme Besorgnis zu hören.

»Hier tanzt kein Damenkränzchen. Also. In einer Stunde.« Dann legte Holl auf.

»Was meint er damit?«, fragte Große Jäger. »Er muss sich doch bewusst sein, dass er zum engen Kreis der Verdächtigen gehört.«

»Wir haben ja schon eine Weile das Gefühl, dass wir der Lösung nahe sind. Nicht umsonst wendet die Gegenseite rigide Methoden an, um unsere Ermittlungen zu behindern.«

»Und wenn er kalte Füße bekommen hat?«

»Schon möglich. Das hieße aber, dass Holl nur Mitläufer und Helfer ist.«

»Hören wir uns an, was er zu beichten hat«, sagte Große Jäger und stand kurz entschlossen auf.

Lüder hatte das mobile Blaulicht auf dem Dach montiert, und dank der Sonderrechte waren sie schnell in Norderstedt. Ein gutes Stück vor Holls Wohnung hatte Lüder allerdings das Blaulicht wieder abgenommen. Ungeachtet der Tatsache, dass er jedem anderen Fahrzeug die Durchfahrtmöglichkeit nahm, hielt er auf dem schmalen Weg direkt vor dem Haus. Die Briefträgerin, die mit ihrem Handwagen vor dem Eingang stand, sah auf und schüttelte deutlich missbilligend ihren Kopf.

Lüder drückte mehrfach auf den Klingelknopf, aber weder über den Hauslautsprecher noch den Türsummer erfolgte eine Reaktion.

»Ein merkwürdiger Knabe. Erst drängt er, wir sollen uns beeilen. Dann verlässt er das Haus, um Brötchen zu holen«, schimpfte Große Jäger.

»Wie war das mit dem Damenkränzchen?« erwiderte Lüder. »Es hörte sich an, als würde Holl auf uns warten. Ich kann mir nicht vorstellen, dass er unter diesen Umständen spazieren geht.« Er betätigte die Klingel der Nachbarin und grinste den Oberkommissar an. »Darf ich? Die Dame scheint dein Bereich zu sein.« Die Frau mit den offenkundigen Sympathien für Große Jäger war aber offenbar außer Haus. Die beiden Beamten sahen sich ratlos an.

»Was nun?«, fragte Große Jäger.

Lüder wandte sich an die Briefträgerin, die immer noch ihre Sendungen sortierte. »Haben Sie Herrn Holl gesehen?«

Die junge Frau musterte ihn mit einem verständnislosen Blick. »Ich kann Ihnen sagen, wer in diesen Häusern wohnt. Aber wie die Leute aussehen – keine Ahnung.« Um ihre Worte zu unterstreichen, zog sie heftig ihre Schultern in die Höhe. Dann ging sie zum zurückliegenden Hauseingang und klingelte an einer Wohnungstür. Als die Gegensprechanlage schnarrte, sagte die Zustellerin: »Post. Ich habe ein Einschreiben.«

Der Türsummer ertönte, und die Zustellerin verschwand im Hausflur.

Lüder sprintete hinterher und schaffte es im letzten Moment, die Tür offen zu halten, bevor sie wieder ins Schloss fiel. Große Jäger folgte ihm wesentlich gemächlicher. Sie klingelten an der Wohnungstür, und als keine Antwort erfolgte, klopfte der Oberkommissar gegen das Holz. »Herr Holl. Lüders aus Kiel. Wir sind da. Sie haben dringend um unseren Besuch gebeten.« Doch es blieb still in der Wohnung.

Große Jäger klingelte ausdauernd an der Nachbarwohnung. Die blonde Nachbarin schien auch abwesend zu sein. Er versuchte es mit Klopfen.

»Hallo, junge Frau. Ich bin Ihnen noch meine Visitenkarte schuldig, um die Sie mich gebeten haben«, rief er. Dann legte er sein Ohr gegen das Türblatt. »Psst«, raunte er Lüder zu. Einen Moment später stellte er fest: »Die Frau ist in der Wohnung.« Er klopfte erneut. »Ich stelle mich jetzt so in den Hausflur, dass Sie mich sehen können. Und meinen Kollegen ebenfalls. Es ist sehr wichtig. Würden Sie bitte die Tür öffnen? Sonst müssten wir bei Ihrem Nachbarn das Schloss durch die Polizei öffnen lassen. Können Sie das verantworten?«

Er ging zwei Schritte zurück, und Lüder stellte sich neben ihn. Hinter der Tür war ein leises Geräusch wahrnehmbar. Dann wurde sie einen winzigen Spalt geöffnet, und ein Gesicht erschien.

»Ich wollte auch schon die Polizei rufen«, wisperte die Nachbarin und wollte die Tür wieder schließen, als Große Jäger behutsam einen Schritt in ihre Richtung machte.

»Wir sind von der Polizei«, versuchte er die Frau zu beruhigen und hielt ihr den Dienstausweis vor den Türspalt.

»Ihr habt doch gesagt, ihr wärt Handwerker«, kam es unsicher über ihre Lippen.

»Manchmal erzählen wir so etwas.« Große Jäger stand jetzt

dicht vor ihr. Er unterließ es, sie aufzufordern, die durch eine Kette gesicherte Tür ganz zu öffnen. »Sie müssen keine Sorge haben. Es ist eine reine Routineangelegenheit.«

»Das sagen die im Fernsehen auch immer. Dabei geht es aber doch um Mord«, sagte die Frau.

Der Oberkommissar schüttelte den Kopf. »Sehen wir aus, als wären wir bewaffnet?«

Sie musterte Große Jäger. »Nein. Aber ich habe mich erschrocken. Da tauchte diese Gestalt auf. Mensch. Da rutscht dir aber das Herz in die Hose. So eine grässliche Figur habe ich noch nie gesehen. Der sah wie Frankenstein persönlich aus.«

Der Geist!, durchfuhr es Lüder. Darum hatte es Holl eilig, mit ihnen zu sprechen. Der Mörder war hinter dem Wachmann her.

»Ist er in Holls Wohnung? Haben Sie etwas mitbekommen? Sie sind doch sonst ein scharfer Beobachter«, mischte sich Lüder ein und erinnerte sich, dass die Blonde den Beamten bei früheren Besuchen bereitwillig Auskunft erteilt hatte.

»Was soll das heißen? Glauben Sie, ich häng hinter der Tür und belausche meine Nachbarn?«, giftete die Frau zurück.

»So meint er es nicht«, besänftigte Große Jäger und blinzelte ihr zu. »Ist Herbert noch zu Hause?« Er wählte bewusst Holls Vornamen.

»Nee. Der ist vorhin weg.« Sie warf Lüder einen bösen Blick zu. »Das war reiner Zufall, dass ich das mitgekriegt habe. Er ist aus seiner Wohnung raus und hat im Treppenhaus telefoniert. ›Ich muss dringend Herrn Schlüters sprechen‹, hat er gesagt.«

»Kann das auch Lüders gewesen sein?«, unterbrach sie der Oberkommissar.

Sie hielt einen Moment inne, als würde sie überlegen. »Vielleicht. So genau hörst du das ja nicht durch die Tür.«

»Und? Was hat Herbert noch gesagt?«

»Nix. Nur ›schade‹.«

»Das war alles?«

»Glaub ich. Ach – ja. Dann hat er noch was gesagt – zum Schluss. Also! Er wollte jetzt zum Schmuggelstieg. Das soll man diesem Schlüters oder so ausrichten.«

»Ist das eine Straße, der Schmuggelstieg?«

»Natürlich. Mit lauter kleinen schnuckeligen Geschäften. Beim Ochsenzoll. An der Grenze nach Hamburg. Da geht Herbert öfter hin, wenn er sich was zum Lesen kaufen will.«

»Hat der Unheimliche das auch mitbekommen?«

»Keine Ahnung. Der war ja erst danach da, als Herbert schon weg war.«

Die beiden Beamten wandten sich zur Treppe.

»Ich melde mich noch einmal«, rief Große Jäger über die Schulter zurück.

»Lieber nicht«, antwortete die Frau. »Morgen kommt mein Mann von Montage zurück.«

Als sie im Auto saßen und Lüder in Eile den Schmuggelstieg ins GPS programmierte, fluchte der Oberkommissar: »Typisch Weiber. Wenn du deine Ruhe haben willst, hören sie nicht auf zu reden. Und wenn es einmal wichtig ist, muss man ihnen jedes Wort einzeln aus der Nase ziehen.«

»Macho«, lästerte Lüder und folgte den Anweisungen der Computerstimme aus dem Bordcomputer. »Bist du sauer, weil sie dir zunächst schöne Augen gemacht hat und nun auf die Rückkehr ihres Mannes wartet?«

»Blödsinn.«

»Ich hab einen Verdacht«, sagte Lüder und wählte sein eigenes Mobiltelefon an, das er mit Friedjof getauscht hatte. Der junge Bürobote war sofort am Apparat.

»Mensch, wo steckst du denn?«, brachte Friedjof aufgebracht hervor. »Da war einer an deinem Handy. Der war richtig aufgeregt. Er sagte, dass es jetzt brennt und sie hinter ihm her sind. Er hat geschimpft und gefragt, warum du nicht ans Telefon gehst.«

»Hat er seinen Namen gesagt?«

»Klaro. Holl.«

»Sonst noch etwas? Wer zum Beispiel hinter ihm her ist?«

»Nix. Nur dass es wichtig ist. Er haut ab zum Schmuggelstieg. Das soll ich dir ausrichten.«

»Danke, Friedjof, ich weiß Bescheid.«

Der Bürobote stutzte einen Moment. »Wieso sagst du nicht Friedhof zu mir?«, fragte er dann.

»Das erkläre ich dir später. Du hast jedenfalls großartig mitgeholfen.«

»Das wäre noch besser gewesen, wenn ich dich auf meinem Handy erreicht hätte. Aber da war nur die Mobilbox dran. Ich glaube, der Akku ist leer. Du hast vergessen, das Ladegerät mitzunehmen.«

Lüder ärgerte sich. Friedjof hatte recht. Holl schien in Bedrängnis zu sein. Und hätte Lüder nicht das Handy getauscht, hätte der Mann ihn früher erreicht.

Die Fahrt von Holls Wohnung zum angegebenen Ziel erschien den beiden Polizisten unendlich weit. Das GPS führte sie an der U-Bahn-Station und Norderstedts neuer Mitte zur Ulzburger Landstraße, die sich durch große Teile der lang gestreckten Stadt zog. Im Vorbeifahren sah Lüder eine Hinweistafel. Er nahm sich vor, Friedjof, den Fußballfan, zu fragen, ob ihm bekannt war, dass der HSV sein Trainingsgelände in Norderstedt unterhielt.

»Hinter deinem Sitz liegt eine schusssichere Weste«, sagte Lüder.

»Die ist nicht für mich bestimmt«, lehnte Große Jäger ab.

»Wenn es sich wirklich um unseren Serienmörder handelt, der hinter Holl her ist und den die Zeugen als Geist beschrieben haben, dann kann es gefährlich werden. Wir wissen, dass der Mörder äußerst brutal vorgeht. Wenn wir am Einsatzort ankommen, kann es unter Umständen um Bruchteile von Sekunden gehen. Da macht es Sinn, wenn du mit der Weste voranpreschst«, erklärte Lüder. »Außerdem muss ich mich hinter deinem Rücken verstecken, da ich keine Waffe dabeihabe.«

»Manchmal frage ich mich, wie der höhere Dienst es überhaupt in die Polizei geschafft hat«, lästerte Große Jäger und angelte nach der Weste. Er befreite sich vom Sicherheitsgurt und versuchte, sich die Schutzkleidung überzustreifen.

»Ich werde es nie verstehen, weshalb die Dinger nicht für normale Körpermaße geschneidert werden«, stöhnte der Oberkommissar und mühte sich, seinen Schmerbauch unterzubringen.

Lüder schmunzelte, als er Große Jägers Anstrengungen mit einem Seitenblick registrierte. Sein Beifahrer mühte sich ab wie weiland Frau Kommerzienrat, die ihre Speckfalten in ein Korsett zu zwängen suchte.

»Hört diese Straße überhaupt nicht mehr auf?«, grollte der Oberkommissar vom Beifahrersitz und machte ein unglückliches Gesicht, weil seine Körperfülle doch arg in der Weste drückte. »Man kann den Eindruck gewinnen, Norderstedt wäre fast so groß wie Husum.«

»Welche Stadt reicht schon an deine? Niemand sonst hätte einen Polizisten wie dich verdient«, neckte ihn Lüder und hielt an einer roten Ampel. Dann zeigte er auf die gegenüberliegende Seite der Kreuzung. »Da drüben ist der Schmuggelstieg.«

Lüder hielt direkt vor der Buchhandlung, von der Holls Nachbarin berichtet hatte. Ein anderes Fahrzeug hinter ihm hupte. Der Fahrer ließ das Fenster auf der Beifahrerseite herab und schrie Lüder an: »Bist du blind? Hier darfst du nicht halten.«

Große Jäger hatte sich inzwischen aus dem Auto gewuchtet. Die Schutzweste schränkte seine Beweglichkeit erheblich ein. »Fahr weiter, du Grottenmolch«, rief er zurück und deutete durch Spreizen von Daumen und Zeigefinger einen kleinen Abstand an. »Deiner ist doch nur so groß.«

»Frechheit«, schimpfte der Autofahrer zurück. »Dich sollte man ...« Er ließ die Antwort offen und zog es vor, Gas zu geben. Dabei drückte er unablässig auf die Hupe.

»Man sollte die Polizei rufen«, mischte sich eine wohlbeleibte grauhaarige Frau ein, und der hagere Mann an ihrer Seite stimmte eifrig ein, zog es dabei aber vor, sich vorsichtshalber hinter dem Rücken seiner Gattin zu verstecken.

Das Ehepaar erschrak, als Große Jäger direkt auf sie zusteuerte. »*Ich* bin die Polizei. Und wenn Sie nicht gleich verschwinden, kette ich Sie hiermit an. Buh.« Er klimperte mit den Handschellen. Erschrocken folgten die beiden Lüder in die Buchhandlung.

»Hallo«, fragte Lüder eine junge Verkäuferin am Kassentresen. »Kennen Sie Herrn Holl?«

Die Frau sah ihn mit großen Augen an. »Jaaa.«

»Ist er hier?«

»Der ist schon wieder weg.«

»Wie lange?«

»Vielleicht zehn Minuten. Was soll das Ganze?«

»Danke«, rief ihr Lüder zu und verließ den Laden.

Große Jäger beobachtete inzwischen die Straße. Jenseits der Kreuzung war eine Spielhalle. Daneben kündigte ein Lokal mit dem sinnreichen Namen »Einstein« an, dass es »einfach genial« sei.

»Wir gehen die Straße entlang«, schlug Lüder vor. »Jeder auf einer Straßenseite.«

»Was wollen Sie ohne Waffe ausrichten?«, fragte Große Jäger, der das »Sie« einfach nicht ablegen wollte.

Lüder zeigte auf eine leichte Ausbeulung unter seinem Sommerpullover.

»Sie haben mich mit der Schutzweste reingelegt«, empörte sich Große Jäger.

»Hättest du sie sonst angezogen?«

»Sie haben Kinder. Auf mich wartet nur ein Hund. Und ob der mich noch ansieht, nachdem ich mich so lange nicht gemeldet habe, bezweifle ich.«

»In Deutschland ist man obrigkeitshörig. Da schießt man eher auf einen Oberkommissar als auf einen Kriminalrat.«

»Umgekehrt wäre logischer. Der Oberkommissar kostet den Steuerzahler später nicht so viel Pension.«

Lüder klopfte Große Jäger auf die Schulter. »Los jetzt. Zum Diskutieren brauchen wir beide ein Bier. Und das haben wir jetzt nicht. Du gehst auf die andere Straßenseite.«

»Immer müssen die niederen Dienstgrade die weiten Wege zurücklegen«, maulte Große Jäger gespielt beleidigt und überquerte die Straße.

Langsam schlenderten die beiden Beamten die Straße hinab. Lüder warf einen kurzen Blick in eine Drogerie und die Filiale einer Kaffeekette, während Große Jäger auf der anderen Straßenseite die Schaufenster der Stadtschlachterei passierte. Leuchtend rote Plakate priesen die Angebote an. Lüder registrierte, wie der Oberkommissar einen Moment innehielt und sich gedankenverloren die Werbung besah.

Von Holl war nichts zu sehen. Auch der geheimnisvolle Geist blieb unsichtbar. Die Menschen trotteten gemächlich durch die Straße.

Ob es besser gewesen wäre, das SEK oder zumindest Verstärkung anzufordern?, überlegte Lüder. Wonach sollten sie suchen? Nach einem »Leprakranken«? Lüder hatte sich anders entschieden. Bisher hatte der unheimliche Mörder seine Taten stets im Verborgenen verübt. Es war ein eiskalt berechnender Killer, der nicht blindwütig ein Blutbad anrichtete. Deshalb hoffte Lüder, dass er und Große Jäger auch ohne Unterstützung weiterer Einsatzkräfte auskommen würden, selbst wenn das weder lehrbuchmäßig war noch die Zustimmung seines Vorgesetzten finden würde. Und Große Jäger, der wie ein harmloser Spaziergänger auf der anderen Seite entlangschlenderte, sah nicht aus wie jemand, der sich hinter einer Einsatzhundertschaft versteckte.

Lüder passierte eine Bankfiliale, während der Oberkommissar an einem Geschäft namens »Schatzkiste« vorbeilief und unfreiwillig die Aufmerksamkeit auf sich zog, als er ein vor dem benachbarten Juwelier aufgestelltes Reklamestellschild umrannte. Ab hier war der Schmuggelstieg nur noch Fußgängerzone. Eine Litfaßsäule und die einer alten Laterne nachempfundene Beleuchtung waren eher eine Straßenmöblierung als eine wirkliche Zierde.

Neben dem Haus des Juweliers führte ein schmaler Durchgang hinter das Gebäude. In einem flachen Anbau daneben war eine Änderungsschneiderei untergebracht. Die Häuserfront wurde an dieser Stelle durch einen kleinen Wasserlauf unterbrochen, der von einem bewaldeten Grünstreifen begleitet wurde. Nach rechts führte ein Weg in die Anlage. Daran schloss sich eine Kirche an. Ein Schaukasten wies auf die St.-Annen-Kirche hin, während auf der anderen Seite ein Schild verriet, dass die dort beginnende Ladenzeile mit einem halben Dutzend Geschäften die Schmuggelstieg-Galerie war. Am Ende der Passage stieg der Weg ein wenig an und mündete auf die lebhafte Langenhorner Chaussee, die selbst einem Ortsfremden wie Lüder ein Begriff war.

Lüder war froh, dass zu dieser Stunde nur wenige Passanten unterwegs waren. Eine Frau mit Kopftuch schob einen Kinderwagen und redete unablässig auf ein zweites Kind ein, das neben ihr hertrottete und den Eindruck erweckte, dass es anderer Meinung als die Mutter war.

Die Schaufensterfront der Ladenpassage wurde durch ein Vordach geschützt, dessen Stützen dicht mit Efeu bewachsen waren und das so einer Art Wandelgang glich. Die Pfeiler hatten durch die Bepflanzung einen Umfang angenommen, der einem Menschen Sichtschutz bot.

Große Jäger ging, einem Müßiggänger gleich, zwischen diesen Pfeilern und der Hauswand her und betrachtete scheinbar gelangweilt die Auslagen, während sich Lüder auf der anderen Seite hielt. Auf Höhe eines Modegeschäftes zischte es von der anderen Straßenseite herüber.

»Pssst!«

Mit einem Seitenblick gewahrte Lüder Herbert Holl, der sich hinter einer der Stützsäulen verborgen hielt. Lüder blinzelte ihm unauffällig zu und ging gemächlich weiter bis zum Ende der Ladenzeile. Dann kehrte er um, wechselte auf die andere Seite und kehrte im Schutz der Säulen zurück. So war er aus dem direkten Blickfeld der Fußgängerzone verschwunden. Er blieb mit dem Rücken zu Holl vor einem Fenster stehen und besah sich die Angebote. Große Jäger stand scheinbar unschlüssig vor dem Eingang des übernächsten Geschäfts.

»Was soll das Versteckspielen?«, fragte Lüder über die Schulter.

»Ich werde verfolgt«, sagte Holl.

»Von wem?«

»Den Namen kenne ich nicht. Es ist der Killer, der die anderen beiden Opfer auf dem Gewissen hat.«

»Drei Tote.«

»Ich kenne nur zwei. Jackson aus Husum und Tahiro aus Itzehoe.«

»Und der Mann aus Heide?«

»Der sagt mir nichts.«

Lüder wollte sich umdrehen. »Warum so geheimnisvoll? Sie kommen jetzt mit uns, und wir unterhalten uns in aller Ruhe auf der Polizeistation.«

»Das geht nicht. Ich sagte schon – ich werde verfolgt. Was glauben Sie, warum ich aus der Wohnung geflüchtet bin?«

»Wir können Sie nirgendwo besser schützen als bei der Polizei.«

»Zu Ihnen – ja. Da habe ich Vertrauen. Aber *die* sind überall. Was glauben Sie, woher man so gut über Sie und Ihre Ermittlungen informiert ist?«

»Die Landespolizei ist mit Sicherheit nicht korrumpiert«, behauptete Lüder. Ihm wurde diese Geheimniskrämerei langsam zu bunt. »Wollen wir weiterhin Katz und Maus spielen?«

»Ich habe Ihnen viel zu erzählen«, flüsterte Holl.

»Schön, dann kommen Sie mit. Oder bleiben Sie, wo Sie sind.«

»Nein!« In die Stimme Holls hatte sich unverkennbar Angst gemischt. »Sie wissen selbst, wie brutal die sind. Die gehen über Leichen.«

»Ich habe genug von diesen Kindergeschichten, von leprakranken Gespenstern, die mit Sandklumpen schießen.« Lüder spürte, dass Holl unter Druck eher bereit war zu reden. Warum hatte der Mann bisher geschwiegen und sich nur anonym an Lüder gewandt? Weshalb hatte Holl zunächst behauptet, er habe keinen Sohn?

Sie wurden durch Große Jäger unterbrochen.

»Es geht los«, sagte der Oberkommissar und ging hinter der nächsten Säule in Deckung. Dabei zeigte er in die Richtung, aus der sie gekommen waren.

Lüder zwängte sich zu Holl und schob den zitternden Mann hinter sich, sodass Lüder ihm Deckung bot. Vorsichtig lugte er um die Ecke und sah eine Gestalt, die trotz der sommerlichen Temperaturen einen Kapuzenpulli trug und die Kopfbedeckung so weit heruntergezogen hatte, dass das Gesicht im Schatten lag. Der Mann hatte die beiden Beamten und Holl bemerkt und war ebenfalls in Deckung gegangen.

Große Jäger, der dem Unbekannten am nächsten war, beugte sich ein wenig vor.

»Polizei«, rief er. »Kommen Sie hervor und verschränken Sie die Hände hinter dem Kopf.«

Nichts geschah.

»Sie müssen englisch sprechen. Der versteht kein Deutsch«, sagte Holl mit flatternder Stimme.

Lüder wiederholte Große Jägers Aufforderung auf Englisch. Doch der Unbekannte hielt sich zwei Säulen vor Große Jäger verborgen.

Lüder hörte deutlich das Ratschen, als der Oberkommissar seine Waffe durchlud. Er selbst hatte seine Pistole ebenfalls aus dem Holster hervorgeholt und zog den Schlitten zurück. Das Geräusch war im gottlob ruhigen Schmuggelstieg deutlich hörbar. Auch der Unbekannte musste es vernommen haben.

»Komm hervor, sonst holen wir dich«, warnte Große Jäger.

»Was soll die Waffe? Sie wollen doch nicht etwa rumballern?«, meldete sich Holl zu Wort, der sich instinktiv wie der Sozius auf dem Motorrad an Lüders Pullover festgeklammert hatte.

»Gehen Sie dem Geist entgegen und sagen Sie ganz laut: ›Peace‹«, erwiderte Lüder ungerührt.

»Gib auf. Du bist umzingelt. Hinter dir sind noch mehr Polizisten«, rief Große Jäger.

Der Geist hielt sich immer noch hinter einer Säule verborgen. Lüder lugte vorsichtig um die Ecke. Sie hatten Glück. Es waren keine Passanten unterwegs. Allerdings sah er, dass sich am Ende der Fußgängerzone die Mutter mit dem Kinderwagen anschickte, in ihre Richtung zu kommen. Lüder beugte sich vor und rief der Frau zu: »Bleiben Sie dort. Kehren Sie um. Schnell.«

Die Frau mit dem Kopftuch stutzte einen Moment, dann beugte sie sich zu dem Kind an ihrer Seite hinab, sagte etwas und marschierte trotzdem in ihre Richtung.

»Bleib da! Nicht!«, schrie jetzt auch Große Jäger aus Leibeskräften. Erneut hielt die Frau kurz an. Dann begann sie mit hoher keifender Stimme zu schimpfen und setzte ihren Weg fort.

Offenbar hatte der Oberkommissar den gleichen Gedanken wie Lüder. Er sprang aus seiner Deckung hervor und sprintete in Richtung des Geistes. Es war nicht vorhersehbar, wie der Killer reagieren würde, wenn die Mutter mit ihren Kindern auf seiner Höhe angekommen war. Sie durften nicht riskieren, dass er die Frau als Geisel nahm.

Der Unbekannte reagierte blitzschnell auf den Spurt der beiden Polizisten. Er tauchte aus seiner Deckung auf und jagte in großen Sätzen der Frau entgegen.

Aus der Ferne sah Lüder, dass dort hinten ein paar Passanten unterwegs waren. Er hob seine Waffe hoch und gab im Laufen zwei Schüsse ab. Die Menschen erstarrten in ihren Bewegungen. Dann rannten sie in alle Richtungen in panischem Entsetzen davon, wie Lüder es sich erhofft hatte. Nur die Mutter war wie angewurzelt stehen geblieben und sah die drei Männern, die ihr mit gezogenen Waffen entgegenhasteten, mit offenem Mund an.

Der Mörder hatte vielleicht vier Meter Vorsprung vor Große Jäger, der sich wiederum in Lüders Schusslinie befand.

Lüder näherte sich zentimeterweise Große Jäger, der allerdings die Distanz zum Flüchtenden größer werden ließ. Der Oberkommissar schnaufte laut und vernehmlich wie eine unter Dampf gesetzte Museumslok.

Mit großer Erleichterung sah Lüder, wie der Killer die Frau mit den beiden Kindern unbeachtet ließ. Sie war wie zur Salzsäule erstarrt und sah mit weit aufgerissenem Mund den drei Männern hinterher, die mit gezogenen Waffen an ihr vorbeirannten. Urplötzlich zog sie das größere Kind mit einer ruckartigen Bewegung zu sich heran und versuchte, es unter ihrem Arm zu verbergen.

Der Mann rannte in die Richtung, in der die Passanten immer noch damit beschäftigt waren, sich in Sicherheit zu bringen. Er überquerte den kleinen Wasserlauf und sprintete weiter die Straße entlang.

Lüder gab im Laufen erneut einen Schuss in die Luft ab. Das schien den Flüchtenden aus dem Laufrhythmus gebracht zu haben. Urplötzlich stoppte er, drehte sich um und zielte in Richtung der beiden Polizisten. Das Ganze geschah in einer einzigen fließenden Bewegung. Lüder sah, wie Große Jäger mitten im Sprung erstarrte und in der Luft zu stehen schien. Es waren Bruchteile von Sekunden, aber Lüder schienen sie wie eine Ewigkeit.

Dann löste sich aus der Kehle des Oberkommissars ein gewaltiger Schrei. Lüder stockte der Atem.

Doch es war nicht der Ruf eines Getroffenen. Wenn das Ganze nicht eine lebensgefährliche Situation gewesen wäre, hätte Lüder schallend gelacht.

»Du verdammtes Arschloch«, schrie der Oberkommissar und stürmte vorwärts.

Einen Herzschlag lang erstarrte der Geist vor Verblüffung. Dann drehte er sich um und hetzte weiter. Der Oberkommissar war nur noch zwei Handbreit hinter ihm. Der Flüchtende schlug einem Hasen gleich einen Haken und stürmte in den schmalen Durchgang zwischen der Änderungsschneiderei und dem Juwelier. Lüder war jetzt nur noch einen Meter hinter Große Jäger. Von den Wänden des Durchlasses hallte das Keuchen der drei Männer wider. Ein paar Meter weiter endete der Weg an der Hausecke in einer scharfen Linkskurve, um im rechten Winkel weiterzuführen. Der Mann musste seine Geschwindigkeit reduzieren, um sie nehmen zu können. In diesem Augenblick sprang Große Jäger ab. Die massige Gestalt segelte förmlich durch die Luft und landete auf dem Rücken des Killers. Der versuchte instinktiv nach rechts auszuweichen, da links die Hauswand seinen Fluchtweg behinderte. Beide krachten mit Schwung in eine Reihe von Mülltonnen, die aneinandergereiht den Weg säumten. Mit lautem Scheppern fielen drei der Behälter um. Der Flüchtende landete inmitten der Tonnen, Große Jäger kam halb auf ihm zu liegen. Der Mörder hatte seine Hand, die immer noch die Waffe hielt, instinktiv zum Schutz vor der Landung weit nach vorn gestreckt. Er versuchte, sich gleichzeitig herumzuwerfen und seine Schusshand in eine Position zu bringen, aus der er die Pistole gegen seine Verfolger richten konnte. Aber gegen das Gewicht des Oberkommissars, der zudem den Unterarm seines Gegners gepackt hatte und eisern nach unten drückte, war er machtlos.

Inzwischen hatte auch Lüder zugegriffen und drückte den Kopf und den linken Arm des Mörders nach unten. Der gab unartikulierte Schmerzenslaute von sich, während Große Jäger mit beiden Händen den Arm des Mannes umklammerte, weil dessen Finger sich immer noch um den Griff der Waffe verkrampften. Große Jäger schlug mehrfach die Hand auf den Boden auf. Jedes Mal ließ der Mann einen Schmerzenslaut hören.

»Alles okay bei dir?«, keuchte Lüder, immer noch atemlos von der Hetzjagd.

»Fit … wie … ein … Jungbulle«, gab der Oberkommissar stoßweise von sich, und sein Atem kam rasselnd aus den Lungen.

Lüder griff fester zu und hatte den Oberkörper, Kopf und linken Arm des Täters fixiert, sodass es Große Jäger schließlich gelang, ihm die Waffe zu entwinden.

»Du Arschloch. Du verdammtes Arschloch«, fluchte der Oberkommissar.

»Hat er dich erwischt mit seinem Schuss?«, fragte Lüder.

»Viel schlimmer«, japste Große Jäger, immer noch nach Luft ringend. »Viel schlimmer.« Zornig drückte er auf den Unterarm des Mörders, dass der erneut einen Schmerzensschrei ausstieß.

»Was ist los? Wo hat er dich erwischt?« Lüder war besorgt.

»Der krumme Hund hat mir mit seiner blöden Munition Löcher in meine Lederweste geblasen.« Noch einmal drückte Große Jäger zu. »Dafür bekommst du lebenslänglich, du blöder Kerl. Das haben selbst die schlimmsten Ganoven an der Westküste nicht gewagt.«

Von Weitem hörten sie mehrere rasch näher kommende Polizeisirenen.

Große Jäger angelte die Handschellen hervor, und schließlich gelang es ihnen, die Hände des Mörders hinter dessen Rücken zu fesseln.

»Um was geht es hier?«, hörten sie die Stimme eines älteren Mannes, der trotz der sommerlichen Temperaturen einen Hut trug und sich unbemerkt genähert hatte. Neugierig beugte sich der Schaulustige zu den drei Männern hinab. »Hat der was Schlimmes gemacht? Haben Sie ihn verhaftet?«

»Hau ab, sonst liegst du gleich neben ihm«, fauchte Große Jäger den Mann an. Der fuhr erschrocken in die Höhe.

»Na so was. Man darf doch mal fragen?«, empörte er sich. »Schließlich sind das unsere Steuergelder, die da ausgegeben werden«, schimpfte er vor sich hin, als er sich durch den Torweg davonmachte.

Mehre uniformierte Polizeibeamte näherten sich mit gezogener Waffe, die sie auf die drei Männer zwischen den Mülltonnen richteten.

»Was ist hier los?«, fragte ein Beamter mit einem gepflegten grauen Vollbart.

»Wir sind ...«, wollte Lüder erklären, aber der Beamte fuhr dazwischen.

»Nicht bewegen!«

»Mensch, wir sind Kollegen«, fluchte Große Jäger und zeigte auf seine Dienstwaffe, die neben ihm lag. »Die erkennt ihr doch, oder?«

»Das hat nichts zu sagen«, erklärte der Uniformierte eine Spur freundlicher.

»Der hier«, Große Jäger wies durch ein Kopfnicken in Lüders Richtung, »ist Kriminalrat.«

»Stimmt das?«, fragte der Polizist.

»Ja. Der Oberkommissar hat recht.«

»Stehen Sie vorsichtig auf«, sagte der Wortführer, während zwei weitere Uniformierte von einem später eingetroffenen Streifenwagen dazustießen.

Lüder erhob sich langsam. Mit spitzen Fingern angelte er nach seinem Dienstausweis. Der uniformierte Polizist warf nur einen kurzen Blick darauf. »Ist in Ordnung, Herr Kriminalrat.«

»Lüders. Einfach nur Lüders.« Lüder zeigte auf den immer noch am Boden liegenden Mann. »Führen Sie den bitte ab.«

»Wohin?«

»Zu Ihnen nach Norderstedt. Da werden wir die Erstvernehmung durchführen.«

Auf einen Wink des bärtigen Polizisten, eines Hauptkommissars, beugten sich zwei Beamte hinab, griffen dem Mörder unter die Arme und hoben ihn auf. Plötzlich hielten sie mitten in der Bewegung inne. Entsetzen machte sich in ihren Gesichtern breit. Dann sahen es auch Lüder und Große Jäger, als das Gesicht des Mannes unter der hochgezogenen Kapuze auftauchte.

Zwei leblose Augen funkelten aus tief zurückliegenden Höhlen. Die Augenbrauen fehlten. Anstelle der Nase gab es nur ein mit zwei Löchern modelliertes Loch. Ein verzerrter Mund und wachsbleich wie Kunststoff glänzende Wangen. Das ganze Gesicht wirkte starr wie eine Maske. Kein Muskel zuckte, nichts rührte sich. Nur die Augen bewegten sich in diesem völlig ausdruckslosen Antlitz. Alles andere war steif. Das Maskenhafte wurde durch mehrere Narben und verkrustete Male unterstrichen. Weder Lüder noch die Polizisten waren jemals einem so entstellten Menschen begegnet.

Lüder musste schlucken, bevor er auf Englisch erklärte: »Ich verhafte Sie wegen des Verdachts, mehrfach Tötungsdelikte begangen zu haben.«

Die uniformierten Polizisten konnten trotz aller Erfahrung ihre Überraschung nicht verbergen. Zum einen war ein solcher Einsatz bei ihnen keine Routine. Und ein solches Wesen hatte niemand von ihnen zuvor gesehen.

Der Mund des Geistes öffnete sich. Es glich eher einer animierten Roboterdarstellung als menschlicher Mimik. *»Fuck you. Damned Germans.«* Dann spie der Geist Lüder an. »Nazi«, schob er hinterher. Der Mann machte eine ruckartige Bewegung, als wollte er sich befreien, aber die beiden Beamten hatten ihn fest im Griff.

»Bringen Sie ihn weg«, sagte Lüder.

»Bevor ich ihm Manieren beibringe«, schimpfte Große Jäger hinterher und klopfte sich den Schmutz von der Kleidung. Dann fasste der Oberkommissar einen Zipfel seiner Lederweste und besah sich die Löcher auf der Vorderseite. »Dieses Arschloch«, schimpfte er.

Lüder klopfte ihm auf die Schulter. »Ich habe mich fürchterlich erschrocken, als der Typ aus so kurzer Distanz auf dich geschossen hat. Die Schutzweste hat Wunder bewirkt.«

»Nee«, fluchte Große Jäger. »Hat sie nicht. Ich Trottel hätte sie über meiner Weste tragen sollen. Dann wären da keine Löcher drin.«

Sie folgten den Streifenbeamten durch den Torweg, vor dem sich eine Menschenansammlung gebildet hatte. Unter den Neugierigen war auch der ältere Mann, der ihnen zuvor zum Schauplatz des Geschehens gefolgt war. Große Jäger machte einen Schritt auf ihn zu. »Buhh«, brüllte er ihn an. Der Passant riss entsetzt die Augen auf, drehte sich auf dem Absatz um und suchte sein Heil in der Flucht.

Die Schaulustigen erstarrten, als sie den Geist sahen. Einige wurden bleich, andere hielten sich entsetzt die Hand vor den Mund. »Das gibt's doch nicht«, tuschelte eine gut gekleidete Frau. Unter den Menschen entdeckte Lüder Herbert Holl. Er ging auf ihn zu.

»Es ist vorbei. Sie können aufatmen. Würden Sie uns zur Dienststelle folgen?«

Holl nickte stumm und ging mit den beiden Beamten das kurze Stück zu Lüders BMW, der immer noch vor der Buchhandlung parkte.

Dann fuhren sie zum Norderstedter Polizeirevier in der Europaallee.

Die Dienststelle lag beim Herold-Center, wo Herbert Holl im Sicherheitsdienst beschäftigt war. Hauptkommissar Nieswandt von der Kriminalpolizeiaußenstelle hatte ihnen ein Büro zur Verfügung gestellt. Die in Filmen gern gezeigten futuristisch anmutenden Vernehmungsräume mit einseitig transparentem Spiegel gab es im Alltag der Polizeidienststellen nicht.

Der Geist hatte heftigen Widerstand geleistet und war durch Einsatz mehrerer Polizeibeamter in eine Arrestzelle verbracht worden. Ein Versuch, den Mann zu vernehmen, war in der derzeitigen Situation zum Scheitern verurteilt. Lüder hatte ihn gefragt, ob er eine anwaltliche oder konsularische Vertretung wünschte, aber der Mann hatte ihn nur beschimpft. Die Durchsuchung hatte auch nichts ergeben. Außer der Waffe und einer Schachtel mit Ersatzmunition hatte der Mann nur etwa zweihundert Euro und eine Handvoll Dollarscheine lose in der Hosentasche getragen. Es fehlten jegliche Hinweise auf seine Identität, Papiere, Haustür- oder Hotelschlüssel. Lediglich ein Handy und Autoschlüssel hatten die Beamten sicherstellen können. Das Mobiltelefon musste analysiert werden. Nach dem zu den Schlüsseln passenden Fahrzeug wurde rund um den Schmuggelstieg gesucht.

Jetzt saß ihnen Herbert Holl gegenüber. Langsam schien er sich vom Schrecken zu erholen. Als Holl das Polizeigebäude betrat, war er immer noch kreideweiß gewesen und hatte ein leichtes Zittern nicht verbergen können. Er hatte die Hände wie zum

Gebet gefaltet und presste sie rhythmisch zusammen, bis die Knöchel weiß hervortraten. Unablässig mahlten seine Kiefer. Er nippte an einem Glas Wasser, nachdem er den angebotenen Kaffee dankend abgelehnt hatte.

»Sie können sich beruhigen. Alles ist überstanden«, sagte Lüder.

Langsam schüttelte der Mann den Kopf. »Diesmal vielleicht. Aber sie werden einen Neuen schicken. So schnell geben die nicht auf. Dazu sind sie viel zu mächtig.«

»Wenn Sie uns sagen, wer dahintersteckt, können wir den Stall ausmisten.« Große Jäger hatte einen jovialen Tonfall angeschlagen.

»Das ist eine so unglaubliche Geschichte, dass man deren Wahrheitsgehalt zurecht bezweifelt. Ja – ich kannte die beiden Mordopfer.«

»Drei«, korrigierte Lüder.

»Wieso? *Zwei* Menschen hat dieses grässliche Individuum auf dem Gewissen. Jackson und Tahiro.«

»Und beide waren Angehörige der US-Streitkräfte.«

»Ja.«

»In Afghanistan?«

Holl sah Lüder lange an. »Das weiß ich nicht. Aber im Irak waren sie definitiv dabei.«

»War Ihr Sohn auch im Irak?«

»Nein! Wie kommen Sie darauf?«

»Kennt Achim die beiden?«

Es hatte den Anschein, als wollte Holl von seinem Stuhl aufspringen. »Natürlich nicht. Mein Sohn – also. Es gab wie in den meisten Familien den üblichen Vater-Sohn-Konflikt. Achim hat sich über meine Aktivitäten für die Friedensbewegung lustig gemacht. Das hat sich langsam hochgeschaukelt. Im Zorn hat er sich als Freiwilliger bei der Bundeswehr gemeldet. Das Ganze wurde noch schlimmer, als er zum Kommando Spezialkräfte kam, das die Leute unter dem Kürzel KSK kennen. Er ist in Afghanistan im Einsatz.«

»Was macht er da?«

»Ich weiß es nicht. Wirklich. Das ist geheim.«

»Und Sie fürchten, er könnte etwas nicht ganz Legitimes tun?«

Holl winkte ab. »Das glaube ich nicht. Mir ist inzwischen alles egal. Hauptsache, unser Kind kommt heil und gesund wieder zurück. Das mit der Bundeswehr – das habe ich ihm schon lange verziehen.«

»Woher rührt Ihr Groll gegen die Armee?«

»Wir kommen aus Anklam. Meine Frau und ich. Das liegt in Vorpommern. Ich habe damals in der DDR den Dienst in der Nationalen Volksarmee aus Gewissensgründen verweigert. Das hat mir nicht nur jede berufliche Zukunft genommen, sondern mich auch ins Gefängnis gebracht, bis ich durch die Bundesrepublik freigekauft wurde. Aber meine Aversion gegen Gewalt jeder Art ist geblieben.«

»Und wie kommt es, dass Sie engen Kontakt zu US-Soldaten pflegten, die in einer der härtesten Einheiten der Army gedient haben? Das klingt wie ein Widerspruch.«

Holl nickte schwach. »So muss es aussehen.« Dann nippte er an seinem Glas. »Jackson war ein Underdog. Für ihn war die Armee eine Chance, aus dem Getto der Schwarzen herauszukommen.«

»Und John Tahiro, das zweite Opfer?«, fragte Lüder.

»Das ist etwas anderes. Der ist japanischer Abstammung.« Holl hielt einen Moment inne. »Komisch, nicht wahr? Im Zweiten Weltkrieg waren die Japaner als gelbe Teufel verhasst. Heute lässt man sie für Amerika kämpfen. Ist das skrupellos oder zeugt es von liberalem Freigeist, dass man jedem seine Chance geben muss?« Holl zuckte die Achseln. »Ich kenne die Antwort nicht.«

Sie ließen ihm ein wenig Zeit.

»Tahiro war ein gebildeter Mann. Er hat die Militärakademie in Sandhurst besucht. Seine Familie hat sich nationaler als jene Amerikaner gebärdet, die seit Generationen in den Staaten leben. Vielleicht rührt das auch von der jüngsten Geschichte her, und man glaubte unterschwellig, etwas wiedergutmachen zu müssen. Daher ist es eine besondere Demütigung, dass er unterkriechen musste und als Taxifahrer ein wenig zum Leben dazuverdiente.«

»Sie sind erstaunlich gut informiert«, stellte Lüder fest.

»Ich habe mich um die beiden gekümmert.«

»Wir wissen, dass Sie die Unterkunft für Jackson in Husum besorgt haben«, mischte sich Große Jäger ein.

»Ich habe auch den Mietvertrag für Tahiro in Itzehoe abgeschlossen«, bestätigte Holl.

»Wo haben Sie das Geld her? Von Ihrem Einkommen im Sicherheitsdienst war das kaum zu bewältigen.«

Holl sah Lüder an und hob fragend die linke Augenbraue. »Ich vermute, Sie haben Erkundigungen über mich eingezogen.«

»Wundert Sie das?«, antwortete Große Jäger.

»Nicht wirklich. Das klingt jetzt sehr konstruiert, aber es ist die reine Wahrheit. Vorausgeschickt sei, dass mein Engagement nicht verborgen geblieben ist. So fand ich auch gelegentlich Erwähnung in der lokalen Presse. Irgendwann hat mich ein Mann angesprochen und gefragt, ob ich für eine stille humanitäre Hilfe zur Verfügung stehen würde. So bin ich in die Sache hineingerutscht. Das Geld wurde mir immer in bar übergeben. Ich schwöre, dass ich keinen einzigen Cent für mich behalten habe.«

»Soso. Das war also der große Unbekannte. Den Namen kennen Sie sicher nicht«, unkte Große Jäger.

Holl bekam den Unterton nicht mit. Mit großen Augen musterte er den Oberkommissar. »Richtig. Den Namen habe ich nie erfahren. Ich habe aber auch nicht nachgefragt. Das Ganze war ja keine legitime Sache. Niemandem war daran gelegen, dass die Öffentlichkeit davon erfuhr. Mir war schon klar, dass eine Behörde oder die Regierung selbst dahinterstecken musste.«

»Die große Weltverschwörung.« Große Jäger klopfte energisch auf die Tischplatte. »Nun hören Sie doch auf, uns solche Märchen vorzubeten.«

Der Mann seufzte tief. »Einmal! Da hat er sich verraten, der Unbekannte, und aus Versehen seinen Ausweis gezeigt, dass ich einen Blick darauf werfen konnte. Der Mann hat Geld aus der Brieftasche hervorgeholt und dabei das Dokument so gehalten, dass ich es lesen konnte.«

»Haben Sie etwas entdecken können?«, fragte Lüder.

»Leider nur den Namen. Thomas Birry.«

Lüder und Große Jäger wechselten einen raschen Blick. Birry war der Mann, der auch dem Möchtegern-Rechtsradikalen Merseburger Geld hatte zukommen lassen und als sogenannter »Abschnittführer« aufgetreten ist. Außerdem zeichnete er verantwortlich für die bösartigen Erpressungen gegen Lüder und seinen Sohn. Die Ermittlungen hatten ergeben, dass Birry ein Falschname war. Wenn Holl die Wahrheit sprach, waren die Ausweispapiere sogar echt, mit denen Birry das Konto eröffnet hatte. Das sprach allerdings für eine Institution im Hintergrund, die über diese Möglichkeiten verfügte.

»Können Sie den Mann beschreiben?«, fragte Lüder.

»Ich könnte es versuchen.«

»Sie haben also mitgeholfen, dass die beiden Amerikaner untertauchen konnten. Und als Jackson ermordet wurde, haben Sie uns anonym seinen Namen zugespielt. Warum so geheimnisvoll?«

»Es gab ja noch Tahiro. Den wollte ich nicht auffliegen lassen. Und hätten Sie gewusst, dass der Brief von mir kam, hätten Sie mich so lange verhört, bis ich geredet hätte.«

»Sie haben den Brief nicht in Norderstedt eingeworfen?«

Zum ersten Mal zeigte sich ein vorsichtiges Lächeln auf Holls Gesicht. »Ich bin kurz durch den Wald nach Quickborn gefahren. Die haben ein anderes Briefzentrum. Das reicht über Itzehoe, Heide und Husum bis nach Sylt.«

Das hatte Lüder beim Empfang des Schreibens irritiert, weil alle diese Orte Schauplätze in diesem merkwürdigen Fall waren.

Große Jäger beugte sich vor, sodass sein Gesicht nahe vor Holl war. »Was haben Sie mit den Moslems in Norderstedt zu tun? Dort kennt man Sie.« Er ließ unerwähnt, dass Holls Name im arabisch geführten Gespräch zwischen dem Sprecher des Kulturvereins und dem Imam mehrfach gefallen war.

»Ich bemühe mich um den Dialog mit ihnen. Ich bin ein Menschenfreund. Deshalb kennt man mich dort. Wir sprechen oft miteinander und tauschen Gedanken aus.«

»Kann es sein, dass Sie deshalb ins Visier des Mörders geraten sind? Der scheint Amerikaner zu sein – und kein Islamist.«

»Er ist Amerikaner«, bestätigte der Mann. »Man will mich ausschalten, weil ich die Identität der Opfer kenne – und das Motiv für die Morde.«

Lüder atmete tief durch und hoffte, dass Holl es nicht bemerkt hatte. In der Vernehmung waren sie um dieses Thema wie um den heißen Brei herumgeschlichen. Es war nicht auszuschließen, dass Holl sich verweigern würde. Immerhin war es denkbar, dass man ihn der Mitwisserschaft bezichtigen könnte, wenn er die vermeintlichen Straftäter Jackson und Tahiro gedeckt hatte.

Holl hatte seine Hände immer noch wie zum Gebet gefaltet. Er holte tief Luft, atmete ein paarmal tief durch und ließ langsam seinen Blick von Lüder zu Große Jäger und wieder zurückschweifen.

»Das alles ist eine hochbrisante politische Angelegenheit. Eigentlich beginnt es im Kosovo. Dort hat die Bundeswehr im Rahmen der NATO aktiv an Kampfhandlungen teilgenommen. Ich muss es hier nicht wiederholen. Sie werden sich noch erinnern. Als die USA beim Krieg gegen Saddam Hussein Unterstützung ihrer westlichen Verbündeten anforderten, hat die alte Bundesregierung den Bundesgenossen die Gefolgschaft versagt. Es kam zu dem bekannten Zerwürfnis zwischen George Bush und Gerhard Schröder. Rumsfeld sprach vom alten Europa. Inzwischen hat uns die Geschichte klüger gemacht, aber damals konnten viele nicht verstehen, weshalb man die Amerikaner bei der Befreiung der Welt vom Despoten Hussein nicht unterstützt hat.«

Holl legte eine Kunstpause ein und forschte in Lüders Gesicht, ob sich eine erkennbare Reaktion zeigte.

»Das ist das, was wir alle wissen. Heute ist auch bekannt, dass es eine hohe Selbstmordrate unter den Soldaten gab. Kriegsmüde und durch die hohe Verlustquote demoralisierte Soldaten haben nicht zur Verbesserung der Stimmung in Amerika beigetragen. Unsere Medien berichten offen über die mittlerweile auch in den Staaten ausgebrochene Verzweiflung über den Krieg, der von den damaligen Verantwortlichen falsch eingeschätzt und geplant worden war. Die Frage nach dem Sinn stellt sich immer drängender. So wundert es wohl niemanden, dass es Soldaten gibt, die den Kriegswahnsinn nicht mehr mitmachen wollen oder einfach nackte Angst um ihr Leben haben, wenn Selbstmordattentäter wieder einmal Kameraden in den Tod gerissen oder durch Verstümmelungen bis ans Lebensende gezeichnet haben. Haben Sie sich einmal gefragt, weshalb Jackson Heroin genommen hat? Es gibt ein berechtigtes Interesse, zu verschweigen, dass Soldaten den Dienst mit der Waffe verweigern.«

Lüder war sprachlos. »Sie meinen, die Männer begehen Fahnenflucht?«

Holl sah ihn an. »Ja. Auch Jackson und Tahiro gehörten dazu. Für Tahiro war wohl der Freitod von Theodore Westhusing ausschlaggebend. Bevor sich der ranghohe Offizier, der Professor an der Eliteakademie West Point war und auch Ethik lehrte, erschoss, schrieb er, dass alles wertlos sei und im Irak überall und jederzeit der Tod umgeht. Die alte Bundesregierung hat den flüchtigen Soldaten Unterschlupf gewährt. Da die Bundesrepublik das aber nicht selbst organisieren konnte, hat man bekennende Kriegsgegner wie mich eingebunden, die sich aus humanitären Gründen nicht versagen konnten. Das blieb natürlich den Amerikanern nicht verborgen. Um den Bündnispartner nicht vor der Weltöffentlichkeit bloßzustellen, hat man das Thema totgeschwiegen. Wie sauer Präsident Bush aber war, ist uns allen durch das Einfrieren der deutsch-amerikanischen Beziehungen noch in lebhafter Erinnerung. Für die Amerikaner war es eine Erlösung, als aus den Wahlen hier eine andere Regierung hervorging, die deutlich um eine Wiederbelebung der Beziehungen bemüht war. Was jetzt kommt, kann ich nur vermuten. Die Amerikaner haben wahrscheinlich Straffreiheit für ihre abtrünnigen Soldaten versprochen, aber dieses Versprechen nicht eingehalten. Dafür hat die neue Bundesregierung ihre diskrete Unterstützung zugesagt. Natürlich weiß ich nicht, wie die aussieht.«

Holl öffnete die Hände wie zum Segen.

»Sie vermuten, dass der Geheimdienst der US-Streitkräfte die eigenen Landsleute jagt und dabei von deutschen Organen unterstützt wird? Das wäre ja eine unglaubliche Geschichte«, platzte es aus Große Jäger heraus.

»Das werden wir wohl nie erfahren«, erwiderte Holl mit müder Stimme.

»Und wer hat Ihrer Meinung nach den Mörder losgehetzt?«

»Da bin ich mir nicht sicher. Jackson wusste, dass es einen Killer gab. Harry Weintraub soll der heißen. Es ist ein ehemaliger, bei einem Bombenattentat grässlich verstümmelter Soldat, der nicht mehr in der Öffentlichkeit auftreten kann. Während sein eigenes Leben durch einen hinterhältigen Attentäter verpfuscht ist, kneifen in seinen Augen andere. Die Amerikaner sind stolz auf ihr Vaterland. Memorial Day und die hoch geachteten Kriegsveteranen sind äußere Zeichen dafür. Andererseits ist der Vietnamkrieg ihr großes Trauma. Deshalb bemühen sich die Veteranenverbände, nicht wieder so eine Stimmung wie nach Vietnam aufkommen zu lassen, als viele Zivilisten den heimkehrenden Truppen nur Verachtung entgegenbrachten. Weintraub hat es sich zur Lebensaufgabe gemacht, die Verräter zu liquidieren. Einen anderen Platz findet ein so zugerichteter Mann auf dieser Welt nicht mehr.«

Lüder war sprachlos. Eine solche Wendung hatte er nicht erwartet. Trotzdem gab es noch einen offenen Punkt.

»Wer hat die beiden Männer ausfindig gemacht?«

Holl machte einen erschöpften Eindruck. »Ich weiß es nicht«, sagte er müde.

Die Rückfahrt nach Kiel verlief nahezu schweigsam. Es gab nichts, was es noch zu besprechen oder zu erklären gab. In Lüder war nur noch Leere. Auch Große Jäger schien keinen Gesprächsbedarf zu verspüren.

Sie saßen wenig später stumm in Lüders Büro und tranken Kaffee, als Friedjof hereinstürmte. Er schwenkte Lüders Handy.

»Alles klar, Sherlock?«, fragte der Bürobote.

Lüder nickte. »Auch ‘nen Kaffee, Friedhof?«

»Lass man, ich trinke lieber eine Cola.« Friedjof legte Lüders Handy auf den Schreibtisch. »Hat das was gebracht?«

»Du hast uns sehr geholfen. Vielen Dank.«

»Warum haben wir die Telefone getauscht?«

»Weil ich überwacht wurde. Man hat meine Telefone abgehört. Dadurch hatte die Gegenseite stets Informationen über das, was wir geplant und durchgeführt haben.«

Friedjof lachte laut auf. »Ha! Da haben wir die aber ganz schön verarscht. Viel haben die nicht verstanden. Dafür wissen die aber nun, wann Holstein trainiert und wer von meinem Kumpels mit zum Training kommt.«

Lüder schmunzelte, während Große Jäger anerkennend den Daumen in die Höhe streckte.

»Klasse. Gut gemacht. Dafür hast du etwas gut bei mir, Friedhof.«

Der junge Mann strahlte. »Geil. Ich denke darüber nach.« Er zögerte einen Moment, dann fiel ihm noch eine Frage ein. »Habt ihr die Typen geschnappt?«

»Logisch. Aber ohne den kleinen Trick, bei dem du mitgemacht hast, wäre es uns nicht gelungen«, vereinfachte Lüder die Geschehnisse.

Friedjof griff sich sein Handy, startete einen vergeblichen Versuch, zu pfeifen, und verließ strahlend den Raum.

Große Jäger schlürfte vernehmlich an seinem Kaffeebecher. »Nun wird es wohl Zeit«, sagte er über den Rand hinweg.

Lüder nickte und griff zum Telefon. Es dauerte ewig, bis sich der Teilnehmer meldete.

»Hallo, Herr Lüders. Ich bin nicht überrascht, Sie zu hören.«

»Sie sind in Polen?«

»Das werden Sie sicher feststellen können. Doch überlassen wir das Ihren Technikern. Das verschafft mir einen kleinen Zeitvorsprung.«

»Wir haben Weintraub verhaftet. Damit hat es sich endgültig ausgespukt zwischen den Küsten.«

»Kompliment. Ich bin ehrlich. Das hätte ich Ihnen und Ihrem Kollegen nicht zugetraut. Die ganze Aktion war eigentlich eine Nummer zu groß für eine Landespolizei. Ihnen standen Staatsinteressen entgegen. Nicht nur die der Vereinigten Staaten. Auch Ihre Regierung ist involviert.«

»Das wissen wir auch. Weintraub ist sicher ein beklagenswerter Mensch. Es wird sich kaum jemand vorstellen können, was er an seinem Schicksal zu tragen hat. Aber selbst bei Verständnis für den inneren Hass, der sich bei ihm aufgestaut haben mag, gibt es keine Rechtfertigung dafür, mordend durch die Lande zu ziehen.«

»Sie legen eine große Messlatte an die Ethik.«

»Dafür bin ich Polizist. Nicht nur, weil ich mein Brot damit verdiene, sondern weil es meine innere Überzeugung ist. Nach dem Krieg war uns Ihr Land ein leuchtendes Vorbild für Demokratie und Freiheit. Das haben die Väter unseres Grundgesetzes beherzigt. Es sind nicht die dümmsten Menschen, die im *alten Europa* leben.«

Der Amerikaner schluckte heftig. Der Zorn war ihm deutlich anzumerken, als er antwortete: »Sie wollen doch nicht unterstellen, dass Weintraub im Namen der USA gemordet hat?«

»Ich lade Sie nach Kiel ein. Ihr diplomatischer Status schützt Sie. Trotzdem möchte ich Ihnen von Angesicht zu Angesicht gegenübersitzen, um Ihre Antwort nicht nur zu hören, sondern auch zu sehen.«

»Haben Sie jemals in Erwägung gezogen, dass auch ich den Geist, wie Sie ihn nannten, gejagt habe? Dass auch ich daran interessiert war, unsere Männer zu schützen, selbst wenn sie sich illoyal gegenüber ihrer Heimat verhalten haben?«

»Hören Sie auf mit Ruhm und Ehre. Das sind schlechte Argumente für hinterhältigen feigen Mord.«

»Wenn jemand feige ist, dann ist es Ihre Bundeswehr. Die kneift, wenn es brenzlig wird. Nehmen Sie die Beispiele Irak und den Süden Afghanistans. Da müssen andere ihr Leben riskieren.«

»Das ist eine Frage politischer Vernunft. Das hat die Eskalation des Irakkrieges bewiesen. Schließlich kam er unter falschen Vorzeichen zustande. Hier hat sich die zurückhaltende deutsche Politik doch bewährt.«

»Aber auf Kosten anderer, zulasten der Solidarität der Weltgemeinschaft im Kampf gegen den weltweiten Terrorismus.«

»Der Irak war nie ein Zentrum des Terrorismus, auch wenn die dortigen Machthaber gegen alle Menschenrechte verstoßen haben.«

»Es bringt nichts, mit Ihnen vernünftig zu reden, Herr Lüders. Ihnen fehlt der Wille, global zu denken.«

»Wenn alle wie Menschen denken würden, gäbe es solche Verbrechen wie diese nicht.«

»Und? Wollen Sie mich verhaften?«, fragte Hunter lachend ins Telefon.

»Ich werde dafür sorgen, dass Sie gejagt werden. Wenn man

Sie jemals auf deutschem Boden erwischt, wird es unbequem für Sie. Glauben Sie mir das.«

»Da bin ich anderer Meinung als Sie. Machen Sie es gut, Herr Lüders.« Dann war die Verbindung unterbrochen.

Die beiden Beamten sahen sich eine Weile schweigend an.

»Hat Hunter wirklich die fahnenflüchtigen Soldaten schützen wollen und den Mörder gejagt? Oder ist er so gerissen, dass er uns etwas vorspielt und dahintersteckt?«, fragte Große Jäger nach einer Weile.

»Das werden wir kaum herausbekommen«, sagte Lüder. »Der Major wird von den Mächtigen auf beiden Seiten des Atlantiks gedeckt. Nicht etwa, weil sie sein Tun gutheißen würden, sondern weil mit der Wahrheit, die wir suchen, so viel Schmutz aufgewirbelt würde, dass in diesem Schlamm eine ganze Reihe jener, die im Sonnenlicht stehen, plötzlich ganz dreckige Gestalten wären.«

»Eine schöne Metapher«, lächelte Große Jäger. »Aber unbefriedigend.«

Lüder lehnte sich in seinem Bürostuhl zurück. »Ich habe noch eine Idee, wie wir an mehr Informationen herankommen könnten.«

Dann griff er zum Telefon.

ELF

Lüder hatte schlecht geschlafen. Zunächst war es ihm schwergefallen, Ruhe zu finden. Nachdem ihn die Müdigkeit aber doch übermannt hatte, war er nach kurzer Zeit hochgeschreckt. Margit war seine Unruhe nicht verborgen geblieben. Irgendwann saß auch sie aufrecht im Bett.

»Ich verstehe, dass du den Stress verdauen musst«, hatte sie gesagt. »Aber *das* hält kein Mensch aus.« Dann hatte sie Lüder bremsen müssen, weil zu befürchten war, dass er mit seinem Lachen andere hätte wecken können. Doch Jonas, der von beider Bett ein gutes Stück für sich requiriert hatte, schlief seelenruhig weiter. Auch das laute Schnarchen aus seinem Zimmer, das durch das stille Haus dröhnte, hinderte ihn nicht an seinen kindlichen Träumen.

Am Abend zuvor hatte es fast Streit zwischen Margit und Lüder gegeben, als er erneut mit Große Jäger auftauchte. Zwar hatte der Oberkommissar von sich aus den Wunsch geäußert, endlich ein paar Sachen zum Wechseln einzukaufen, aber als Dauergast in Lüders Haus brachte er den Rhythmus der Familie doch durcheinander. Nach einem entspannten Abend, an dem Lüder nicht so recht teilhaben konnte, war Große Jäger wie selbstverständlich in »sein Zimmer« gegangen. Jonas hatte es in der Aussicht, die berühmte »Ritze« im elterlichen Bett erneut nutzen zu können, bereitwillig geräumt. Ob auch Große Jägers spannender Bericht von der Verhaftung, der wilden Verfolgungsjagd quer durch Schleswig-Holstein und der Schießerei in einer dunklen Garage zur Vertiefung der Freundschaft zwischen ihm und dem Oberkommissar beigetragen hatte, vermochte Lüder nicht zu sagen. Wenn Jonas allerdings die Geschichte vom legendären Garagenmord der Al-Capone-Gang in Chicago gekannt hätte, wären ihm gewisse Ähnlichkeiten zu Große Jägers Erzählungen aufgefallen.

Jetzt saß Lüder an seinem Schreibtisch und hatte Schwierigkeiten, sich auf die Erledigung administrativer Tätigkeiten zu konzentrieren. Die Polizei war nicht nur in der Strafverfolgung aktiv, sondern auch eine Behörde. Und dies bedeutete, dass es neben dem Krieg gegen das Verbrechen den gegen die wachsenden Papierberge zu bestehen galt. Vom Flur her drang die lautstarke Auseinandersetzung zwischen Friedjof und Große Jäger herein. Der Oberkommissar bewegte sich durch das LKA, als wäre er seit Jahrzehnten hier tätig und mit jedem Winkel des Hauses oder Mitarbeiter gut vertraut. Wie selbstverständlich suchte er Edith Beyer auf, um dort einen Kaffee zu schnorren. Vorhin hatte Lüder ihn im Gespräch mit Nathusius entdeckt. Lüder hatte gestaunt, als er im Vorübergehen Wortfetzen der Diskussion aufgenommen hatte. Große Jäger schien es gelungen zu sein, den Kriminaldirektor in eine Auseinandersetzung über den Fettgehalt in Mettwürsten zu verwickeln.

Das wortreiche Geplänkel auf dem Flur hörte plötzlich auf. Kurz darauf trat Benno Fritzmeier ein, gefolgt von Große Jäger.

»Guten Morgen, Herr Lüders«, begrüßte ihn der BND-Mitarbeiter und nahm gegenüber Lüder Platz, nachdem er sein Bordcase abgestellt hatte.

Große Jäger setzte sich auf den zweiten Besucherstuhl.

»Ich bin heute Morgen aus Köln gekommen. Wir haben dort gestern mit dem Verfassungsschutz einen Workshop veranstaltet. Schade, dass man zu solch wichtigen Themen nicht die Kollegen der Polizei der Länder einlädt«, erklärte Fritzmeier. »Doch zunächst – Gratulation. Das war ein hartes Stück Arbeit, den Mörder der Soldaten zu verhaften.«

»Insbesondere weil die Unterstützung der Sicherheitsbehörden sehr dürftig war.«

»Die haben überhaupt nicht geholfen, sondern gemauert«, fuhr Große Jäger dazwischen.

»Aber, aber«, versuchte Fritzmeier den Oberkommissar zu besänftigen. »Warum es – zugegeben – zunächst ein wenig zäh anlief, habe ich schon erklärt. Die Gesamtlage war sehr diffus, und es bedurfte zunächst einer Abstimmung mit den anderen Diensten und dem BKA. Dann habe ich aber Kontakt zu Ihnen aufgenommen und Ihnen wertvolle Hinweise gegeben.«

Bevor Lüder es verhindern konnte, antwortete Große Jäger: »Welche denn?«

Fritzmeier sah ihn ein wenig erstaunt an. »Ich habe Ihnen den Tipp mit dem Kulturverein in Norderstedt gegeben.«

»Das war ein Windei«, erwiderte Große Jäger.

»Nicht ganz. Schließlich sind Sie über diesen Weg auf Holl gekommen.«

»Und was soll der damit zu tun haben?«

Fritzmeier sah am Oberkommissar vorbei aus dem Fenster, bevor er antwortete. »Holl kannte die Adressen der beiden Mordopfer. Er hat schließlich alles eingefädelt.«

»Und welches Motiv sollte er haben?«

»Hat er Ihnen das nicht verraten? Schließlich hat er einen Sohn, der in Afghanistan kämpft.«

»Und da waren Sie dabei?«, mischte sich Lüder ein.

»Richtig. Äh – das heißt, nicht bei Kampfeinsätzen. Es gibt ein fundamentales Interesse Deutschlands an einer gesicherten Nachrichtenlage. Deshalb hat man mich an den Hindukusch geschickt.«

»Und Holls Sohn war an schmutzigen Einsätzen beteiligt?«

»So ist es. Oder glauben Sie, eine Spezialeinheit wie das KSK hilft den dortigen Bauern bei der Reisernte?«

»Kennen Sie Thomas Birry?«

Fritzmeier lächelte Lüder an. »Sicher. Das ist das Alter Ego von Holl. Unter diesem Pseudonym hat er vieles arrangiert, was im Dunkeln bleiben sollte. Oder nehmen Sie ihm die fadenscheinige Geschichte mit dem großen Unbekannten ab, der ihn beauftragt haben will?«

»Sie zaubern plötzlich eine Menge Informationen ans Tageslicht. Warum haben Sie uns diese nicht für unsere Ermittlungen zur Verfügung gestellt?«, fragte Lüder.

»Sie haben selbst festgestellt, dass es hier um hochbrisante Themen geht, die an den Grundfesten des – sagen wir einmal – schlichten Verständnisses von Politik rütteln könnten, das die Leute draußen im Land haben.«

»Sie behaupten, die Menschen wären zu dumm?«

»Ja.«

»Das ist keine gute Meinung, die Sie von den Bürgern des Landes haben.«

»Wie wird Politik gemacht? Da steht in *der* Zeitung des Landes eine balkendicke Überschrift, und schon ist diese eine Schlagzeile Tatsache.«

»Und Ihr Wissen haben Sie unter anderem durch den Einsatz modernster Technik?«

»Ich bin mir Ihrer Verschwiegenheit bewusst. Dadurch, dass wir auftragsgemäß außerhalb der Bundesrepublik tätig sind, genießen wir mehr Freiheiten als Sie und unterliegen nicht den Zwängen profilneurotischer Kirchturmpolitiker und vordergründiger Datenschützer.« Fritzmeier beugte sich vor, als wollte er Lüder eine vertrauliche Information zukommen lassen. »Wer hat die schmutzigen Erpressungen gegen Sie eingeleitet?«

»Woher wissen Sie davon?«, fragte Lüder. Es fiel ihm schwer, sein Erstaunen zu unterdrücken. Er hatte davon nur Große Jäger und Kriminaldirektor Nathusius erzählt. Und beide waren mit Sicherheit verschwiegen.

»Sie haben ein schlechtes Gedächtnis, Herr Lüders. Hier, auf diesem Stuhl, habe ich gesessen, als Sie einen der dreckigen Anrufe bekommen haben. Höre ich aus Ihren Worten leichte Zweifel, ich könnte etwas damit zu tun haben?«

»Nein«, sagte Lüder mit Entschiedenheit. »Ich habe keine Zweifel mehr. Deshalb verhafte ich Sie hier wegen des Verdachts auf Anstiftung und Mittäterschaft in drei Tötungsdelikten zum Nachteil von Steffen Meiners, Jethro Jackson und John Tahiro.«

Aus Fritzmeiers Gesicht war schlagartig alle Farbe gewichen. »Was sagen Sie da?«, stammelte er. »Sind Sie komplett verrückt geworden? Das ist kein guter Scherz.«

Auch Große Jäger sah Lüder aus erstaunten Augen an.

»Das ist noch nicht alles. Erpressung, Kinderpornografie, Behinderung der Strafermittlung, Urkundenfälschung, Volksverhetzung. Und das dürfte noch nicht alles sein.«

»Ja, wo bin ich hier gelandet!«, stieß Fritzmeier hervor. »Mich hat es nie gewundert, dass dieser Teil Deutschlands hinterherhinkt. Kein Wunder, wenn man sich solche Beamte leistet.«

»Die immerhin gegen alle Widerstände den Dreckspfuhl ausgemistet haben«, entgegnete Lüder ungerührt. Er wirkte entspannt.

»Jetzt reicht es mir«, sagte Fritzmeier mit vor Zorn bebender Stimme. »So dumme Menschen sind mit selten begegnet.« Er machte Anstalten, aufzustehen und sein Gepäck zu greifen. »Ich werde sofort zu Ihrem Vorgesetzten gehen. Ob der weiß, welche Kasperlfiguren er unter seinen Mitarbeitern hat?«

Fritzmeier hatte sich halb vom Stuhl erhoben, als Große Jäger aufsprang. »In meiner Kindheit hat der Kasperl dem Teufel immer welche aufs Maul gehauen«, sagte er und drückte Fritzmeier wieder hinab, indem er den BND-Mitarbeiter an beiden Schultern packte.

Mit einem Schmunzeln sah Lüder, wie der Oberkommissar Fritzmeier nicht nur nach unten, sondern auch seitlich wegdrückte, sodass der Mann zur Hälfte neben dem Stuhl hinunterkam, das Gleichgewicht verlor und aus Sitzhöhe auf den Boden fiel. Dann kippte er nach hinten und stieß mit dem Hinterkopf gegen die Wand.

»Das wird Sie teuer zu stehen kommen«, fluchte Fritzmeier.

»Was kann ich dafür, wenn Sie sich zwischen alle Stühle setzen?«, gab Große Jäger ungerührt zurück. »Ich habe lediglich einen in Gewahrsam genommenen Verdächtigen an der Flucht gehindert.«

»Sie sind total übergeschnappt. Alle beide.« Immerhin unternahm der BND-Mann keinen weiteren Versuch, den Raum zu verlassen.

»Das perfekte Verbrechen gibt es nicht«, stellte Lüder lakonisch fest. »Mit den technischen Möglichkeiten des Nachrichtendienstes haben Sie Ihre Stimme so verändern können, dass ich Sie am Telefon nicht als Ihre erkennen konnte. Wie das funktioniert, wird unsere Frau Dr. Braun uns schon erklären. Die pornografischen Bilder zu produzieren und ins Netz zu stellen, ist keine große Hürde. Doch Pädophile schaffen es für gewöhnlich nicht, sich im World Wide Web so zu verstecken, dass man sie nicht aufspüren kann. Da muss also eine geballte Macht dahinterstehen. Ich halte Sie nicht für dumm, auch wenn Sie uns als Idioten verkaufen wollen. Es war ein kluger Schachzug, mir eine zuvor eingespielte Aufnahme des vermeintlichen Erpressers vorzuspielen, als Sie mir gegenübersaßen. Sie haben sich in unserem Gespräch entschuldigt und behauptet, Ihr Handy hätte sich mit Vibrationsalarm gemeldet. Dann haben Sie etwas in Ihr Telefon eingegeben. Und plötzlich klingelte mein Telefon, und der Erpresser ließ mir eine neue Nachricht zukommen.«

»Also kann ich es nicht gewesen sein«, stellte Fritzmeier fest und entspannte sich ein wenig. Dann rieb er sich den Hinterkopf.

»Doch. Im Unterschied zu anderen Anrufen des Erpressers sind Sie in diesem Fall nicht auf meine Antworten eingegangen und haben mich unterbrochen. So unhöflich waren Sie sonst nicht. In diesem Fall war das anders. Sie konnten nicht auf meine Argumente reagieren, weil das Ganze eine vorproduzierte Konserve war. Und genauso scheinheilig war Ihre Frage, ob ich Kinder habe, nachdem mich der neuerliche Anruf des Erpressers und die Drohungen entsetzt hatten. Das haben Sie doch gewusst. Aber mit dieser Aktion wollten sie vorspiegeln, dass Sie gar nicht um meine persönlichen Verhältnisse wussten.«

»Hat es dir Spaß gemacht, den Erfolg dieser Sauereien mit eigenen Augen zu sehen?«, mischte sich Große Jäger ein und knuffte Fritzmeier in die Seite. Es sah vordergründig wie eine freundschaftliche Berührung aus, aber Lüder hatte den weit hervorstehenden Knochen des Mittelfingers gesehen. Prompt zuckte der BND-Mann zusammen.

Fritzmeier rieb sich über die Stelle am Oberarm und warf Große Jäger einen giftigen Blick zu.

»Das ist aber immer noch nicht alles.« Lüder wippte ein paar Sekunden entspannt mit seinem Schreibtischsessel. »Ich habe mich gefragt, wer über so perfekte Fälschungen von Ausweispapieren verfügt, dass er ungeschoren bei der Sparkasse Hoyerswerda ein Konto auf den Namen Thomas Birry eröffnen kann. Das war kein falsches Dokument. Es war echt. Und so etwas können nur ganz wenige erstellen. Natürlich hat der BND solche Möglichkeiten.«

»Das sind alles Fantasien, für die es keine Beweise gibt«, zischte Fritzmeier.

»Nun warten Sie es doch ab. Sie haben noch mehr Fehler gemacht. Das Abhören meines Telefons. Da kommt auch nicht jeder ran. Ich nehme an, dass Sie keine richterliche Genehmigung vorweisen können. Und trotzdem haben Sie es geschafft. Mich erstaunt es nicht, welche Möglichkeiten der BND hat. Pech für Sie, dass ich es bemerkt habe und die Apparate austauschte.« Lüder ließ unerwähnt, dass diese Aktion Holl beinahe das Leben gekostet hätte. »Wollen Sie noch mehr hören?«

Fritzmeier sah Lüder aus zusammengekniffenen Augen an, schwieg aber. Seine Lippen hatte er zu einem schmalen Spalt gepresst.

»Für die Integrität meines Chefs, Kriminaldirektor Nathusius, legte ich die Hand ins Feuer. Weitere Ansprechpartner hatten Sie nicht im LKA. Und bei Ihrem ersten Besuch habe ich Ihnen meinen Kollegen«, Lüder zeigte auf Große Jäger, »nicht mit Namen vorgestellt. Da er von einer anderen Dienststelle kommt und die Teambildung unter – sagen wir einmal – informellen Bedingungen zustande gekommen ist, konnten Sie seinen Namen nicht kennen. Und trotzdem haben Sie mich auf Oberkommissar Große Jäger angesprochen. Das konnten Sie nur durch Abhören meines Telefons erfahren haben.«

»Fahren Sie doch zur Hölle«, fluchte Fritzmeier.

»Nee, den Weg müssen Sie schon allein antreten. Ich frage mich natürlich, wer Sie beauftragt hat. Sie werden kaum aus Liebe zum amerikanischen Vaterland einen Rachefeldzug gegen geflüchtete US-Soldaten gestartet haben. Nun«, Lüder legte die Fingerspitzen wie ein Dach zusammen, »der Bundesrepublik wird daran gelegen sein, Meinungsverschiedenheiten mit den Amerikanern aus dem Weg zu räumen. Ich kann mir aber nicht vorstellen, dass sie sich an der Ermordung zweier Amerikaner und eines deutschen Staatsbürgers beteiligt. Dagegen spricht auch, dass Sie den Janus gespielt haben.«

»Wie soll ich das verstehen?«, sagte Fritzmeier in einem verächtlichen Ton.

»Die zwei Gesichter. Sie haben alle Möglichkeiten des BND ausgenutzt, um für die damalige Bundesregierung die fahnenflüchtigen Amerikaner zu verstecken. Dazu haben Sie Herbert Holl angeworben, von dem Sie nach Aktenlage wussten, dass er ein überzeugter Gutmensch ist. Um den Mann von sich und einer etwaigen Beschreibung abzulenken, haben Sie ihm bei einer Begegnung einen Blick in den Personalausweis von Thomas Birry werfen lassen. Für Holl sah es aus, als wäre das ungewollt gewesen. Und da er – zufällig – Ihren Namen wusste, hat er sich nicht auf die Beschreibung Ihrer Person konzentriert. Clever eingefädelt.«

»Glauben Sie Ihr Märchen eigentlich selbst?«, fuhr Fritzmeier dazwischen.

Doch Lüder ließ sich nicht beirren. »Wir werden so lange nachfragen, bis es denen da oben lästig wird und man das Staatsgeheimnis lüftet. Dann werden wir erfahren, dass Sie der Mitarbeiter waren, dem man vertraut hat und der das diskrete Untertauchen der Fahnenflüchtigen organisieren sollte. Es ist besonders hinterhältig, dass ausgerechnet der Schutzengel zum Judas wurde. Offenbar kannten die Verantwortlichen Ihren Januskopf nicht. Was war es? Haben Sie in Afghanistan etwas verbrochen, mit dem die Amerikaner Sie jetzt erpressten? Oder haben Sie Geld bekommen? Wir werden auch herausfinden, ob der amerikanische Staat, der militärische Geheimdienst oder einfach nur eine durchgeknallte Vereinigung militanter Patrioten dahintersteckt. Das wird Zeit kosten. Aber die haben *wir*. Ihnen hingegen wird jede Stunde im Gefängnis zur Hölle werden. Ich hatte Ihnen versprochen, dass die anderen Häftlinge von Ihren kinderpornografischen Aktivitäten erfahren werden.«

Fritzmeier war leichenblass geworden. »Sie … glauben … doch nicht, dass … ich eingesperrt … bleibe«, kam es stoßweise über seine Lippen.

»Doch«, sagte Lüder in aller Seelenruhe. »Davon bin ich fest überzeugt. Es ist gute alte Tradition bei uns im Norden, dass das Recht von allen eingehalten wird. Schon die alten Wikinger kannten den Gerichtstag, das Thing, bei dem die freien Bürger Recht sprachen, während ihre Vorfahren vom Wohle des Fürsten abhängig waren.«

»Ihre willkürliche Konstruktion, Lüders, hält vor keinem Gericht stand.«

»Oh, jetzt dämmert Ihnen mittlerweile, dass es doch zu einer

Anklage kommen wird. Vorhin wollten Sie sich noch über meine Unverschämtheit bei Herrn Nathusius beschweren. Sie machen Fortschritte, *Herr* Fritzmeier.« Lüder spitzte die Lippen. »Ich habe aber noch zwei weitere Trümpfe. Sehen Sie, das ist der Unterschied zwischen einem Geheimdienst und der dummen Polizei. Während Sie glauben, sich mit den großen genialen Konstrukten beschäftigen zu können, bleibt uns der kleine Schiet. Und darin wühlen wir. Meistens mit Erfolg. Wir suchen dabei so kleine Puzzleteile, dass Sie es mit Ihrer *Weit*sicht übersehen.« Lüder öffnete seine Schreibtischschublade und holte zwei Fotokopien hervor. Er legte sie Fritzmeier vor und tippte mit dem Zeigefinger abwechselnd auf die beiden Blätter.

»Dies hier ist ein Scheck, den Thomas Birry für den Hilfsnazi Merseburger ausgestellt hat. Ein Gutachter wird Ihre Unterschrift attestieren. Außerdem haben wir auf dem Scheck diverse Schweißspuren entdeckt, die von Fingerkuppen der Menschen stammen, die den Scheck in Händen gehalten haben. Daraus lässt sich eine DNA ableiten. Pech Nummer eins für Sie. Und hier«, Lüder wies auf die zweite Fotokopie, »das haben uns die Kollegen von der Polizei in Hoyerswerda zukommen lassen.«

Fritzmeier starrte wie gebannt auf die Kopie eines Personalausweises auf den Namen Thomas Birry. Daraus lächelte ihm sein eigenes Gesicht entgegen.

»Das hat ein vorsichtiger Sparkassenmitarbeiter angefertigt, als Sie dort das Konto eröffnet haben. Pech Nummer zwei für Sie.«

Fritzmeier wollte aufspringen, aber Große Jäger reagierte ebenso schnell und hielt ihn fest.

»Dafür werden Sie einen hohen Preis zahlen, Lüders«, giftete der BND-Mann. »Und Ihr Kettenhund auch.« Er warf dem Oberkommissar einen hasserfüllten Blick zu.

Große Jäger lächelte milde zurück. »Wir werden Sie jetzt abführen lassen. Und vergessen Sie nicht: Ein so perverser Typ, der sich an kleinen Kindern vergreift, sollte nie ohne Lendenschurz duschen gehen.«

»Sie haben in Ihrer maßlosen Überheblichkeit die Polizei unterschätzt. Das ist Ihnen zum Verhängnis geworden. Aber, wo wir so nett miteinander plaudern … Wie hängt eigentlich das erste Opfer, Steffen Meiners, in der ganzen Sache drin? Ich habe da eine Idee. Es wäre schön, wenn Sie mir die bestätigen könnten.«

»Lassen Sie Ihre Idee hören«, forderte Fritzmeier Lüder auf.

Nachdem dieser seine Gedanken vorgetragen hatte, fluchte der BND-Mitarbeiter. »Genauso war es. Und Sie, Lüders, werden noch lange an Ihrer Verstocktheit zu knabbern haben. Das verspreche ich Ihnen. Unterm Strich gibt es in diesem Fall nur Verlierer.«

Wenig später saß Lüder dem Kriminaldirektor gegenüber. Nathusius war mit ernstem Gesicht Lüders Ausführungen gefolgt.

»Das wird ein schweres Stück Arbeit«, sagte er schließlich. »Bis die Anklage wasserdicht ist, werden wir noch viele Fakten zusammentragen und die Formulierung jedes Halbsatzes in unserem Bericht überdenken müssen. Und dann bleibt noch eine weitere Hürde.«

Lüder nickte. »Sie meinen Oberstaatsanwalt Brechmann. Der soll schließlich die Anklage vertreten.«

Leider hatte der Kriminaldirektor recht. In der Vergangenheit hatte Brechmann insbesondere Lüder immer wieder Steine in den Weg gerollt. Auch in diesem Fall war nicht abzusehen, ob jemals vor Gericht die volle Wahrheit zur Sprache kommen würde.

Nathusius räusperte sich. Er schien fast ein wenig verlegen zu sein, eine Regung, die Lüder noch nie bei seinem Vorgesetzten wahrgenommen hatte.

»Da wäre noch etwas, Herr Lüders. Ich …« Erneut unterbrach der Kriminaldirektor und hüstelte. »Ich muss Ihnen nicht sagen, wie sehr ich Ihre Arbeit schätze. Sie leisten Außergewöhnliches in den schwierigsten Fällen, auch wenn Ihre Methoden oft unorthodox sind und es gut ist, wenn ich nicht alles erfahre. Ich fürchte, dass ich nun aber den Hiob spielen muss.«

Lüder sah Nathusius erstaunt an.

»Ich habe Ihnen angekündigt, dass die seit Langem von mir vorgeschlagene Beförderung zum Kriminaloberrat genehmigt worden ist. Also – die Sache ist die. Ja – ähm. Man hat von oben den Vorschlag überraschend ohne Angabe von Gründen abgelehnt. Ich werde alles, was in meiner Macht …«

Lüder hörte nicht mehr zu. War es das, was Fritzmeier angedeutet hatte? Es ging letztlich nicht um Recht und Gerechtigkeit, wenn man sich mit den Gewaltigen anlegte. Und dafür hatte Lüder mit dem Wohl seines Sohnes gespielt. Begreifen würde das wohl niemand. Nein!, schoss es Lüder durch den Kopf. Du wirst dir überlegen müssen, ob du in *diesem* Rechtssystem noch gut aufgehoben bist oder auch eines Tages so enden wirst wie Staatsanwalt Kremers, den man kaltblütig ermordet hatte, weil er den Tod des argentinischen Marineoffiziers weiter hartnäckig aufklären wollte.

Nathusius hatte seine Ausführungen beendet. Er wich Lüders Blick aus. Dann fiel dem Kriminaldirektor noch eine Frage ein.

»Warum wurde der Familienvater auf dem Heider Marktfrieden ermordet? Welche Verbindungen bestanden zwischen den amerikanischen Soldaten und Steffen Meiners?«

»Keine«, gab Lüder müde zur Antwort. »Die Täter wollten nur testen, ob ihre Methode mit der Spezialmunition funktioniert. Es war ein Probeschuss.«

Dichtung und Wahrheit

Die jüngste Geschichte hat uns gelehrt, dass es in der Welt höchst unterschiedliche Auslegungen der Begriffe von Freiheit und Menschenrechten gibt. Dabei sollte es uns allen Verpflichtung sein, wachsam auf die Einhaltung dessen zu achten, was den klugen Vätern unseres Grundgesetzes wichtig war.

Die Gedanken sind frei, und so muss jeder für sich selbst entscheiden, ob Dinge so oder ähnlich geschehen könnten, wie sie meiner fiktiven Geschichte zugrunde liegen. Ich habe die Handlung und die Personen frei erfunden. Orte oder Einrichtungen, die genannt werden, existieren tatsächlich, doch die Story ist ausschließlich meiner Fantasie entsprungen.

Für klugen Rat zu meinen Büchern danke ich
Dr. Christiane Bigalke, Martje Brandt, Egon Dirks, Klaus Ehlert, Dr. Marion Heister, Peter Liesegang, Dr. Britta Schmitz, Michael Solscher, Dr. Christel Steinmetz, der Nord-Ostsee-Bahn Kiel, meinem Bruder Walter und meinen Söhnen Malte und Leif.
Und natürlich Birthe.

Bei der Arbeit zu diesem Buch hat mich Dr. Birgit Klimke von der VHS Heide/Holst. bei der Recherche zum Heider Marktfrieden besonders unterstützt und mich mit interessantem historischem Material versorgt. Markus Rübsam und Ralf Schubert vom LKA Düsseldorf haben geduldig und sachkundig meine Fragen zu Schusswaffen und der speziellen Munition beantwortet, die in diesem Roman eine Hauptrolle spielt, und mir ebenso wie der Leiter der Husumer Kripo erneut spannende und informative Einblicke in die Arbeit der Kriminalpolizei gewährt. Mein Dank gilt auch dem LKA Kiel.

Und wenn trotz der Unterstützung exzellenter Fachleute ein Sachverhalt nicht korrekt wiedergegeben ist, dann liegt entweder eine absichtliche Verfälschung vor, oder es offenbart sich das allzu Menschliche, das auch in mir wohnt. Ich habe mich geirrt.

H A N N E S   N Y G A A R D

Hannes Nygaard
TOD IN DER MARSCH
Broschur, 240 Seiten
ISBN 978-3-89705-353-3

»Ein tolles Ermittlerteam, bei dem man auf eine Fortsetzung hofft.« Der Nordschleswiger

»Bis der Täter feststeht, rollt Hannes Nygaard in seinem atmosphärischen Krimi viele unterschiedliche Spiel-Stränge auf, verknüpft sie sehr unterhaltsam, lässt uns teilhaben an friesischer Landschaft und knochenharter Ermittlungsarbeit.« Rheinische Post

Hannes Nygaard
VOM HIMMEL HOCH
Broschur, 240 Seiten
ISBN 978-3-89705-379-3

»Nygaard gelingt es, den typisch nordfriesischen Charakter herauszustellen und seinem Buch dadurch ein hohes Maß an Authentizität zu verleihen.«
Husumer Nachrichten

»Hannes Nygaards Krimi führt die Leser kaum in lästige Nebenhandlungsstränge, sondern bleibt Ermittlern und Verdächtigen stets dicht auf den Fersen, führt Figuren vor, die plastisch und plausibel sind, so dass aus der klar strukturierten Handlung Spannung entsteht.«
Westfälische Nachrichten

www.emons-verlag.de

IM EMONS VERLAG

Hannes Nygaard
MORDLICHT
Broschur, 240 Seiten
ISBN 978-3-89705-418-9

»Wer skurrile Typen, eine raue, aber dennoch pittoreske Landschaft und dazu noch einen kniffligen Fall mag, der wird an ›Mordlicht‹ seinen Spaß haben.« NDR

»Ohne den kriminalistischen Handlungsstrang aus den Augen zu verlieren, beweist Autor Hannes Nygaard bei den meist liebevollen, teilweise aber auch kritischen Schilderungen hiesiger Verhältnisse wieder einmal großen Kenntnisreichtum, Sensibilität und eine starke Beobachtungsgabe.« Kieler Nachrichten

Hannes Nygaard
TOD AN DER FÖRDE
Broschur, 256 Seiten
ISBN 978-3-89705-468-4

»Dass die Spannung bis zum letzten Augenblick bewahrt wird, garantieren nicht zuletzt die Sachkenntnis des Autors und die verblüffenden Wendungen der intelligenten Handlung.« Friesenanzeiger

»Ein weiterer scharfsinniger Thriller von Hannes Nygaard.«
Förde Kurier

www.emons-verlag.de

HANNES NYGAARD

Hannes Nygaard
TODESHAUS AM DEICH
Broschur, 240 Seiten
ISBN 978-3-89705-485-1

»Ein ruhiger Krimi, wenn man so möchte, der aber mit seinen plastischen Charakteren und seiner authentischen Atmosphäre überaus sympathisch ist.« www.büchertreff.de

»Dieser Roman, mit viel liebevollem Lokalkolorit ausgestattet, überzeugt mit seinem fesselnden Plot und der gut erzählten Geschichte.«
Wir Insulaner – Das Föhrer Blatt

Hannes Nygaard
KÜSTENFILZ
Broschur, 272 Seiten
ISBN 978-3-89705-509-4

»Mit ›Küstenfilz‹ hat Nygaard der Schleiregion ein Denkmal in Buchform gesetzt.«
Schleswiger Nachrichten

»Nygaard, der so stimmungsvoll zwischen Nord- und Ostsee ermitteln lässt, variiert geschickt das Personal seiner Romane.«
Westfälische Nachrichten

www.emons-verlag.de